柏捷頓家族系列 II

子爵之戀

BRIDGERTON

THE VISCOUNT WHO LOVED ME

柏捷頓家族系列 II
子爵之戀

【推薦序】

人生，就是需要甜甜的故事療癒自己

by NETFILX 非官方粉絲團版主　Selena 陳珮甄

誠實面對內心的夢幻泡泡吧。我們都知道真實人生裡，真愛很困難；所以看到結局悲慘或主角分離寫實劇，雖然感同身受、知道這就是人生，卻更願意好好享受一部浪漫純愛劇，脫離現實生活的坑坑疤疤，以美好的愛情故事，安慰身心都疲憊的自己。

《子爵之戀》就是這樣一個填滿粉紅色泡泡的浪漫故事。

在Netflix上映的《柏捷頓家族》系列影集，人氣滿滿，一上映就會霸榜好久。華麗的服化場景、俊男美女的搭配，雖然吸睛，卻不是最關鍵的魅力。

真正讓所有觀眾一刷後又二刷的，是故事裡頭，男女主角在愛情乍然來訪的瞬間，不知所措、卻又不得不為愛臣服的各種掙扎。

子爵與凱特之間，充滿不可言說的曖昧，以及隨時就要越線的緊張互動，讓人想起自己在不由自主墜落情網時，那種忐忑的、想抵抗卻無能為力，只能任憑自己心神完全被對方偷走的揪心。

雖然感受到甜蜜、卻又同時不安著。

這就是戀愛的心情。

是，在劇作中的男女主角，更是這樣。

再理性冷酷的人，一旦遇上感情課題，都很難保持冷靜客觀。在現實生活中的我們如

害怕無法得到，更恐懼即將失去。

想要得到、又渴望受傷。

故事中的安東尼·柏捷頓，擁有完美的浪子人設，承襲貴族爵位，英俊博學，在情場上更是處處留情的惡名昭彰。而女主角凱特·雪菲德，容貌平平，站在萬眾矚目的美人妹妹身邊，就像是一隻守著公主的凶猛怪獸，對所有垂涎妹妹的登徒子噴火嚇阻。

凱特從來不敢奢想自己被愛。

畢竟，她從來不是被人關注、疼愛的那個女孩。

直到很多很多的意外發生。

這些事情，打亂了她原本只想把妹妹嫁掉、自己低調平靜度過一生的預想……

我們都渴望在真實人生中，獲得一份戲劇般浪漫的愛情。冷酷無情的玩咖、收山變成宜室宜家好男人，還只愛我一個人。是不是夢幻到根本不敢想！

但故事填補了現實生活中的殘酷。看著英國攝政時期的輝煌，看社交季裡爭著要把自己嫁掉的女孩兒們，看不相信愛情的安東尼，如何發現真愛已經悄悄降臨……

這是個比現實美麗千百倍的、讀後會讓胸口中滿溢甜滋滋幸福感的純愛故事。

推薦給跟我一樣，雖然早就在無情的現實中學會勇敢，卻依然相信愛情的每一個你！

【讀者佳評如潮】

《子爵之戀》乍看之下是很套路的故事：男主角安東尼是英俊富有、不談感情的子爵，女主角凱特是落魄貴族兼大齡壁花。凱特因為不願意自己的妹妹人生毀於浪蕩子，所以極力阻止安東尼追求妹妹，自己卻在不經意間愛上了對方。這類型歡喜冤家小說，資深羅曼史讀者可能都看過上百本了。

我覺得本書能夠從同類型小說中脫穎而出，女主角凱特的塑造功不可沒，她聰明，和安東尼鬥嘴總是妙語如珠，又不至於得理不饒人。在她理性自持的外表下，雖然會因為妹妹的美麗而自慚形穢，又不會過份自卑到意志消沉。從主角性格塑造到曖昧情愫拉扯，作者都營造得非常細膩，前一刻他們在鬥嘴，我噗哧笑了；下一秒他們彼此試探又裹足不前，我的心也跟著揪了起來。

如果要用一句話描述這本書，我會說它八分歡樂、十足揪心又無限浪漫。

整體而言這是一本好看的羅曼史，推薦給愛看羅曼史的妳。

——讀者　餐桌上的羅曼史學家

《Bridgerton》可說是結合時尚、愛情、當時上流社會風氣的縮影。我對歐洲（英國）貴族的歷史文化、建築非常感興趣。

一開始就用 lady whistledown 的旁白以 Dear Reader 開頭，有種耳目一新的感覺，營造一種觀眾就是拿爆米花觀看 Bridgerton 一家的走向。

Bridgerton 家族的每個人個性都十分鮮明可愛，尤其 Eloise 的女權主義，可見 Lady Violet Bridgerton 把孩子們教育得非常有特色、也不怕女子多有自己的想法，這樣的母親也讓人印象深刻。

第二季主軸在 Anthony 與 Sharma 姊妹的愛情糾葛，很明顯持續第一季 Anthony 對 Daphne 婚姻的過度保護鮮明了他的固執，但也拉回闡述內心的陰影，好在最後是美好的收尾。期待第三季，也希望有機會能看原著！

《Bridgerton》對於人性表面跟底層情感的刻畫，真的值得一看！

——網友　Ann Chen

看完第一季影集時，很希望能夠再看 Daphne 和 Hasting 的續集，當發現第二季的主題是大哥的愛情線，說實在一開始有點失望，因為第一季時他的造型不像第二季這麼乾淨，有鬍碴又一頭亂髮……

直到第二季看到被打理得煥然一新的男主角，和超有個性恰北北的女主角騎馬 PK，就決定要馬上追完，兩人的個性因為太相像，好勝、要強，所以在見到對方的第一眼其實就彼此吸引了，但是自尊都高的兩人是絕不可能承認的。

好像是「我如果先承認我愛上你，那我不就輸了？」整季一直是這樣的心情。

而造成兩人相像的個性都是因為失去父親。

男主角因為摯愛的父親在他眼前逝去，被迫一夜長大堅強獨立的他，從此防備起自己的心不敢去愛，因為太過害怕再次面對失去愛的痛苦，迷失在花叢中，持續著一段又一段他永遠不必負起責任的關係和感情。

女主角則是異常成熟懂事，在父親過世後，對繼母和妹妹的愛讓她一肩扛起家裡所有的責任，甚至越位做了許多事，好像她才是媽媽一樣，但是最後媽媽和妹妹都明白表示，不需要凱特做任何事她們都是愛她的。

所幸男女主角在最後某幾個關鍵時刻，對彼此的愛意沒有讓他們永遠錯過對方。

其中真的非常喜歡他們每場競賽的情節，女主角拿走他的球槌，讓一個如此有權威的大哥瞬間落到被弟妹們嘲弄的地位，他愈是表現出生氣的情緒，就代表他對女主角的愛意愈加深厚。

——網友 Imogen Wu

當初會看《柏捷頓家族：名門韻事》這齣劇，是因為在國外排行榜看到，然後又剛好跟作者一樣，非常喜歡英國攝政時期非常著名的女作家——珍．奧斯汀的故事，所以對這個時期的服裝、背景與劇情非常期待。

還特別去圖書館借小說來看，後來影集出來了，覺得拍得非常好！用旁觀者的小報作家來看當時上流及中產階級的各種聯誼活動，非常有趣，也很像古代版的花邊教主（美國影集）。劇情的結尾也衝擊地揭露一些事情，是很完整的愛情故事。

非常感謝再次出版本書，讓更多人可以收藏，也期待看到新的番外篇喔！

——網友 Chou Chou

知道這部作品是因為去年開始看羅曼史小說的關係，印象中《Bridgerton》是一部非常經典和知名的羅曼史小說系列……

影集的某些部份與改編之處讓人覺得很有趣，自己的觀賞方式是將小說與影集分成兩個作品來看，這也的確找出了不同的觀賞方式！

畢竟在不同載體上的轉換與改編下有些東西的取捨或增加，對原作粉絲來說會有不同的體驗，這也是件很有趣的事情。

我認為柏捷頓家族觀賞的面向更多的是男女主角們之間的火花與人與人之間的關係，羅曼史小說與影集並不全只是無腦的戀愛情節與床戲，更多的是能看見作者們與創作者們揉入其中的價值觀與想法，角色之間的情感和那些服裝與場景都很讓人喜愛（在影視化下這些東西更容易讓人融入其中）……這是一部能夠輕鬆觀賞以及開心看著各種浪漫情節的影集U_U真的很感謝有機會看到中文版小說，十分期待！

——網友 Virgil Fan

很多年前看過《公爵與我》小說，當時就非常喜歡，看了第一本就衝動得把當時能買到的系列都買了，多年後知道喜歡的小說影視化真的非常喜悅，也約好朋友認真地看完了第一季，覺得拍得很棒，完美呈現出我的想像。

這個系列小說看完之後，最喜歡的依然是《公爵與我》，除了ABCD命名讓人印象深刻，達芙妮和賽門的互動也令人著迷，不完美的賽門勇敢克服自己的缺陷之後，又克服自己與童年的陰影，接受達芙妮帶給他的幸福，這個邁向未來而努力的過程讓人感動。

當然威索頓夫人的報紙完美貫穿這個系列，當初知道威索頓夫人的真實身分還讓我有點吃驚，面對本身缺陷的無奈，轉而將一切盡情嘲諷，順便連貫劇情的這個手法也讓人覺得欽佩，當然每次她寫的信也都讓我非常喜歡。

——網友　吳巧克

親愛的讀者：

讓我們面對現實吧，大家讀羅曼史小說就是想要談一場戀愛。尤其是與男主角轟轟烈烈愛一場。這並不是說我們不在乎女主角——事實上，對我來說，如果她不是我想當成閨蜜的那種人，那麼這本書一定不會成功。

但是，男主角還是不一樣。我在此鄭重聲明，我非常愛慕我的丈夫（除了他幫我「修理」電腦那一次），但抱歉啦，只要給我一本《傲慢與偏見》，我每次都會重新愛上達西先生。

這就是為什麼當我坐下來寫《子爵之戀》時，整個人興奮得不得了。我將與安東尼．柏捷頓一起度過接下來的六個月。

在《公爵與我》中，我已經認識並愛上了這個角色。他英俊、聰明，習慣讓一切盡在掌握之中——換句話說，他是完美的羅曼史男主角。

但是我不喜歡讓筆下的角色個個完美。完美的人物過著完美的無聊生活，在我看來，那不會是一本好看的羅曼史小說。所以我做了個決定：安東尼仍然會是英俊而聰明的，但絕非完美無瑕。而且這一次，他、絕對、不可能心想事成。

希望你喜歡《子爵之戀》。哦，也別忘了好好談一場戀愛……

你誠摯的，

茱莉亞．昆恩

【致謝】

獻給小鵝扭扭（Little Goose Twist）
在這本書的寫作過程中
一直陪伴著我
我等不及想見到你！

——

也獻給保羅（Paul）
儘管他對音樂劇過敏

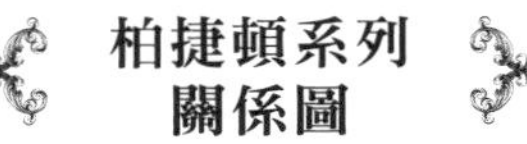

柏捷頓系列
關係圖

薇莉・勒杰 & 艾德蒙・柏捷頓
1766- 1764-1803

柯林
1791-
《情聖的戀愛》
柏捷頓系列4

艾洛伊絲
1796-
《書信傳深情》
柏捷頓系列5

葛雷里
1801-
《婚禮途中》
柏捷頓系列8

班尼迪特
1786-
《紳士的邀約》
柏捷頓系列3

達芙妮
1792-
《公爵與我》
柏捷頓系列1

男主角
賽門・貝瑟
哈斯丁公爵

弗蘭雀絲卡
1797-
《浪子情深》
柏捷頓系列6

海辛絲
1803-
《盡在一吻中》
柏捷頓系列7

安東尼
1784-
《子爵之戀》
柏捷頓系列2
女主角
凱薩琳・雪菲德
(凱特・雪菲德)

序篇

安東尼．柏捷頓一直認為自己會英年早逝。

這並不是指他沒機會長大。小小的安東尼從來都不需要煩惱自己還能活多久。自出生起，他就擁有任何男孩夢寐以求的完美童年。

安東尼確實是一個歷史悠久、家底殷實的子爵家族繼承人，但與其他大多數貴族夫婦不同，柏捷頓閣下與夫人非常相愛，這個兒子在他們眼中不僅僅是爵位繼承人，而是一個愛的結晶。

因此，安東尼誕生時沒有派對、沒有慶典，也沒有普天同慶，只有一位母親和一位父親滿懷驚喜地注視著他們的新生兒。

柏捷頓夫婦很年輕就做了爸媽，艾德蒙不到二十歲，薇莉只有十八歲。但他們很理智，也很堅強，他們鍾愛這個兒子，那種熱情和投入在他們的社交圈裡是很少見的。薇莉堅持親自為這個孩子哺乳，這把她的母親嚇壞了，而艾德蒙也一直都不贊成當時流行的看法：父親不應該過問太多關於小孩的事。

艾德蒙會抱著嬰兒在肯特郡的田野上散步，在孩子還無法理解詞語之前就對他講述哲學和詩歌，每天晚上都以睡前故事陪伴孩子入眠。

由於子爵和子爵夫人如此年輕，又非常相愛，所以安東尼出生僅僅兩年，就有了弟弟班尼迪特，這也是合情合理。為了帶兩個兒子一起去散步，艾德蒙立即調整他的日常作息，並且花了一整個星期待在馬廄裡，和皮件師傅設計出一個特殊的背包，可以把安東尼背在身上，同時把小班尼迪特抱在懷裡。

他們走過田野和小溪，他告訴孩子們那些美好的事物，美麗的花朵和晴朗的天空，還有穿著閃亮盔甲的騎士和遇險的少女。

當他們全都頂著一頭被風吹亂的頭髮、曬得滿臉通紅地回到家時，薇莉總是會哈哈大笑。艾德蒙會說：「看，這就是我們的落難少女，顯然我們必須拯救她。」

安東尼會撲到母親的懷裡，一邊咯咯傻笑，一邊發誓要保護她不被（僅僅三公里外）村子裡的那隻噴火龍吃掉。

「僅僅三公里外？」薇莉會大聲驚呼，聲音裡刻意帶點恐懼：「老天保佑，如果沒有三個強壯的男人保護我，我該怎麼辦？」

「班尼迪特只是個小娃娃。」安東尼會回答。

「但他會長大的，就像你一樣。」她總是說，揉揉他的頭髮，「而你也會繼續長大。」

艾德蒙總是一視同仁愛著他所有的孩子，但每逢夜晚，當安東尼把柏捷頓家傳懷錶捧在胸前（這是艾德蒙在安東尼八歲生日送給他的，艾德蒙自己八歲生日時也從他的父親手中收到了這只懷錶），安東尼總是認為，他和父親的關係比起其他人還是有一點點不同。這倒不是因為艾德蒙最疼他；那時柏捷頓兄妹已經有四人（柯林和達芙妮年紀非常相近），而安東尼很清楚，他的父親確實疼愛每一個孩子。

安東尼認為他與父親的關係最特別，只是因為他認識他的時間最長。畢竟，無論班尼迪特認識他們的父親多久，安東尼總是比他多兩年，比起柯林則是多了六年。至於達芙妮，除了她是個女孩（可怕的生物）之外，她認識父親的時間比他少了整整八年，而且，他時常提醒自己，這個事實永遠都不會改變。

毋庸置疑，艾德蒙．柏捷頓是安東尼整個世界的中心。他高大挺拔，肩膀寬厚，騎術高超得像是天生就會騎馬。

他總是知道算術題的答案（即使連老師都不知道），他認為兒子們應該擁有一間樹屋（於是便親自動手蓋了），他擁有那種能讓你從心底感到溫暖的笑聲。

艾德蒙教安東尼如何騎馬、教他如何射擊、教他游泳。他親自帶安東尼去伊頓公學，而不是像大多數安東尼的同學那樣，讓僕人陪著坐馬車過去。當他看到安東尼緊張地打量將成為未來新家的學校時，他與他的長子促膝長談，向他保證一切都不用擔心。

事實也是如此。安東尼知道一切都會順順利利，畢竟他的父親從不撒謊。

安東尼愛他的母親。若能守護她平安健康，就算要他犧牲一隻手臂也在所不惜。但在成長過程中，他所做的一切，每一次成就、每一項目標、每一個希望和夢想，都是為了他的父親。

然而有一天，一切都變了。

他事後回想，整件事其實很荒謬。一個人的生活可以在瞬間改變，前一分鐘世事如常運行，下一分鐘卻天翻地覆。

事情發生在安東尼十八歲的時候。他回家過暑假，準備成為牛津大學的新鮮人。他將就讀於萬靈學院（All Souls College），就像他父親當年那樣。他的生活就像任何十八歲的孩子應該享有的，既燦爛又耀眼。他發現了女人的迷人之處，更美妙的是，女人也發現了他。他的父母仍在愉快地生兒育女，家中成員又多了艾洛伊絲、弗蘭雀絲卡和葛雷里。每當安東尼在走廊上與母親擦肩而過，他要很努力才能忍住不翻白眼——**她正懷著第八個孩子！**

在安東尼看來，父母親在他們那個年齡還生孩子實在有點丟人，但他決定不予置評。

他有什麼資格懷疑艾德蒙的智慧？也許他自己到了三十八歲時也會想要更多的孩子。

序篇

安東尼發現事情不對勁的時候，已經是下午了。他和班尼迪特剛騎了很久的馬回來，班尼迪特還留在馬廄裡，他們倆打了個愚蠢的賭，輸家要替兩匹馬洗澡。

安東尼一推開家族祖宅奧布雷莊園的前門，就看到十歲的妹妹坐在地板上。

看到達芙妮時，安東尼的腳步頓了一下。妹妹坐在大廳地板中間已經很奇怪了，更奇怪的是，她在哭。

達芙妮從來沒有哭過。

「小芙？」他遲疑地開了口。他還太年輕，還不知道該如何對待一個哭泣的女孩，也不知道自己有朝一日是否能弄懂。「怎麼……」

但他還沒說完，達芙妮就抬起了頭，那雙棕色大眼睛裡的痛苦像刀子一樣刺穿了他的心。他踉蹌倒退一步，知道事情不妙，非常不妙。

「他死掉了，」達芙妮低聲說：「爸爸死了。」

當下安東尼認為自己絕對是聽錯了。他的父親不可能死去。有些人年紀輕輕就去世了，比如雨果叔叔，但雨果叔叔的身體一直都很瘦弱。至少比艾德蒙瘦弱。

「妳弄錯了，妳一定是弄錯了。」他告訴達芙妮。

她搖頭，「艾洛伊絲告訴我的。他被……被……」

安東尼知道他不應該在妹妹啜泣時抓著她搖晃，但他無法控制自己。「被什麼，達芙妮？」

「一隻蜜蜂，」她低聲說：「他被一隻蜜蜂叮了。」

那一瞬間，安東尼當場僵住，只能死死瞪著她。最後他以嘶啞到幾乎無法辨認的聲音說：「好好的人不會被蜜蜂叮死的，達芙妮。」

她沒有回答，只是坐在地板上，喉嚨不斷大力吞嚥，試圖控制住眼淚。

「他以前也被叮過啊，」安東尼接著說，聲音越來越大：「我當時和他在一起，我們都被叮了。我們碰到一個蜂巢，我的肩膀被叮了。」他的手不由自主抬起來，撫摸多年前遭到蜂螫的地方，他小聲地補充：「他則是在手臂上。」

達芙妮只是眼神空洞地望著他。

「他那時候沒事，人怎麼可能因為小小一隻蜜蜂而死！」安東尼很堅持。他可以聽到自己聲音中的恐慌，也知道這會嚇到妹妹，但他無法控制。

達芙妮搖了搖頭，雙眼突然變得像是有一百歲那麼蒼老。「就是因為蜜蜂，」她用機械似的聲音說：「艾洛伊絲看到了。前一分鐘他還站在那裡，後一分鐘他就……他就……」

安東尼感到一種非常奇怪的感受在他體內堆積，像是血肉就要衝破他的皮膚。

「就什麼，達芙妮？」

「走了。」她似乎對這個詞感到困惑，就像他一樣不知所措。

安東尼拋下坐在大廳的達芙妮，三步併作一步衝上父母的臥室。他的父親肯定沒有死，一個好端端的人不可能死於蜂螫。這不可能。完全是胡扯。艾德蒙．柏捷頓還年輕，他強壯、高大，肩膀寬闊，肌肉充滿力量。一隻微不足道的蜜蜂怎麼可能把他螫死。

但是，當安東尼衝進樓上大廳，看見十幾個僕人守在門邊卻連大氣都不敢出，那份徹底的寂靜，讓他明白了情況的嚴重性。

還有那些人臉上的憐憫……他這輩子永遠不會忘記那種表情。

他以為他必須撥開人群才能擠進父母的房間，但僕人們讓出了一條路，像是紅海自動分開的水。安東尼推開門的當下，他就知道了。

他的母親坐在床邊，沒有哭泣，甚至沒有發出任何聲音，只是握著他父親的手，慢慢地來回搖晃。他的父親一動也不動。靜得就像……

安東尼甚至不願意去想那個詞。

「媽媽？」他哽咽著說。

他已經很多年沒有這樣叫她了，自從他去伊頓唸書後，就一直稱她為「母親」。

她緩緩轉過身來，彷彿在一條很長很長的隧道裡聽到了他的聲音。

「怎麼回事？」他低聲問。

她搖搖頭，兩眼無神地看向遠方，「我不知道。」

她的嘴唇微微分開，好像想多說點什麼，卻又忘了要繼續說下去。

安東尼向前走了一步，動作笨拙而僵硬。

「他走了，」薇莉終於低聲說：「他走了，我……哦，老天，我……」她一手輕撫著肚子，懷著孩子的腹部飽滿而圓潤。「我告訴他——哦，安東尼，我告訴他——」

她看起來彷彿隨時會崩潰。

安東尼把刺痛眼睛和喉嚨的淚水憋回去，走到她身邊。「沒事的，媽媽。」

即使他知道不可能沒事。

「我告訴他，這必須是我們的最後一個孩子，」她大口喘息，靠著他的肩頭啜泣。「我告訴他，我不能再生育了，我們要小心一點，而且……哦，老天，安東尼，我願意付出一切讓他活著，我願意為他再生一個孩子。我不明白，我只是不明白……」

她痛哭失聲。安東尼抱著她，一句話也沒說，沒有任何言語可以形容他心中的悲痛。

他也不明白。

當天晚上，醫生們來了，他們同樣表示不解。他們曾經聽說過類似狀況，但在如此年輕力壯的

人身上從來沒發生過。艾德蒙的生命力如此旺盛、如此強大；沒有人能預料。子爵的弟弟雨果確實在前一年猝逝，但這種事情不一定有家族病史。此外，儘管雨果是在戶外獨自死去，但並沒發現他的皮膚上有任何蜜蜂叮咬的痕跡。

話說回來，當時也沒人想到應該檢查一下。

醫生們一直宣稱「沒有人能預料」，一遍又一遍，直到安東尼恨不得掐死他們所有人。最後，他把醫生趕出家門，然後送他的母親去休息。他們不得不讓她先搬去一間空置的臥室；一想到要睡在她和艾德蒙共枕多年的床上，她的情緒變得很激動。

安東尼設法讓他的六個弟妹也上床睡覺，告訴他們明早再談，一切都會好起來的，他會像父親希望的那樣照顧他們。

然後，他走進父親停靈的房間。他凝視著父親，就這麼看了幾個小時，幾乎眼都沒眨一下。

他離開房間時，對自己的生命有了一種新的看法，也對自己的死亡有了新的認知。

艾德蒙．柏捷頓在三十八歲時去世。

安東尼不認為自己能在任何方面超越他的父親，甚至是壽命。

LADY WHISTLEDOWN´S SOCIETY PAPERS

當然，關於浪子的話題以前就在本專欄討論過，筆者得出的結論是：這世上有假浪子，也有真浪子。

安東尼·柏捷頓就是一個真浪子。

假浪子是年輕、不成熟的傢伙。他會炫耀自己的情場成就，舉手投足都極其愚蠢，並自認為他對女人來說很危險。

真浪子則**心知肚明**，他對女人來說確實危險。

他不會炫耀自己的豐功偉業，因為他不需要。他知道自己會被男女老少私下議論。事實上，他寧願這些人大可不必拿他當作話題。他知道自己是什麼樣的人，做過些什麼事；對他來說，妄自揣測他這個人毫無意義。

他不會做出愚蠢的舉止，原因很簡單，因為他不是個白癡（至少不會比我們認為的全天下男人更愚蠢）。他對社交界的各種毛病感到厭煩，但老實說吧，很多時候筆者也不能說他這樣有錯。

如果這些都還不能完美地描述柏捷頓子爵（這位絕對是本季條件最佳的黃金單身漢），筆者將立即封筆引退。唯一的問題是：一八一四年的社交季是否會讓他終於屈服於婚姻帶來的幸福？

筆者認為……

哪有可能。

《威索頓夫人的韻事報》

20 April 1814

1

「拜託不要告訴我，」凱特．雪菲德對整個房間說：「她又在寫柏捷頓子爵了。」

比她小四歲的同父異母妹妹艾溫娜，從報紙後面抬起頭來，「妳怎麼知道？」

「妳正像個瘋婆子一樣傻笑啊。」

艾溫娜咯咯笑起來，姊妹倆坐著的藍色錦緞沙發也開始輕輕搖晃。

「說對了吧？」凱特輕戳了一下妹妹的手臂，「當她寫到那些花名在外的浪子時，妳總是吃吃傻笑。」但凱特自己也笑了，調侃妹妹總是能讓她開心。當然，是以一種善意的方式。

艾溫娜的母親瑪麗．雪菲德，也是凱特將近十八年的繼母，從手中的刺繡抬頭瞥了一眼，推了推鼻梁上的眼鏡，「妳們兩個在笑什麼？」

「凱特不高興，因為威索頓夫人又在寫那個浪蕩的子爵。」艾溫娜解釋。

「我沒有不高興。」凱特反駁，儘管沒人在聽。

「柏捷頓？」瑪麗隨口問。

艾溫娜點頭，「是的。」

「她很愛寫他啊。」

「我想她只是喜歡寫浪子。」艾溫娜評論道。

「她當然喜歡寫浪子，」凱特接話：「如果她寫的是無趣的傢伙，就不會有人買她的報紙。」

「才不是這樣，」艾溫娜立即回答：「就在上週，她寫了我們呢，我們哪算得上倫敦最有趣的人物啊。」

凱特被妹妹的天真逗笑了。凱特和瑪麗可能不是倫敦最有趣的人，但艾溫娜，由於她那一頭奶油色的金髮和迷人的淡藍色眼睛，已經被譽為一八一四年最迷人的女神。另一方面，有著平凡棕色頭髮和眼睛的凱特，通常被稱為「女神的姊姊」。

她相信應該還有更難聽的外號，但至少還沒有人當面稱她為「女神的老處女姊姊」。這比雪菲德家願意對外承認的更接近事實。二十歲的凱特（如果要嚴格計算的話，差不多二十一歲了），對於正要在倫敦享受首次社交季的女孩來說，年紀確實是有點大了。

但她沒有其他選擇。即使凱特的父親還在世時，雪菲德家也不富裕。而自從他五年前去世後，家裡就被迫進一步省吃儉用。她們當然還不至於要搬去貧民窟，但確實必須注意每一分錢，看好每一英鎊。

由於經濟拮据，雪菲德家只付得起去倫敦一趟的資金。租房子、租馬車，以及在社交季雇用最低數量的僕人，都需要錢。這筆錢他們負擔不了兩次。她們必須存下整整五年的錢，這趟倫敦之旅才能成行。如果這兩個女孩在婚姻市場上鎩羽而歸……她們雖不至於因為欠債而被關進監獄，但迎接她們的將會是在薩默塞特郡的某間鄉間小屋裡，過著幽靜的極簡生活。

於是，兩名女孩被迫於同一年在社交界亮相。她們認為，最合適的時間會是艾溫娜剛滿十七歲、凱特將近二十一歲的時候。瑪麗本想等到艾溫娜十八歲，等她更成熟一些，但這樣一來凱特就差不多二十二歲了，天啊，那時誰會想娶她呢？

凱特苦笑了一下。她根本不想參加社交季。她從一開始就知道，自己不是那種能吸引上流社會注意力的人。她沒有漂亮到能讓人忽略她缺乏嫁妝的問題，她也學不會如何故作神祕地微笑、嬌俏地走路，以及如何做那些其他女孩彷彿從出娘胎就駕輕就熟的事。即使是完全沒有一絲心機的艾溫娜，也自然而然知道該如何站立、行走和輕嘆，讓男人為了誰有幸能護送她過馬路而大打出手。

與之相反，凱特總是抬頭挺胸，站姿筆挺，走得像行軍一樣快。整天坐著不動簡直要她的命。

她總是不懂，為什麼不能這樣做？如果一個人想去某個地方，為什麼不能走快一點？

至於眼前這個倫敦社交季，老實說她甚至不大喜歡這座城市。她確實過得很開心，也遇到了不少好人，但對於一個留在鄉下就很滿足，只想在那裡找個聰明男人結婚的女孩來說，倫敦之行似乎只是在浪費錢。

但瑪麗不理會這些，「我嫁給妳父親時，發過誓要疼愛妳，用對親生孩子同樣的關心和愛來撫養妳。」

「但是……」凱特試著插嘴，然而瑪麗還是繼續說：「我對妳已故的母親有責任，願她安息，而這份責任的一部分就是看到妳快樂無憂地嫁出去。」

「我可以在鄉下快樂無憂地生活。」凱特回答。

瑪麗反駁：「在倫敦有更多男人可以選擇。」

艾溫娜也跟著幫腔，堅持說沒有姊姊在，她會非常難過。凱特向來不忍心看到妹妹不開心，於是她的命運就此註定。

所以她來了——在倫敦一個勉強還算時髦的地段，坐在租屋中一個稍顯陳舊的客廳裡，然後……她狡黠地四處張望了一下……然後一把從她妹妹手中把報紙搶過來。

「凱特！」艾溫娜吃了一驚，眼睛盯著自己右手拇指和食指之間僅剩的一小片報紙。「我還沒看完呢！」

「妳已經看了很久啦，」凱特調皮地笑著說：「此外，我想看看威索頓夫人今天對柏捷頓子爵有什麼看法。」

艾溫娜那雙一向被譽為美麗平靜如蘇格蘭湖泊的眼睛，閃爍著不懷好意的光芒，「妳對子爵的興趣非常大啊，凱特。妳是不是有什麼事沒告訴我們？」

「別傻了。我根本不認識這個人。如果我認識，我可能會有多遠逃多遠。他正是我們兩個人應該拚死命避免遇到的那種人，我看連冰山都會被他撩到融化。」

「凱特！」瑪麗驚呼。

凱特做個鬼臉。她忘了繼母還在旁邊。

「呃，是真的嘛，我聽說他的情婦數量比我度過的生日還多。」她補充說。

瑪麗看了她幾秒鐘，似乎在考慮是否要回應，但最後只是說：「雖然這個話題不大適合妳聽，但很多男人都是如此。」

「哦。」凱特臉紅了。當你試著提出某個偉大的觀點卻被迅速反駁，實在相當沒面子。「好吧，那麼，那他可能比別人多兩倍。不管怎麼說，他比大多數男人都風流，不是艾溫娜應該給機會的那種人。」

「**妳也在享受社交季啊**。」瑪麗提醒她說。

凱特不以為然地看了瑪麗一眼。她倆都清楚，如果子爵打算追求一個雪菲德家的女孩，那絕不會是凱特。

「我覺得這些報導不會改變妳的看法，」艾溫娜聳聳肩，向凱特靠近一些，以便看清楚報紙上的內容，「老實說，她對他本人其實沒講什麼。這更像是一篇關於浪子的小論文。」

凱特的視線掃過一行行的文字。「嗯哼，」她最常露出的表情是不屑，「我敢打賭，她是正確的。子爵今年可能達不到要求了。」

「妳每次都認為威索頓夫人是正確的。」瑪麗笑著低語。

「她通常都是啊，」凱特回答：「您必須承認，作為一個八卦專欄作家，她展現出了非凡的理智。她對我目前在倫敦所遇到每個人的評價，幾乎都正確無誤。」

「妳應該自己判斷，凱特，根據一個八卦專欄來發表看法是不合適的。」瑪麗輕聲說。

凱特知道繼母說得對，但她不想承認這一點，所以她只是又發出一聲「嗯哼」，繼續閱讀手中的報紙。

毫無疑問，《威索頓夫人的韻事報》是全倫敦最有趣的讀物。凱特不大確定這份八卦報是什麼時候冒出來的，據說是去年。但有一點可以肯定。不管威索頓夫人是誰（沒有人真正知道她的身分），她絕對是某位交遊廣闊的上流社會成員。她一定是。沒有人能像她一樣挖掘出每週一、三、五在專欄中刊登的所有八卦。

威索頓夫人總是有最新的小道消息，而且與其他專欄作家不同，她毫不避諱使用人們的全名。例如，上週發現凱特穿黃色衣服不好看後，她明明白白地寫道：*黃衣服讓深色頭髮的凱薩琳·雪菲德小姐看起來像一朵凋謝的水仙花。*

凱特並不在意這種羞辱。她不止一次聽人說過，一個人在沒被威索頓夫人羞辱過之前，都不能認為自己「紅了」。即使是艾溫娜。以任何人的標準來看，她都是個超人氣社交寵兒，也不得不羨慕只有凱特被挑出來品頭論足。

即使凱特並不怎麼想在倫敦過完社交季，但如果她必須參加社交活動，最好別變成一個徹頭徹尾的失敗者。如果在八卦專欄中受到羞辱是她成功的唯一象徵，那就隨它吧。小勝利總比沒有好。

現在，當潘妮洛普．費瑟林頓炫耀穿著橘色綢緞禮服的自己被比喻為過熟的柑橘時，凱特可以不在意地擺擺手，裝模作樣地嘆息：「是喔，唉，我則是一朵凋謝的水仙花。」

「總有一天，有人會發現那個女人的真實身分，然後她就會有麻煩了。」瑪麗宣稱，用食指又推了推她的眼鏡。

艾溫娜興味十足地看著她的母親，「您真的認為會有人把她的底細揪出來嗎？她已經成功保密一年多了呢。」

「這麼大的事情，不可能永遠都是祕密，」瑪麗用針戳進手上的繡品，把一長條黃色的線穿過布料，「記住我的話，一切真相遲早都會曝光，到時候，前所未見的醜聞將在全城爆發。」

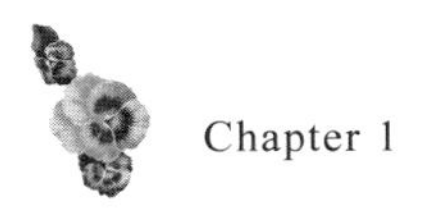

「好吧，如果我知道她是誰，」凱特翻到單張報紙的背面，「我應該會讓她成為我最好的朋友。她太有趣了，而且不管別人怎麼說，她幾乎料事如神。」

就在此時，凱特那隻稍嫌過胖的柯基犬「牛頓」小跑著進入房間。

「那隻狗不是應該待在外面嗎？」瑪麗問道。當小狗搖搖晃晃走到她腳邊咧著嘴喘氣，似乎在等待一個吻時，瑪麗隨即大叫起來：「凱特！」

「牛頓，立刻過來。」凱特命令。

小狗依依不捨地望著瑪麗，然後蹣跚走到凱特身邊，跳上沙發，把前爪放在她的腿上。

「妳全身都會沾到狗毛。」艾溫娜說。

凱特聳聳肩，撫摸著牠豐厚的焦糖色毛髮，「我不介意。」

艾溫娜嘆口氣，但還是伸出手胡亂摸了摸牛頓。「她還說了什麼？」她好奇地向前靠了靠，「畢竟我一直沒機會看到第二頁。」

妹妹的挖苦使凱特忍俊不禁，「不多。有一些關於哈斯丁公爵和公爵夫人的消息，顯然他們是在本週稍早時抵達城裡的，還有一份丹柏莉夫人舞會上的食物清單，她表示是『出乎意料的美味』，以及對費瑟林頓夫人上星期一的禮服不怎麼正面的描述。」

艾溫娜皺眉，「她似乎真的滿常挑剔費瑟林頓家。」

「這也難怪，」瑪麗說著站起身來，放下她的刺繡，「就算被一道彩虹勒住脖子，那個女人也不懂該怎麼為她的女兒們挑選衣服的顏色。」

「母親！」艾溫娜驚呼。

凱特用手捂住嘴，努力不笑出聲。瑪麗很少發表這麼主觀的看法，但當她這樣做時，總是令人讚嘆。

「是真的。她一直給她家老么穿橘色的衣服，所有人都看得出來，那個可憐的女孩該穿藍色或薄荷綠。」

「您可是給我穿了黃色的衣服。」凱特提醒她。

「我很抱歉我這麼做了，這個教訓告訴我，不該聽信售貨女郎的意見，而是相信自己的判斷。我們就把那件改一改讓艾溫娜穿吧。」

由於艾溫娜比凱特矮了整整一個頭，而且骨架比凱特更嬌小，這倒是沒什麼問題。

「妳改那件裙子來穿時，」凱特轉向她的妹妹說：「要記得壓平袖子上的荷葉邊，它很容易讓人分心，而且很癢。在亞敘本家的舞會上，我一直想把它扯下來。」

瑪麗翻了個白眼，「我真是既驚訝又感激，妳竟然忍住了。」

「我也很驚訝，但不到感激的地步。想想看，威索頓夫人若是看到那一幕的話會有多開心。」

艾溫娜調皮地笑了。

「啊，也對，我可以猜得到：『凋謝的水仙花扯下了她的花瓣。』」凱特說，回以一個甜甜的笑容。

「我要上樓了，」瑪麗宣布，對女兒們的嬉鬧不予置評，「不要忘記我們今晚有個派對要參加。妳們兩位小姐最好在出門前休息一下。這肯定又會是一個漫長的夜晚。」

凱特和艾溫娜點了點頭，嘟囔著表示沒問題。瑪麗收拾好她的繡品，離開了房間。她一走，艾溫娜就轉向凱特，問道：「妳決定今晚穿什麼了嗎？」

「綠色的輕紗吧。我知道自己應該穿白色的，但我擔心它不適合我。」

「如果妳不穿白色的衣服，那我也不穿，我要穿那件藍色棉裙。」艾溫娜死忠地說道。

凱特點頭表示贊成，重新瞄了一眼手中的報紙，同時試著抓穩牛頓，牠已經翻過身來，正四腳朝天等著讓人揉肚子。

「上週貝布洛克先生才說，妳穿藍色衣服就像一位天使，因為它與妳的眼睛如此相配。」

艾溫娜驚訝地眨眨眼睛，「貝布洛克先生這麼說？對妳？」

凱特抬起頭，「對啊，妳的所有追求者都想透過我轉達他們的讚美。」

「他們會這樣做？為什麼？」

凱特帶著一絲愛憐，緩緩揚起嘴角，「這個嘛，艾溫娜，可能與妳在史麥史密家的音樂會上向全體觀眾宣布，沒有得到妳姊姊的認可，妳永遠不會嫁人有關。」

艾溫娜的小臉泛起淡淡的緋紅，「不是所有的觀眾啦。」她喃喃地說。

「是的話還比較好。這個消息傳得比屋頂著火還快。當時我根本不在現場，但才過兩分鐘我就聽說了。」

艾溫娜雙手抱胸，發出一聲「嗯哼」（口氣聽起來很像她姊姊）。「嗯，這是我的真心話，我不在乎有多少人知道。大家都期待我能嫁得好，但我不想託付下半輩子給一個不會對我好的人。任何有毅力能打動妳的男人，一定差不到哪裡去。」

「我就這麼難被打動嗎？」

兩姊妹對望一眼，然後異口同聲回答：「沒錯。」

但在和艾溫娜一起哈哈大笑的時候，凱特心中卻冒出了一絲愧疚。雪菲德家三個人都心知肚明，只有艾溫娜能成功獲取一位貴族的芳心，嫁到某個有錢人家裡，確保她的家人不必在打腫臉充胖子的貧困中度過一生。艾溫娜是個美人，而凱特是……

凱特就是凱特。

凱特並不在意。艾溫娜的美貌只是人生中的一項事實，而有些現實凱特早已接受。如果不自己領舞，凱特永遠學不會怎麼跳華爾滋；她總是害怕閃電雷鳴，無論她告訴自己多少次，怕成那樣其實很傻；無論她穿什麼、無論她如何打理秀髮或讓自己的臉色更紅潤，她都不會像艾溫娜一樣美。

此外，凱特也不確定自己會喜歡像艾溫娜那樣，受到所有人的關注。她漸漸想通了一件事，她也不會喜歡為了養活母親和妹妹而不得不嫁入高門的這份責任。

「艾溫娜，」凱特輕聲說，眼神越來越認真，「妳不必嫁給妳不喜歡的人，妳知道的。」

艾溫娜點點頭，突然看起來好像快哭了。

「如果妳認為倫敦沒有任何男士能配得上妳，那也沒關係。我們只要回到薩默塞特，享受彼此的陪伴就好，反正我最喜歡和妳在一起。」

「我也是。」艾溫娜低聲說。

「如果妳真的找到一個讓妳心動的男人，瑪麗和我都會很高興。妳也不用擔心必須丟下我們，因為我們會在彼此的陪伴下生活得很好。」

「妳可能也會找到一個乘龍快婿。」艾溫娜指出。

凱特有點想笑。「可能會吧。」心知這多半不會成真，她不想一輩子當老小姐，但她懷疑自己能在倫敦找到丈夫。「也許妳的某個癡情追求者一旦發現妳高不可攀，就會轉向我。」她調侃道。

艾溫娜用抱枕打她，「別亂講。」

「我沒有亂講啊！」凱特抗議。

她真的沒亂講，事實就是如此。對她來說，這似乎是最可能在城裡找到丈夫的途徑。

「妳知道我想嫁給什麼樣的人嗎？」艾溫娜眼裡閃著夢幻的光芒。

凱特搖頭。

「一個學者。」

「**學者？**」

「學者。」艾溫娜堅定地說。

凱特清了清嗓子，「我不確定妳在倫敦社交季裡，能找到很多符合這條件的人。」

「我知道。」艾溫娜發出了一聲嘆息，「但事實是——即使我不應該公開說出口，妳也知道這

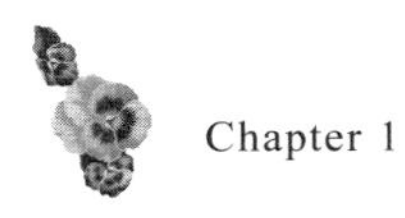

一點——我真的比較喜歡讀書。我寧願在圖書館裡度過一整天，而不是在海德公園裡閒逛。我想我應該比較享受和一個同樣喜歡學術研究的人一起生活。」

「對啦，嗯……」凱特的大腦瘋狂運轉起來。就算回到薩默塞特，艾溫娜也不可能找到一名學者共度一生。「妳知道，艾溫娜，我們很難在大學城以外的地方為妳找到一位真正的學者。妳可能要降低標準，找個像妳一樣喜歡讀書和學習的人就好。」

「那也行，一位業餘的學者，我就很滿足了。」艾溫娜高興地說道。

凱特鬆了一口氣。在倫敦找到一位喜歡讀書的人應該沒那麼難吧。

「而且妳知道嗎？」艾溫娜接著說：「妳真的不能以貌取人，業餘的學者有百百種。就連威索頓女士一直談論的柏捷頓子爵，內心深處也可能是個學者。」

「快住口，艾溫娜。妳不能和柏捷頓子爵扯上任何關係。大家都知道他是極度惡劣的那種浪子。事實上，他就是最壞的浪子，沒有之一。放眼整個倫敦，甚至全國而言！」

「我知道，我只是拿他舉個例子而已。此外，他今年也不打算找新娘。威索頓夫人是這麼說的，而妳自己也說，她幾乎總是對的。」

凱特拍了拍妹妹的手臂，「別擔心。我們會給妳找一個合適的丈夫。但不是——絕對絕對**不是柏捷頓子爵！**」

此時，她們品頭論足的對象，正和他三個弟弟的其中兩位在懷特俱樂部，享受午後小酌。

安東尼．柏捷頓往後靠向皮椅，若有所思看著手裡晃動的蘇格蘭威士忌，開口說道：「我在考慮結婚。」

總愛翹起兩隻前椅腳（這也是他母親最討厭的習慣）的班尼迪特．柏捷頓，聽到這句話，直接連人帶椅子向後摔了個四腳朝天。

柯林．柏捷頓被嚇得噎到，開始狂咳。

好在班尼迪特重新坐回來，及時在柯林的背上大力拍了一下，一顆綠橄欖被噴到了桌上，險些打中安東尼的耳朵。

安東尼一言不發，任由這一波尷尬狀況過去。他非常清楚，他突然發表的聲明是會令人有些許吃驚。

好吧，也許不止些許。「完全」、「絕對」和「極度」這些詞語出現在腦海中。

安東尼心裡明白，他並不像那種想結婚成家的男人。過去十年裡，他一直是最惡名昭彰的浪子，竭盡所能縱情享樂。因為他深知生命短暫，當然要盡可能享受。但他也有一定的操守，從不與家教嚴謹的年輕女性打交道。任何可能有權利要求與他談婚論嫁的對象，都是絕對禁區。

安東尼有四個妹妹，他對良家婦女的清譽心懷敬意。他之前差點要為其中一位妹妹和人決鬥，只因為她的名聲可能受損。至於其他三個……他必須老實承認，只要一想到她們可能和某個與他一樣聲名狼藉的人扯上關係，他就冒出一身冷汗。

不，他當然不會去招惹其他紳士的妹妹。

至於其他類型的女人——那些知道自己想要什麼、對遊戲規則了然於心的寡婦和女演員——他很享受她們的陪伴，一向樂在其中。

自從他離開牛津前往倫敦的那天起，他身邊的情婦就沒有斷過。

他想著，某些時候同時有兩個也不出奇。

他幾乎參加了社交界所有的賽馬活動，他也在傑克遜紳士俱樂部打拳擊，贏過的牌局多得數不清（也輸過幾場，但他不管這些）。他滿二十歲之後的十年間，一直全力追求快樂，頂多只會基於

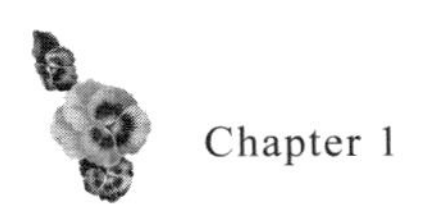

他對家人的強大責任感而略加收斂。

艾德蒙・柏捷頓的死完全令人措手不及；去世之前，他沒有機會向長子交代任何遺願。

但如果他有這個機會，艾德蒙肯定會要求安東尼，以和自己一樣的努力及關愛來照顧他的母親和兄弟姊妹。

因此，在安東尼參加各種派對和賽馬的空檔，他把弟弟們送進了伊頓公學和牛津大學，他去聽了妹妹們數不勝數的鋼琴演奏會（這可不是件容易的事，畢竟她們四人中有三個是音痴），並密切關注全家的財務狀況。他有七個弟妹，他認為自己有責任確保他們所有人的未來都能衣食無憂。

現在他已經將近三十歲了，他發現自己花在照顧產業和家人的時間越來越多，追求墮落和歡愉的時間則越來越少。

他意識到自己還滿喜歡這種改變。他仍然養著情婦，但同時間不會超過一個，他也發現自己不再覺得有必要參加每一場賽馬，或在派對上待到很晚，僅僅只為了贏得最後一手牌。

當然，壞名聲一直伴隨著他。老實說，他並不介意。被認為是英格蘭最惡名昭彰的浪子也有一定的好處。比如說，幾乎人人都怕他。

這向來是件好事。

但眼下是結婚的時候了。他總該安定下來，生個兒子。畢竟，他還有爵銜要傳下去。他確實感到一絲強烈的遺憾，也許還有一點內疚，因為他不大可能活著看到他的兒子長大成人。但他又能怎麼辦呢？他是柏捷頓家族第八代的長房長子，肩負著宛如延續王朝般的重責大任，那就是開枝散葉，多子多孫。

此外，他知道自己身後還有三個能幹又有愛心的弟弟，這讓他感到些許安慰。他們會確保他的兒子在每個柏捷頓家人都享有的愛和榮譽中長大。他的妹妹們會疼愛這個孩子，他的母親則可能會寵壞他……

一想到自己那龐大又熱鬧的家庭，安東尼笑了起來。他的兒子不需要擁有父親，也能得到足夠的愛。

不管他生出什麼樣的孩子——在他走後，孩子可能不會記得父親。他們那時年紀還很小，記憶不夠深刻。

畢竟，安東尼發現，在所有柏捷頓家的孩子中，他這個長子是受父親死亡影響最深的一個。

安東尼又喝了一口威士忌，稍微坐正一些，把這種令人不快的想法從腦海中驅走。他需要先專注於眼下的目標——追求一位妻子。

作為一個眼光獨到又有條理的人，他在腦海中列出了對人選的要求。首先，她應該具有一定的吸引力。她不需要是豔光四射的大美人（雖然那樣很不錯），但如果他要和她上床，對方有點魅力應該會使過程更愉快。

第二，她不能太蠢。安東尼陷入沉思，這可能是他所有要求中最難滿足的。他對倫敦那些社交界新秀的智商實在不敢恭維。

上回他就犯了一個錯誤，試圖跟一位剛從學校畢業的年輕女孩閒聊，卻發現她從頭到尾只會談食物（當時她正拿著一盤草莓）和天氣（她甚至連話都聽錯；當安東尼問她是否認為天氣會「漸趨」惡劣，她竟然回答：「我不清楚，因為我從來沒有去過『劍區』這個地方。」）

他也許能避免與傻乎乎的妻子聊天，但他不想要愚蠢的孩子。

第三點，也是最重要的——她不能是他會付出真心的人。

任何情況下，這條規則都不容許被打破。

他也不是那麼憤世嫉俗；他知道真愛確實存在。任何曾與他父母共處一室的人都知道這世間有真愛。

但愛情是他希望避免的一種複雜情況。他不希望那個特殊的奇蹟降臨在他的生活中。

安東尼習慣於得到他想要的東西，他毫不懷疑自己找到的伴侶會是一個富有魅力又聰明的女人，而他也永遠不會愛上她。這樣的人選應該不難，就算他刻意尋找，也還是很可能找不到此生摯愛。大多數男人都找不到。

「老天，安東尼，你擺張臭臉幹麼？不是因為柯林噴出來的橄欖吧，我看得很清楚，它根本沒碰到你。」

班尼迪特的聲音打斷了他的思緒，安東尼眨了幾下眼睛，回答：「沒事，好得很。」

當然，他從未與任何人分享過他對自己死期的想法，即使親如弟弟。這不是普通人會想大肆宣揚的事情。如果有人對他說同樣的話，他可能會大聲嘲笑，一腳把對方踢出門外。

但沒人能夠理解，他與父親之間的感情有多深，也沒人能夠理解安東尼內心的感受，為什麼他確信自己不可能比他父親活得更久。艾德蒙一直是他的一切。他一直渴望成為像他父親一樣偉大的人，雖然知道這不大可能，但他還是會努力。想獲得比艾德蒙更多的成就——無論在哪一個領域——都是不可能的。

安東尼的父親是他所認識最偉大的人，可能也是有史以來最偉大的人。若是認為自己能超越這樣的人，似乎太過不自量力。

父親去世的那個晚上，有些事改變了。當時他待在父母親的臥室守著遺體，坐在那裡很久很久，看著他的父親，拚命回憶他們共享的每個時刻。零碎小事總是特別容易被遺忘——當安東尼需要鼓勵時，艾德蒙會輕捏他的手臂；還有，艾德蒙能背出莎劇《無事生非》[①]裡鮑爾薩澤整首〈莫

註釋①：《無事生非》（Much Ado About Nothing）：英國文豪莎士比亞創作的愛情喜劇。鮑爾薩澤（Balthazar）是劇中阿拉貢王子佩德羅（Don Pedro）的隨身僕從和音樂家。

嘆息〉的歌詞，不是因為他認為這首歌多有意義，只因為他喜歡它。

當安東尼終於離開那個房間時，第一道曙光照亮了天空，他知道自己的日子也不多了，就和父親艾德蒙一樣。

「老實招認吧，」班尼迪特再次打斷他的沉思。「我其實不想逼問你，因為我知道答案應該不重要，但你到底在煩什麼？」

安東尼突然坐直身體，強迫自己把注意力拉回到眼前。畢竟他必須開始挑選一個新娘，而這肯定是必須認真處理的事情。

「誰是今年社交季的人氣王？」他問。

他的弟弟們思考了一會兒，然後柯林說：「艾溫娜．雪菲德吧，你肯定見過她。她身材很嬌小，有一頭金髮和藍眼睛。你通常可以從跟在她身後、像羊群一樣的癡心追求者中找到她。」

安東尼不理會弟弟想挖苦他的企圖，追問：「她有腦子嗎？」

柯林眨眨眼，彷彿從沒想過一個女人是否有大腦的問題。「嗯，我覺得她有。我曾經聽過她和米德索普討論神話，聽起來她是對的。」

「好，」安東尼說，手上的威士忌酒杯砰地一聲擱在桌子上，「那我就娶她。」

Chapter 2

LADY WHISTLEDOWN´S SOCIETY PAPERS

星期三晚上在哈特賽德家的舞會上，人們看到柏捷頓子爵與好幾位適婚年齡的淑女跳舞。這種行為只能用「令人震驚」來形容，因為柏捷頓通常以堅不可摧的態度避開適婚女子；若不考慮這如何令所有逼婚的母親們感到沮喪，這種態度其實令人相當佩服。

會不會是子爵讀了筆者最近的專欄，於是採取了所有雄性物種最常見的反應，故意反其道而行，好證明筆者是錯的？

筆者可能太高估了自己的重要性，但男人做決定的理由往往比這更加輕率。

《威索頓夫人的韻事報》
22 April 1814

2

到了當晚十一點，凱特的所有擔憂都已成真。

安東尼．柏捷頓邀請了艾溫娜跳舞。

糟糕的是，艾溫娜接受了。

更糟糕的是，瑪麗正一瞬也不瞬盯著這兩人，彷彿馬上就想去預訂教堂。

「您能不能停一下？」凱特低聲說，輕輕碰了下繼母的腰。

「停一下什麼？」

「像這樣死盯著他們啊！」

瑪麗一頭霧水，「像哪樣？」

「就像正在盤算婚禮喜宴該上什麼菜一樣。」

「哦。」瑪麗的臉頰泛起紅暈，一臉被識破的尷尬。

「瑪麗！」

「可能……是沒錯啦，」瑪麗承認：「但我就問一句，這樣想哪裡不對？對艾溫娜來說，他會是一個極好的人選。」

「您今天下午有在聽我們說話嗎？一大群狂蜂浪蝶在艾溫娜身邊團團轉，已經很糟糕了。您無法想像我花了多少時間來幫她區分好的追求者和壞的追求者。但是，柏捷頓！」凱特打了個寒顫，「他很可能是整個倫敦最惡名昭彰的浪子。您不能讓她嫁給一個像他這樣的男人。」

「妳別干涉我什麼能做、什麼不能做，凱薩琳．葛蕾絲．雪菲德。」瑪麗挺直背脊，重新站得

筆挺——但仍然比凱特矮了整整一個頭，直截了當地說：「我仍然是妳的母親。呃，妳的繼母，但也算數吧。」

凱特立刻覺得自己失言了。瑪麗是她心中唯一的母親，從沒有讓凱特覺得自己不是她真正的女兒。小時候，瑪麗晚上會送凱特上床，講故事給她聽，親吻她、擁抱她，幫助她度過成長時期的尷尬年歲。她唯一沒有做的事，是要求凱特叫她「母親」。

「當然算數，」凱特小小聲說，難為情地低頭看著腳下，「您對我很重要。您就是我的母親，在每一方面都如此。」

瑪麗盯著她一會，然後開始飛快地眨眼，「哦，親愛的，妳會害我哭得像個澆花水壺一樣。」她哽咽著說，伸手到手提袋裡去拿手帕。

「我很抱歉，來，轉過身去就沒有人會看到您。就是這樣。」凱特輕聲說。

瑪麗掏出一條白色亞麻手帕，輕拭著那對和艾溫娜一模一樣的藍色眼睛。「我真的愛妳，凱特。妳知道的，對嗎？」

「當然！」凱特叫起來，對於瑪麗竟然會這樣問感到震驚，試圖解釋道：「而且您知道……您知道我也……」

「我知道。」瑪麗拍了拍她的手臂，「我當然知道。只是，當妳同意做一個孩子的繼母時，身上的責任就大了一倍。妳必須更加努力，以確保那個孩子確實幸福快樂。」

「哦，瑪麗，我確實愛您。我也愛艾溫娜。」

一提起艾溫娜，她們同時轉過身看向舞池裡的她。

她正和子爵翩翩起舞。像往常一樣，艾溫娜看起來如此嬌小可愛。她的金髮梳攏在頭頂，幾縷卷髮垂在頰旁，隨著舞步輕柔移動的身影無比優雅。

凱特懊惱地發現，這位子爵簡直英俊到刺眼。他穿著俐落的黑白服飾，避開了在其餘浮誇上流社會成員中流行的華麗色彩。

他身材高大，儀態挺拔又有自信，有著一頭垂過眉間的濃密栗色頭髮。至少從外表上看，他就是一個男人理想的模樣。

「他們是一對賞心悅目的璧人，不是嗎？」瑪麗低聲說。

凱特咬到了舌頭，她不知道要怎麼接話。

「他對她來說有點太高了，但我覺得這不算是太嚴重的問題，妳呢？」

凱特緊絞雙手，指甲陷進了皮膚裡。她的手勁不小，透過她的小羊皮手套都能感覺到那股力量。

瑪麗揚起嘴角，笑得別有用心。

凱特向她的繼母投以狐疑的眼神。

「他跳得很好，妳不覺得嗎？」瑪麗問道。

「他不會娶艾溫娜的！」凱特衝口而出。

瑪麗的笑意變得更明顯，「我還在想妳能沉默多久呢。」

「已經比我平時更久了。」凱特反駁，幾乎咬牙切齒。

「這一點倒是沒錯。」

「瑪麗，您知道他不是我們想替艾溫娜找的那種男人。」

瑪麗微微側著頭，挑起眉毛，「我認為問題應該是，他是不是艾溫娜想要的那種男人？」

「當然不是！」凱特激動地回答：「今天下午她才告訴我，她想嫁給一位學者。一位學者！」她把頭往那位正和她妹妹跳舞的棕髮傻瓜一擺，「您看他像個學者嗎？」

「不像，但話說回來，妳看起來也不像一個成績斐然的水彩畫家啊，但我知道妳是。」瑪麗得意地笑了起來，等著她的回答，那個笑容惹惱了凱特。

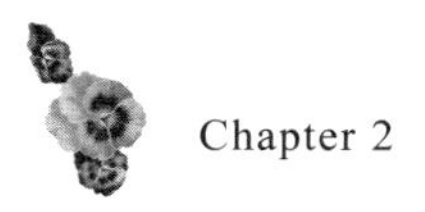

「我同意，」凱特咬著牙說：「我們不該僅僅根據外貌來判斷一個人。但您肯定也會覺得：從我們所聽過關於他的一切來看，他似乎不是那種會在圖書館裡對著發霉的書籍度過一下午的人。」

「也許不是，但稍早我和他母親聊得很愉快。」瑪麗沉吟道。

「他的母親？」凱特努力地跟上對話：「這有什麼相關？」

瑪麗聳聳肩，「我是不相信這樣一位親切而聰明的女士，生養出的孩子不會是個優秀的紳士，無論他的名聲如何。」

「但是，瑪麗——」

「當妳做了母親，」她明快地說：「妳就會明白我的意思。」

「但是——」

「我有沒有告訴過妳，」瑪麗刻意用語氣表明她想換個話題了，「妳穿這件綠色的紗裙看起來有多麼討喜？我很高興我們選擇了它。」

凱特楞楞地低頭望向自己的衣服，不明白瑪麗為什麼突然轉移了話題。

「這顏色很適合妳。威索頓夫人絕不會在週五的專欄說妳是一片枯萎的草葉！」

凱特不可思議地望著瑪麗，宴會廳裡又擠又悶，也許她的繼母有點發燒了？

隨後她感覺瑪麗戳了一下她的左肩胛骨，這才意識到事情有點不對。

「柏捷頓先生！」瑪麗突然喊道，聲音就像年輕女孩一樣輕快。

凱特嚇了一跳，她猛地抬起頭，看到一位俊美到離譜的男人向他們走來。這個俊美到離譜的男人，長相與正和她妹妹跳舞的子爵驚人地相似。

她嚥了下口水。因為不這麼做，她可能會失禮地張大嘴。

「柏捷頓先生！」瑪麗再次開口：「見到你真好。這是我女兒凱薩琳。」

他握住她戴著手套、綿軟無力的手，在她的指關節上輕輕吻了一下。如此輕柔，以至於凱特懷疑他根本就沒碰到她。

「雪菲德小姐。」他低聲說。

「凱特，這位是柯林．柏捷頓先生。今晚稍早，我在和他母親柏捷頓夫人談話時認識了他。」瑪麗轉向柯林，笑容滿面，「令堂真是位迷人的女士。」

他也回她一笑，「我們也這麼想。」

瑪麗吃吃笑起來。吃吃傻笑！凱特覺得她要吐了。

「凱特，」瑪麗繼續說：「柏捷頓先生是子爵的弟弟，就是正在和艾溫娜跳舞的那位男士。」她多此一舉補充道。

「我注意到了。」凱特回答。

柯林側頭瞥了她一眼，她立刻知道他沒錯過她語氣中的微弱嘲諷。

「很高興見到妳，雪菲德小姐。我衷心希望妳今晚能留一支舞給我。」他禮貌地說道。

「我——當然可以。」她清了清喉嚨，「是我的榮幸。」

「凱特，給他看看妳的舞卡。」瑪麗說著，輕輕頂了她一下。

「哦！對，當然。」凱特慌亂摸索她的舞卡，即使舞卡正用一條漂亮的綠緞帶繫在她手腕上。她竟然找不到一個牢牢綁在自己身上的東西，這有點誇張，但凱特決定把她的失常歸咎於某位柏捷頓先生的突然出現。

另一個悲哀的事實是，即使在最好的狀態下，她也從來不是房間裡最優雅的女孩。

柯林在當晚的某一支舞旁寫下了他的名字，然後問她是否願意和他一起走去飲料桌。

「去吧、去吧，」凱特還來不及回答，瑪麗就搶先催促說道：「不必擔心我。妳不在，我也不會有問題。」

「我可以幫您拿一杯檸檬汁回來。」凱特提議，想看看是否有機會在柏捷頓先生沒發現的情況下，瞪一眼她的繼母。

「不用啦。我真的應該回到剛才那裡，和其他伴護與母親們待在一起。」瑪麗飛快地四下張望，直到她看到一張熟悉的面孔，開心道：「哦，看哪，那是費瑟林頓夫人。我得走啦。波夏！波夏！波夏！」

凱特望著繼母迅速離去的身影，愣了一下之後才回頭看向柏捷頓先生，「我猜她對檸檬汁不感興趣。」她悻悻地說。

他碧綠的眼睛裡閃著幽默的光芒，「或者她打算一路衝去西班牙，自己摘檸檬。」

儘管不情願，凱特還是笑了出來。她並不想對柯林．柏捷頓先生產生好感。自從她在報上讀到關於那位子爵的相關資訊之後，她並不想喜歡任何一位柏捷頓家的人。但她也承認，僅憑他兄長的劣跡來判斷一個人可能不大公平，所以她強迫自己放鬆一點。

「那你渴了嗎？」她問道：「還是只是出於禮貌才問我？」

「我總是很有禮貌，」他調皮地一笑，「但我也很渴。」

凱特看了一眼那個笑容，再結合那對迷死人的綠眼睛，幾乎心防盡卸。

「你也是個浪子啊。」她嘆氣說。

柯林嗆咳了一下，她不知道是什麼原因，但他就是嗆到了。

「不好意思，請妳再說一遍？」

凱特的雙頰浮起紅暈，驚慌意識到她竟然大聲說了出口。「不不不，應該是我不好意思。請原諒我。我說話實在太無禮了。」

「不會，請繼續說。」他迅速接話，看起來興味十足，顯然被逗樂了。

凱特嚥了下口水，這下真的是混不過去了。

「我只是……」她清了清嗓子，「如果要我老實說……」

他點了點頭，臉上狡黠的笑容告訴她，**他很清楚她就是太老實了**。

凱特再一次清清嗓子。好吧，情況越來越荒謬，她嗓子裡好像塞了一隻蟾蜍。「我只是覺得，你可能滿像你哥哥的，就是這樣。」

「我哥哥？」

「子爵。」她認為這答案已經很明顯了。

「其實我有兩個哥哥、一個弟弟。」他解釋。

「哦。」現在她覺得自己笨死了，「抱歉，我沒說清楚。」

「不用對我抱歉，」他誠懇地說：「大多時候，他們都超麻煩又超討厭的。」

凱特不得不假裝輕咳，以掩蓋她那小小的驚呼。

「但至少妳沒有把我和葛雷里相提並論，」他戲劇化地嘆了一口氣，側頭看她一眼，「他才十三歲。」

凱特捕捉到了他眼中的笑意，同時意識到他一直在轉移話題。這是一個懂得為自己兄弟維護名聲的男人。

「你對你的家人相當忠誠，對嗎？」她問。

他那對在談話過程中一直帶著笑意的雙眸，此時變得沉靜而認真，連眼睛都不眨一下，「完全正確。」

「我也是。」凱特坦率地說。

「所以呢？」

「所以，我不會允許任何人使我妹妹傷心。」她知道應該忍住，但還是脫口而出。

柯林沉默了片刻，慢慢轉過頭看著他的哥哥和艾溫娜，他們剛剛跳完一支舞。

「我明白了。」他低聲說。

「真的？」

「嗯，完全明白。」他們來到檸檬汁桌前，他伸手拿起兩杯，把其中一杯遞給她。這天晚上凱特已經足足喝了三杯檸檬汁，而瑪麗在堅持讓她再去喝一些之前也知情，但舞廳裡很熱——舞廳裡總是很熱——所以她現在又渴了。

柯林愜意地喝了一口，視線越過杯緣看著她，「我哥哥今年想要安定下來。」

一個巴掌是拍不響的吧，凱特想。她慢條斯理喝了一口檸檬汁，然後才開口說話：「是喔？」

「我當然不會信口開河。」

「人們都說他很風流。」

柯林打量著她，「是沒錯。」

「很難想像如此惡名昭彰的浪子會和某個女人安定下來，享有幸福的婚姻生活。」

「妳似乎花了很多心思在考慮我哥哥的事，雪菲德小姐。」

她坦率地盯著他看，「對我妹妹來說，你哥哥不是第一個品行不端的追求者，柏捷頓先生。但我向你保證，我不會拿我妹妹的幸福開玩笑。」

「任何女孩都能在與某位富有貴族紳士的婚姻中找到幸福。這不就是倫敦社交季的意義嗎？」

「也許吧，但恐怕這種想法並不能解決眼前真正的問題。」凱特說。

「什麼問題？」

「那就是，比起單純的追求者，丈夫更能傷透一個女人的心。」她揚起嘴角，露出一個淡淡的、瞭然的笑容，接著說道：「你不覺得嗎？」

「有鑑於我從未結過婚，我沒資格妄加揣測。」

「丟臉了喔，柏捷頓先生。那是最糟糕的推託之詞。」

「是嗎？我倒覺得可能是最好的，我的伎倆顯然退步了許多。」

「這一點，我認為你永遠不用擔心。」凱特喝完了剩下的檸檬汁。這個杯子很小；今晚宴會的女主人哈特賽德夫人，是出了名的小氣鬼。

「妳真是太客氣了。」他說。

她笑了，這次是發自內心的，「很少有人這麼說我呢，柏捷頓先生。」

他哈哈大笑，就在舞池的中間。

凱特不安地發覺，他們突然成了無數好奇目光的中心。

「妳必須認識一下我的兄弟。」他的語氣聽起來仍然樂不可支。

「子爵？」她不可置信地問。

「對。當然，妳可能也會喜歡葛雷里，」他說：「但正如我所說，他只有十三歲，恐怕會把青蛙偷偷放在妳的椅子上。」

「那子爵呢？」

「他不可能把青蛙放在妳的椅子上。」他一本正經地回答。

凱特永遠不知道自己是怎麼忍住不笑的。她嚴肅地抿緊雙唇，回答說：「我明白了。這樣的話，他確實有很多值得讚賞的美德。」

「那我放心了。我立即開始籌備婚宴菜色。」

柯林勾起嘴角，「他不是那麼壞的人啦。」

柯林嚇得張開了嘴，「我的意思不是……妳不應該……我是說，這樣做也太輕率……」

凱特同情地說：「我是在開玩笑。」

他的臉微微脹紅，「我想也是。」

「現在，如果你不介意，我必須告辭了。」

他挑高雙眉，「妳不會這麼早離開吧，雪菲德小姐？」

「不是。」她並不想告訴他，她其實要去化妝室。連喝四杯檸檬汁通常會讓人的身體產生這種反應。「我答應了一位朋友，要和她見個面。」

「很高興和妳聊天。」他瀟灑地行禮致意，「要我送妳過去嗎？」

「不了，謝謝你。我自己過去沒問題。」她回頭對他甜甜一笑，從舞池裡離開。

柯林．柏捷頓若有所思看著她的背影，然後走向他的哥哥。後者靠在牆上，雙手抱胸，看起來一臉不悅。

「安東尼！」他喊著，拍了下哥哥的背，「你和可愛的雪菲德小姐，舞跳得怎麼樣？」

「還可以。」安東尼的回答很簡短。他們都知道這代表著什麼。

「真的嗎？」柯林的嘴唇微微地抽動了一下，「那麼，你應該見見她的姊姊。」

「什麼意思？」

「雪菲德小姐的姊姊，你一定要見見她。」柯林重複，同時笑了出來。

二十分鐘後，安東尼相信他已經從柯林那裡得到了艾溫娜．雪菲德的所有資訊。似乎若想要得到艾溫娜的心、娶她為妻，就必須先搞定她的姊姊。

艾溫娜顯然不會在姊姊不同意的情況下結婚。據柯林說，這是眾所周知的條件，由於艾溫娜在一年一度的史麥史密家的音樂會上宣布了這個消息，周圍流傳已至少一星期之久。柏捷頓兄弟都錯過了這個重要聲明，因為他們對史麥史密家的音樂會避之唯恐不及（任何真正喜愛巴哈、莫札特或任何形式音樂的人都會這麼做）。

艾溫娜的姊姊凱薩琳．雪菲德，又稱凱特，今年也是首次在社交季亮相，雖然聽說她已經二十一歲了。這樣的安排讓安東尼相信，雪菲德家一定是屬於上流社會中不太富裕的那一群，這個狀況很適合他。他不需要一個嫁妝豐厚的新娘，而沒有嫁妝的新娘可能更需要他。

安東尼無疑要善用他所有的優勢。

與艾溫娜不同，年長的雪菲德小姐並沒有立即在倫敦上流社會掀起風暴。據柯林說，她還算受歡迎，但她缺乏艾溫娜那樣耀眼的美貌。對比艾溫娜的嬌小白皙，凱特身材高䠷，膚色較深，也缺乏艾溫娜那種迷人的優雅，據柯林所述（他雖然才剛回到倫敦參加社交季，卻是名副其實的知識和八卦來源），不止一位紳士在與凱薩琳跳舞後抱怨腳被踩得很痛。

眼下情況對安東尼來說似乎有點荒謬。畢竟，誰聽說過一個女孩需要她姊姊的同意才能嫁人？需要父親同意，這很合理。兄弟，甚至母親也行，但是姊姊？這真是難以置信。此外，艾溫娜向凱薩琳尋求建議也很奇怪，因為凱薩琳顯然對上流社會也不是很熟悉。

但是，安東尼已經沒興趣再去尋找並追求另一位合適的對象了，所以他理所當然地認為，這一切只是代表家人對艾溫娜來說很重要。由於家人對安東尼來說也非常重要，這又一次證明了，她會是個完美的妻子人選。

所以現在看來，他所要做的就是迷倒這個姊姊。何難之有？

「你想要贏得她的心，絕對易如反掌，」柯林斷言，自信的笑容讓他滿臉發光。「肯定沒問題。一位害羞又超齡的老小姐？她可能從未受過你這等條件的男人關注，她永遠不會知道是誰的箭射中了她。」

「我不希望她愛上我，」安東尼反駁：「我只是想請她向她的妹妹推薦我。」

「你不會失敗的，」柯林說：「你根本不可能失敗。相信我，今晚稍早我和她聊了幾分鐘，她一直談起你呢。」

「那好。」安東尼從牆邊直起身子，下定決心往遠處看，「那麼，她在哪裡？我需要你來引見我們。」

柯林花了一分鐘環顧四周，隨即說道：「啊，她在那裡。事實上，她正朝這邊走來。多麼神奇的巧合。」

安東尼相信，距離他弟弟方圓五公尺範圍內的任何事情都不是巧合，但他還是順著他的目光看去，「她是哪一個？」

「穿綠色那位。」柯林說，下巴微微一抬，朝她的方向示意。

安東尼看著她在人群中穿梭，發現她完全不是他預想的模樣。她並不是真的高頭大馬，只有在與僅僅一百五十公分高的艾溫娜相比時，才會顯得她特別高。凱薩琳．雪菲德小姐其實長得相當可人，有著一頭濃密的棕色頭髮和一對黑眸。她的皮膚白皙，唇色嫩紅，身上有股自信的氣息，他不禁覺得還挺有魅力的。

她當然不會像她妹妹那樣，被認為是萬中選一的美人，但安東尼不明白她為什麼會找不到丈夫。也許在他娶了艾溫娜之後，他會替她準備一份嫁妝。這算是一個男人最起碼該做到的事。

柯林從他身邊大步向前走去，擠過人群。「雪菲德小姐！雪菲德小姐！」

安東尼跟在柯林身後，做好心理準備，打算施展渾身解數迷倒艾溫娜的姊姊。一位備受冷落的老小姐，對吧？他很快就會把她治得服服貼貼。

「雪菲德小姐，再次見到妳真是令人開心。」柯林說。

她看起來一頭霧水，安東尼並不怪她。柯林說得好像他們是無意中相遇，但他們都心知肚明，他至少擠開了半打的人才能來到她身邊。

「我也很高興再次見到你，柏捷頓先生，」她淡淡地回答：「在我們剛剛見過面之後，這麼快就又意外相遇了。」

安東尼暗暗一笑，她有著令他意想不到的機智反應。

柯林得意地笑了起來：安東尼開始感到不對勁，他的弟弟一定在盤算些什麼。

「我無法解釋原因，」柯林說：「但我突然覺得，有必要讓妳認識一下我的哥哥。」

她迅速看向柯林的右側，一看到安東尼，她整個人忽然愣在當場。事實上，她看起來好像剛吞了一口黃連。

這反應真怪，安東尼不禁想。

「真是謝謝你的好意。」雪菲德小姐從牙縫中擠出回答。

「雪菲德小姐，」柯林繼續輕快地說，朝安東尼的方向示意，「這位是我的哥哥安東尼・柏捷頓子爵。安東尼，這位是凱薩琳・雪菲德小姐。我相信今晚稍早你已經見過了她的妹妹。」

「沒錯。」安東尼開始感覺有種控制不住的慾望——不對，是需求——想掐死他的弟弟。

雪菲德小姐倉促而彆扭地屈膝行禮，「柏捷頓閣下，很榮幸認識你。」

柯林發出了一個可疑的聲音，像是一聲悶哼。或者是竊笑。也可能兩者兼具。

那一瞬間安東尼恍然大悟。只要看一眼他弟弟的表情，就能弄明白這一切。這不是什麼害羞、自閉、不受重視的老小姐。無論她今晚稍早對柯林說了什麼，都不包含對安東尼的讚美。

在英國，手足相殘不算犯法，對吧？如果算，這條法案真他媽的應該快點廢除。

安東尼後知後覺地意識到，雪菲德小姐基於禮貌向他伸出了手。他伸手握住，在她戴著手套的指背上輕輕吻了一下。「雪菲德小姐，」他不假思索地喃喃說道：「妳和妳妹妹一樣迷人。」

如果之前的她看起來有點彆扭，她現在的態度變成了千真萬確的敵意。安東尼心頭一涼，發現他說了最不該說的話。他當然不該拿她和她妹妹相提並論，她永遠不會相信這是讚美。

「而你，柏捷頓閣下，」她用一種可以令香檳結凍的語氣回答：「幾乎和令弟一樣英俊。」

柯林又悶哼了一聲，這次聽起來好像被勒住了脖子。

「你還好嗎？」雪菲德小姐問道。

「他好得很。」安東尼沒好氣回答。

她不理會他，把注意力放在柯林身上，「你確定嗎？」

柯林瘋狂點頭，「我的喉嚨有點不舒服。」

「或者是因為良心被狗吃了？」安東尼接話。

柯林故意轉向了凱特，「我想我可能需要再喝一杯檸檬汁。」他喘著氣說。

「或者，不如來點更強烈的東西，老鼠藥怎麼樣？」安東尼說。

雪菲德小姐用手捂住嘴，大概是為了壓制住驚慌的笑聲。

「檸檬汁就可以了。」柯林平靜地回答。

「要我去幫你拿一杯嗎？」她問。

安東尼注意到她已經一腳跨了出去，準備尋找任何藉口逃離現場。

柯林搖搖頭，「不用了，我可以自己去。但我相信我預約了妳的下一支舞，雪菲德小姐。」

「你不能跳的話，我沒關係。」她擺擺手。

「噢，但如果要我丟下妳不顧，我會萬萬無法忍受。」他回答說。

安東尼可以看出，隨著柯林眼中閃爍出惡魔般的光芒，雪菲德小姐開始有點不安。他莫名感到幸災樂禍。他知道自己的反應有點過度，但凱薩琳．雪菲德小姐有某種特質撩起了他的脾氣，使他忍不住想和她一較高下。

而且還要贏過她，這一點無庸置疑。

「安東尼，」柯林說，聽起來是那麼無辜又真誠，安東尼必須竭盡全力才能忍住不當場宰了他，「你這支舞沒有約人，對嗎？」

安東尼什麼也沒說，只是狠狠瞪著他。

「很好。那麼就請你和雪菲德小姐跳舞吧。」

「我認為沒有這個必要。」被點名的女子突然冒出一句。

安東尼又瞪了弟弟一眼，接著望向雪菲德小姐，後者看他的眼神，就好像他剛剛在她面前掠奪了十個處女的貞操。

「哦，有必要的，」柯林語氣浮誇地回答，無視他們三人之間劍拔弩張的氣氛。「我從來不願意在年輕女士需要陪伴時棄她於不顧。這是多麼——」他瑟縮了一下，「不紳士的舉動啊。」

安東尼認真思索，自己是否該進行一些不紳士的舉動。例如一拳打在柯林的臉上。

「我向你保證，」雪菲德小姐迅速回應：「留我獨自一人，遠比……」

夠了，安東尼暴躁地想，真的夠了。他的親弟弟已經把他當傻瓜耍了，他不會再束手無策任由艾溫娜的毒舌老處女姊姊侮辱他。他穩穩握住雪菲德小姐的手臂，「請允許我阻止妳犯下一個嚴重的錯誤，雪菲德小姐。」

她整個人像木頭般僵硬。他不知道她是怎麼做到的，她的背已經挺得夠直了。

「請你再說一遍。」她說。

「我相信妳正準備講一些，妳很快就會感到後悔的話。」他平靜地說。

「不，我不認為我的未來會出現後悔這件事。」她刻意讓自己聽起來冷靜沉穩。

「會有的。」他不懷好意地說。

隨後，他一把握住她的手臂，幾乎用拖的把她拖進舞池。

Chapter 3

LADY WHISTLEDOWN´S SOCIETY PAPERS

人們同時也見到柏捷頓子爵與凱薩琳．雪菲德小姐共舞，她的妹妹是那位美麗的艾溫娜。這只能說明一件事：筆者的火眼金睛注意到，自從年輕的雪菲德小姐上週在史麥史密家的音樂會上公開了她那史無前例的結婚宣言後，年長的雪菲德小姐就一直是舞會中最受歡迎的人物。

誰聽說過女孩需要得到姊姊的允許，才能選擇丈夫？

也許更重要的是，是誰准許將「史麥史密」和「音樂會」這兩個詞用在同一個句子裡的？筆者以前曾參加過一次這樣的聚會，卻沒聽到任何摸著良心可稱之為「音樂」的東西。

《威索頓夫人的韻事報》
22 April 1814

3

凱特懊惱地發現，她確實改變不了現狀。

他是位子爵，而她只是一個來自薩默塞特的無名小卒，他們正站在舞廳中間，身邊滿滿都是人。就算她第一眼就不喜歡他，她就是必須與他共舞。

「你不必這麼用力拉我吧。」她低聲道。

他以一個誇張的動作鬆開手。

凱特咬緊牙關，暗自對天發誓，這個男人永遠不可能娶到她妹妹為妻。他的態度太冷酷、太頤指氣使了。

她覺得有點不公平的是，他也太英俊了，天鵝絨般的棕色眼睛與他的髮色完美匹配。他很高，肯定超過一百八十公分，雙唇的線條則經典而優美（凱特學了多年藝術，認為自己有資格做出這樣的判斷），但他的嘴角抿得死緊，好像不懂得什麼是微笑。

「現在妳可以告訴我，妳為什麼這麼討厭我。」他開口，同時他們的雙腳已開始按照熟悉的舞步移動。

凱特踩到了他的腳。

——老天，他講話真是直接。

「請你再說一次？」

「沒必要弄殘我吧，雪菲德小姐。」

「剛才是個意外，我向你保證。」即使此刻她並不介意自己的舞步再笨拙一些。

他沉吟道：「為什麼我覺得很難相信妳？」

凱特迅速作出決定，誠實為上策。如果他能直言不諱，那她也可以。

「可能因為你知道，」她不懷好意地微笑，「如果我想要踩你的腳，我會光明正大地踩。」

他仰頭大笑。這不是她所期待或希望看到的反應。仔細一想，她也不知道自己希望他會有什麼反應，只是眼下這個肯定不是她所期待的。

「你能不能別笑了，子爵閣下？」她急急地低聲提醒：「別人開始盯著我們看了。」

「這些人兩分鐘前就開始看我們了，」他回道：「畢竟像我這樣的男人，很少和妳這樣的女人跳舞。」

他這句譏諷回得漂亮，可惜並不正確。

「不對，」她輕快地回答：「你不是第一個試圖透過我獲得艾溫娜青睞的蠢蛋。」

他咧嘴一笑，「不是追求者，而是蠢蛋？」

她對上他的視線，驚訝發現他的眼裡有真正的笑意。「你肯定不會想用這麼簡單的誘餌來套我的話吧，閣下？」

「但妳卻沒有上鉤。」他喃喃自語。

凱特往下看，思考是否有什麼辦法可以讓她再次不著痕跡踩到他的腳。

「我的靴子很厚實，雪菲德小姐。」他說。

她驚訝地抬頭。

他勾起一側唇角，露出嘲諷的笑容，「我的眼力也很敏銳。」

「顯然沒錯。在你身邊我得小心了，千萬不能行差踏錯。」

「我的天哪，」他慢條斯理地說：「剛才那句算是讚美嗎？我可能會因為震驚而死。」

「如果你想把這看作是一種讚美，我允許你這樣做，」她輕描淡寫地回答：「你能從我這裡獲得的讚美也就這麼多了。」

「我很受傷，雪菲德小姐。」

「這是否表示，你的臉皮並不像你的靴子般厚實？」

「哦，差得遠了。」

在她意識到自己想笑之前，就已經笑出了聲，「這點我表示懷疑。」

他等她的笑容漸漸平息，然後說：「妳還沒回答我的問題。妳為什麼討厭我？」

凱特倒抽了一口氣，她沒想到他會重複這個問題。或者，至少她希望他不會。

「我不討厭你，閣下，」她小心翼翼地選擇措辭：「我甚至不認識你。」

「認識很少會是厭惡的先決條件，」他輕聲地說，目光牢牢定在她身上，「說吧，雪菲德小姐，在我看來，妳並不像是懦弱的人。回答我的問題。」

凱特沉默了整整一分鐘。

的確，她不打算喜歡這個男人，當然更不打算祝福他對艾溫娜展開追求。她不相信回頭的浪子會成為完美的丈夫。她甚至不確定浪子有沒有可能改過自新。

但是，他原本也許有機會戰勝她的成見。他原本大可用魅力迷倒她，態度誠摯而直接地讓她相信，《威索頓夫人的韻事報》上寫的那些故事都是刻意誇大；他不是近二十年來倫敦最惡名昭彰的浪子，他是多麼在乎榮譽，是一個有原則和誠實的人……

如果他沒有把她和艾溫娜相提並論的話。

因為沒有比這句話更赤裸裸的謊言了。她知道自己不是什麼醜怪的女人；她的臉蛋和身材也算是不錯，但她在容貌方面根本不可能與艾溫娜相提並論。艾溫娜是真正的女神，而凱特永遠不可能超越平凡，令人一見難忘。

如果眼前這個男人敢這樣說，那麼他就一定有其他不可告人的目的，因為很明顯，他的眼睛並沒瞎。

他可以虛情假意對她大加讚美，而她會把它當作紳士有禮的客套話。如果他的話有任何一部分接近事實，她甚至可能會感到受寵若驚。但把她和艾溫娜相比……

凱特發自內心愛她的妹妹。她比任何人都清楚，艾溫娜的心腸就像她的容貌一樣美麗而澄澈。她不想認為自己在嫉妒，但還是……不知為什麼，這種比較狠狠刺痛了她的心。

「我不討厭你，」她總算開口回答，迴避著他的視線。但她無法容忍懦弱，特別是對她自己，所以她硬是抬起頭來看著他的眼睛，接著說：「但我沒辦法喜歡你。」

他的眼神告訴她，他很欣賞她的誠實。

「為什麼？」他輕聲問。

「我可以坦白說嗎？」

他的唇角輕揚了一下，「請。」

「你現在和我跳舞，是因為你想追求我的妹妹。這點我很清楚，也不在乎，」她急忙向他保證：「我已經很習慣接受來自艾溫娜追求者的關注。」

她的心思顯然不在她的腳上。在她再次踩到他之前，安東尼把他的腳迅速抽離。他頗感興趣地發現，她又開始把他們稱為追求者，而不是蠢蛋。

「請繼續。」他低語。

「但你不是我希望我妹妹嫁的那種人，」她簡潔地說道。她的態度很直接，充滿智慧的棕色眼睛一直盯著他看，「你是個浪子、是個無賴。事實上，你因為兩者兼具而惡名昭彰。我不會允許我妹妹靠近你半步。」

「然而，今天晚上我才剛和她一起跳華爾滋。」他邪惡一笑。

「我可以向你保證，這種行為絕不會再發生。」

「妳有資格決定艾溫娜的命運嗎？」

「艾溫娜相信我的判斷。」她嚴肅地說。

「我明白了，這真是有趣。我以為艾溫娜是個成年人。」他說，用一種意有所指的口氣。

「艾溫娜只有十七歲！」

「而妳又比她大多少？二十歲？」

「二十一歲。」她沒好氣。

「啊，所以這使妳成為名副其實的男性專家，特別專精於研究人們的丈夫。尤其妳本身也結婚了，對吧？」

「你明明知道我未婚。」她咬牙切齒地說。

安東尼按捺住微笑的衝動。逗這位年長的雪菲德小姐實在太有趣了。

「我猜，」他盡量咬字清晰、緩慢而慎重地說：「妳覺得管控那些上門拜訪妳妹妹的男人滿容易的。是不是？」

她繼續一言不發。

「是不是？」

最後她輕輕地點了點頭。

「我想也是，妳看起來像是會這麼做的人。」他低聲道。

她狠狠瞪著他，他必須拚命才能忍住不笑。如果他不是正在跳舞，他可能會摸摸下巴，裝出陷入沉思的樣子。但由於他的手沒空，不得不換個方式，於是他微微抬起下巴，眉頭一挑。

「但我認為，」他補充：「如果妳想管控我，就犯了一個嚴重的錯誤。」

凱特的雙唇抿得死緊，但她還是設法開口：「我並不想管控你，柏捷頓閣下。我只想讓你遠離我妹妹。」

「這正好說明了妳對男人的瞭解太少，雪菲德小姐，至少是對那些狡猾又無賴的人。」他靠得更近，讓呼吸輕拂過她的臉頰。

她輕顫了一下。他算準她會有此反應。

他邪惡地笑了笑，「沒有什麼比挑戰更能引起我們的興趣。」

音樂接近尾聲，他們面對面站在舞池中央。

安東尼輕扶她的手臂，但在他帶她回到房間角落之前，他傾下身，貼著她的耳朵低聲說：「而妳，雪菲德小姐，已經向我發出了一個最誘人的挑戰。」

凱特用力踩上他的腳，足以讓他發出一聲很細微但明顯有失浪子風範的慘叫。

當他怒視著她時，她只是聳了聳肩，「我只會這一招防禦。」

他的眼眸變得幽深，「雪菲德小姐，妳是個威脅。」

「而你，柏捷頓閣下，需要更厚實的靴子。」

他握緊了她的手臂，「在我把妳送回伴護和老小姐專區前，有一件事我們需要說清楚。」

凱特屏住呼吸。她不喜歡他強硬的語氣。

他說：「我會去追求妳的妹妹。如果我認為她能成為一位合格的柏捷頓夫人，我將讓她成為我的妻子。」

凱特猛然抬起頭看他，眼裡火光四射，「我猜，你認為該由你來決定艾溫娜的命運是吧。別忘了，閣下，即使你認為她會成為一位**合格的**——」她冷笑著說：「柏捷頓夫人，她也可能做出其他選擇。」

他俯視著她，帶著那種從未受人挑戰過的男性獨有的自信。「如果我決定向艾溫娜求婚，她不會拒絕。」

「你是想告訴我，從來沒有女人能抗拒你嗎？」

他沒有回答，只是高高挑起一側的眉毛，讓她自己得出結論。

凱特掙開了他的手，大步走回她的繼母身邊，全身因憤怒、惱恨和深深的恐懼而顫抖。她擔心他並沒有撒謊，如果他真的施展出渾身解數……

凱特打了個寒顫。那麼她和艾溫娜將會面臨很大、很大的麻煩。

和任何大型舞會之後的情況一樣，第二天下午，雪菲德家的客廳裡堆滿了花束，每一束花都附有一張雪白的卡片，上面寫著「致艾溫娜・雪菲德」。

其實寫個簡單的「雪菲德小姐」就夠了，凱特不快地想著，但這也不能怪艾溫娜的追求者，人家只是想確定花能送到正確的雪菲德小姐手上。

倒不是說有任何人會搞錯這件事，花束通常都是送來給艾溫娜的。事實上，沒有例外；上個月送來雪菲德家的每一束花都交給了艾溫娜。

不過，凱特總是認為，她才是最終得利的那個人。大多數的花都會讓艾溫娜打噴嚏，所以它們最後都會來到凱特的房間裡。

「多美麗的東西呀，」她愛不釋手地撫著一朵細緻的蘭花，「你很適合我的床頭櫃。而你——」她俯身向前，輕輕嗅聞一束完美的白玫瑰，「你放在我的梳妝臺上會很好看。」

「妳總是對著花說話嗎？」

凱特聽到一把低沉的男聲，迅速轉過身。老天，是柏捷頓閣下。他穿著一件藍色大衣，看起來無比俊美。**他來這裡幹麼？**

必須得問清楚。

「見鬼……」她及時住口。她不會讓這個男人害她談吐失儀，無論她在腦海裡罵了多少回。

「你在這裡做什麼？」

他一邊調整臂彎裡夾著的巨大花束，一邊挑眉看她。

她注意到那是粉紅色的玫瑰花，每個花蕾都很完美，非常美麗、簡單而優雅。正是她會為自己選擇的那種花。

「我相信追求者上門拜訪年輕女士是一種習俗，對吧？」他低聲說：「還是我的禮節課本畫錯重點了？」

「我是說，」凱特沒好氣：「你是怎麼進來的？沒人通知我你會來訪。」

他朝著走廊方向示意，「就用通常的方式啊。我敲了妳家大門。」

他的挖苦讓凱特一臉惱怒，但他還是自顧自繼續說：「出人意料，妳的管家來應門了。然後我給了他我的名片，他看了一眼，就把我帶往客廳。雖然我也很想聲稱這一定是某種陰險狡詐、偷偷摸摸的伎倆，」他繼續保持一種令人相當不爽的傲慢語氣：「但實際上，再光明正大不過。」

「可惡的管家，他應該先問過我們是否『在家』，然後再放你進來。」凱特嘀咕。

「也許他之前有收到過指示，在任何情況下，只要我來妳們都會『在家』。」

她怒了：「我沒給過他這種指示。」

「是嗎？我也不覺得妳會。」柏捷頓閣下輕笑著說。

「我知道艾溫娜也不會。」

他揚起嘴角，「也許是妳母親交代的？」

想也知道。

「瑪麗。」她哀嘆，這一個字裡包含滿滿的指責。

「妳都直呼她的名字？」他禮貌地問。

她點了點頭，「實際上她是我的繼母，即使我知道的母親從來只有她一個。她在我三歲時就嫁給了我父親，但我不知道為什麼我還一直叫她瑪麗。」她輕輕搖頭，困惑地聳了聳肩，「但就是這樣一路叫到現在。」

他棕色的雙眸一直盯著她的臉，她這才發現，她剛剛竟然和這個男人——她命中的剋星——分享了自己人生的一小部分。「對不起」這幾個字幾乎已經在她的舌尖上，就要脫口而出（這可能只是種直覺反應，想為自己的交淺言深道歉）。但她不想為任何事向這個人道歉，所以她只是說：「艾溫娜不在家，恐怕你要白跑一趟了。」

「噢，這倒不一定。」他回答。

他換了一隻手握著一直被夾在右臂下的那束花，把它拿到身前，凱特發現那不是什麼巨大的花束，而是由三把較小的花束組成的。

「這把，」他說，把其中一把花放在一旁的桌子上，「是給艾溫娜的。而這把——」他對第二束也做了同樣的動作，「是送妳母親的。」

他還剩下一束花。凱特震驚地愣在原地，視線無法從那完美的粉紅色花朵上移開。她知道他的目的是什麼，他把她包含在內的唯一原因是為了給艾溫娜留下好印象，但該死，以前從來沒有人送過花給她，而她直到那一刻才知道，她是多麼希望有人能這樣做。

「而這把，」他接著說，拿出最後一束粉紅色的玫瑰花，「是送給妳的。」

「謝謝你，」她遲疑著說，把它們抱在懷裡。「它們很美。」她低頭聞了聞，在濃郁香味中愉悅地嘆了口氣。她重新抬起頭來，「你能想到瑪麗和我，真是太有心了。」

他優雅地點點頭，「這是我的榮幸。我必須承認，有個追求我妹妹的人曾經也送了花給我母親，我從未見過她那麼開心。」

「開心的是你母親，還是你妹妹？」

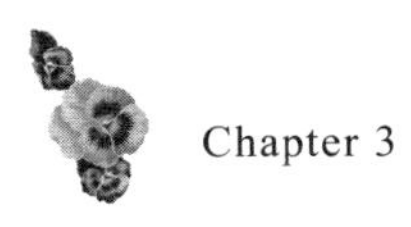

她直率的問題令他失笑，「都有。」

「那位追求者後來怎麼樣了？」凱特問道。

安東尼的笑容變得意有所指，「他娶了我妹妹。」

「嗯哼。你可別以為歷史有可能重演。不過……」凱特輕咳了一聲，不是很想對他說實話，但又想不出別的好方法。「但這些花確實很美，而且、而且你這麼做也很貼心。」她吞嚥了一下，這對她來說並不容易，「我很喜歡它們。」

他微微傾身，深色眼眸明顯變得溫柔了。「一句讚美，」他喃喃低語：「而且還是送給我的。妳看，這麼做並不難，不是嗎？」

低頭輕撫花朵的凱特，瞬間僵硬地站直身體，「你似乎總是哪壺不開提哪壺。」

他反駁：「只有妳會這麼想，我親愛的雪菲德小姐。對其他女人來說，我向妳保證，我的每句話都很中聽。」

「我讀到過。」她嘀咕。

他的眼睛亮了起來，「這就是妳對我有這麼多意見的原因？原來如此！了不起的威索頓女士，我早該知道。該死，我真想掐死這個女人。」

「我覺得她還滿聰明的，而且很有見地。」凱特一本正經地說。

「最好是。」他回嘴。

「柏捷頓閣下，我相信你上門拜訪不是為了來找我抬槓的。要我替你留個口信給艾溫娜嗎？」凱特咬牙。

「我想不用了。我不大相信它在轉述的過程中不會被添油加醋。」

這實在太過分了。

「我絕不會曲解別人的口信，」凱特費盡全力才擠出這句話，整個身體都因憤怒而顫抖，如果她是那種容易失控的女人，肯定已經緊緊掐住他的喉嚨。「你怎麼敢這樣污衊我！」

「說來說去，雪菲德小姐，」他以惹人厭的平靜口吻說：「我其實不大瞭解妳。我知道的只有妳曾口出狂言，要我永遠不得靠近妳聖潔的妹妹三公尺之內。妳告訴我吧，如果妳是我，妳會放心留下口信嗎？」

「如果你試圖利用我來獲得我妹妹的好感，」凱特冷冰冰地回答：「只能說，你做得並不怎麼樣。」

「我知道，」他說：「我真的不應該惹毛妳。我表現不佳，對嗎？但恐怕我就是控制不住自己。」他吊兒郎當揚起嘴角，攤開雙手，微笑道：「我能說什麼呢？是妳對我造成的影響啊，雪菲德小姐。」

凱特不情願地發現，他的笑容確實有種不可忽視的力量。她突然感覺頭暈目眩……是的，她需要坐下來。

「請坐。」她伸手向藍色錦緞沙發示意，隨即慌忙穿過房間來到另一把椅子前。她並不希望他繼續逗留，但如果不請他入座，她自己就不能好好坐下，而她的雙腿已經開始打顫了。

就算子爵對她突然展現的禮節感到奇怪，他也沒說什麼。相反地，他把沙發上的一個長型黑色箱子放在桌上，然後坐上去。

「那是樂器嗎？」他指著箱子問。

凱特點點頭，「一支長笛。」

「妳會演奏？」

她搖頭，隨後又微微偏著頭，點了一下。「我正在努力學習，今年才開始學的。」

他也以頷首回覆，而這顯然表示此話題已經結束，因為他接著禮貌地問：「妳覺得艾溫娜什麼時候會回來？」

「至少一個小時內不會，我猜。貝布洛克先生開車帶她出去兜風了。」

「奈吉．貝布洛克？」他幾乎被這個名字噎住了。

「對啊，怎麼了？」

「這個人的頭髮比智慧多，而且是非常多。」

「他不是快禿光了嗎？」她忍不住接話。

他做個鬼臉，「如果這還不能證明我的看法，我不知道還能怎麼證明。」

凱特對貝布洛克先生的智力（或他所缺乏的智力）也有同樣的結論，但她說：「侮辱自己的情敵是不是有點壞心？」

安東尼輕輕哼了一聲。「這不是侮辱，是事實。他去年追求過我妹妹。或者說，他想要這麼做，但達芙妮極力勸阻了他。他是個不錯的傢伙，我承認這一點，但如果妳被困在某座荒島上，妳不會想讓他為妳造一條船。」

凱特腦中自動冒出一個古怪的畫面，那就是子爵被困在荒島上，衣服破爛不堪，皮膚被烈日親吻。她感到身體開始發熱，有點不大舒服。

安東尼側頭，疑惑地看著她，「雪菲德小姐，妳還好嗎？」

「很好！」她差點叫了出來，「從來沒有這麼好過。你剛才說什麼？」

「妳的臉看起來有點紅。」他靠了過來，仔細觀察她。她看起來真的不大對勁。

凱特用手對著自己搧風，「這裡有點熱，你不覺得嗎？」

安東尼緩緩搖了搖頭，「一點也不。」

她渴望地望向門外，「我想知道瑪麗在哪裡。」

「妳在等她嗎？」

「這不大像她的作風，竟然讓我和你獨處這麼長的時間。」她解釋。

獨處？這樣做的後果簡直不堪設想。安東尼突然開始想像，自己被迫要與年長的雪菲德小姐共結連理，這讓他冒出了一身冷汗。凱特與他見過的任何名媛都不一樣，以至於他完全忘記了他們身旁必須要有伴護。

「也許她不知道我在這裡。」他連忙說。

「對，一定是這樣。」她猛然站起身來，穿過房間走到了叫人鈴旁邊。她用力拉了一下，說：「我現在就請人去提醒她。我相信她一定很想見到你。」

「好。也許在我們等待妳妹妹回來的時候，她可以陪陪我們。」

凱特正要返回座位，聽到這句話整個人突然愣住，「你想等艾溫娜回來？」

他聳了聳肩，悠哉地欣賞她的不自在，「我下午也沒有其他計畫。」

「但她可能還要幾個小時！」

「最多一個小時，我敢肯定，此外……」他及時打住，發現有個女僕出現在門口。

「您拉了鈴嗎，小姐？」女僕問道。

「是的，謝謝妳，安妮，」凱特回答：「請通知雪菲德夫人，我們有客人來訪。」

女僕匆匆行了個禮，隨即離開。

「我相信瑪麗很快就會下來，她馬上就會來了，我敢肯定。」凱特一隻腳忍不住點著地面。

他繼續以那種令人反感的方式微笑，在沙發上坐得非常愜意舒適。

房間裡陷入了尷尬的沉默。

凱特勉強對他笑笑。他只是挑了一下眉毛作為回應。

「我相信她……」

「馬上就會來了。」他替她說完，聽起來似乎心情很好。

她坐回椅子上，努力不讓自己擺出臭臉。她想她大概失敗了。

Chapter 3

就在這時，走廊上發生了一場小小的騷動——幾聲清晰的犬吠，接著是一聲高亢的尖叫：「牛頓！牛頓！立刻停下來！」

「牛頓？」子爵問道。

「我的狗。」凱特解釋，站起身來時嘆了口氣。「牠和……」

「牛頓！」

「……瑪麗恐怕有點合不來。」凱特走到門口，「瑪麗？瑪麗？」

凱特起身時，安東尼也跟著站了起來。當那隻狗又發出三聲刺耳的叫聲時，他打了個哆嗦。

瑪麗隨即又發出了一聲驚恐的尖叫。

「那是什麼狗？」他喃喃低語：「獒犬嗎？」牠肯定是一隻凶狠的獒犬。年長的雪菲德小姐似乎就是那種會把吃人的獒犬養在身邊、隨時待命的人。

「不，」凱特在瑪麗再次尖叫時快速前往走廊，「牠是……」

但安東尼沒聽清楚她說什麼。這些都不重要，因為一秒鐘後，一隻他生平所見最人畜無害的柯基犬跑了進來，牠有著厚厚的焦糖色毛髮，肚子幾乎垂到了地上。

安東尼驚訝地傻在當場。這就是走廊上那可怕的生物？

「你好啊，小狗。」他冷靜地打招呼。

那隻狗停下腳步，直接坐了下來，然後……

對他笑了一下？

Chapter 4

LADY WHISTLEDOWN´S SOCIETY PAPERS

很遺憾，筆者尚無法確認所有細節，但星期四在海德公園的九曲湖（The Serpentine）附近發生了一場大騷動，涉及柏捷頓子爵、奈吉·貝布洛克先生、雪菲德夫人和一隻品種和名稱皆不詳的狗兒。

筆者不在現場，但所有的消息來源都顯示，那隻無名小狗是最後的贏家。

《威索頓夫人的韻事報》
25 April 1814

4

凱特匆匆忙忙走回會客廳，剛好與瑪麗同時擠進門口，兩人的手臂撞在一起。
牛頓高興地坐在房間正中央，一邊在藍白相間的地毯上打滾，一邊抬頭對子爵笑。
「我想牠喜歡你。」瑪麗的語氣聽起來有點不是滋味。
「牠也喜歡您，瑪麗，」凱特說：「問題是，**您不喜歡牠**。」
「如果牠不在我每次經過走廊時都試圖向我示好，我就會更喜歡牠。」
「我以為妳說雪菲德夫人和那隻狗處不來。」柏捷頓子爵說。
「確實處不來。」凱特回答：「呃，也不能這麼說。好吧，算是一半一半。」
「有講和沒講一樣。」他咕噥。
凱特沒理會他的挖苦。「牛頓很喜歡瑪麗，」她解釋說：「但瑪麗並不喜歡牠。」
「如果牠能少喜歡我一點的話，」瑪麗打斷：「我會更喜歡牠。」
「所以，」凱特堅定地繼續說：「可憐的牛頓把瑪麗視為一種挑戰。所以當牠看到她時……」
她無奈地聳了聳肩，「反而更加迷戀她。」
彷彿是事先安排好的，狗兒發現了瑪麗，直接奔向她的腳邊。
「凱特！」瑪麗驚喊。
凱特衝到繼母身邊，同一時間牛頓正用後腿站起來，把兩隻前爪放在瑪麗的膝頭。
「牛頓，下去！」她罵道：「壞狗狗、壞狗狗。」
那隻狗又坐了回去，發出一陣嗚咽。

「凱特，妳必須帶這隻狗去散步，馬上。」瑪麗用一種非常認真的聲音說。

「我原本就要去遛狗，沒想到子爵剛好來訪。」凱特示意房間裡還有位男士在。說真的，如果她往那方面去想，有超多事情都可以歸咎於這個令人難以忍受的傢伙。他也算是滿了不起的。

「噢！」瑪麗大叫起來：「請您原諒，子爵閣下。我忘了向您問好，真是太失禮了。」

「別這麼說，」他立刻接話：「您剛才似乎有點抽不開身。」

「是的，」瑪麗埋怨：「那隻煩人的狗……哎呀，我的禮貌呢？您想喝杯茶嗎？或吃點東西？您能來拜訪我們真是太好了。」

他回道：「不，謝謝您。我在等待艾溫娜小姐回來時，多虧令嬡一直陪伴著我，與她聊天令人精神振奮。」

「啊，對，」瑪麗回答：「艾溫娜應該是和貝布洛克先生出去了。是嗎，凱特？」

凱特生硬地點點頭，不確定自己是否喜歡被形容為「令人振奮」。

「您認識貝布洛克先生嗎，柏捷頓閣下？」瑪麗問道。

「是的，算是認識。」他說。

凱特很驚訝他竟然形容得如此含蓄。

「我不知道是否應該讓艾溫娜和他一起去兜風。那種馬車非常難駕駛，不是嗎？」

「我相信貝布洛克先生對他的馬術應該很有把握。」安東尼回答。

「那就好。您這麼說讓我放心多了。」瑪麗如釋重負地嘆了一口氣。

牛頓三不五時會輕吠一聲，想要提醒大家牠的存在。

「我最好去拿牠的繫繩，帶牠出去走走，」凱特急忙說。

她很需要來點新鮮空氣，能夠擺脫子爵則更好。「請恕我先行告……」

「等等，凱特！」瑪麗叫道：「妳不能把我們兩個留在這裡，柏捷頓閣下會感到無聊的。」

凱特緩慢地轉過身，為瑪麗下一句要講出的話而膽戰心驚。

「您永遠不會讓我覺得無趣，雪菲德夫人。」子爵風度翩翩地接話。不愧是個花名在外的浪子。

「噢，我真的會，」她向他保證：「您從來沒試過被迫與我聊一個小時，艾溫娜大概還要這麼久才會回來。」

凱特盯著她的繼母，震驚到張口結舌。瑪麗到底在做什麼？

「您為什麼不和凱特一起帶牛頓去走走呢？」瑪麗建議。

「怎麼可以要求柏捷頓閣下陪我去做這種**日常瑣事**呢，」凱特迅速搶答：「那就太無禮了，畢竟，他是我們的貴客。」

「別傻了。」瑪麗回答，子爵完全沒有機會插嘴。「我相信他不會把這看成是一件苦差事。您會嗎，閣下？」

「當然不會。」他低聲說，看起來一臉誠懇。但老實說，他還能回答什麼呢？

「好啦，那就這樣進行。」聽起來瑪麗對自己的安排非常滿意：「而且很難說，也許你們會在途中遇到艾溫娜。那不是很剛好嗎？」

「很有道理。」凱特咬牙說道。

能擺脫子爵是件好事，但她最不想做的事就是把艾溫娜送入他的魔掌。她的妹妹還太年輕，容易受影響。如果她抵擋不住他的微笑呢？或者他的花言巧語？

凱特不得不承認，柏捷頓閣下的魅力非常驚人，而她甚至不喜歡這個傢伙！以艾溫娜那從不懷疑他人的性格，肯定會被迷得暈頭轉向。

她轉向子爵，「您其實沒必要陪我一起帶牛頓去散步，子爵閣下。」

「我很樂意。」他不懷好意地笑，凱特明顯感覺到，他同意的唯一目的是為了看她苦惱。「此外，」他繼續說：「正如妳母親所說，我們可能會遇到艾溫娜，這難道不是種令人開心的巧合？」

「開心，真是太開心了。」凱特冷冷地回答。

「好極了！」瑪麗高興地拍手，「我剛在走廊桌上看到牛頓的繫繩。來，我去幫妳拿。」

安東尼看著瑪麗離開，然後轉向凱特，「她剛才這一招真漂亮。」

「還用你講。」凱特嘀咕。

「妳猜，」他低聲說，向她靠近些，「她製造這個機會是為了艾溫娜，還是妳？」

「我？你一定是在開玩笑。」凱特從喉嚨勉強擠出聲來。

安東尼若有所思地摸著下巴，凝視瑪麗之前走出去的方向。

「我是不大確定啦，」他喃喃自語：「但是……」聽到瑪麗的腳步聲接近，他連忙閉上嘴。

「拿去吧，」瑪麗把繫繩交給凱特。

牛頓開心地汪汪叫，身體微微向後退，似乎準備飛撲到瑪麗身上——無疑是要向她展示他那令人無福消受的愛意，但凱特一直死死抓著牠的項圈。

「給你吧，」瑪麗迅速更換目標對象，把繫繩遞給安東尼，「不如你來把這個交給凱特？我還是不要靠得太近比較好。」

牛頓吠個不停，深情地凝視著瑪麗，後者躲得更遠了。

「你，坐下來，安靜點。」安東尼強勢地對小狗下令。

令凱特吃驚的是，牛頓聽話了，牠以近乎滑稽的速度將胖嘟嘟的屁股坐在地毯上。

「好了，」安東尼似乎對自己相當滿意。他朝凱特舉起繫繩，「妳來做還是我來做？」

「呃，請便，您似乎對小狗很有一套。」她回答。

「很明顯，」他迅速接話，把聲音壓得很低，不讓瑪麗聽到。「牠們和女人沒有多大區別。這兩種生物都會聽從我的每一句話。」

當他蹲下來替牛頓的項圈繫上繩子時，凱特踩到了他的手。

「哎呀，真抱歉呢。」她假惺惺地說。

「妳這麼彬彬有禮讓我很不習慣，我可能會感動到哭。」他重新站直身子。

瑪麗來回打量著凱特和安東尼。她聽不到他們在說什麼，但顯然覺得很有趣。「有什麼問題嗎？」她問道。

「一點都沒有。」安東尼回答，就在凱特堅定說出「沒事」的時候。

「很好，那我就送你們到門口吧。」瑪麗輕快地說道。在牛頓熱情的吠叫聲中，她接著說：「話說回來，還是不送了。我真的不想靠近那隻狗三公尺以內。但我可以向你們揮手道別。」

「如果您沒有揮手送我出去，」凱特在和瑪麗擦身而過時對她說：「我該如何是好？」

瑪麗狡猾地笑了笑，「我什麼都不知道，凱特。什麼都不知道。」

凱特感到胃部一陣不適，忍不住開始懷疑柏捷頓閣下可能說對了。也許瑪麗這次不是只想為艾溫娜做媒。

不能再想下去，太可怕了。

瑪麗站在走廊送他們，凱特和安東尼從門口出來，沿著米爾納街向西走去。

「我通常會從較小的街道開始，一路走到布朗普頓路，」凱特解釋，猜測他可能對這個地區不是很熟悉。「然後走到海德公園。但如果您願意，我們可以直接走去史隆街。」

「隨妳，我跟著妳的方向走。」他顯然無所謂。

「很好。」凱特堅定地沿著米爾納街向利諾斯花園前進。

如果她目不斜視快步往前走，也許他就不會打算和她聊天。她每天都和牛頓一起散步，這應該是她獨自思考的時間，她並不感激有他作陪。

她的策略在剛開始幾分鐘內挺有效。他們一路沉默地走到漢斯彎和布朗普頓路的拐角處，然後他突然冒出一句：「我弟弟昨晚把我們當傻瓜耍了。」

這句話讓她停下腳步，「你說什麼？」

「妳知道他在介紹我們認識之前，對我說了什麼嗎？」

凱特不小心絆了一下，然後搖搖頭。牛頓並沒有跟著停下來，牠正在瘋狂扯著繫繩往前。

「他告訴我，妳一直在談論我。」

「呃，」凱特噎了一下，「如果不特別說明談話的內容，倒也不能說他錯。」

「他暗示，」安東尼補充說：「**妳對我這個人讚不絕口**。」

她不應該笑的，「**這就真的錯了**。」

「我現在知道了。」他回答。

他或許也不應該笑，但凱特很高興看到他也露出笑意。

他們沿著布朗普頓路轉向騎士橋和海德公園，凱特問道：「他幹麼做這種事？」

安東尼斜睨了她一眼，「妳沒有兄弟，是嗎？」

「沒有，恐怕只有艾溫娜，而且她明顯是女的。」

「他這麼做，純粹是為了折磨我。」安東尼解釋。

「多麼高尚的行為。」凱特小聲說。

「我聽見了。」

「我想也是。」她接話。

「而且我猜，他也想折磨妳。」他繼續說道。

「我？」她驚呼：「為什麼？我有對他做什麼嗎？」

「妳可能因為詆毀他敬愛的哥哥而微微激怒了他。」他試著給出答案。

她的眉毛挑得老高，「**敬愛？**」

「或是『非常崇拜』？」他換個詞。

她搖搖頭，「這答案也不通。」

安東尼笑了起來。雪菲德小姐，雖然她的愛管閒事有些討厭，但她的機智確實令人欽佩。

他們已經到了騎士橋，所以他挽起她的手臂穿過大道，走上一條較小的路，通往海德公園內的南馬車道。當他們走進大片草地時，本性是隻鄉下土狗的牛頓明顯加快了步伐，雖然很難想像這隻胖乎乎的狗會以任何能稱之為快跑的方式行動。

不過，狗兒看起來還是很高興，而且對每一朵花、小動物或路過他們身邊的人都很感興趣。春天的空氣帶點微涼，但陽光很溫暖，在倫敦連續多天的陰雨綿綿之後，天空是令人驚訝的晴空萬里。雖然挽著他的女人不是他計畫中的妻子，事實上，她也不是他任何計畫中的女人，但安東尼心頭卻湧起一種輕鬆的滿足感。

「我們要不要過羅藤街？」他問凱特。

「嗯？」她心不在焉地回答。她仰頭朝著太陽，正沉浸在陽光帶來的溫暖中。在一個令人毫不設防的時刻，安東尼的心像是忽然被……**某種感覺刺了一下**。

某種感覺？他輕輕搖了搖頭。這不可能是慾望。他不可能對這個女人產生慾望。

「你剛說了什麼嗎？」她低語。

他清清嗓子，深吸一口氣，希望這樣做能讓自己頭腦清醒點。相反地，他只是聞到了她身上令人陶醉的氣息，那是一種充滿異國情調的百合花和清新肥皂香氣的奇怪組合。

「妳似乎很享受陽光。」他說。

她笑了笑，轉過身來，眼神清澈地注視他，「我知道你剛才不是在說這個，但是，沒錯，我很享受。最近的雨下得太凶了。」

「我以為年輕女士不該讓陽光直射到臉上。」他調侃道。

她聳了聳肩，回答時微微有些窘迫：「她們是不應該。這麼說吧，我們是不應該。但曬太陽確實感覺像天堂般美好。」她發出一聲輕嘆，臉上掠過一絲渴望，如此強烈，安東尼的心幾乎揪了一下。「真希望我能摘下我的帽子。」她惆悵地說。

安東尼頷首表示同意，他對自己的帽子也有同樣的想法，「妳也許可以把它往後推一點，沒人會注意到的。」他建議。

「可以嗎？」她的整張臉因這個想法而亮了起來，那種奇怪的感覺再次刺痛了他的五臟六腑。

「當然。」他輕聲呢喃，伸手去調整她的帽簷。女人似乎都很喜歡這種怪異的裝飾，全是絲帶和花邊，而且以一種任何正常男人都無法搞懂的方式繫得超牢。

「來，妳先別動。我會弄好它的。」

凱特一動不動，遵照他那溫柔的要求，但當他的手指不小心拂過她的太陽穴，她連呼吸都停止了。他靠得如此之近，而且這種情形非常奇怪。她能感覺到他身體的溫度，並聞到他身上乾淨的肥皂味。

她的腦中忽然警鈴大作。

她討厭他，或者至少她打心底不喜歡也不認同他，然而她卻冒出一種荒唐至極的想法，那就是微微向前傾身，直到彼此的身體之間再無一絲空隙，然後……

她嚥了一下口水，強迫自己往後退。天哪，她是怎麼了？

「等一下，我還沒弄完呢。」他說。

凱特匆忙伸手自行調整帽子，「我相信已經可以了。你不必……你別麻煩了。」

「妳現在有曬到更多陽光嗎？」他問。

她點了點頭，儘管她是如此心煩意亂，根本無法確認。

「是的，謝謝你，非常舒適。我……噢！」

牛頓發出一陣響亮的吠叫，用力拉扯著繫繩。

「牛頓！」她叫道，被繩子拉著猛然向前衝。但那隻狗似乎看到了某個東西（凱特不知道是什麼）使牠熱情地向前奔跑，並且帶著她狂奔，直到她腳步踉蹌地整個人被拉成大字型，肩膀朝前橫著身體往前跑。

「牛頓！」她又叫了一聲，相當無助：「牛頓！停下來！」

安東尼看熱鬧似地盯著那隻狗向前狂奔，速度比他以為那四條胖胖短腿所能做到的還要快。雖然凱特努力抓住繫繩，牛頓卻瘋狂地吠叫，並以同樣的力道向前奔跑。

「雪菲德小姐，請把繩子交給我吧。」他高聲說著，大步上前幫助她。這不是最能發揮英雄魅力的招式，但一個人若想給他未來新娘的姊姊留下好印象，做什麼都不為過。

但就在安東尼追上她的時候，牛頓狠狠扯了一下繫繩，繩子從她手中飛了出去。凱特發出一聲尖叫，大步追上前，但是那隻狗已經跑掉了，繫繩拖在牠身後從草地上迅速消逝。

安東尼不知道是該大笑還是該懊惱。牛頓顯然不打算被逮到。

凱特愣了一下，一隻手緊緊捂著嘴，然後她看向安東尼。他有種不妙的感覺，他知道她打算做什麼。

「雪菲德小姐，」他迅速地開口：「我想……」

但是她已經拔腿就跑，一邊失儀地大聲喊著：「牛頓！」

安東尼無奈地嘆了口氣，開始跟著她跑。

若是讓她獨自去追那隻狗，他哪裡還有臉稱自己為紳士。

Chapter 4

不過，她畢竟比他先出發，當他在拐角處追上她時，她已經停下來了。她氣喘吁吁，雙手扠腰，四下打量周圍的環境。

「牠去哪裡了？」安東尼問道，試著不去思考一個氣喘吁吁的女人會令人聯想到什麼。

「我不知道。」她停頓了一下，喘口氣，「我想牠在追趕一隻兔子。」

「哦那好啊，這樣就很容易抓到牠了，因為兔子總是堅持走固定的路。」他說。

對於他的挖苦她皺起了眉，「我們該怎麼辦？」

安東尼很想直接回答：「回家，然後養一條真正的狗。」但她看起來一臉焦慮，他就閉嘴了。事實上，如果仔細觀察，她看起來更像是被激怒而不是擔心，但其中肯定有一點擔心。

所以他說：「我建議我們等聽到有人尖叫的時候再行動。牠隨時都會衝過某位年輕女士的腳邊，把對方嚇得魂飛魄散。」

「真的嗎？」她看起來並不相信，「牠並不是凶惡嚇人的狗啊。牠認為自己是，但牛頓其實很可愛，老實說，牠……」

「啊啊啊啊啊！」

「看來我們已經有了答案。」安東尼沒好氣地說，向著匿名女士尖叫的方向跑去。

凱特急忙跟在他後面，直接穿過草地，朝羅藤街的方向跑去。子爵在她前面奔跑，她滿腦子只能想到，他一定是真的想娶艾溫娜，因為雖然他一看就是個出色的運動員，但在公園裡追著一隻胖胖的柯基犬跑，看起來實在有失體面。更糟糕的是，他們將不得不直接跑過羅藤街，那是上流社會的成員時常騎馬和駕車經過的地方。

所有人都會看到他們。若是意志沒那麼堅定的人，肯定早就放棄了。

凱特在後面繼續跟著跑，但她已經有點跟不上了。她很少穿馬褲，但她相當肯定，穿馬褲一定比穿裙子更容易跑步。尤其是當一個人在公共場合，不能把裙襬提到腳踝上方的時候。

她穿過羅藤街，拒絕與任何牽馬出來的時尚淑女和紳士進行眼神交流。只要她不看任何人，也許沒人會認出她就是那個在公園裡狂奔的女漢子，跑得像是有人在她的鞋子上點了火一樣。機會不大，但還是有可能。

當她再次到達草坪時，她絆了一下差點跌倒，不得不暫停下來做幾次深呼吸。但她忽然汗毛直豎。他們快到九曲湖了。

——呃，糟了。

牛頓最喜歡的事莫過於跳進湖中游泳。陽光很暖，湖面看起來很誘人，特別是對一隻覆蓋著厚厚毛皮、已經以極快的速度（對於一隻超重的柯基犬來說）跑了五分鐘的生物。

但妙的是，牠的速度仍然足以讓一位身高超過一八零的子爵望塵莫及。

凱特悄悄再把裙襬往上提一點點（考慮到周遭的旁觀者，她的儀態還是要顧好），然後再次拔腿開跑。她不可能追上牛頓，但也許她可以在柏捷頓子爵弄死牛頓之前追上他。

他現在一定充滿殺意。這個人必須是個聖人，才不會想親手取了那隻狗的性命。

而如果《韻事報》中關於他的報導有百分之一是真的，他就絕非聖人。

凱特嚥了嚥口水。「柏捷頓閣下！」她喊了一聲，打算告訴他不用追了。她只能等著牛頓自己累垮，看在那四條小短腿的份上，這種情形應該很快就會出現。

「柏捷頓閣下！我們可以……」

凱特匆忙停下腳步。在九曲湖那邊的是艾溫娜嗎？她瞇起眼睛看。就是艾溫娜沒錯，她優雅地站在那裡，雙手搭在身前。而那個倒楣的貝布洛克先生似乎正在想辦法修理他的馬車。

牛頓停了一會兒，在凱特看到艾溫娜的同時，牠也看到了她，於是牠突然改變方向，一邊開心吠叫，一邊向著他心愛的人跑去。

「柏捷頓閣下！」凱特再次大喊：「看到了嗎！那邊——」

安東尼聽到她的聲音，轉過身來，然後順著她指的方向看向艾溫娜。所以這就是為什麼那隻該死的狗忽然改變方向，做出一個九十度大轉彎的原因。安東尼為了配合這樣一個急轉彎，差點滑倒在泥地上摔個狗吃屎。

他要殺了那隻狗。

不，他要宰了凱特．雪菲德。

不，也許……

安東尼津津有味的復仇計畫，被艾溫娜突然爆出的尖叫聲打斷了：「牛頓！」

安東尼總認為自己是個行動果斷的人，但當他看到那隻狗跳向空中、向艾溫娜飛撲而去時，他簡直被嚇傻了。莎士比亞再世也無法為這場鬧劇安排一個更合適的結局，而這一切都在安東尼的眼前上演，就像正在以慢動作播放。

而他對眼前的情況卻無能為力。

那隻狗會直接撲向艾溫娜的胸口。艾溫娜會向後倒去。

直接跌進九曲湖。

「不！」他大叫，拔腿飛奔上前，儘管他知道這時候所有英雄救美的舉動都已經完全無用了。

噗通！

「我的老天啊！」貝布洛克驚呼：「她掉進水裡了！」

「不要只是站在那裡看！」安東尼呵斥道，他已抵達事故現場，立刻直接跳進水中，「想辦法幫點忙！」

貝布洛克顯然不大明白這句話的意思，因為他依然還是站在原地，瞪大眼睛，看著安東尼一把抓住艾溫娜的手，扶著她站起來。

「妳還好嗎？」他粗聲問。

她點了點頭，一邊吐水一邊打噴嚏，說不出話來。

「雪菲德小姐！」他看到凱特正衝向岸邊，馬上對她大吼。

「不，不是在叫妳，」他補充說明，因為感覺到身邊的艾溫娜嚇得一愣，「是妳姊姊。」

「凱特？」她眨了眨眼睛裡的髒水，「凱特在哪裡？」

「她正乾淨清爽地站在岸邊。」他低聲嘟囔著，接著朝凱特的方向大吼：「把妳那隻該死的狗拴起來！」

牛頓興高采烈地從九曲湖裡跑了出來，現在正坐在草地上，開心地齜牙咧嘴。

凱特急忙跑到牠身邊，抓住了牠的繫繩。

安東尼發現，這次她對他咆哮般的指令沒有回嘴。很好，他惡狠狠地想，沒想到這個該死的女人會懂得何時該閉上她的嘴。

他回頭看了眼艾溫娜，令人吃驚的是，她即使在像隻落湯雞的情況下仍能賞心悅目。

「我帶妳離開這裡吧。」他粗聲說。在她還來不及做出反應之前，他一把抱起她，把她從湖中放在乾燥的地面上。

「我從來沒有見過這種事。」貝布洛克搖了搖頭。

安東尼沒有回答。如果不能先把這個白癡扔進水裡，他會氣到一句話都說不出來。這傢伙腦子進水了嗎？當艾溫娜被那隻該死的狗撲倒時，他竟然只是站在原地不動？

「艾溫娜？」凱特問道，在牛頓的繫繩範圍內上前幾步，「妳還好嗎？」

「我想妳已經做得夠多了。」安東尼沒好氣地向她走去，直到他們幾乎臉貼著臉。

「我？」她倒抽一口氣。

「妳看看她，看看她變成什麼樣子！」他不耐煩地用手指著艾溫娜的方向，即使他的全部注意力都集中在凱特身上。

「但這是個意外！」

「我真的沒事！」艾溫娜叫道，姊姊和子爵之間的劍拔弩張，讓她的聲音帶了點驚慌：「有點冷，但沒事的！」

「你聽見了嗎？」凱特回道，但當她看到妹妹那一身狼狽時，不由自主地嚥了一下口水，「那是意外。」

他只是交抱著雙臂，一側眉頭高高挑起。

「你不相信我，」她低聲說：「你竟然不相信我那是意外。」

安東尼不置可否。對他來說，凱特．雪菲德再怎麼冰雪聰明，都不可能不嫉妒自己的妹妹，這是不合常理的。即使她沒辦法阻止這次意外的發生，她肯定也會對自己乾爽舒適，而艾溫娜看起來卻像隻溺水的老鼠感到竊喜。當然，她是隻迷人的小老鼠，但絕對是隻差點淹死的老鼠。

但凱特顯然還不想結束談話。「撇開我永遠不會做出任何傷害艾溫娜的事不談，」她不屑地說：「你認為我要怎麼設計出這個驚人的意外？」她用空著的手拍了拍自己的臉頰，故意裝出恍然大悟的樣子，「噢，對呢，我懂得柯基犬的祕密語言。我命令狗兒從我手中掙脫繫繩，然後，因為我有千里眼，知道艾溫娜就站在九曲湖畔，所以我對我的狗說——透過我們強大的心電感應，因為我們距離太遠，牠已經聽不到我的聲音——改變牠的方向，向艾溫娜衝過去，把她撞進湖裡。」

「尖酸刻薄不適合妳，雪菲德小姐。」

「**沒有什麼能適合得了您**，柏捷頓閣下。」

安東尼傾身靠向她，下顎以極具威脅感的方式向前頂，「女人如果不能控制好寵物，就不應該養牠們。」

「而男人如果沒有能力掌控局面，也不應該和帶著寵物的女人去公園散步。」她反擊。

安東尼可以感覺到自己的耳朵因怒氣而變紅，「妳，女士，是對文明社會的威脅。」

她張開嘴，似乎想回敬他一句，但卻只是露出了一個令人毛骨悚然的甜甜微笑，隨後轉向小狗說：「甩一下吧，牛頓。」

牛頓抬頭看了看她手指的方向，正對著安東尼，於是乖巧地小跑幾步靠近他，然後開始搖晃全身，身上的池水甩得到處都是。

安東尼衝向前，彷彿要捏碎她的喉嚨。

「我、要、殺、了、妳！」他大吼道。

凱特靈巧地躲開了，站到艾溫娜身邊，嘲弄道：「看看你，柏捷頓閣下，」在她像隻落湯雞的妹妹身後躲好，「在美麗的艾溫娜面前發脾氣是扣分的喲。」

「凱特？」艾溫娜急急地低聲問：「發生了什麼事？妳為什麼對他這麼壞？」

「他才是為什麼要對我這麼壞吧？」凱特咬牙切齒低聲回道。

「我說，那隻狗弄得我一身水。」貝布洛克先生突然開口。

「牠把我們所有人都弄濕了，」凱特回答。包括她，但這是值得的。能看到那位虛有其表的貴族大爺一臉驚訝和憤怒的表情，這一切都是值得的。

「妳！」安東尼咆哮，憤怒地指著凱特，「給我安靜點。」

凱特保持沉默，她還沒有傻到去進一步激怒他。他看起來隨時都可能爆炸，失去了這一天開始時的任何尊嚴與優雅。為了把艾溫娜從水裡拖出來，他的右邊衣袖還在滴水，靴子看起來應該永遠不能再穿了，身上其他部位也滿是水漬（這要感謝牛頓的專業甩水技巧）。

「我會告訴妳，我們接下來要做什麼。」他繼續低聲說，口氣簡直想置人於死。

「我需要做的是，」貝布洛克先生輕快地說，顯然沒意識到柏捷頓閣下很可能會殺掉第一個開口的人。「是繼續把這輛馬車修好，然後我就可以帶雪菲德小姐回家了。」他指向艾溫娜，以防有人不清楚他指的是哪位雪菲德小姐。

「貝布洛克先生，你知道怎麼修車嗎？」安東尼說。

貝布洛克先生眨了眨眼睛。

「你知道你的馬車到底出了什麼問題嗎？」

貝布洛克的嘴開開合合了幾次，然後說：「我是想過幾種可能啦，應該很快就能找出哪一個是真正的問題。」

凱特盯著安東尼，目不轉睛看著他脖子上跳躍的青筋。她以前從未見過一個男人如此明顯瀕臨失控。但她也對即將出現的暴怒場面感到不安，於是謹慎地在艾溫娜身後退開半步。

她不願承認自己是個膽小鬼，但懂得自保是另一回事。

但子爵竟然控制住了脾氣，他說：「我們接下來要這麼做。」他的聲音冷靜得可怕。

三雙眼睛因期待而大睜。

「我要走過去……」他指著約二十公尺外的一對男女，他們正假裝並未盯著這邊看，但不大成功。「問問蒙特羅斯，我是否可以借用他的馬車幾分鐘。」

「喔喔，那是傑佛瑞．蒙特羅斯呀？已經很久沒見到他了。」貝布洛克伸長脖子張望。

第二條青筋開始跳動，這次是在柏捷頓閣下的太陽穴上。

凱特抓住艾溫娜的手作為精神支柱，握得死緊。

但柏捷頓子爵無視貝布洛克那突兀的插嘴，保持修養地繼續說：「反正他會答應……」

「你確定？」凱特衝口而出。

他的棕色眼眸看起來竟然能像冰塊那麼冷，「我確定什麼？」

「沒什麼。」她喃喃低語，想踢自己一腳，「請繼續。」

「正如我所說的，作為一位朋友和紳士……」他瞪著凱特，「他會同意，然後我會送雪菲德小姐回家，接下來我再回家去，派個人把蒙特羅斯的車送回來。」

沒人想問他說的是哪位雪菲德小姐。

「那凱特呢？」艾溫娜問道，畢竟一輛車只能坐兩個人。

凱特捏了捏她的手，甜蜜貼心的艾溫娜啊。

安東尼直視著艾溫娜，「貝布洛克先生會護送妳姊姊回家。」

「我不能送啊，得先把車修好，你知道的。」貝布洛克說。

「你住哪裡？」安東尼不耐煩了。

貝布洛克驚訝地眨了眨眼，但還是說出了他家地址。

「你護送雪菲德小姐回她家的時候，我會到你家去，找一個僕人過來看著你的馬車。清楚了嗎？」他頓了一下，用一種十分嚴厲的表情瞪著每一個人（包括那隻狗）。當然，艾溫娜除外，她是在場唯一沒有直接在他的怒火上加把柴的人。

「清楚了嗎？」他重複道。

大家都點了點頭，他的計畫就這樣啟動了。

幾分鐘後，凱特眼睜睜看著柏捷頓閣下和艾溫娜搭著馬車離開，而這兩個人正是她曾發過誓，甚至不能讓他們出現在同一個房間裡的人。

更糟糕的是，她被單獨留在貝布洛克先生和牛頓身邊。

只花了兩分鐘，她就發現，在這兩者之間，牛頓是更好的交談對象。

Chapter 5

LADY WHISTLEDOWN´S SOCIETY PAPERS

筆者得知，凱薩琳．雪菲德小姐對她心愛的寵物被稱為「一隻名稱和品種皆不詳的狗」表示不滿。

可以肯定的是，筆者對這一嚴重、令人震驚的錯誤感到羞愧，並懇請各位親愛的讀者，接受敝人謙卑的道歉，並留意本專欄史上第一次錯誤更正。

凱薩琳．雪菲德小姐的狗是一隻柯基犬。牠叫牛頓，雖然很難想像英國的偉大發明家和物理學家會喜歡透過一隻矮小、肥胖又不懂禮貌的小狗被人永遠牢記。

《威索頓夫人的韻事報》
27 April 1814

5

當天晚上，艾溫娜很明顯並未安然無恙度過她（儘管非常短暫）的磨難。她的鼻子變紅，眼睛開始泛淚，任何人只要看一眼她那張浮腫的臉，哪怕只看上一秒鐘，就能發現她雖然沒有大病一場，但卻得了重感冒。

但即使艾溫娜正躺在被子裡，雙腳之間夾著一個熱水瓶，床頭櫃上還放了杯廚師準備的治療藥水，凱特還是決心要和她談談。

「他在回家路上對妳說了什麼？」凱特坐在妹妹的床邊詢問。

「誰？」艾溫娜反問，害怕地聞了聞藥水，「妳看這東西，它在冒煙欸。」她把它舉到眼前。

「子爵，」凱特沒好氣：「還有誰會在回家的路上跟妳說話？還有，別像個傻瓜一樣。它沒有在冒煙，那只是水蒸氣而已。」

「哦。它聞起來不像是水蒸氣。」艾溫娜又聞了一下，小臉垮下來。

「**就是水蒸氣**。」凱特大聲說，緊緊抓著床墊，直到她的指關節發痛。「**他對妳說什麼了？**」

艾溫娜輕快地問：「柏捷頓閣下？哦，就是閒聊啊，妳懂我的意思吧。禮貌的談話之類的。」

「他在妳像隻落湯雞的時候和妳閒聊？」凱特狐疑問道。

艾溫娜猶豫地喝了一口藥水，然後差點嗆到，「這裡面是什麼？」

凱特俯下身子，聞了聞杯子裡面的東西，「聞起來有點像甘草。而且我看到底下好像有粒葡萄乾。」她低頭聞藥水的時候，似乎聽到了雨點敲打窗戶玻璃的聲音，於是她又坐直身子，問道：「下雨了嗎？」

「我不知道，可能吧。稍早前太陽下山時，就已經烏雲密布了。」艾溫娜說。她再次疑惑地看了眼杯子，然後把它放回桌子上，「如果我喝了這個，一定會讓我更難受。」

「但他還說了什麼？」凱特堅持問清楚，同時起身去看窗外。她把窗簾推到旁邊。外面正在下雨，但只是毛毛雨，現在判斷這場雨是否會伴隨任何雷聲或閃電，還為時過早。

「誰，子爵？」

凱特認為自己一定是個聖人，沒有動手把她的妹妹搖到昏過去，「是的，那位子爵。」

艾溫娜聳聳肩，顯然不像凱特那樣熱衷這個話題。「不多。當然，他問了我好不好。想想我才剛一頭栽進九曲湖，這也很合理。但我想補充說明，落水的經驗是非常糟糕的。除了冷之外，那湖水也不乾淨。」

凱特清了清嗓子，重新坐下來，準備問一個最尷尬的問題，但在她看來，這個問題是必須要問的。她努力使自己的聲音沒有洩露出半點藏在心底的激動與好奇，問道：「他有沒有做出任何不軌的舉動？」

艾溫娜猛然後傾，雙眼因震驚而瞪大。「當然沒有！」她喊道。

「他是個完美的紳士。真的，我不懂妳為什麼要這樣追問。雖然那不是一次非常有趣的談話，他講了什麼我有一大半都忘記了。」

凱特只是盯著妹妹看，覺得完全無法理解，艾溫娜和那個可恨的浪子聊了十分鐘，竟然沒留下任何深刻的印象。讓凱特感到洩氣的是，他對她說過的每一句可怕的話，似乎都已經永遠刻在了她的腦子裡。

「順便問一句，」艾溫娜接著說：「妳和貝布洛克先生相處得怎麼樣？妳花了快一個小時才回到家。」

凱特明顯瑟縮了一下。

「那麼糟糕啊？」

「我相信對某個女人來說，他會成為一個好丈夫，」凱特說：「但恐怕不會是個有腦的丈夫。」

艾溫娜咯咯笑了起來，「哦，凱特，妳太壞了。」

凱特嘆口氣，說：「我知道、我知道。我這樣講真是太過分了。這個可憐的傢伙人是不錯啦，只是……」

「腦子也實在是不大好用。」艾溫娜幫她說完。

凱特挑眉。這很不像艾溫娜會下的結論。

「我知道，現在我才是講話不厚道的人。我真的不應該妄下斷語，但說真的，我原以為我會在那趟旅途中喪生。」艾溫娜略帶羞澀地笑著說。

凱特擔憂地坐直身子，「他駕車很危險嗎？」

「一點也不。是因為他的談吐。」

「太無聊了嗎？」

艾溫娜點點頭，藍色雙眸帶著不解，「我完全跟不上他說話的邏輯，想要弄清他的思考方式簡直像在解謎。」她輕咳了一陣，繼續說道：「但那讓我的頭很痛。」

「所以他不會成為妳的完美學者型丈夫？」凱特愛憐地笑著說。

艾溫娜又咳了幾聲，「恐怕不能。」

「也許妳應該再試試那杯藥水，」凱特建議，指指艾溫娜床頭櫃上那個孤零零的杯子，「廚師保證它很有效。」

艾溫娜猛地搖了搖頭，「它有一股死亡的氣息。」

凱特憋了一會兒，還是忍不住問出口：「子爵有沒有提到我？」

「妳？」

「不，是我的替身。」凱特幾乎想罵人：「當然是我本人，還有誰能被我自稱為『我』？」

「沒必要生氣嘛。」

「我沒有生氣……」

「但事實上，他並沒有提到妳。」

凱特這下子真的生氣了。

「不過，他倒是對牛頓有很多看法。」

凱特目瞪口呆。知道自己還不如一隻狗，絕不是一件令人高興的事。

「我向他保證，牛頓真的很乖，我一點也不生牠的氣，但子爵卻很貼心地替我抱不平。」

「還真貼心。」凱特嘀咕道。

艾溫娜抓起一條手帕，擤了擤鼻子，「我覺得啊，凱特，妳對這位子爵好像滿有興趣。」

凱特回答：「我整個下午都被迫和他聊天啊。」似乎這樣說就能解釋一切。

「很好。那麼妳一定有機會發現他是多麼彬彬有禮又風采迷人，而且還非常富有。」艾溫娜大聲吸了吸鼻子，然後到處翻找一條新手帕。「雖然我認為人們不應該完全依照經濟條件來選擇丈夫，但考慮到我們家這麼窮，我不往這方面想就太不負責任了，妳不覺得嗎？」

「呃——」凱特支吾其辭，知道艾溫娜說的完全正確，但也不想說出任何會被視為認可柏捷頓子爵的話。

艾溫娜把手帕拿到面前，相當不淑女地擤了一下鼻子，「我想，我們應該把他加入我們的清單。」她帶著鼻音含糊地說。

「我們的清單。」凱特重複，聲音十分糾結。

「是啊，有潛力的對象清單。我認為他和我會很適合。」

「但我以為妳想要找位學者！」

「我是啊，現在還是這樣想。但妳自己也說過，我不可能找到一位真正的學者。柏捷頓子爵看起來滿聰明的。我只需要想辦法弄清楚他是否喜歡讀書就好。」

「如果那個粗人能看得懂書，我會很吃驚。」凱特嘟囔道。

「凱特．雪菲德！」艾溫娜笑出聲來，「我剛才沒聽錯嗎？」

「我什麼都沒說。」凱特不假思索地回答。子爵當然會讀書，但他其他方面都實在太糟糕了。

「妳說了，」艾溫娜抗議：「妳嘴巴最壞了，凱特。」她微微一笑，接著說：「但妳總是能讓我哈哈大笑。」

遠處低沉的雷鳴在夜裡迴蕩，凱特勉強擠出一個微笑，努力不讓自己露出怯色。當遠方打雷閃電時，她通常都能保持鎮定。只有當它們接二連三逼近，而且似乎都快打在她身上的時候，她才覺得自己整個人瀕臨失控。

「艾溫娜，」凱特說，她需要和妹妹好好討論一下這個問題，同時也需要說一些話，讓自己不再在意漸漸逼近的暴風雨。「妳必須忘掉子爵，他絕對不是那種能帶給妳幸福的丈夫。他除了是個惡名昭彰的浪子，可能還會當著妳的面炫耀他有一打情婦……」

艾溫娜輕蹙雙眉，凱特趁機中斷了原本要說的話，決定針對這一點加以發揮：「他真的會喔！」她戲劇化地宣稱：「妳沒看過《韻事報》嗎？或者聽過其他年輕女士的母親談論？那些已經在社交圈裡打滾了好幾年的母親們，對所有的人事物都如數家珍。她們都說他是個糟糕的浪子。唯一值得稱許的是他對他的家人非常好。」

「嗯，這會是讓他加分的一點，」艾溫娜指出：「因為妻子就是家人，對吧？」

凱特差點呻吟出聲：「妻子和血親是不一樣的。那些死都不敢在母親面前說一句髒話的男人，卻每天都在踐踏他們妻子的感情。」

「妳怎麼會知道這些？」艾溫娜問道。

凱特一時語塞。她想不起來艾溫娜上次質疑她對某件重要事情的判斷是什麼時候了。不幸的是，在這麼短的時間內，她能想到的唯一答案只有：「我就是知道。」

她不得不承認，這答案真的爛透了。

「艾溫娜，」她用一種安撫的聲音說，決定把話題引向另一個方向：「除了這些，我認為如果妳有機會瞭解子爵，妳甚至不會喜歡他。」

「駕車送我回家時，他感覺還滿好相處的啊。」

「那是他刻意求表現！」凱特很堅持：「他當然會態度良好，因為他希望妳能愛上他。」

艾溫娜眨了眨眼，「所以妳認為這一切都是在演戲。」

「完全正確！」凱特大聲說，決定把握這個機會。「艾溫娜，從昨晚開始直到今天下午，我在他的身邊待了好幾個小時，我可以向妳保證，他在我面前可沒有表現得像個紳士。」

艾溫娜驚恐地倒抽一口氣，也許還有一絲絲興奮。

「他吻了妳嗎？」她輕聲問。

「沒有！」凱特大喊：「當然沒有！妳怎麼會這樣想？」

「是妳說他的表現完全不同啊。」

「我的意思是，」凱特說：「他很沒禮貌，也不好相處。事實上，他簡直是令人難以忍受的傲慢，舉止超級粗魯，嘴巴又壞。」

「這真有趣。」艾溫娜喃喃自語。

「一點也不有趣。簡直可怕好嗎！」

「不，我不是這個意思，」艾溫娜說，若有所思地摸摸下巴，「他對妳的態度很粗魯，這太奇怪了。他一定有聽說我在選擇丈夫時會聽妳的意見，照理說他應該不遺餘力向妳示好。為什麼他要表現得像個野蠻人呢？」

凱特的臉頰泛起一抹嫣紅（幸好在燭光下不那麼明顯），她喃喃低語：「他說他實在控制不住自己。」

艾溫娜目瞪口呆，整整一秒鐘動彈不得，就像被定格了一樣。隨後她仰倒在枕頭上，笑得止都止不住。

「哦，凱特！」她喘息著說：「太妙了！你們倆簡直就是天生相剋。噢，我喜歡！」

凱特瞪了她一眼，「這一點也不好笑。」

艾溫娜擦擦眼睛。

「這可能是我整個月來聽到最好笑的事，不，這一年來才對！哦，我的天啊。」她輕輕咳了起來，因為笑得太厲害了。「噢，凱特，因為妳的關係，我的鼻塞這下子全通了。」

「艾溫娜，這樣講好噁心。」

艾溫娜拿起手帕擤了下鼻子，得意地說道：「是真的嘛。」

「不會通太久的，」凱特嘀咕：「明天早上，妳會病得像隻狗。」

「妳可能是對的，」艾溫娜同意。「但是，真的太有趣了啊。他說他無法控制自己？哦，凱特，這句話含義很豐富呢。」

「沒必要一直糾結這句話。」凱特不爽了。

「妳知道嗎，他可能是我們整個社交季所遇見，第一位不吃妳管控那套的紳士。」

凱特撇撇嘴，擺出一個苦瓜臉。子爵用了同一個詞，而且這兩人說的也都沒錯。整個社交季中她確實都在想辦法管理男人——替艾溫娜管理他們。她突然不確定自己是否喜歡這個硬被冠上的母雞角色。

或者說，她把自己代入了這個角色。

艾溫娜看著姊姊臉上的情緒變化，立刻感到抱歉。

「噢，親愛的，」她喃喃說著：「我很抱歉，凱特。我不是有意開妳玩笑的。」

凱特挑眉。

「呃，好啦，我確實是想虧妳兩句，但絕不是真的要惹妳不開心。我不知道柏捷頓閣下會讓妳這麼生氣。」

「艾溫娜，我只是不喜歡這個人。我認為妳甚至不應該考慮和他結婚。我不在乎他對妳的追求有多熱烈、多執著。他不會是一個好丈夫。」

艾溫娜沉默了一會兒，那雙美麗的眼睛清澈而理智。接著她說：「好吧，如果妳這麼說，肯定不會錯。對我而言，妳的判斷從來都是正確的。而且，正如妳所說，妳和他待在一起的時間比我多，所以妳會更清楚。」

凱特長嘆一口氣，如釋重負。「很好，」她篤定地說：「等妳感覺好一點，我們就來從妳目前的追求者中找一個更好的對象。」

「或許妳也可以順便找一個丈夫。」艾溫娜建議。

「當然，我一直都有在找，」凱特低聲抗議：「如果我不找的話，來參加倫敦社交季又有什麼意義呢？」

艾溫娜一臉半信半疑。「可是我覺得妳沒有在找，凱特。妳所做的一切都是在替我面試這些人。沒理由妳不能為自己找一位丈夫，妳需要一個屬於妳自己的家庭。我想不出來有誰比妳更適合做一位母親。」

凱特抿唇，不想直接回應艾溫娜的看法。因為在那雙迷人的藍眼睛和完美臉孔之下，艾溫娜是她所認識過觀察力最敏銳的人。而且，艾溫娜是對的。凱特並沒有在尋找丈夫。但她為什麼要找呢？根本沒人考慮過娶她為妻啊。

她嘆了口氣，瞥了一眼窗外。暴風雨似乎已經過去，沒有襲擊倫敦城中她所在的地區，她應該對這一類的小確幸心存感激。

「我們還是應該先把妳嫁出去，」凱特最後說：「因為我們都心知肚明，妳比我更有可能收到求婚。之後再來考慮我的下半輩子也不遲？」

艾溫娜聳聳肩，凱特知道她刻意不回答，就表示不贊同。

「非常好。那先休息一下吧，我想妳很需要。」凱特站起身來。

艾溫娜咳了一聲作為回答。

「還有，把那杯藥水喝掉！」凱特大笑著向房門走去。

當她關上身後的門時，聽到艾溫娜小聲嘟囔著：「我寧願死。」

四天後，艾溫娜一直乖巧地喝著廚師的藥方，雖然難免碎念和抱怨不斷。她的健康狀況有所改善，但只是到了快要好轉的狀態。她仍然要臥床，仍然咳個不停，而且非常煩躁。

瑪麗宣布，最快要到週二，艾溫娜才能參加各種社交活動。凱特認為這表示她們所有人都有機會稍微喘口氣（因為說真的，何必參加一個艾溫娜無法出席的舞會）。

凱特度過了一個幸福而平淡的週五、週六和週日，除了看書和帶牛頓散步之外什麼也沒做。但週末過後，瑪麗突然宣布，週一晚上她們兩人將要參加柏捷頓夫人的音樂會，並且……

凱特試圖插嘴，激動地爭論為何此時這麼做是個爛主意。

……**這已經是最終決定**。

凱特很快就豎了白旗，因為再爭論下去真的沒有意義，尤其當瑪麗說完「最終決定」這個詞後，就直接轉身離開。

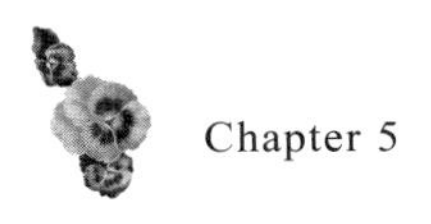

凱特的人生還是有一些原則的，其中包括不與關上的門爭吵。

於是，週一晚上她穿著淡藍色絲綢禮服，手拿扇子，和瑪麗一起乘坐那輛廉價的馬車在倫敦街頭穿梭，前往格羅夫納廣場的柏捷頓大宅。

「所有人看到我們沒帶艾溫娜，都會很驚訝。」凱特左手撥弄著斗篷上的黑紗。

「妳也得找個丈夫啊。」瑪麗回答。

凱特默然不語。她無法大聲反駁這一點，畢竟這是事實。

「還有，別再揉妳的斗篷了，不然它整個晚上都會皺巴巴的。」瑪麗接著說。

凱特放下左手，然後用右手敲打著座椅，發出有節奏的聲音，持續了幾秒鐘，直到瑪麗受不了：「天哪，凱特，妳就不能好好坐著嗎？」

「您明知道我不能。」凱特說。

瑪麗深深嘆了口氣。

在又一段漫長的沉默之後，只剩凱特的腳還在不斷輕點，她悻悻然地說：「我們不在，艾溫娜會很孤單的。」

瑪麗回答時甚至懶得看她，「艾溫娜有一本小說要看，是那位奧斯汀女士的最新作品。她甚至不會注意到我們已經離開了。」

這是事實。如果艾溫娜看書時床著火了，她可能也不會注意到。

所以凱特改說：「音樂搞不好會很難聽，在史麥史密家那次之後……」

「史麥史密家的音樂會是由史麥史密的女兒們親自表演的，」瑪麗的口氣開始有點不耐煩：「柏捷頓夫人請了一位從義大利來作客的專業歌劇歌手，光是能收到邀請，我們就很榮幸了。」

凱特心裡明白，邀請函是給艾溫娜的，對方肯定只是出於禮貌順便邀請她和瑪麗。但瑪麗的下顎已經開始不悅地繃緊，因此凱特告誡自己接下來的車程中，她最好忍住別說話。

這並不難，畢竟她們現在已經快到柏捷頓大宅了。

凱特看著窗外，吃驚地瞪大眼睛，愣愣地說道：「房子真大啊。」

「是吧？」瑪麗整理起隨身物品，「據我所知，柏捷頓子爵並不住在這裡。雖然現在房子屬於他，但他仍然住在自己的單身住所，這樣他的母親和弟妹們就可以繼續住在柏捷頓大宅。他是不是很體貼？」

「體貼」和「柏捷頓子爵」不是凱特會在同一個句子中用的兩個詞，但她還是點了點頭，被這座石砌建築物的龐大規模和優雅氣質所震驚，無法明智地加以回應。

馬車停了下來，柏捷頓家的男僕非常迅速過來幫她們開車門，隨後攙扶瑪麗和凱特下車。一位管家接過邀請函，歡迎她們進入大宅，幫她們拿著外套，同時為她們指出音樂室的方向，就在大廳的盡頭。

凱特已經去過相當多的倫敦豪宅，不會再對隨處可見的財富和美麗傢俱露出一臉呆樣，但即使如此，她也對這些帶有亞當風格①，優雅又內斂的室內裝潢留下了深刻的印象。甚至連天花板也是藝術品——用淺淺的鼠尾草色和藍色調裝飾，再以白色的石膏飾板區隔，如此講究，看起來幾乎像是立體的蕾絲花邊。

音樂室也同樣賞心悅目，牆壁漆成了討喜的檸檬黃色。一排排為來賓準備的椅子已經就位，凱特迅速帶著繼母往後排走。真的，她沒有必要坐在一個引人注目的位置。

柏捷頓子爵肯定會出席（如果關於他對家人無怨無悔的傳言都是真的），只要凱特運氣夠好，他也許根本不會注意到她的存在。

事實恰恰相反。安東尼非常清楚凱特是在哪個時間點走出馬車，然後進入他家大門。他一直待在書房裡，獨自喝完一杯酒之後才準備去參加他母親的年度音樂會。為了爭取隱私，他還在唸書時就選擇搬出柏捷頓大宅，但他在家裡的書房仍然保留。作為柏捷頓家族的當家，肩負重大的責任。安東尼發現，有家人圍繞在身邊的時候，處理這些責任的心情會好一些。

書房的窗戶面向格羅夫納廣場，所以他一直興味十足地看著馬車陸續到來，以及下車的每位賓客。當凱特·雪菲德走下車時，她抬頭看著柏捷頓大宅的外牆，微微仰起臉，就像她在海德公園享受溫暖陽光時那樣。前門兩側壁燈發出的光芒映照著她的肌膚，使她整個人閃閃發光。

那一刻安東尼幾乎忘了呼吸。

手中的玻璃酒杯猛然敲在寬大的窗檯上，發出砰的一聲。事情越來越荒唐了。他還沒自欺欺人到能謊稱自己的肌肉緊繃，不是油然而生的慾望。

真要命，他甚至不喜歡這個女人。她太霸道，意見太多，太急於下定論。她甚至不夠漂亮——至少比不上今年倫敦社交季的許多淑女，尤其是她的妹妹。

凱特的臉有點太長，下巴太尖，眼睛也太大。**她身上的一切都太超過**。

就連她那張會發出連珠炮般羞辱、只會把他氣得跳腳的嘴，也太飽滿了。雖然機率很小，但當她真的閉上嘴巴，讓他享有片刻幸福的安靜——如果他碰巧在那短短一秒看著她（因為這樣的沉默肯定不可能維持更久），就會看到她的雙唇是那麼誘人又豐潤——絕對非常適合親吻。

適合親吻？

安東尼打了個哆嗦。親吻凱特·雪菲德的念頭實在太可怕了。事實上，光是想要這麼做，就足

註釋①：亞當風格（Adam Style）：十八世紀流行的新古典主義室內設計、傢俱和建築風格。

以讓他被關進精神病院。

然而……安東尼無力地跌坐在椅子上。

但他還是夢見了她。

那是在九曲湖慘案之後發生的。那時他被凱特氣得七竅生煙，幾乎說不出話來。在送艾溫娜回家那短短的路途中，他還能對她說話，簡直就是奇蹟。他唯一能說的就是些客套話——言不及義的尬聊是他的拿手好戲，就像背書一樣能不假思索脫口而出。

這的確是一種值得感謝的天賦，畢竟他的心思從來沒有放在正確的對象身上：艾溫娜，他未來的妻子。

當然，她還沒同意要嫁給他。他甚至也沒求婚。但她在所有方面都符合他對妻子的要求。他已經決定好，他最後求婚的對象一定是她。她漂亮、聰明、性格平和、具有魅力，卻不會讓他心跳加速。他們將一起共度愉快的歲月，但他絕不會愛上她。

她正是他所需要的。

然而……安東尼伸手拿起酒杯，一口氣喝完殘酒。

但他夢見的卻是她的姊姊。

他不願再去回想。他試著不去記起那個夢的細節——熱力十足、大汗淋漓——但他今晚只喝了這一杯，當然影響不了他的記憶。雖然他不打算喝更多的酒，但讓自己進入醺醺然有點茫的狀態也不錯。這個想法讓他開始有點心動。

如果這代表他可以遺忘那個夢，任何事都能讓他心動。

但他不想喝酒。他已經有好幾年沒喝到茫了，那似乎是年輕人的遊戲，在一個將近三十歲的人面前，一點吸引力都沒有。此外，就算他決定在酒精中尋求暫時性的失憶，也沒辦法快到能讓關於她的記憶瞬間消失。

記憶？哈。那甚至不是一個真正的記憶，只是一場夢．他提醒自己。只是一場夢罷了。

當天晚上他回到家很快就睡著了。他脫光衣服泡了近一個小時的熱水澡，試圖消除侵入骨髓的寒意。他沒有像艾溫娜那樣整個人跌入湖水當中，但他的兩條腿和一隻袖子也濕透了，加上牛頓充滿技巧的甩水動作，讓他在搭乘借來的馬車冒著寒風回家時，全身上下沒一個地方是溫暖的。

洗完澡後，他爬上了床，懶得去管外面天還沒黑，至少再一個小時夜晚才會降臨。他已經筋疲力盡，他打算就這樣深沉無夢地睡死過去，直到清晨第一道曙光照進來時才起床。

但在夜裡的某一刻，他的身體開始變得躁動而饑渴，不聽話的大腦中充斥著各種不雅的畫面。他看著這一切，整個人彷彿飄浮在天花板附近，但他能感覺得到——他赤裸的身體正在某位苗條的女性身上起伏，雙手撫摸揉弄著一個溫暖的肉體。四肢甜美地相互糾纏，兩具充滿愛戀的身體散發出激情的氣息——這一切就像真實存在著，火熱而生動地在他腦中浮現。

然後他動了一下，微不可測地移動了些許，可能是為了親吻那位面貌模糊女性的耳朵。只是當他移向她的臉側，她的面貌開始變得清晰了。首先出現的是一綹濃密的深棕色頭髮，輕柔地盤繞在他的肩頭，有點癢。接著他繼續移動……

他看到她了。

凱特．雪菲德。

那一刻他猛然驚醒，從床上直挺挺地坐了起來，因為恐懼而全身顫抖。這是他做過最生動的春夢。也是最糟糕的噩夢。

他伸出手在床單上四處狂亂摸索，害怕會找到自己忘情的證據。上帝保佑，不要讓他在夢到他所認識最可怕的女人時真的失控。

值得慶幸的是，他的床單乾乾淨淨。於是，他帶著狂跳的心臟和沉重的呼吸重新躺回枕頭上，動作緩慢而謹慎，似乎這樣就能防止自己再次掉回夢境裡去。

他盯著天花板看了好幾個小時，先是在腦中背誦拉丁文動詞變化，然後數到一千，想盡辦法讓自己不去想到凱特．雪菲德。

不可思議的是，他最終成功把她的影像從腦中驅除，再次陷入熟睡。

但現在她又出現了。就在眼前，在他的家裡。

光是想想就夠可怕了。

該死，艾溫娜上哪裡去了？她為什麼沒有陪她的母親和姊姊一起來？

絃樂四重奏的樂聲從門縫飄了進來，毫不和諧且雜亂無章，肯定是他母親雇來為瑪麗亞．羅梭伴奏的樂手在暖身。羅梭是最近在倫敦掀起話題的歌劇女高音。

安東尼當然不會告訴他的母親，他和瑪麗亞在她上一次造訪城裡時，享受過一段愉悅的時光。也許他應該考慮重新建立他們的友誼。如果連這位性感的義大利美女都無法解救他，那就不可能有其他辦法了。

安東尼站起來，挺起胸膛，發現自己看起來就像是準備上戰場。見鬼了，他心裡還真的就是這種感覺。也許，如果他運氣夠好的話，他能夠徹底避開凱特．雪菲德。他無法想像她會主動過來與他交談。她已經說得很清楚，她對他和他對她一樣敬而遠之。

對，他就該這麼做。好好避開她。何難之有？

Chapter 6

LADY WHISTLEDOWN´S SOCIETY PAPERS

人人都認為柏捷頓夫人的音樂會是一場完美的音樂演出（筆者可以向您保證，完美並不是音樂會的常態）。

表演嘉賓正是鼎鼎大名的瑪麗亞·羅梭，這位義大利女高音兩年前在倫敦首次亮相，短暫停留在維也納的舞臺之後，再次回到了我們身邊。

羅梭小姐有一頭濃密的黑髮和一雙閃亮的黑眼睛，事實證明她的外型和她的聲音一樣迷人，不止一位（實際上是十幾位）社交界中所謂「紳士」的目光都難以從她身上移開，甚至在演出結束後也是如此。

《威索頓夫人的韻事報》
27 April 1814

6

他走進房間的那一刻，凱特就發現了。

她想說服自己，這與她非常在意這個男人無關。他英俊得不可思議；這是事實，不是看法。她無法想像哪個女人不會立刻注意到他。

他遲到了。但也不算太晚——女高音頂多才唱了十幾個小節。但確實是遲到，讓他必須在溜到前排和家人坐在一起時盡量保持低調。凱特靜靜地坐在後面幾排，很確定他沒有看到她，因為他已經坐定並認真聆聽演唱。他沒有往她的方向看。有幾根蠟燭已經熄滅，整個房間沐浴在一種昏暗、浪漫的光線下。陰影肯定掩蓋了她的臉。

整場演出過程中，凱特都試著把注意力放在羅梭小姐身上，但因為女歌手一直目不轉睛地盯著柏捷頓子爵，凱特的心情並沒有好到哪裡去。起初，凱特認為羅梭小姐對子爵的迷戀一定是她想像出來的，但當女高音唱到一半的時候，事情就很明顯了。瑪麗亞・羅梭正用她的眼睛向子爵熱情地頻送秋波。

為什麼這會讓凱特如此不悅，她也不知道。畢竟，這只是再次證明，他就是她所知的那個放蕩不羈的浪子。她應該感到得意，自己看人就是不會錯。

相反的是，她感覺到的只有失望。她的心頭有股沉重的不適，讓她在椅子上坐立不安。

演出結束後，她忍不住留意到，女高音在大方接受了獻給她的掌聲後，明目張膽地走到子爵面前，向他露出了誘惑力十足的微笑——那種就算請一打歌劇演員來教她，凱特也永遠學不會的微笑。這位歌手笑容底下的意圖再明顯不過了。

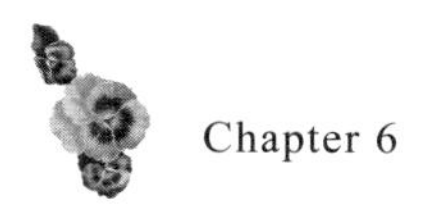

Chapter 6

天啊，這男人甚至不需要追求女人，她們都會自動臣服在他的腳下。

這令人反胃。真的、真的很噁心。

但凱特還是忍不住盯著他們看。

柏捷頓子爵向女高音露出了他招牌的神祕微笑，然後伸出手來，把她的一綹烏黑秀髮塞到她的耳後。

凱特打了個寒顫。

此時他微微向前傾身，在她耳邊輕聲細語著什麼。凱特感到自己正朝他們的方向努力豎起耳朵，雖然很明顯，她不可能從這麼遠的距離聽到任何內容。

貪婪的好奇心真是一種罪過嗎？還是說……

老天啊，他剛剛是不是吻了她的頸子？他肯定不會在他母親的家裡這麼做。好吧，雖然柏捷頓大宅基本上算是他的家，但他的母親和弟妹都住在這裡。這傢伙自己應該明白，有家人在身邊的情況下，恪守禮儀也不會是什麼壞事。

「凱特？凱特？」

雖然那只是一個很輕的吻，只是他用嘴唇在歌劇演員的肌膚上輕輕滑過，但它仍然是一個吻。

「凱特！」

「我在！什麼事？」凱特幾乎嚇得跳起來，迅速轉過身來面對瑪麗。

瑪麗正一臉惱怒地看著她。

「不要再盯著子爵看了。」瑪麗把聲音壓得很低。

「我沒有……嗯，好吧，我有，但您看到他了嗎？他太不要臉了。」凱特急急地低聲說。

她再次回頭看他。他還在和瑪麗亞・羅梭調情，顯然並不在乎有誰注意到他們。

瑪麗的嘴唇緊緊地抿成一條線，然後說道：「他的行為不關我們的事。」

「當然關我們的事。他想娶艾溫娜。」

「我們還不確定。」

凱特回想她與柏捷頓子爵的談話，「我敢打賭他想。」

「總之，別再盯著人家看了。我相信在海德公園那次慘案之後，他不會想和妳扯上任何關係。這裡還有很多條件優秀的紳士。妳不要老是想著艾溫娜，最好也開始為自己物色一下。」

凱特的肩膀垮了下來。光想到要吸引求婚者就已經夠累了。反正他們都只會對艾溫娜感興趣。雖然她不想和子爵有所牽扯，但當瑪麗說確信他並不想和她扯上任何關係時，還是有點刺耳。

瑪麗牢牢握住她的手臂，不允許她表示抗議。

「來吧，凱特，」她輕聲說道：「讓我們去見見今晚的女主人。」

凱特嚥了下口水。柏捷頓夫人？她必須要見柏捷頓夫人？子爵的母親？很難相信像他這樣的傢伙竟然也是人生父母養的。

但禮數還是不能廢，無論凱特有多想溜進大廳就此離開，她也知道她必須去向女主人致謝，感謝她籌劃了一場如此美妙的演出。

音樂會確實很美妙。雖然凱特不願意承認，尤其是當那個女人在子爵身邊陰魂不散的時候，但瑪麗亞．羅梭確實擁有天使般的嗓音。

在瑪麗堅定有力的引導之下，凱特走到房間前方，排隊等待著面見子爵夫人。她看起來是位迷人的女性，有著一頭美麗的秀髮，眼神明亮，身材滿嬌小的，卻生出了塊頭這麼大的兒子。已故子爵一定是個身材十分高大的男人，凱特想著。

她們終於走到了人群的前端，子爵夫人微笑著握住了瑪麗的手，熱情地說道：「雪菲德夫人，再次見到妳真是太開心了。我非常享受上週和妳在哈特賽德舞會所共度的時光，很高興妳這次接受了我的邀請。」

「榮幸樂意之至，」瑪麗回答：「容我向您介紹我的女兒。」她向凱特示意，凱特走上前去，恭敬地行了個屈膝禮。

「很高興見到妳，雪菲德小姐。」柏捷頓夫人說。

「也是我的榮幸。」凱特回答。

柏捷頓夫人向她身邊的一位年輕女孩示意，「這是我的女兒，艾洛伊絲。」

凱特對這個看起來和艾溫娜差不多大的女孩親切地微笑。

艾洛伊絲．柏捷頓的頭髮顏色和她的哥哥們一模一樣，正對著凱特露出一個友善開朗的笑容。凱特立刻喜歡上她。

「妳好，柏捷頓小姐，這是妳的第一個社交季嗎？」凱特說。

艾洛伊絲點了點頭，「我明年才正式進入社交界，但我母親一直都會讓我參加柏捷頓大宅舉辦的活動。」

「妳真幸運，」凱特回答：「要是去年我能參加幾次派對就好了。今年春天我來到倫敦的時候，看到什麼都覺得陌生，連想要記住所有人名字這種簡單的事都讓人頭昏腦脹。」

艾洛伊絲咧嘴一笑，「事實上，我姊姊達芙妮兩年前就在社交界亮相了，她總是向我詳細描述每個人和每件事，我感覺好像已經認識了所有的人。」

「達芙妮是您的長女？」瑪麗問柏捷頓夫人。

子爵夫人點頭，「她去年嫁給了哈斯丁公爵。」

瑪麗笑了笑，「您一定很高興。」

「的確如此。雖然他是一位公爵，但更重要的是，他是一個好男人，而且深愛我的女兒。我只希望我其餘的孩子也能找到優秀的另一半。」柏捷頓夫人微微偏過頭，重新看向凱特，「據我所知，雪菲德小姐，妳妹妹今晚沒能出席。」

凱特按捺住一句呻吟。顯然，柏捷頓夫人已經準備把安東尼和艾溫娜送作堆，連紅毯都鋪好了。「她上星期受了點風寒。」

「希望不太嚴重？」子爵夫人對瑪麗說，語調表露一種母親之間的關懷。

「不，一點也不嚴重，」瑪麗回答：「老實說，她已經快康復了。但我認為她還是多休養兩天再出門比較好。萬一再次復發對她沒好處。」

「對，還是要多休息。」柏捷頓夫人停頓了一下，然後笑了笑，「這真是可惜，我非常期待見到她。她叫艾溫娜，是嗎？」

凱特和瑪麗一起點頭。

「聽說她很可愛。」但即使柏捷頓夫人嘴裡說著這些話，視線卻盯著她的兒子，後者正在和義大利歌劇歌手旁若無人地打情罵俏。她蹙起雙眉。

凱特感到胃裡有點七上八下。根據最近幾期的《韻事報》，柏捷頓夫人正在執行逼迫兒子結婚的任務。雖然子爵似乎不是那種會聽從母親（或任何人）意願的人，但凱特有種感覺，如果柏捷頓夫人執意這麼做的話，絕對可以對他施加相當大的壓力。

她們又聊了一會兒，瑪麗和凱特先行告退，讓柏捷頓夫人能夠去迎接其他的客人。她們很快就被費瑟林頓夫人叫住了。身為三名未婚少女的母親，她總是有很多話要對瑪麗說，話題也很多元。但當這個魁梧的女人向他們走來時，眼睛卻只是牢牢地盯著凱特。

凱特立即開始評估可能的逃跑路線。

「凱特！」費瑟林頓夫人大聲喊道。她早就宣稱自己與雪菲德夫婦的交情好到可以直呼其名。「在這裡看到妳真讓人吃驚。」

「為什麼呢，費瑟林頓夫人？」凱特不解地問。

「妳今天早上一定看過《韻事報》。」

凱特無力地扯扯嘴角，因為不微笑的話就只能抽搐了，說：「哦，您是說和我的狗有關的那個小意外？」

費瑟林頓夫人的眉毛高高挑起，「據我所知，這不僅僅是一個『小意外』吧」。

「真的沒什麼。」凱特堅持己見。說實話，她實在很想對這個愛管閒事的女人咆哮。

「而且我必須說，我很不滿威索頓夫人把牛頓說成一隻品種不詳的狗。我想讓您知道，牠是一隻血統純正的柯基犬。」

「真的只是一件小事，」瑪麗終於替凱特講話了：「專欄竟然會提到此事讓我感到很意外。」

凱特向費瑟林頓夫人露出了最敷衍的笑容，心知肚明她和瑪麗都正硬著頭皮撒謊。艾溫娜在九曲湖落水（連帶讓柏捷頓閣下全身濕透）並不是一件「小事」，但既然威索頓夫人沒報導得太詳細，凱特當然不會自動幫忙補充細節。

費瑟林頓夫人張了張嘴，急促的吸氣聲暗示著凱特，她正準備針對良好的舉止（或是良好的禮儀、良好的教養，還是良好的隨便任何主題）的重要性展開冗長的訓示，倉促間，凱特脫口而出：「我可以去幫兩位拿點檸檬汁嗎？」

兩位年長女士同意，並向她表示感謝，凱特迅速離開。

她再次回來時，笑得一臉天真無邪，輕快地說：「但我只有兩隻手，所以現在我得回去替自己也拿一杯。」

就這樣，她溜之大吉了。

她在檸檬汁桌前稍作停留，以防瑪麗看向這裡，然後飛快走出房間。她坐進一張有軟墊的長椅，離音樂室大約有十公尺，她迫不及待想透透氣。柏捷頓夫人並未關上音樂室的法式雙扇門，門外通往屋後的小花園。但室內人太多，即使外面的微風吹進來，空氣仍然很悶熱。

她在原地坐了幾分鐘，對其他客人並未擠到走廊來感到非常開心。但隨後她聽到一個獨特的聲音，伴隨著像銀鈴一般的笑聲，從人們說話的嗡嗡聲中脫穎而出。凱特驚恐地發現，柏捷頓閣下和他未來的情人正要離開音樂室，走進走廊。

「哦，糟了。」她呻吟著，努力讓自己的聲音越小越好。她絕對不希望讓子爵撞見她孤零零坐在走廊上。雖然是她自己選擇這麼做的，但看到她的處境，他可能會認為她逃離派對是因為不善交際，甚至認為上流社會其他人都認同他對她的評語——毫無禮貌，缺乏吸引力，是個「對文明社會的威脅」。

文明社會的威脅？凱特氣得咬牙切齒。她需要很長的時間才能原諒他對她的羞辱。

但是她現在有點累，實在不想要面對他，於是她把裙襬往上提高一些（免得不小心絆倒），然後迅速躲進長椅旁的房間裡。如果運氣好的話，他和他的情人會直接走過去，之後她就可以溜回音樂室，神不知鬼不覺。

凱特關上房門，迅速環顧四周。桌上有一盞點燃的燈，隨著她的眼睛漸漸適應昏暗的光線，才發現她正在某個像是書房的地方。牆上是一排排的書本，但數量尚不足以讓這房間作為柏捷頓家的圖書室。房間裡有一張巨大的橡木書桌，文件整齊堆成一疊疊，鵝毛筆和墨水瓶則放在吸墨器旁。

很明顯，這間書房並不只是裝飾用的。確實有人會在這裡處理公務。

凱特慢慢向書桌走去，好奇心戰勝了她的理智，她的手指輕輕地沿著木質桌緣滑過。空氣中仍有淡淡的墨水味，也許還有一絲菸斗的氣息。

總而言之，這是一個很不錯的房間，舒適又實用。一個人可以在這裡愜意地放鬆好幾個小時。

但就在凱特靠在桌旁，享受著這份安靜的孤獨時，**她聽到了一個可怕的聲音**。

門把的咔噠聲。

她慌亂地倒抽一口氣，立刻鑽到桌子下面，把自己擠進那個立方體空間，同時感謝上蒼，這張桌子的構造非常牢靠且封閉，不是那種只靠四條桌腿支撐的樣式。

她幾乎不敢呼吸，專心聽著外面的動靜。

「但我聽說，今年我們終究會看到惡名昭彰的柏捷頓閣下，落入牧師的掌心。」一個輕快的女性聲音傳來。

凱特咬住嘴唇。那是個帶有義大利口音的輕快女性聲音。

「妳從哪裡聽說的？」子爵的聲音清晰地傳來，接著又是一陣可怕的門把咔噠聲。

凱特痛苦地閉上眼睛。她和一對戀人一起被困在書房裡，人生不可能有比這更糟的事了。

嗯，她可能會被發現，那樣的話會更糟糕。

可笑的是，這樣想並沒有讓她比較容易接受眼前的困境。

「全城都知道了，閣下，」瑪麗亞輕快地回答：「每個人都在說你已經決定安定下來，好好找個新娘。」

一陣沉默，但凱特可以發誓她能「聽到」他正在聳肩。

腳步聲傳來，這對戀人應該正在拉近彼此的距離，然後是柏捷頓的喃喃低語：「確實也該是時候了。」

「你要讓我心碎了，你知道嗎？」

凱特認為自己可能要吐了。

「現在，聽我說，我親愛的姑娘……」嘴唇吻在肌膚上的聲音，「我們都知道，無論我做了什麼決定，妳的心都不會受任何影響的。」

接下來是一陣衣物摩擦的窸窣聲音，凱特猜，應該是瑪麗亞欲擒故縱地在拉開兩人的距離，接著她說：「但我並不想只是搞搞曖昧，閣下。當然，我也不想結婚，那太愚蠢了。但如果我要選擇一個保護者，我會希望是……這麼說吧，一種長期的關係。」

又是腳步聲。也許柏捷頓又再次把美人擁入懷中？

他的聲音低沉而沙啞：「我不覺得有什麼問題。」

「你的妻子可能會覺得有問題。」

柏捷頓笑了起來，「要讓一個男人放棄情婦的唯一理由是，如果那個男人碰巧深愛他的妻子。但我並不打算選擇一個我可能會真心愛上的妻子。我沒有理由讓自己遠離像妳這樣美好的女人。」

——而你還膽敢想娶艾溫娜？

凱特只能咬牙強忍不咒罵出聲。真的，如果她不是正像青蛙一樣蹲著，雙手環抱著腳踝，她可能會火冒三丈衝出去，試圖宰了這個傢伙。

接著是一些無法理解的聲音，凱特誠心祈禱這不是某些親密動作的前奏。但是過了一會兒，子爵的聲音清晰地響起：「妳想喝點什麼嗎？」

瑪麗亞低聲表示同意，柏捷頓沉沉的步伐在地板上迴響，越來越近，直到……

——哦，慘了。

凱特注意到那個酒壺就在窗檯上，正對著她在桌下的藏身處。如果他在倒酒時看向窗外，她可能會逃過一劫，但如果他轉過身來，哪怕只轉過來一半……

她傻住了。完完全全石化，徹底停止了呼吸。

她睜大眼睛，一眨不眨（眼皮能發出聲音嗎？）驚恐萬分地看著柏捷頓出現在視線範圍內。他健壯挺拔的身材就在她眼前，沒想到她的藏身處竟然有這種福利，能欣賞到如此風光。

他放下酒杯，它們發出了輕微的聲響，然後他拔下酒壺的塞子，向杯子裡各倒了兩指高琥珀色的液體。

——不要轉身、不要轉身。

「你還好吧？」瑪麗亞喊道。

「好得不得了。」柏捷頓回答，雖然他聽起來似乎有些心不在焉。他拿起酒杯，一邊慢慢轉身，一邊輕聲哼著歌。

──**繼續走、繼續走**。

如果他在轉身的同時馬上走開，就會直接回到瑪麗亞身邊，而她就安全了。但如果他先轉過身，然後才走開，凱特就死定了。

她毫不懷疑他會做掉她。坦白說吧，她很驚訝他上週在九曲湖竟然沒有動手。

慢慢地，他轉過身。然後腳步停住了。

凱特努力想找出一個理由說服自己，為什麼二十一歲就離開人世並不是一件壞事。

安東尼很清楚他為什麼要把瑪麗亞．羅梭帶回他的書房。當然，沒有任何血氣方剛的男人能對她的魅力免疫。她的身材豐滿性感、她的聲音令人陶醉，而他從經驗中得知，她的愛撫也同樣令人難忘。

但是，即使當他看到那頭如貂毛般柔順的秀髮和那對豐潤誘人的雙唇，即使當他回憶起她身上其他同樣豐潤誘人的部位而肌肉緊繃時，他知道自己只是在利用她。

他並不覺得內疚，他將利用她來享有肉體歡愛，而她同樣也在利用他，並得到補償。他會損失幾件珠寶、每一季的零花錢，以及在城中某個時髦（但不會太時髦）地區連棟公寓的租金。

不，如果他感到不安，如果他感到焦躁，如果他想該死地用力一拳打穿磚牆，那是因為他在利用瑪麗亞把凱特．雪菲德這個噩夢從他的腦海中驅逐。他再也不想在睡醒時感到慾求不滿，卻發現凱特．雪菲德是罪魁禍首。他想把自己埋入另一個女人體內，直到對夢境的記憶消失，最終化為一抹輕煙。

因為天知道，他絕對不會為這個莫名其妙的性幻想採取行動。他甚至不「喜歡」凱特．雪菲德。一想到要和她上床，他就會嚇出一身冷汗，即使他的內心深處隱隱泛起一波慾望的漣漪。

不，若要實現這個夢，唯一的可能就是他發燒到神智不清……也許她也神智不清……或許他們都被困在了某座荒島上，或者隔天早上就是他們的死期，或者……

安東尼打了個寒顫。這絕對不可能發生。

但該死的是，這個女人一定是對他施了魔法，這個夢（不，應該說是噩夢）沒有其他更好的解釋，而且，就連此時此刻他都可以發誓，他聞到了她的氣味。那種百合花和香皂的組合足以令人瘋狂，他們上週在海德公園的時候，他整個人都被這種誘人的香氣所籠罩。

他現在要為瑪麗亞．羅梭倒一杯最好的威士忌，她既懂得欣賞上等威士忌，又懂得享受酒精帶來的迷醉，這樣的女人在他身邊並不多見。但他鼻尖縈繞的卻是凱特．雪菲德那該死的香氣。他知道她在這棟房子裡（他還差點想為此教訓他的母親），但這也太荒謬了。

「你還好吧？」瑪麗亞叫道。

「好得不得了。」安東尼說，聲音自己聽起來都很緊繃。他開始哼起歌來，這是他為了讓自己放鬆經常做的事。

他轉過身，準備邁步向前。畢竟瑪麗亞正在等著他。

但那該死的香氣又出現了。百合花，他發誓那一定是百合花。還有香皂。她會選用百合花香很耐人尋味，香皂的味道倒很合理。像凱特．雪菲德這樣務實的女人會用香皂把自己洗得乾乾淨淨。

他的腳在空中遲疑，最後只前進了一小步，一點也不像平常昂首闊步的他。

無法逃離這不可思議揮之不去的香氣，他轉身尋找，嗅覺本能地引領著視線，朝向他明知不可能出現百合花的地方望去。

然後他看到了她。

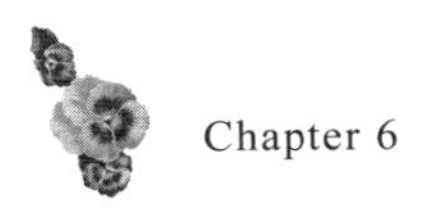

在他的桌子下方。

怎麼可能。

這絕對是個噩夢。如果他閉上眼睛然後重新睜開，她就會消失。

他眨了眨眼睛。她還在那裡。

凱特．雪菲德，全英格蘭最令人抓狂、最惹人厭、最毒舌的女人，正像一隻青蛙一樣蹲在他的桌子下面。

他手中的威士忌還沒掉落真是個奇蹟。

他們的視線相遇了，他看到她的雙眼因驚慌和恐懼張大。

很好，他殘忍地想，**她最好是被嚇壞了**。

他要把她生吞活剝，吃她的肉、喝她的血。

她到底在這裡做什麼？難道將他整個人泡在九曲湖骯髒的水裡，還不足以滿足她嗜血的靈魂嗎？難道她對阻礙他追求她妹妹的行徑還不夠滿意，甚至還要監視他嗎？

「瑪麗亞。」他語氣平穩地說，同時向書桌走去，直到一腳踩在凱特的手上。他沒有用力，但他聽到她輕輕慘叫一聲。

這讓他感到非常滿意。

「瑪麗亞，」他重複道：「我突然想起了一件緊急的事，必須馬上處理。」

「今天晚上？現在？」她聲音裡充滿懷疑。

「恐怕是的。呃！」

瑪麗亞眨了眨眼睛，「你剛才是不是叫了一聲？」

「沒有。」安東尼撒謊，努力讓自己保持口齒清晰。凱特摘下了她的手套，一手掐住他的膝蓋，狠狠地將指甲透過馬褲刺進他的皮膚。非常用力。

至少他希望那是她的指甲。以她來說，是牙齒也不奇怪。

「你真的沒事嗎？」瑪麗亞問道。

「一點都……沒……」無論凱特正用哪個身體部位刺他，現在都變得更加用力。「……有！」最後一個字比起說話，更像是嚎叫。

他伸腳一踢，默默懷疑踢到了她的肚子。

一般情況下，安東尼寧死也不會對女人動手，但這次真的是個例外。事實上，他對能趁她被迫躲藏時踢她一腳，心裡還有點竊喜。

畢竟她正在咬他的腿。

「容我送妳出門吧。」他對瑪麗亞說，用力抖腿甩開凱特。

但瑪麗亞的眼神充滿好奇，她向前走了幾步，「安東尼，你的桌子下面有什麼動物嗎？」

安東尼猛然發出一陣笑聲，「您可以這麼說。」

凱特一拳打在他的腳上。

「是小狗嗎？」

安東尼認真考慮要回答「是」，但就算是他也不至於那麼壞心。凱特顯然感謝他一反常態的善意，因為她鬆開了他的腿。

安東尼趁著她鬆手的機會，迅速從桌子後面走了出來。

「如果我只送妳到房門口，」他大步走到瑪麗亞的身邊，挽起她的手臂，問道：「而不是回到音樂室，會不會很無禮？」

她笑了，那一把低沉性感的嗓音，原本應該能輕易誘惑他才對。「我是個成年女人，子爵閣下。相信我可以自行應付這段短距離。」

「那就請妳原諒我吧。」

她穿過他為她打開的門，「看到你的笑容，我懷疑有任何活著的女人能拒絕原諒你。」

「妳是個少有的女人，瑪麗亞・羅梭。」

她又笑了起來，「但顯然還不夠少有。」

她風情萬種地走了出去，安東尼迅速關上房門。然後，他心中的某個魔鬼肯定在對他作法，他拿出鑰匙鎖上房門，並把它放回口袋。

「妳，現身吧。」他大聲說，四個大步就走到了書桌旁。

凱特並沒有立刻爬出來，他彎下身子，抓住她的手臂，一把將她拉起來站好。

「解釋一下怎麼回事。」他嘶聲質問。

血液湧向她的膝蓋，凱特的雙腿幾乎麻得發抖，她已經蹲著不動將近十五分鐘。

「這是個意外。」她抓著桌緣尋求支撐。

「很好笑，這句話從妳嘴裡冒出來的頻率真是嚇死人的高。」

「是真的！」她抗議：「我本來坐在走廊上，然後……」她嚥了下口水。

他向前走了一步，現在他們非常、非常靠近。

「我本來坐在走廊上，」她再次說道，聲音聽起來粗啞又破碎：「我聽到你走過來了。我只是想躲開你。」

「於是妳就入侵我的私人書房？」

「我不知道這是你的書房啊。我——」凱特猛吸了一口氣。他靠得更近了，俐落筆挺的寬大翻領，現在離她禮服的胸口只有幾公分。她知道他是故意靠近她，意圖恐嚇她而不是引誘，但這對平息她心臟的瘋狂跳動沒有任何作用。

「我想，也許妳本來就知道這是我的書房，也許妳根本不是想要躲開我。」他低聲呢喃，用食指在她的臉頰輕輕劃過。

凱特無意識地吞嚥了一下，再也無法保持鎮定了。

「嗯？」他的手指沿著她的下巴輪廓滑動，「妳怎麼說？」

凱特的嘴唇微微張開，但就算這句回答關乎到她的生命，她也沒辦法說出半個字。他沒有戴手套，他一定是在與瑪麗亞幽會時就摘掉了手套，他的肌膚碰觸著她的，輕撫的力量竟如此強大，控制住她的身體。他停下動作時她才得以呼吸，他重新移動時她就屏住氣息。

她毫不懷疑，她的心跳正和他的脈搏同步。

「也許，」他低聲說，距離她非常近，他的呼吸親吻著她的嘴唇。喃喃道：「妳其實在渴望其他的東西。」

凱特想要搖頭，但她的肌肉拒絕服從。

「妳確定嗎？」

這一次，她的頭背叛了她，輕輕搖了搖。

他笑了，他們都很清楚，這一局是他贏了。

Chapter 7

LADY WHISTLEDOWN´S SOCIETY PAPERS

出席柏捷頓夫人音樂會的嘉賓還有：費瑟林頓夫人和費瑟林頓的三個女兒（普露丹絲、菲莉佩和潘妮洛普，三人穿的衣裙顏色全都和她們的膚色不相襯）；奈吉．貝布洛克先生（他像往常一樣十分健談，雖然除了菲莉佩．費瑟林頓之外，其他人似乎都不感興趣）；當然，還有雪菲德夫人和凱薩琳．雪菲德小姐。

筆者以為雪菲德家受邀的還包括艾溫娜．雪菲德小姐，但她沒有出席。儘管年輕的雪菲德小姐不在，柏捷頓閣下似乎依然心情不錯，然而他的母親顯得有點失望。

不過話說回來，柏捷頓夫人的作媒能力堪稱傳奇。

她的女兒剛嫁給哈斯丁公爵，她現在肯定是閒得發慌。

《威索頓夫人的韻事報》
27 April 1814

7

安東尼知道他一定是瘋了。

不可能有其他的解釋。他本來只是要嚇唬她，讓她害怕，讓她明白她永遠不可能干預他想做的事，但沒想到……他吻了她。

他原本打算嚇唬她，所以就越走越近，直到純真的她徹底被他的氣勢震懾住。她從未讓一個男人如此貼近，近到他的體溫滲透了她的衣服，近到她無法分辨從何時開始，他們的呼吸已交融在一起。她不會明白那種感受。

她不懂得慾望造成的刺痛，也不能理解身體內部那種緩慢的、蒸騰而上的燥熱。

但那股緩慢的、蒸騰而上的燥熱確實存在。他可以從她的臉上看出來。

如此清純無辜的她，永遠無法理解他那雙經驗豐富的眼睛能看出多少東西。她只知道他正漸漸逼近，他比她更強大、更有力量，而侵入他的私人避難所，絕對是一個致命的錯誤。

他原本想就此停下來，讓她感到困惑和窒息就好。但是，當他們之間幾乎再也沒有距離，那種吸引力變得無比強大。她的香氣過於誘人，她的呼吸聲過於性感。他原先想在她體內點燃的慾望，突然在他自己的體內爆發，連他的腳趾尖都能感受到那股灼熱的需要。他輕拂她臉頰的手指（當時他告訴自己，這麼做只是為了要折磨她），突然變成用手扶著她的後腦杓，而他的嘴帶著怒氣和慾望，狠狠占有了她的雙唇。

她貼著他的嘴唇倒抽了一口氣，他利用她分開的唇將舌頭探入，在雙唇之間滑動。他懷中的她渾身僵硬，但似乎驚訝多過於厭惡，所以安東尼伸出另一隻手從她的背部往下滑，輕輕按住她曲線玲瓏的臀部，進一步讓兩人貼得更緊。

「這太瘋狂了。」他貼著她的耳朵低聲呢喃，但手上動作並不打算讓她離開。她的回答是支離破碎、無法辨認的呻吟，在他懷抱中的身體開始變得柔軟，讓他更容易把她抱緊，讓兩人全身上下更加緊密地貼在一起。他知道他應該停下來，知道他該死就不應該開始，但他急速奔流的血液充滿著渴望，而她感覺起來又是如此的……如此的……

如此的美好。

他低吟一聲，嘴唇離開了她的，品嚐起她頸部略帶鹹味的肌膚。她身上有一種莫名適合他的東西，是以前任何女人都沒有的，就像是他的身體自行發現了某些他的大腦拒絕去想的東西。

她身上有某些地方是那麼的……恰到好處。

她感覺起來恰到好處，她聞起來恰到好處，她嚐起來也恰到好處。他知道，如果他脫掉她所有的衣服，讓她躺在他書房的地毯上，她會在他身下，完美包裹著他，一切都是那麼恰到好處。

安東尼想，當她不和他唇槍舌戰的時候，凱特．雪菲德很可能是英格蘭最美妙的女人。

那對被他禁錮在懷抱中的手臂正緩緩往上移，直到她的雙手遲疑地貼上他的背。她的嘴唇動了一下。這動作非常輕微，他額頭上那層薄薄的皮膚幾乎感覺不到，但她絕對是在回應他的吻。

安東尼發出了一聲低沉而勝利的輕呼，他重新吻住她的嘴，熱情激烈地吻她，想知道她敢不敢再繼續自己剛剛挑起的事端。

「哦，凱特，」他呻吟著，一邊把她往後推，直到她的身體碰到桌緣，輕聲道：「老天，妳嚐起來真美好。」

「柏捷頓？」她的聲音有些破碎，他的名字聽起來更像是一個問句。

「什麼都別說，不管妳要做什麼，都不要說話。」他低聲說。

「但是……」

「一個字也不要說。」他打斷了她的話，用手指按住她的嘴唇。他非常不希望她因為張嘴和爭論毀掉這個完美的時刻。

「但是我……」她雙手抵著他的胸口用力一推，讓他差點失去平衡，上氣不接下氣。

安東尼罵了一聲，不怎麼好聽。

凱特逃開了，不是一路穿過房間，而是跑向一張高大的靠背椅，拉開足夠遠的距離，讓他就算伸出手也抓不到她。她按住紮實的椅背，接著迅速繞到椅子後方，認為讓某張堅固的傢俱把他倆隔開也許是個好主意。

畢竟子爵看起來有點暴躁。

「你為什麼這麼做？」她聲音低得幾乎像是耳語。

他聳了聳肩，突然間看起來沒那麼生氣了，也有點無所謂，「因為我想要這樣做。」

凱特一臉難以置信看著他。他對這個雖然措辭簡單但含義卻很複雜的問題，竟然給出如此輕描淡寫的回答。最後，她衝口而出：「但你不應該。」

他笑了，慢條斯理地：「但我就是做了。」

「你又不喜歡我！」

「沒錯。」他同意。

「我也不喜歡你。」

「妳一直在強調這一點，」他平心靜氣地說道：「我想我應該相信妳的話，雖然幾秒鐘前看不大出來。」

凱特感到雙頰因羞愧而發燙。她竟然回應了他的惡劣親吻，她為此憎恨自己，幾乎和她憎恨他挑起這場親密行為一樣多。

但他沒必要嘲弄她，那樣做很卑鄙。她死死抓著椅背直到指關節變白，不確定她是想拿椅子來抵擋柏捷頓，還是要阻止自己衝上去掐死他。

「我不會讓你娶艾溫娜的。」她用很低的聲音說。

「嗯，我認為妳不會。」他喃喃地說，慢慢向前移動，直到站在椅子的另一邊。

她的下巴抬高了一點，「我肯定也不會嫁給你。」

他兩手按在椅子扶手上，身體向前傾，直到他的臉距離她只有幾公分。

「我想不起來有問過妳。」

凱特猛地向後跳開，「但你剛剛吻了我！」

他哈哈大笑，「如果我得向親吻過的每一個女人求婚，我早就因為重婚罪被關進大牢了。」

凱特感覺自己渾身顫抖，雙手緊緊抓住椅背維持尊嚴。

「閣下，」她幾乎要破口大罵：「你毫無榮譽心。」

他的眼神閃了閃，伸出一隻手捏住她的下巴。他用這種方式捏住她幾秒鐘，迫使她與他對視。

「收回妳剛才這句話。如果妳是個男人，我會逼妳出來決鬥。」他用一種殺氣騰騰的語氣說。

凱特靜止不動，似乎過了很長一段時間，她的目光緊緊盯著他，雙頰的肌膚在他有力的手指下燒得發燙。最後，她做了一件她發過誓永遠不會對這個男人做的事情。

她開始懇求。

「請你放開我。」她低聲說。

他照做了，他的手迅速放開了她。

「我很抱歉。」他說，聲音聽起來有一點點……驚訝？

不，那是不可能的。沒有什麼能讓這個傢伙吃驚。

「我不是有意要弄痛妳。」他輕聲補充。

「不是嗎？」

他輕輕搖頭，「不是，可能想嚇嚇妳，但不是有意要傷害妳。」

凱特腳步蹣跚地向後退了一步，「你是個徹頭徹尾的浪子。」她希望自己的聲音能多一點不屑、少一點顫抖。

「我知道，這是我的天性。」他聳了聳肩，眼裡的戾氣漸漸消失，變成了淡淡的揶揄。

凱特又退後一步，她沒有精神去配合他突然的情緒轉變。「我現在要走了。」

「請吧。」他客氣地說，對著門比劃。

「你阻止不了我。」

他揚起嘴角，「我想都不敢想。」

她開始慢慢向後退，但眼睛始終盯著他，生怕她的視線只要離開他一秒鐘，他就會撲過來。

「我現在要走了。」她又說了一遍，即使完全沒必要。

但當她的手距離門把還有三公分時，他忽然開口：「我想，下次我去拜訪艾溫娜時，應該會見到妳吧。」

凱特臉色變得慘白。當然，她並不能看到自己的臉，但這是她有生以來第一次真正感覺到血液從她的臉上流失。

「你說你不會去招惹她的。」她指責。

「不對，」他回答，十分傲慢無禮地靠在椅子旁，「我是說，我認為妳不會『容許』我娶她。但這沒多大意義，因為我並不打算讓妳掌控我的人生。」

凱特突然覺得，似乎有顆炮彈卡在她的喉嚨裡，艱難道：「但你不可能想在你……在我……之後娶她。」

他向她走了幾步，動作緩慢而流暢，就像一隻貓，「在妳吻了我之後？」

「我沒有……」但這句話哽在她的喉間，因為這擺明了就是謊言。她沒有主動親吻他，但她最終還是參與了這個吻。

「哦，拜託，雪菲德小姐，」他站直身體，雙手交抱在胸前，嚴肅地說：「我們不要再糾結這件事了。我們不喜歡對方，這是事實，但我確實以一種奇怪而扭曲的方式對妳懷抱敬意，而我知道妳不是騙子。」

她無言以對。真的，她能說什麼呢？一個人該如何回應同時包含了「敬意」和「扭曲」這兩個字的宣言？

「妳回應了我的吻，」他帶著一絲滿意的微笑繼續開口：「我承認，不是很熱情，但那只是時間問題。」

她搖頭，無法相信她所聽到的一切。「你怎麼能在宣告你打算追求我妹妹後不到一分鐘，就談起這種事？」

「這確實讓我的計畫有點受阻，這是事實。」他表示，語氣輕快而若有所思，就像在考慮購買一匹新馬，或是決定打哪條領巾。

也許是他毫不在意的態度，也許是他撫摸下顎的方式，讓人感覺他只是假裝在考慮這個問題。但有某種東西引燃了凱特心中的導火線，她想都沒想就衝上前去。當她撲向他時，全世界所有的怒氣都聚集到了她的身上，她揮拳敲打他的胸膛。

「你永遠娶不了她！」她大聲喊道：「絕不可能！你聽到了嗎？」

他抬起一隻手，擋住朝向他臉部的攻擊。「我是個聾子才會聽不到。」

隨後他靈巧地抓住她的手腕，讓她的手臂動彈不得，她的身體則因憤怒而站立不穩。

「我不會讓你害她傷心的。我不會讓你毀了她的人生。」這些話哽在她的喉嚨裡：「她是那麼善良、高尚又純潔無瑕。她應該擁有比你更好的男人。」

安東尼緊緊盯著她，目光沒離開過她的臉，不知為何，憤怒使她變得更加美麗。她的雙頰通紅，眼裡閃耀著淚光，卻竭力不讓淚水流下臉頰，而他開始覺得自己是個非常糟糕的卑鄙小人。

「好吧，雪菲德小姐，我相信妳真的愛妳的妹妹。」他輕聲說。

「我當然愛她！」她衝口而出：「你覺得我為什麼要費盡心力讓她遠離你？只是為了好玩？我可以向你保證，閣下，我可以想出許多比被迫困在你的書房更有趣的事。」

突然間，他放開了她的手腕。

「我原本以為，」她吸了吸鼻子，揉著她飽受摧殘的泛紅肌膚說：「至少我對艾溫娜的愛，你能感同身受。畢竟傳聞說你對自己的家人也是義無反顧。」

安東尼不發一語，只是靜靜看著她，這個女人也許比他原先以為的更不簡單。

「如果你是艾溫娜的哥哥，」凱特一針見血，「你會允許她嫁給你這種人嗎？」

他沉默了很長一段時間，長到能感覺到這緘默尷尬的迴響。

最後他說：「那不是重點。」

值得稱許的是，她並沒有笑、沒有自鳴得意，也沒有出言嘲諷。當她再次開口時，語氣既安靜又真誠：「我相信我有答案了。」然後她轉過身，準備提步離開。

「我妹妹，」他聲音大到足以阻止她繼續向門口走去：「嫁給了哈斯丁公爵。妳聽說過他的名聲嗎？」

她停下腳步，但沒有轉身。「聽說他對他的妻子相當忠貞。」

安東尼笑了起來，「看來妳對他的名聲並不熟悉。至少不是他結婚前那些。」

凱特緩緩轉過身來，「如果你想要說服我，一個回頭的浪子是最好的丈夫，你只會失敗。就在這個房間裡，不到十五分鐘前，你才告訴羅梭小姐，你認為沒有必要為了妻子放棄情婦。」

「我相信我也有說，只有當一個人不愛他的妻子時才是如此。」

一個細小的聲音從她的鼻子裡冒出來——不完全是嗤之以鼻，但比呼吸聲大聲。至少在這一刻，很明顯她對他毫無敬意。她的眼中閃過一絲銳利的揶揄，問道：「那你愛我的妹妹嗎，柏捷頓閣下？」

「當然不，」他回答：「而且我也不會用其他答案侮辱妳的智慧。但是，」他拉高音量，以避開他知道肯定會被打斷的狀況：「我認識你妹妹也才不過一個星期。我沒有理由認為，如果我們在神聖的婚姻中共度多年，自己不會日久生情。」

她環抱雙臂，「為什麼我無法相信你嘴裡吐出的任何一個字？」

他聳了聳肩，「我哪知道。」但他確實知道。他選擇艾溫娜為妻的最大原因是，他知道自己永遠不會愛上她。他喜歡她、尊重她，也相信她會成為優秀的母親，生下他的繼承人。但他永遠不會愛上她，他們就是不來電。

她搖頭，眼中充滿了失望。失望到讓他感覺自己簡直是人渣。

「我也不認為你是個騙子，」她輕輕地說：「你是個浪子、是個流氓，也許還有許多其他的身分，但不是一個騙子。」

安東尼覺得她的話似乎一拳打在他肚子上。一種不舒服的感覺壓擠著他的心——這種感覺讓他想發飆，想欺負她，或者至少想讓她知道，她沒有能力傷害他。

「哦，雪菲德小姐，」他的聲音慢條斯理而殘酷：「沒有這個，妳哪裡都去不了。」

在她還來不及作出回應之前，他把手伸進口袋，拿出書房的鑰匙，往她的方向扔去，故意對準她腳邊。由於事先沒有任何預告，她的反應顯得有點笨拙，當她對著鑰匙伸出手時，什麼也沒有接住。她的雙手撲空時發出了空洞的拍掌聲，接著是鑰匙落在地毯上的沉悶聲響。

她在原地站了一會兒，盯著那把鑰匙，他可以看出她已經反應過來，他根本沒打算讓她接住它。她一動也不動，然後把視線轉向他。她的眼睛裡閃爍著仇恨的火光，還有更可怕的東西。

鄙視。

安東尼感覺像是被狠狠打了一拳。他努力壓下一股莫名其妙的衝動：他想要衝過去從地毯上撿起鑰匙，單膝跪地把鑰匙交給她，為自己的行為道歉，乞求她的原諒。

但他不會這麼做。他不想彌補這個過失；他也不想得到她的好感。

他倆之間那種難以言喻的火花（在他打算娶進門的妹妹身上明顯沒有的火花）燃燒、閃爍得如此強烈，房間裡似乎應該亮如白晝。

而這正是他最害怕的事。

凱特靜止不動的時間比他預期的要長得多，顯然她極不願意在他面前蹲跪，即使只是為了拿起那把鑰匙，讓她完成渴望已久的逃脫。

安東尼硬擠出一個笑容，看了看地上，然後又抬頭看向她的臉，口氣刻意保持平靜：「妳不是想離開嗎，雪菲德小姐？」

他看到她的下顎輕輕顫抖，看到她的喉嚨不由自主地吞嚥。

然後，她突然蹲下身子，拿起鑰匙，「你永遠不可能娶到我的妹妹，」她發誓，低沉而緊繃的嗓音讓他背脊發涼。「永遠不可能。」

隨著一聲清晰堅定的開鎖聲，她離開了。

兩天後，凱特仍然餘怒未消。音樂會後的隔天下午，艾溫娜收到的那一大束鮮花，更是火上加油。卡片上寫著：

願妳早日康復。由於耀眼的妳無法出席，昨晚的活動變得黯淡而無趣。

——柏捷頓

瑪麗對這張卡片讚不絕口，覺得太有詩意了，她嘆息著說，真是貼心，一看就是陷入情網的男人會說的話。

但凱特已經知道真相是什麼。這張卡片與其說是對艾溫娜的讚美，不如說是對她的侮辱。昨晚的確無趣。她憤怒地盯著那張卡片（現在展示在起居室的桌子上），想著如果動手把它撕成碎片，她要怎麼讓事情看起來是個意外。她可能對情慾和男女之事瞭解不多，但她敢打賭，無論子爵那天晚上在書房裡有什麼感覺，都稱不上無聊。

然而，他並沒有親自上門拜訪。凱特想不出這會是為什麼，因為帶艾溫娜出去兜風，肯定會比那張卡片更能讓凱特難堪。在她想像力過於豐富時，她偶爾會往自己臉上貼金，認為他不敢上門是因為他害怕面對她，但她知道這顯然是假的。

那傢伙不會害怕任何人。更不可能害怕一個年齡漸長的老小姐，一個他也許基於好奇、憤怒和憐憫而去親吻的平凡老小姐。

凱特走到窗前，凝視著米爾納街；這不是倫敦最美的風景，但至少它使她不再繼續盯著那張卡片。真正令她承受不了的是憐憫。她暗自祈禱，無論那個吻是怎麼回事，她都希望好奇心和憤怒多過於憐憫。

如果他憐憫她，她會無法忍受。

但凱特並沒有為那個吻以及它可能（或不可能）代表什麼而糾結太久，因為那天下午——鮮花送來後的那個下午——來了一份比柏捷頓閣下親自發出的任何邀請，都還要令人焦慮的請帖。柏捷頓夫人似乎希望雪菲德一家能參加她一週後舉辦的鄉村別墅派對，一個臨時起意的派對。

那個魔鬼的母親大人啊。

凱特不可能找到藉口不去參加。除了地震加上颶風和龍捲風（這些都不可能在英國出現，但凱特對颶風仍然抱有一絲希望，只要不打雷閃電就好），沒有什麼能阻止瑪麗帶著艾溫娜出現在柏捷頓家的鄉村別墅門口。瑪麗肯定不會允許凱特獨自留在倫敦，任由她自生自滅。更別說凱特也不敢讓艾溫娜一個人出席。

子爵閣下行事乖張，毫無顧忌。他可能會像親吻凱特一樣親吻艾溫娜，而凱特想像不出艾溫娜會有辦法抵抗這樣的舉動。她可能會認為這樣做很浪漫，然後當場就愛上他。

當他們雙唇相貼時，連凱特都很難保持清醒。在那個幸福的時刻，她已忘記了一切。她只知道那種被珍視、被渴望——不，是被需要——的美妙感覺，確實能夠令人頭暈目眩。

幾乎足以讓一位淑女忘記那位正在親吻她的男人，是個一文不值的流氓。

幾乎……但無法完全忘記。

Chapter 8

LADY WHISTLEDOWN´S SOCIETY PAPERS

正如本專欄大多數讀者們所知，倫敦有兩派人馬永遠處於對立：野心勃勃的母親和意志堅定的單身漢。

野心勃勃的母親都有適婚年齡的女兒，意志堅定的單身漢則不想要妻子。只要是稍微有腦的人，或者，筆者讀者群中大約百分之五十的人來說，此處矛盾的關鍵應該顯而易見。

筆者尚未看到柏捷頓夫人鄉村別墅派對的客人名單，但知情人士表示，幾乎所有符合條件的適婚年齡年輕女士下週都會在肯特郡齊聚。

這一點人人心知肚明。柏捷頓夫人從未掩飾過她有多麼渴望看到兒子們順利結婚。這種態度使她成為野心勃勃母親們的最愛。她們曾絕望地認為，柏捷頓兄弟是意志堅定單身漢中最典型的代表。

如果人們相信賭注的話，那麼在今年結束之前，柏捷頓兄弟中至少有一人將見證婚禮的鐘聲。

雖然筆者不怎麼想要同意賭金簿上的觀點（它們是由男人寫的，因此本身就有缺陷），但筆者必須認同這個預言。

柏捷頓夫人很快就會擁有兒媳婦。但新嫁娘會是誰呢？以及她會嫁給兄弟中的哪一個？唔，親愛的讀者，目前似乎一切還在未定之天。

《威索頓夫人的韻事報》
29 April 1814

8

一週後，安東尼在肯特郡（準確地說，是在他的私人套房裡）等著他母親的鄉村別墅派對開始。他已經看過了賓客名單。毫無疑問，他母親決定舉辦這個派對的原因只有一個：幫她的某個兒子找到老婆，最好是他。

奧布雷莊園是柏捷頓家族的祖宅，這裡將擠滿符合條件的年輕女性，每一位都比另一位更可愛，也更無腦。

為了保持男女人數平衡，柏捷頓夫人不得不邀請一些紳士。但除了少數已婚者外，沒有任何男性客人能比她的兒子更有錢或更受歡迎。

安東尼沮喪地想，他母親向來都不喜歡走低調路線，至少在涉及孩子們的幸福（這是指她所定義的幸福）時是如此。

當他看到雪菲德小姐也在受邀之列時，並不怎麼驚訝。他的母親曾多次提到，她是多麼喜歡雪菲德夫人。他被迫聽了許多次他母親有關「優秀的父母造就出優秀的孩子」的理論，非常明白母親的弦外之音。

看到名單上有艾溫娜的名字時，他感到很滿意，同時也有點認命。他很想趕快向她求婚，然後了結這一切。對於和凱特之間發生的事，他確實感到不自在，但現在似乎也沒什麼其他的辦法，除非他想費盡心機再找一位新娘。

他不想這樣做。一旦安東尼做出決定（在這種情況下指的是結婚），他認為就沒必要再拖延下去。拖延只適合那些生活中閒暇時間太多的人。安東尼已經避開牧師的陷阱將近十年，但現在既然他已經決定該娶個新娘，再拖下去似乎沒有意義。結婚、生兒育女，然後死亡。這就是一個英國貴族男性的一輩子，就算他的父親和叔叔並未在三十八歲和三十四歲時意外死亡也一樣。

在這一點上，他所能做的顯然就是避開凱特・雪菲德。他也必須向她道歉。這並不容易，因為他最不想做的事情就是向那個女人卑躬屈膝，但來自良心的叮嚀已經變成了沉重的咆哮，他知道她應該聽到「我很抱歉」這句話。

她也許應該得到更多，但安東尼不願意去想像她應該得到哪些。

更不用說，除非他主動去和她說話，否則她很可能會拚盡全力阻止他和艾溫娜結婚，直到她嚥下最後一口氣。

現在是採取行動的時候了。如果要說哪裡是最浪漫的求婚地點，一定就是奧布雷莊園。它建於十八世紀初，由溫暖的土黃色石頭砌成，悠閒地座落在寬闊的綠色草坪上，周圍是二十四公頃的林地，其中有整整四英畝是花團錦簇的花園。夏天稍晚時，玫瑰花會盛開，現在院子裡則開滿葡萄風信子和他母親從荷蘭引進的耀眼鬱金香。

安東尼從房間裡看向窗外，古老的榆樹在房子周圍雄偉林立。它們為車道遮陽，而且使整座莊園看起來更像是大自然的一部分，而不像那種典型的貴族鄉村住宅：象徵財富、地位和權力的人工紀念碑。這裡有幾座池塘，一條小溪，還有無數的山丘和溪谷，每種景色都代表著他獨一無二的童年記憶。

還有他的父親。

安東尼閉上眼睛，呼出一口氣。他喜歡回到奧布雷莊園的家，但這些熟悉的景象和氣味會讓他想起父親，每一段清晰生動的回憶都能令他心碎。即使是現在，在艾德蒙・柏捷頓去世近十二年後，安東尼仍然期待看到他從拐角處冒出來，柏捷頓家最小的孩子正騎在父親肩上高興地尖叫。

想到這裡，安東尼不禁莞爾。肩上的孩子可能是男孩，也可能是女孩；艾德蒙在玩騎馬打仗時從來不會差別對待他的孩子們。但是，無論誰坐上那令人羨慕的世界之巔，保母肯定會追在他們身後，堅持要求他們立即停止胡鬧，孩子必須待在育嬰室裡，而不是在父親的肩膀上。

「哦，父親，」安東尼輕聲說，抬頭看壁爐上那張艾德蒙的畫像，「我到底該怎麼做才能追得上您的成就？」

艾德蒙．柏捷頓最大的成就肯定是：主持並擁有一個充滿愛和歡笑的家庭，這是貴族生活中太少見的事物。

安東尼從父親的畫像上挪開視線，走到窗前，看著一輛輛馬車駛入車道。今天下午抵達的人絡繹不絕，每輛馬車似乎都載著一位年輕的清秀佳人，她的眼裡會閃爍著幸福的光芒，因為她收到了柏捷頓家的派對邀請。

柏捷頓夫人很少會讓鄉間別墅擠滿客人。當她這麼做時，一定是社交季的大事。

雖然，說實話，柏捷頓家族中已經沒有人在奧布雷莊園長住了。安東尼懷疑他的母親也有和他一樣的煩惱：這裡每個角落都有關於艾德蒙的記憶。小一點的孩子們對這個地方的記憶很少，他們主要在倫敦長大。他們當然不會記得穿越田野的長途漫步，或是釣魚與樹屋。

現年只有十一歲的海辛絲，甚至從來沒被父親抱過。安東尼曾想要盡可能填補這個空白，但他知道，他只是一個不合格的替補。

安東尼疲憊地嘆了口氣，整個人靠在窗框邊，考慮著是否該為自己倒一杯酒。他雖然眼睛看著草坪，但並沒有聚焦在那裡。

此時，一輛明顯比其他車輛寒酸許多的馬車從車道上駛了過來。並不是說這是輛破車；它顯然做工良好，車體很結實。但它沒有其他馬車上那些亮晶晶的鍍金紋飾，而且似乎也比其他馬車顛簸得更厲害，它的避震效果看來不怎麼樣。

安東尼想，這一定是雪菲德家。賓客名單上的其他人都是非富即貴，只有雪菲德家的人才必須在社交季租馬車來用。

果然，當柏捷頓家穿著時髦粉藍色制服的男僕大步上前打開車門時，艾溫娜．雪菲德走了出來。她穿著淺黃色的旅行洋裝，戴著成套的帽子，看上去就是個賞心悅目的美人。安東尼離得不夠近，看不清楚她的臉，但也不難想像。她的臉頰必定嬌柔粉嫩，細緻的雙眼就如晴朗無雲的藍天一樣藍。

下一位下車的是雪菲德夫人。當她站到艾溫娜身邊時，他才發現她們兩人有多麼相像。兩人都顯得優雅而嬌小，當她們說話時，他看到她們會擺出同樣的姿勢。歪頭的角度一模一樣，動作和姿態也一模一樣。

從她母親的例子看來，艾溫娜的美貌將維持到老，有這樣的妻子顯然很不錯，雖然他不可能活著看她漸漸老去。安東尼沮喪地看了一眼父親的畫像。

最後，凱特走了下來。

安東尼這才意識到，原來自己一直屏氣凝神在等這一刻。

她的儀態不像另外兩位雪菲德家的女士。她們嬌小的身材會靠向男僕，把自己的手搭在他的手上，手腕優雅地拱起。

凱特則幾乎是自己直接跳下車的。她挽著車伕預先伸出來的手臂，但似乎並不需要他的協助。當她的腳一接觸到地面，她就站直身子，抬起頭來注視著奧布雷莊園的外牆。她的一切都非常乾脆俐落，一點也不拖泥帶水。

安東尼毫不懷疑，如果他能近距離凝視她的眼睛，他可以一眼望進她的心底。

然而，一旦她看到他，眼裡就會充滿不屑，也許還會有一絲仇恨。

這確實是他活該，沒人會像他對待凱特．雪菲德那麼惡劣。一個紳士如此對待一位淑女之後，很難期望她還能繼續好言相向。

凱特轉頭看她的母親和妹妹，說了幾句話，引得艾溫娜哈哈大笑，瑪麗也露出寵溺的微笑。安東尼發現他以前很少有機會觀察她們三個人互動。她們是真正的一家人，在彼此面前都很自在。當她們交談時，人們會從她們的臉上感受到溫暖。這點特別令人著迷，因為他知道瑪麗和凱特並不是親生母女。

他逐漸了解到，有些羈絆比血緣關係更牢固。而這些羈絆是他這輩子都無法承受的。這就是為什麼，當他結婚時，面紗後面的人必須是艾溫娜．雪菲德。

凱特本以為她會驚嘆於奧布雷莊園的壯觀，沒想到竟然會被迷倒。

這座房子比她想像的要小。它當然比她能稱之為家的任何屋舍大得太多，但這座鄉村莊園並不是那種和整片風景格格不入的巨型豪宅，總是讓人想到蓋錯地方的中世紀城堡。

相反地，奧布雷莊園看起來幾乎稱得上溫馨。用這個詞語來形容一座肯定有五十個房間的大宅似乎很奇怪，但它那妙趣橫生的塔樓和堞牆①讓它看起來就像是童話故事裡的房子，尤其在午後的陽光下，土黃色的石頭像是泛著紅色的光芒。奧布雷莊園一點也不莊重嚴肅或威壓逼人，凱特立刻愛上了它。

「這房子也太可愛了吧？」艾溫娜低聲說。

凱特點了點頭，「可愛到足以讓與那個傢伙共度一整週這件事，變得稍微可以忍受了。」

艾溫娜哈哈大笑，瑪麗輕蹙雙眉，但也忍不住露出了寵溺的微笑。她瞥了一眼正在馬車後方卸行李的車伕之後，還是開口訓了兩句：「妳不應該說這種話，凱特。人們總是會忘記隔牆有耳，而

且這樣批評主人家不大合適。」

「不用擔心，他沒有聽到，」凱特回答：「而且，我以為柏捷頓夫人才是我們的女主人。是她發的邀請。」

「這棟房子是子爵的。」瑪麗回道。

「好吧，」凱特接受了，她戲劇化地對著奧布雷莊園揮動手臂，「等我進入那神聖的大廳時，我會立刻變成甜美又親切的可人兒。」

艾溫娜吃吃笑，「那肯定不能錯過。」

瑪麗心知肚明地看了眼凱特，「妳在人家花園裡一樣得保持『甜美又親切』。」

凱特只是輕輕揚起嘴角，「真的啦，瑪麗，我會好好表現的。我保證。」

「妳不喜歡子爵，避開他就是了。」

「我會的。」凱特保證。

——**只要他也給我離艾溫娜遠遠的**。

一名男僕出現在她們身邊，動作華麗地揮舞手臂指向大廳。「請進，」他說：「柏捷頓夫人正期待貴客到來。」

雪菲德家三人立即轉身向前門走去。然而當她們踏上淺淺的臺階時，艾溫娜促狹地笑著看向凱特，低聲說：「甜美又親切就從這裡開始啦，親愛的姊姊。」

「如果現在不是在公共場合，我可能會教訓妳一頓。」凱特同樣輕聲細語地回答。

她們走進屋裡時，柏捷頓夫人已經在大廳裡了。凱特看到前一輛馬車上的人正向她們各自的房

註釋①：堞牆（crenellations）：城牆上如鋸齒狀的薄型矮牆，可用來作為守城者在反擊攻城者時的掩蔽。

間走去，休閒洋裝的荷葉邊裙襬消失在樓梯上。

「雪菲德夫人！」柏捷頓夫人喊了一聲，朝她們走來。

「見到妳真好。還有雪菲德小姐。」她補充，視線轉向凱特，「很高興妳也能一起來。」

「謝謝您邀請我們，」凱特回答：「能逃離城市一整個星期，確實是種享受。」

柏捷頓夫人笑了，「所以，妳其實是個嚮往鄉村生活的女孩？」

凱特笑答：「是的。倫敦令人目眩神迷，隨時都值得好好遊覽，但我確實更喜歡鄉下的綠色田野和新鮮空氣。」

「我兒子也是這樣，雖然他大部分時間都待城市裡，但瞞不了他的母親。」柏捷頓夫人說。

「子爵？」凱特疑惑地問道。他似乎是個標準的浪子，每個人都知道，浪子天生就喜歡待在城市裡。

「對，就是安東尼。在他還小的時候，我們幾乎一直住在這裡。當然，社交季時我們還是會去倫敦，因為我確實喜歡參加派對和舞會，但向來都只在那邊住幾個星期而已。直到我丈夫去世後，我們才把主要住所搬到城裡。」

「抱歉，請您節哀。」凱特喃喃低語。

子爵夫人轉向她，藍眼睛裡充滿了懷念，「謝謝妳。他已經離開很多年了，但我仍然每天都在想念他。」

凱特感覺喉嚨彷彿被塞住了。

她想起了瑪麗和她父親是多麼深愛對方，她也知道眼前是另一個體驗過真愛的女人。她突然感到心痛。因為瑪麗失去了她的丈夫，子爵夫人也失去了她的丈夫，而……

也許最重要的是，凱特自己可能永遠無法體會真愛帶來的幸福。

「我們不該陷入感傷，」柏捷頓夫人突然說，當她回頭看瑪麗時，笑得有點過於燦爛，「來來來，我甚至還沒見過妳的另一位女兒呢。」

「還沒有嗎？」瑪麗眉頭輕輕蹙了起來，「我想也是，艾溫娜上次沒能參加您的音樂會。」

「當然，我曾經遠遠地看過妳。」柏捷頓夫人對艾溫娜說，對她露出一個迷人的微笑。

瑪麗為兩人做介紹，凱特留意到柏捷頓夫人看艾溫娜的眼神帶了點審視的味道。無庸置疑，她已經認定艾溫娜會成為最適合她們家的新成員。

幾人又閒聊了一會，在她們的行李被送到房間時，柏捷頓夫人建議大家一起去喝點茶，但她們婉拒了，因為瑪麗很累，想先稍作休息。

「沒問題。」柏捷頓夫人向一位女僕示意。「我讓蘿絲帶各位去妳們的房間。晚餐時間是八點。在妳們休息之前，還有什麼需要我協助的嗎？」

瑪麗和艾溫娜都搖頭，凱特也跟著搖頭，但在最後一刻，她突然說：「那個，我可以問您一個問題嗎？」

柏捷頓夫人親切地笑了，「當然可以。」

「我們來的時候，我發現您有一個很大的花園。我可以去看看嗎？」

「原來妳也是個綠姆指呀？」柏捷頓夫人問道。

「稱不上是綠姆指，」凱特坦承：「但我確實很欣賞專業人士的傑作。」

子爵夫人臉紅了，「如果妳想探索花園，我當然感到很榮幸。它們是我驕傲和快樂的來源。我現在不怎麼親自打理它們了，但當艾德蒙還活……」她停下來，清了清喉嚨，「我是說，當我過去整天泡在花園裡的時候，總是弄得渾身髒兮兮的。這曾經讓我母親非常生氣。」

「我想園丁可能也不大高興。」凱特說。

柏捷頓夫人的微笑變成哈哈大笑，「哦，確實如此！他是個可怕的傢伙。他總是說，女人對花唯一需要瞭解的就是，如何收下它們作為禮物。但是他有妳所能想像最綠的拇指，所以我也只能想辦法忍受他。」

「他應該也在學習如何忍受您？」

柏捷頓夫人調皮地勾起嘴角，「不，從來都沒有。但這一點並不能阻止我。」

凱特失笑，發自內心地對這位長輩感到親近。

柏捷頓夫人說：「我就不再打擾妳們啦，讓蘿絲帶妳們上樓去，幫妳們安頓好。還有，雪菲德小姐，」她對凱特說：「如果妳願意，我很樂意本週稍晚時帶妳去參觀花園。我現在可能要先去迎接客人，但之後幾天我可以為妳騰出時間。」

「這樣非常好，謝謝您。」凱特說完，就和瑪麗與艾溫娜跟著女僕上樓去了。

安東尼從他那扇虛掩的門後走了出來，大步流星地走向母親。

「我看到您在和雪菲德家打招呼？」他問道，雖然他很清楚那就是雪菲德一家。但他的書房離大廳太遠，他無法聽到這四個女人說話的內容，所以他決定來旁敲側擊一番。

「沒錯啊，多可愛的一家人，你不覺得嗎？」薇莉回答。

安東尼只是從鼻子裡哼了一聲。

「我很高興能邀請她們來。」

安東尼什麼也沒說，雖然他考慮再哼一聲。

「她們是最後一刻才列入賓客名單的。」

「是喔。」他嘀咕。

薇莉點了點頭，「所以我不得不從村子裡再找來三位紳士，男女人數才能平衡。」

「所以牧師有可能出席今晚的晚餐？」

「還有他的兄弟，他剛好來村裡作客，還有他兒子。」

「小約翰不是才十六歲嗎？」

薇莉聳聳肩，「我沒有別的選擇。」

安東尼思索著這些資訊。被逼到邀請一個滿臉痘花的十六歲男孩來吃晚飯，母親確實急於讓雪菲德一家加入家庭派對。不是說她不會邀請他參加家庭聚餐；如果不是正式場合，柏捷頓家向來無視公認的標準作法，而會允許所有的孩子都在餐廳裡一起用餐，無論年齡大小。事實上，安東尼初次去拜訪某位朋友家時，他對自己必須在育嬰室裡用餐感到震驚。

但是，家庭派對就是家庭派對，即使是薇莉．柏捷頓也不允許孩子上桌。

「我知道你已經認識了雪菲德家的兩個女孩。」薇莉說。

安東尼點頭。

「我覺得她們兩個都很討人喜歡，」她繼續說：「她們不是富貴人家，但我一直認為，在選擇配偶時，財富並不像性格那麼重要。當然，前提是你沒有陷入窮困潦倒的境地。」

安東尼撇撇嘴，「我相信您接下來要說的是，您指的不是我。」

薇莉嗤之以鼻，沒好氣地白了他一眼，「你不應該這麼快就嘲弄我，兒子。我只是指出事實。你應該每天都虔誠跪地感謝上蒼，至少你不必被迫娶一個女繼承人。在婚姻這件事上，你知道對大多數男人而言，自由意志是很奢侈的。」

安東尼揚起嘴角，「我應該感謝上蒼？還是我的母親？」

「你這個壞孩子。」

他輕輕點了一下母親的下顎，「也是您養出來的壞孩子啊。」

「而且還難養得要命，我可以向你保證這一點。」她喃喃低語。

他俯身向前，在她的臉頰上印下一個吻，「祝您迎接賓客時一切順利，母親。」

她瞪著他看，但看得出來其實很開心。

「你要去哪裡？」他大步離開時，她問。

「去散步。」

「真的嗎？」

他轉過身來，對她突來的好奇心有點摸不著頭緒，「對啊，是真的。有什麼問題嗎？」

「一點問題也沒有。」她回答：「只是你很久沒有單純為散步而散步了。」

「我已經很久沒來鄉下了。」他解釋。

「沒錯。」她同意：「這樣的話，你真的應該去花園看看。早春的花剛剛開始綻放，美得不得了。你在倫敦絕對看不到這種景色。」

安東尼點頭，「我們晚餐時見。」

薇莉笑著向他揮手，目送他回到他的書房裡。書房位於奧布雷莊園的一角，有一扇法式落地門通往屋側的草坪。

她的大兒子對雪菲德一家的興趣非常耐人尋味。現在，她只要弄清楚他是對哪位雪菲德小姐感興趣就行了……

大約一刻鐘後，安東尼正在母親的花園裡散步，享受著溫暖的陽光和涼爽的微風，卻聽到旁邊小路傳來了第二個人的腳步聲。這引起了他的好奇。客人們都在各自房間裡休息，今天又是園丁的休假日，他其實是想來享受一個人獨處的。

他轉身朝腳步聲的方向走去，輕巧無聲地移動，一直走到小徑的盡頭。他向右看，接著向左看，然後他看到了……

她。

他不明白，自己怎麼還會感到驚訝？

凱特．雪菲德穿了一身清淺的薰衣草色，與鳶尾花和葡萄風信子迷人地融為一體。她站在一個木製裝飾拱門旁，再過幾個月，這個拱門將被爬藤而上的粉色和白色玫瑰覆蓋。

他注視著她一會兒。她輕輕撫摸一些他永遠也記不住名字的絨毛植物，然後彎下腰去聞一朵荷蘭鬱金香。

「它們沒有香味。」他說道，慢慢向她走去。

她迅速站直身子，整個人變得非常警覺，隨後轉身面對他。他看得出來她認出了他的聲音，這讓他湧起一股奇特的滿足感。

他走到她身邊，指了指那朵豔麗的紅花，「它們很漂亮，在英國的花園裡不常見到，但可惜沒有香味。」

她回應的時間比他預期的長，然後她開了口：「我以前從未見過鬱金香。」

這句話令他有點想笑，「從來沒有？」

「嗯，沒看過長在土裡的，」她解釋：「艾溫娜收到過很多花束裡面有它，這段時間鬱金香很流行。但我從來沒有真正見過它們成長中的樣子。」

「它們是我母親的最愛，」安東尼說，伸手摘了一朵。「當然，還有風信子也是。」

她好奇地笑著問：「當然？」她重複。

「我最小的妹妹海辛絲（Hyacinth），名字就是風信子的意思，」他把花遞給她，問道：「妳沒聽說嗎？」

她搖頭，「沒有。」

「原來如此。」他喃喃說道：「人人都知道，我們幾個孩子的名字是按字母順序排列的，從安東尼一直到海辛絲。話說回來，也許我對妳的瞭解，還比妳對我的瞭解多得多。」

他故作神祕的語氣令凱特的雙眸驚訝地睜大，但她只回了一句：「這倒有可能。」

安東尼眉頭一挑，「我震驚了，雪菲德小姐。我已經做好了開戰的準備，原本以為妳會回嘴說：『我非常瞭解你好嗎！』」

對於他竟然模仿她說話，凱特努力想壓抑住翻白眼的衝動，表情也變得無比糾結。她說：「我答應了瑪麗，我會表現出最好的一面。」

安東尼爆出一串大笑。

「奇怪了，艾溫娜聽到後也有類似的反應。」凱特嘀咕。

他一手撐在拱門上，小心翼翼避開玫瑰藤上的刺，「我發現自己對怎樣算是妳最好的一面，感到非常的好奇。」

她聳聳肩，把玩著手中的鬱金香，「我也希望自己知道，總之，走一步算一步吧。」

「但妳不應該和請妳來作客的東道主爭論，對嗎？」

凱特挑眉看了他一眼，「關於你是否有資格擔任我們的東道主，閣下，還有不少討論的空間。畢竟邀請函是由你母親署名的。」

「沒錯，」他附和道：「但這棟房子確實是我的。」

「嗯，瑪麗也是這麼說的。」她嘀咕。

他咧嘴一笑，「這讓妳很難受，對嗎？」

「必須對你以禮相待？」

他點頭。

「確實不大容易。」

他的表情微微一變，似乎已經不想再揶揄她，或是開始有些不同的想法。

「但這也不是最困難的事情，對嗎？」他輕聲說。

「我不喜歡你，子爵閣下。」她脫口而出。

「嗯，我也這麼覺得。」他似乎被逗樂了。

凱特忽然感到心亂如麻，當初在他的書房裡，就在他吻她之前，正是這種感覺。她的喉嚨突然縮緊，掌心發燙。而她的內在——真的沒有任何詞語，可以描述她腹中那種緊繃刺痛的感覺。也許是出於自我保護，她本能地後退了一步。

他看起來很高興，彷彿已經看透了她在想什麼。

她又把玩了一下那朵花，然後大聲說：「你不應該摘它。」

「妳應該擁有一朵鬱金香，」他實事求是地說：「也不能總是只有艾溫娜收到花。」

凱特那本來就緊繃又刺痛的胃，再度翻了一下。

「就算如此，」她勉強說：「你的園丁肯定不會贊同他辛辛苦苦種植的心血受到殘害。」

他露出狡猾的微笑，「他會責怪我的某個弟弟或妹妹。」

她忍俊不禁，說：「我應該鄙視你的這種陰謀。」

「但是並沒有？」

她搖頭，「但話說回來，我對你的看法好像也不可能更糟了。」

「嘖嘖，」他朝她搖了搖手指，「我以為妳說過要好好表現。」

凱特環顧四周，「如果附近沒有人聽到我說的話，那就不算數了，對吧？」

「我聽到了啊。」

「你當然不算。」

他的頭向她的方向靠近了一點，「我覺得我是唯一一個算數的人。」

凱特沒有接話，甚至不想與他的眼睛對視。每當她望進那對如天鵝絨般的深邃眼眸時，她的胃就又開始七上八下。

「雪菲德小姐？」他輕聲說。

她抬起頭來。大錯特錯。她的胃又不安分了。

「你為什麼要來找我？」她問。

安東尼離開木架，站直身體。

「我沒有。事實上，我遇到妳就像妳看到我一樣驚訝。」雖然他根本就不應該過來，他刻薄地想。在他母親建議他去哪裡散步的時候，他就應該意識到她在搞什麼鬼了。

但是，她是有意要把他引向錯誤的雪菲德小姐嗎？她肯定不會選擇凱特而非艾溫娜作她未來的兒媳婦吧。

「既然我已經遇到妳了，」他說：「我確實有話想說。」

「你還會有什麼話要對我說？」她挖苦：「真難以想像。」

他沒有理會她的調侃：「我想道歉。」

這引起了她的注意。她的嘴唇因震驚而微微分開，眼睛倏然睜大，她問：「你說什麼？」

安東尼覺得她的聲音聽起來很像青蛙。

「我應該為我那天晚上的行為向妳道歉，」他說：「我對妳非常無禮。」

「你在為那個吻道歉？」她看起來仍然有點迷惑。

那個吻？他甚至完全沒考慮過要為那個吻道歉。他從來沒有為一個吻道歉過，也從來沒有吻過一個可能需要道歉的人。實際上，他是想為他在親吻後對她說的那些難聽話道歉。

「呃，沒錯，」他撒謊：「是那個吻，也是為了我說的那些話。」

「我明白了，我以為浪子不會道歉。」她喃喃說道。

他張開手掌，然後緊握成拳。她這種總是喜歡對他妄下結論的習慣，真是他媽的煩人。

「這一個浪子會。」他冷冷地說。

她深吸一口氣，然後長而平穩地吐出來，「那麼，我接受你的道歉。」

「太好了，」他刻意露出志得意滿的笑容，「我可以護送妳回屋裡嗎？」

她點了點頭，「但不要以為這表示我會突然改變對你和艾溫娜結婚的看法。」

「我做夢也不會認為妳這麼容易受到動搖。」他非常誠實。

她轉向他，目光坦率到令人吃驚。

「事實是，你吻了我。」她直截了當地說。

「妳也吻了我。」他忍不住回嘴。

她的臉頰變成了迷人的粉紅色。

「事實是，」她堅定地重複：「它就是發生了。萬一你和艾溫娜結婚了——先不管你的名聲如何，即使那也是不得不納入考量的問題……」

「嗯，」他低低地說，用天鵝絨般的柔和語調打斷了她：「我也覺得妳會這樣想。」

她瞪了他一眼，「不管你的名聲如何，這件事將永遠存在於我們之間。一件事發生就是發生了，你無法一筆勾消。」

安東尼差點想壞心眼問一句：「『這件事』是什麼？」想要逼她再次說出「那個吻」。但對她的同情令他打消這個念頭。此外，她說的也有道理。這個吻將永遠存在於他們。即使現在，看著她因難為情而羞紅的雙頰，因惱怒而緊閉的嘴唇，他發現自己仍然在想：如果把她拉進懷裡，會是什麼感覺？如果他用舌頭舔過她的唇緣，那會是什麼滋味？

她聞起來會不會像這座繁花盛開的花園？或者，那種令人瘋狂的、百合花加香皂的氣息，是否仍然縈繞在她的肌膚上？

她會融化在他的懷抱中嗎？還是她會一把推開他，跑回屋裡去？

只有一個辦法可以知道，但那樣做會徹底毀掉他與艾溫娜結婚的機會。

正如凱特指出的，也許與艾溫娜結婚會讓情況變得很複雜。畢竟，對新娘的姊姊動心，實在不恰當。

也許該是時候去尋找另外一位新娘人選了，再麻煩也沒辦法。

也許該是時候再次親吻凱特．雪菲德了，就在奧布雷莊園這座美麗的花園裡，花朵在他們的腿邊搖曳，空氣中瀰漫著丁香花的氣息。

也許……

也許……

Chapter 9

LADY WHISTLEDOWN´S SOCIETY PAPERS

男人是矛盾的生物。

他們的頭腦和心從來都不一致。而女人也很清楚，男人的行為通常是由某個完全不同的部位所支配。

《威索頓夫人的韻事報》
29 April 1814

9

也許不是時候。

當安東尼正暗自盤算親吻她嘴唇的最佳途徑時，他聽到了他弟弟那個可怕的聲音。

「安東尼！你在這裡呀！」柯林大聲喊道。

雪菲德小姐渾然不覺自己差一點就要被吻得失去理智，轉身看著大步走過來的柯林。

「總有一天，我會宰了他。」安東尼嘟囔著。

凱特回頭，「你說了什麼嗎，閣下？」

安東尼不理她。這可能是最好的選擇，因為每次一搭理她，往往會害他產生難以壓抑的慾望。他很明白，那只會通往無盡的災難。

說實話，他也許應該感謝柯林這個程咬金及時出現。只要再過幾秒鐘，他就會親吻凱特．雪菲德，而那將是他這輩子最大的錯誤。

親吻凱特一次也許可以原諒，尤其考慮到那天晚上她在書房裡是怎麼挑釁他的。但是兩次……好吧，兩次會讓任何有榮譽心的男人撤回對艾溫娜．雪菲德的追求。

而安東尼還不打算放棄他的榮譽。

他簡直不敢相信，他差一點點就要把與艾溫娜結婚的計畫拋諸腦後了。他在想什麼啊？艾溫娜是符合他目標的完美新娘。只有當她那愛管閒事的姊姊出現時，他的大腦才會變成一團漿糊。

「安東尼，」柯林走近時再次打招呼：「還有雪菲德小姐。」他好奇地盯著他們，他很清楚這兩人互相看彼此不順眼。「真是個驚喜。」

「我正在欣賞你母親的花園，剛巧遇到了你哥哥。」凱特說。

安東尼頷首表示認同。

「達芙妮和賽門來了。」柯林說。

安東尼轉向凱特，解釋說：「我妹妹和她的丈夫。」

「公爵？」她客氣地問道。

「就是那傢伙。」他沒好氣。

柯林對哥哥的不耐煩哈哈大笑。

「他之前反對過這樁婚事，」他對凱特說：「看到他們現在這麼幸福，讓他很彆扭。」

「哦，真是天殺……」安東尼破口大罵，但就在他差點當著凱特的面褻瀆神明之際，硬生生收回了下半句話：「我很高興妹妹如今過得幸福，」他咬牙說，聽起來並不特別高興。「只是，在他們開始『永遠幸福生活在一起』之前，應該再給我一次機會把那混……那傢伙打得滿地找牙。」

凱特噗哧一笑，「我明白了。」

她相當確定她想保持的一臉嚴肅已經破功。

柯林對她咧嘴一笑，然後回頭看他哥哥，「小芙建議大家一起去玩槌球。你覺得怎麼樣？我們已經很久沒玩了。而且，如果我們現在就出發，還可以躲開母親為我們邀請的那些乳臭未乾的傻姑娘。」他回頭看了眼凱特，臉上的笑容可以讓人原諒他所做的任何事，微笑說道：「當然，現在身邊這位除外。」

「我想也是。」她低聲說。

柯林向前傾身，綠色眼眸閃著淘氣的光芒，「沒有人會誤認妳跟『乳臭未乾』或『傻』沾得上邊。」他補充說。

「這是一種恭維嗎？」她直率地問。

「毫無疑問。」

「那麼我將很有風度地接受它。」

柯林大笑，對安東尼說：「我喜歡她。」

安東尼看起來並不覺得好笑。

「妳玩過槌球嗎，雪菲德小姐？」柯林問道。

「恐怕沒有，我甚至不知道它是什麼。」

「那是一種草地遊戲，非常好玩。法國人比我們更喜歡玩，但是名稱不一樣。」

「怎麼玩？」凱特問。

「我們在球場上設置門柱，」柯林解釋：「然後用木槌把木球打進球門。」

「聽起來很簡單。」她說。

「一點也不簡單喔，」他笑著說：「如果妳是和柏捷頓家族一起玩。」

「什麼意思？」

「意思是，」安東尼插嘴：「我們從來不認為必須按照一般標準設球道。柯林會把門柱設在樹根上……」

「而你會把門柱對準湖面。」柯林打斷他：「達芙妮把紅色那顆球打到湖裡後，我們再也找不到它。」

凱特知道她不應該繼續整個下午都和柏捷頓子爵混在一起，但是拋開這些不談，槌球聽起來很有趣。「能不能再加一個人一起玩？」她問道：「既然我已經被排除在乳臭未乾的傻姑娘之外？」

「當然可以！」柯林說：「我認為妳應該會和我們家其餘那些心機鬼和騙子合得來。」

「既然這句話出自你的口，」凱特笑著說：「我認為那是一種恭維。」

「哦，一點也沒錯。恪守榮譽和誠實是必須的，但絕不是在玩槌球的時候。」

「還有，」安東尼插話進來，一臉得意，「我們應該也要邀請妳的妹妹。」

「艾溫娜？」凱特差點嗆到。

可惡，這下簡直正中他的下懷。她一直絞盡腦汁要讓他們兩個分開，但既然她已經成功地安排好一整個下午的活動，她沒有辦法把艾溫娜排除在外，只能讓她一起加入。

「妳還有其他妹妹嗎？」他好聲好氣地問。

她對他怒目而視，「她可能不願意玩，我想她正在房間裡休息。」

「我會叫女僕敲門時輕一點。」安東尼擺明了是在撒謊。

「太好了！」柯林開心叫道：「這下人數剛好啦，三個男人和三個女人。」

「我們要分隊嗎？」凱特問。

「不用，」他回答：「只是我母親很堅持，做什麼事情的人數都必須剛好。如果我們有人落單，她會相當不高興。」

凱特無法想像一小時前與她聊天的那位可愛又親切的女人，會因為一場槌球遊戲而不高興，但這不關她的事。

「我去找雪菲德小姐，」安東尼低聲說，沾沾自喜的模樣令人難以忍受。「柯林，不如你先送這位雪菲德小姐去球場，我們半小時後在那邊見？」

凱特張了張嘴，想對艾溫娜與子爵獨處這件事提出抗議，哪怕是走過草坪這麼短的時間。但最後她還是保持沉默。她沒有任何合理的藉口可以阻止他們，她很清楚。

看到她像魚一樣把嘴張開又閉起來，安東尼勾起一側嘴角，不懷好意地笑著說：「很高興看見妳同意我的提議，雪菲德小姐。」

她只是哼了一聲。如果她用言語回應，絕不會是什麼好聽的話。

「太好了，」柯林說：「那我們待會見嘍。」

然後他挽起她的手臂，帶她離開，留下安東尼在他們身後洋洋得意。

柯林和凱特走到距離房子大約四百公尺的地方，來到一塊有些不平整的空地，空地一側緊鄰著一片湖。

「我想，這就是那顆脫逃紅球的家吧？」凱特指著湖水問。

柯林笑了起來，點點頭，「很可惜，本來我們的球具是供八名球員使用的；母親堅持要我們購買一整組的裝備，這樣她所有的孩子都可以一起玩。」

凱特不確定是該笑還是該皺眉，「你們家是個感情非常好的家庭，對嗎？」

「是最好的。」柯林言簡意賅地說著走向旁邊的一間棚舍。

凱特跟在他後面，一手無意識地輕點自己的大腿，「你知道現在幾點了嗎？」

他停下腳步，掏出懷錶翻開，「三點十分。」

「謝謝。」凱特暗自記下這個時間。他們大約是在兩點五十五分和安東尼分開的，他答應在三十分鐘內送艾溫娜來球場，所以他們應該在三點二十五分的時候出現。最遲三點半。凱特願意寬容一點，難免會發生延誤。如果子爵和艾溫娜在三點半之前過來，她就不會有異議。

柯林繼續向棚舍走去，凱特興味十足地看著他用力扳開門。

「這聽起來像是生銹了。」她評論。

「我們已經有好一段時間沒到這裡來玩了。」他說。

「真的嗎？如果我有一座像奧布雷莊園這樣的房子，我就不會去倫敦了。」

柯林轉過身來，手還按在半開的棚舍門上，「妳和安東尼很像，妳知道嗎？」

凱特倒抽一口氣，「你一定是在開玩笑。」

他搖搖頭，嘴角噙著一絲古怪的笑意，「也許因為你們都是老大吧。天知道，我每天都心存感激，我沒有生為安東尼。」

「什麼意思？」

柯林聳聳肩，「我只是不想承擔他的那些責任，就是這樣。頭銜、家庭、財富——全都壓在一個人的肩上是很吃力的事情。」

凱特不大想聽到子爵如何善盡繼承頭銜相關的責任；她不想聽到任何可能改變她對他看法的事，即使她不得不承認，下午稍早時他的道歉顯然是真心誠意。她對此印象深刻。

「這與奧布雷莊園有什麼關係？」她問道。

柯林茫然地看了她一會兒，似乎已經忘記這段談話是以她不帶心機地評論這棟鄉間住宅有多迷人開始。

「沒什麼，」他最後說：「但也很有關係。安東尼喜歡這裡。」

「但他幾乎一直待在倫敦啊，不是嗎？」凱特說。

「我知道。」柯林聳肩。「很奇怪，對吧？」

凱特沒有回答，只是看著他把棚舍的門全部打開。

「來吧，」他拖出一部手推車，這部手推車是專門用來裝八支木槌和那些木球的，「有點發霉，但大致上還好。」

「除了紅球不見了。」凱特笑著說。

「這要算在達芙妮頭上，」柯林點點頭回答：「我把一切都歸咎於達芙妮，這樣日子就會變得輕鬆多了。」

「我聽到了喔！」

凱特轉過身，看到一對迷人的年輕夫婦向這裡走來。那個男人英俊得不可思議，頭髮顏色極深，眼睛顏色極淺。

那個女人一定是柏捷頓家人，有著與安東尼和柯林一樣的栗色頭髮，更別說同樣的骨架和笑容。凱特聽說過柏捷頓家所有人長得都很像，但她直到現在才完全相信。

「小芙！」柯林叫道：「妳來得正好，可以幫我們把門柱搬出來。」

她眉梢一挑，露出微笑，「你不會以為，我會讓你一個人安排球道吧？」她轉向她丈夫解釋：「我相信我哥的程度，就跟我能把他扔出去的距離一樣，少之又少。」

「別聽她的，」柯林對凱特說：「她非常強壯。我敢打賭，她可以輕輕鬆鬆把我扔進湖裡。」

達芙妮翻了個白眼，轉向凱特，「看來我那沒禮貌的哥哥不打算幫我們引見，那我就先自我介紹一下。我是達芙妮，哈斯丁公爵夫人，這是我丈夫賽門。」

凱特迅速地行了個屈膝禮。「夫人。」她輕聲說，然後轉向公爵，再次行禮，「公爵閣下。」

柯林伸手向凱特的方向比劃了一下，同時彎下腰去從槌球車上拿起門柱，說：「這位是雪菲德小姐。」

達芙妮顯得很困惑，「我剛剛在家裡遇到安東尼。我聽他說正要去接雪菲德小姐啊。」

「那是我妹妹，艾溫娜。」凱特解釋：「我是凱薩琳，朋友們都叫我凱特。」

「很好，如果妳勇敢到能和柏捷頓家一起玩槌球，妳肯定會是我的朋友。」達芙妮開心地笑著說：「因此妳必須叫我達芙妮就好，以及叫我丈夫賽門。賽門？」

「哦，當然。」他說。凱特明顯感覺到，如果達芙妮剛才說天空是橙色的，他也會表示同意。不是說他沒在聽她說話，只是很明顯，他眼裡心裡都只有她。

凱特想，這就是她希望艾溫娜能擁有的。

「讓我拿一半吧，」達芙妮伸手去拿她哥哥手中的門柱，「雪菲德小姐和我……我是說凱特和我……」她朝凱特友善地笑笑。「來設置其中三個，你和賽門可以去弄其他的。」

凱特還沒來得及發表任何意見，達芙妮就拉著她向湖邊走去。

「我們必須盡全力確保安東尼把球打進水裡，」達芙妮嘀咕：「我一直無法原諒他上次的行為，當時我以為班尼迪特和柯林會笑到斷氣。而安東尼最過分，他只是站在那裡幸災樂禍，笑得一臉賊相！」她轉向凱特，表情充滿無奈，「沒有人能笑得像我大哥那麼討人厭。」

「我完全懂。」凱特小聲對自己說。

幸好公爵夫人沒有聽到她的話。「如果我可以做了他，我發誓我一定會那麼做。」

「如果球全都掉進湖裡，會怎麼樣？」凱特忍不住問道：「我沒有和你們一起玩過，但你們每個人看起來都不會輕易服輸，似乎……」

「所有的球遲早都要飛進湖裡？」達芙妮替她說完。她咧嘴一笑，「妳還真說對了。只要是玩槌球，我們簡直毫無運動家精神。當柏捷頓家人拿起木槌時，我們就成了最無恥的騙子。真的，這場比賽與其說是為了贏，不如說是為了確保其他玩家輸。」

凱特努力想找出得體的話語：「這聽起來……」

「很糟糕？」達芙妮哈哈大笑，「才不會。妳絕對會玩得超開心，我保證。但以我們打球的速度，整組球具很快就會全部掉進湖中。我們將不得不從法國再買一套回來。」她把一個門柱插進地面，「這樣似乎滿浪費的，我知道，但為了羞辱我的兄弟們，絕對值得。」

凱特想忍住不笑，但沒能成功。

「妳有兄弟嗎，雪菲德小姐？」達芙妮問道。

由於公爵夫人忘了直呼她的名字，凱特認為最好還是回歸正式禮儀。

「沒有，閣下，」她回答：「艾溫娜是我唯一的手足。」

達芙妮用手遮在眼前，打量了一下四周環境，想找出地獄級的門柱位置。當她發現一處合適的樹根時，她直接走了過去，凱特別無選擇，只能跟著她走。

「有四個兄弟，會讓妳學到非常多奇妙的東西。」達芙妮說，把門柱釘在地上。

「妳一定獲益良多。」凱特衷心感到佩服：「妳能把一個男人揍成黑眼圈嗎？或是把他們打倒在地？」

達芙妮邪惡地一笑，「問問我丈夫吧。」

「問我什麼？」公爵喊道，他正和柯林在樹根的另一側放門柱。

「沒事，」公爵夫人一臉無辜地回答，接著低聲對凱特說：「我也學到了哪些時候最好閉上嘴巴。一旦妳弄懂有關他們天性的基本事實，男人其實很容易掌握。」

「例如？」凱特追問。

達芙妮靠過來，用手遮著嘴輕聲說：「他們不像我們那麼聰明、不像我們那麼直覺靈敏。他們當然也沒必要對我們做的每件事情瞭如指掌，連一半都不用。」

她環顧四周，「他沒有聽見，對嗎？」

賽門從樹後走了出來，「我每個字都聽見了。」

達芙妮嚇得跳起來，凱特笑到不可自抑。

「但這是事實啊。」達芙妮挑眉。

賽門雙手扠腰，「我會讓妳這麼認為的。」他轉向凱特，「這些年來，我也算是對女人有了一點點了解。」

「真的嗎？」凱特覺得很有趣。

他點了點頭，走近些許，彷彿在分享什麼重要的國家機密。「如果你讓她們相信自己比男人更聰明、直覺更靈敏，就更容易掌控她們。而且，」他居高臨下看了一眼他的妻子，補充道：「如果

我們假裝對她們所做的事情一知半解，我們的生活就會更加平靜。」

柯林走過來，揮動木槌劃出一道低低的弧線。

「他們在吵架嗎？」他問凱特。

「是討論。」達芙妮糾正。

「天可憐見，還好我不用參與這種討論。」柯林嘀咕：「我們來選顏色吧。」

凱特跟著他回到槌球場地，手指在大腿上輕輕敲打，她問他：「現在幾點了？」

柯林掏出他的懷錶，「剛過三點半，怎麼了？」

「我只是在想，艾溫娜和子爵現在應該已經快到了吧。」她盡量不顯得太過焦慮。

柯林聳聳肩，「應該吧。」然後，完全無視她的煩惱，他指向槌球裝備，「來，妳是客人，妳先選。妳想要什麼顏色？」

凱特不假思索隨手抓起一支木槌。拿到手中時，她才發現它是黑色的。

「死亡之槌！」柯林贊許地說：「我就知道她會成為一個優秀的球員。」

「把粉紅色的留給安東尼吧。」達芙妮說，伸手拿起綠色的槌子。

公爵把橙色的木槌從裝備中抽出來，轉身對凱特說：「妳是我的證人，待會柏捷頓拿到粉紅色木槌，不關我的事喔。」

凱特促狹地笑了，「我發現，你自己可沒有選擇粉紅色的木槌。」

「當然沒有，」他笑得比凱特更狡猾，「既然我的妻子已經替他選好了，我不能和她唱反調，對吧？」

「黃色給我，」柯林說：「藍色給艾溫娜小姐，可以吧？」

「哦，可以，」凱特回答：「艾溫娜喜歡藍色。」

四個人一齊低頭盯著剩下的兩支木槌——粉紅色和紫色。

「他兩支都不會喜歡。」達芙妮說。

柯林點頭，「但他更不喜歡粉紅色。」就這樣，他拿起紫色的木槌，把它扔回棚舍裡，然後伸手把紫色的球也跟著丟進去。

「我說……安東尼死哪裡去了？」公爵問。

「這是個好問題。」凱特嘟囔，用手敲打著大腿。

「我猜妳會想知道現在幾點了。」柯林不懷好意地說道。

凱特臉紅了。她已經請他查看了兩次懷錶。

「不用了，謝謝你。」她回答，這次沒心情講俏皮話。

「好。只是，我已經注意到，一旦妳開始像這樣動妳的手指……」

凱特的手僵住了。

「……通常就會準備問我現在幾點了。」

「過去這一個小時，你對我瞭解得還真不少。」凱特生硬地說。

他咧開嘴，「我是個觀察力敏銳的人啊。」

「看得出來。」她嘟囔。

「但如果妳想知道，現在差十五分鐘就四點。」

「他們遲到了。」凱特說。

柯林向前傾身，低聲說：「我不認為，我哥哥正在欺負妳妹妹。」

凱特猛然回頭，「柏捷頓先生！」

「你們兩個在說什麼？」達芙妮問。

柯林哈哈笑起來，「雪菲德小姐擔心，安東尼正對另一位雪菲德小姐意圖不軌。」

「柯林！」達芙妮驚呼，「這一點都不好笑。」

「而且肯定不是事實。」凱特抗議。好吧，可能不是事實。她不認為子爵真的會對艾溫娜出手，但他八成正在使盡渾身解數把她迷得團團轉。而那樣本身就很危險。

凱特看著手中的木槌陷入沉思，想找出方法如何把它砸到子爵的頭上，又讓整件事看起來像個意外。

死亡之槌，名符其實。

安東尼看了看書房壁爐上的鐘。差不多三點半了。他們要遲到了。

他笑了起來。唔，這可不關他的事。

通常情況下，他是個守時的人，但當遲到會把凱特．雪菲德逼瘋時，他就不怎麼介意遲到了。凱特．雪菲德現在肯定焦慮到抓狂，一想到她的寶貝妹妹落入他邪惡的魔掌中，她肯定會嚇得半死。

安東尼低頭看了看他的邪惡魔掌——雙手，他提醒自己，就只是普通的手——然後再次笑了起來。他已經很久沒有這麼開心了，而其實他什麼也沒做，只是在書房裡閒晃，想像著凱特．雪菲德緊咬牙關，氣到七竅生煙的畫面。

那是一個非常有娛樂價值的畫面。

而且，這甚至不是他的錯。

如果不是因為要等艾溫娜，他本來可以準時離開。她派了女僕過來傳話，說她十分鐘內過來與他會合。那已經是二十分鐘前。如果她要遲到，他也沒辦法。

安東尼腦中突然冒出，他下半輩子都在等待艾溫娜的畫面。她是那種慣性遲到的人嗎？過段時間後，這可能會變得有點討人厭。

說曹操，曹操就到。他聽到走廊傳來窸窸窣窣的腳步聲。

他抬起頭時，艾溫娜苗條的身影出現在門口。

他平心靜氣地想，她真的很賞心悅目。她各方面都非常迷人，臉蛋堪稱完美，姿態無比優雅，眼睛則是最耀眼的藍色。那藍色如此生動，以至於每次她眨眼時，人們都會不由自主地驚嘆於那對眼眸的美麗。

安東尼等待著自己感到心動。當然，沒有男人能對她的美貌免疫。

但是，他什麼反應也沒有。甚至沒有絲毫想親吻她的衝動。

這似乎是一種違反人性的罪孽。

或許這樣也好。畢竟，他不想娶一個會讓他陷入情網的妻子。對妻子懷抱慾望本是件好事，但慾望也可能很危險。慾望當然比不感興趣更有可能變成愛情。

「非常抱歉，我遲到了，閣下。」艾溫娜禮貌地說道。

「完全沒問題。」他回答，經過剛才一輪思索，內心心情愉快。她確實是新娘的合適人選，沒有必要再去尋找其他人了。

「但我們得出發了，其他人應該已經把球場整理好了。」

他挽起她的手臂，漫步走向屋外。他聊起了天氣。她也談論了天氣。他說起前一天的天氣。她同意他說的任何話（過了一分鐘後他甚至不記得內容了）。

在聊完所有可能與天氣有關的話題後，他們陷入了沉默。

最後，在兩人都無話可說整整三分鐘後，艾溫娜突然問：「你在大學裡學的是什麼？」

安東尼不解地看著她。他想不起來有任何年輕女士問過他這一類問題。

「哦，就一般的那些。」他回答。

「但那是什麼呢？」她看起來難得的不耐煩，「哪些叫一般？」

「大部分是歷史。還有一些文學。」

「哦。」她思索了一會兒，「我喜歡看書。」

「是嗎？」他再次興味十足地注視著她，他沒想到她有可能是藍襪社①成員。接著問道：「妳喜歡看什麼？」

回答這個問題似乎讓她放鬆了些，「如果我想讓思緒天馬行空，就看小說。如果我想提升自我，就讀哲學。」

艾溫娜發出了那銀鈴般的動人笑聲，「凱特也是這樣。她總是告訴我，她非常清楚該如何生活，不需要一個死人給她下指示。」

「哲學啊？」安東尼好奇：「我從來都接受不了這種東西。」

安東尼想到了他大學時閱讀亞里斯多德、邊沁和笛卡爾的經歷。然後又想到了他在大學時**逃避閱讀**亞里斯多德、邊沁和笛卡爾的經歷。

「我想，」他喃喃說道：「我不得不同意妳姊姊的觀點。」

艾溫娜開心地笑了，「你同意凱特的觀點？我應該找個筆記本，記錄下這一刻。這肯定是破天荒第一次。」

他斜斜瞥了她一眼，充滿評估意味的那種，「妳實際上比妳平常表現出來的更叛逆，對嗎？」

「不及凱特的一半。」

註釋①：藍襪社（Blue Stockings Society）：十八世紀中期興起的英格蘭非正式組織，主要由受過教育的上層階級女性組成，探討文學、藝術和女性啟蒙教育的意義。

「這一點從來都無庸置疑。」

他聽到艾溫娜輕輕地笑。他看向她時，她似乎努力想維持端莊的表情。再繞過最後一個彎就到球場了，當他們走到草坡上時，看到槌球賽的其他成員正在等他們，一邊等一邊無聊地來回揮舞手中的木槌。

「哦，真他媽該死，」安東尼咒罵，完全忘記了他正與未來的妻子人選在一起。

「她拿了死亡之槌。」

Chapter 10

LADY WHISTLEDOWN´S SOCIETY PAPERS

鄉村家庭派對是一種非常危險的活動。

已婚人士常常發現自己享受配偶之外的對象相陪，而未婚人士回到城裡時也常已倉促訂下婚約。

事實上，最能令人跌破眼鏡的訂婚消息都是緊接在這段下鄉日子後宣布的。

《威索頓夫人的韻事報》

2 May 1814

10

「你們走得真慢。」柯林在安東尼和艾溫娜走到大夥兒面前時說。

「來，我們準備開始了。艾溫娜，妳拿藍色的。」柯林遞給她一支木槌，接著說：「安東尼，你拿粉紅色。」

「我拿粉紅色？而她——」他朝凱特指了一下，「拿走了死亡之槌？」

「我讓她先挑啊，她畢竟是我們的客人。」柯林說。

「安東尼通常拿黑色，」達芙妮解釋：「事實上，這根木槌的名字就是他取的。」

「你不應該拿粉紅色，」艾溫娜對安東尼說：「它一點也不適合你。來吧……」她遞出手上的木槌，「不如我們交換？」

「別鬧了，」柯林插嘴：「我們討論過，妳必須拿藍色的。搭配妳的眼睛。」

凱特認為她聽到了安東尼在咆哮。

「我就拿粉紅色，」安東尼大聲宣布，相當暴力地從柯林手中搶走那支惱人的木槌，「而且我依然會贏。我們開始吧，好嗎？」

公爵夫婦倆與艾溫娜之間進行過必要的介紹後，大家都把自己的木球放在起點附近，準備開始比賽。

「我們要不要從最年輕的先開始，一直到最老的？」柯林建議，並且向艾溫娜的方向殷勤地躬身致意。

她搖頭，「我寧願最後一個上場，這樣我就有機會觀察那些比我更有經驗的玩家。」

「聰明的女人，」柯林低聲說：「那我們就從最老的先開始。安東尼，我相信你是我們當中最年長的。」

「對不起，親愛的弟弟，但哈斯丁比我大幾個月。」

「為什麼我覺得我正捲入一場家庭戰爭？」艾溫娜在凱特耳邊輕聲說。

「我猜，柏捷頓一家對槌球都非常重視。」凱特低聲回答。

柏捷頓兄妹三人都擺出了鬥牛犬般的表情，人人都一心一意想贏球。

「欸欸欸！」柯林叫道，向她們搖搖手指，「不可以串通。」

「我們根本不知道要串通什麼啊，」凱特大聲回答：「因為好像還沒有人向我們解釋過遊戲的規則。」

「只要跟著打就好，」達芙妮輕快地說道：「妳一邊玩就會一邊弄清楚的。」

「我想，目的是把對手的球打入湖中。」凱特低聲告訴艾溫娜。

「真的嗎？」

「假的，但我認為柏捷頓一家就是這麼玩的。」

「妳們還在說悄悄話！」柯林大叫，連看都沒有看她們一眼。然後，他對公爵吼道：「哈斯丁！打那顆該死的球！我們不能一整天都耗在這裡。」

「柯林，不要罵髒話。有女士在場。」達芙妮插嘴。

「妳不算。」

「在場除了我還有兩位女士。」她咬牙切齒地說。

柯林眨眨眼，然後轉向雪菲德姊妹，「妳們介意嗎？」

「一點也不。」凱特回答，著迷於他們之間的互動。

艾溫娜只是搖搖頭。

「很好。」柯林的視線回到公爵身上，「哈斯丁，動一下啊！」

公爵把他的球從一堆球之中往前推了一點點。

「你們要知道，」他對著所有人說：「我以前從來沒有打過槌球。」

「親愛的，把球朝那個方向狠狠地打過去。」達芙妮說，指著第一個門柱。

「那不是最後一個球門嗎？」安東尼問。

「這是第一個。」

「它應該是最後一個。」

達芙妮噘起嘴，「我設置的球場，這就是第一個。」

「血腥場面要開始了。」艾溫娜悄悄對凱特說。

公爵轉向安東尼，皮笑肉不笑地對他說：「我相信達芙妮的說法。」

「確實是她設置的球場。」凱特插嘴。

安東尼、柯林、賽門和達芙妮都震驚地看著她，似乎不相信她有膽量加入這個話題。

「呃，真的就是她啊。」凱特說。

達芙妮挽起她的手臂，「我愛死妳了，凱特．雪菲德。」她宣布。

「天可憐見。」安東尼嘟囔。

公爵將木槌往後舉起，然後揮出，很快地，橙色的球就沿著草坪飛了起來。

「打得漂亮，賽門！」達芙妮喊。

柯林轉過身來，一臉鄙夷地看著他的妹妹，「玩槌球的時候，沒人會為自己的對手喝采。」他挑高雙眉。

「他從來沒玩過，」她說：「他又不可能贏。」

「還是一樣。」

達芙妮看向凱特和艾溫娜，「恐怕對柏捷頓槌球賽來說，缺乏體育精神的人才能參加。」

「我已經看出來了。」凱特乾巴巴地回答。

「輪到我了，」安東尼大喊。

他不屑地看了一眼粉紅色的球，然後狠狠地打了出去。球在草地上穩穩往前飛，但最後打中一棵樹，像石頭一樣彈回地上。

「太棒了！」柯林讚嘆，摩拳擦掌準備上場。

安東尼小聲咒罵了幾句，沒有一句是好聽話。

柯林把黃球打向第一個球門，然後讓開位置，換凱特來試試她的手氣。

「我可以先練習一次嗎？」她問。

「不行。」這句拒絕聽起來相當響亮，因為有三張嘴同時回答她。

「好吧，」她嘀咕：「退後一點，你們大家。如果一開始就打到人，我不負責喔。」她用盡全身力氣揮動她的木槌，用力打向球。球在空中劃出一道相當漂亮的弧線，然後也打中了擊敗安東尼的那棵樹，同樣掉在地上，就在他的球旁邊。

「哦，老天。」達芙妮正在揮動木槌來練習確定目標，但沒有真正打到球。

「為什麼是『哦，老天』？」凱特憂心忡忡地問道，公爵夫人那憐憫的笑容讓她提心吊膽。

「妳會明白的。」換達芙妮上場了，她朝球的方向走去。

凱特看向安東尼。他看起來對目前的戰績非常滿意。

「你打算對我做什麼？」她問。

他不懷好意地向前傾身，「我不打算對妳做什麼，可能是更合適的問題。」

「我想應該輪到我了。」艾溫娜走到起點站好。她有氣無力地把球打了出去，看到它連其他球的三分之一距離都不到時，她不禁哀嚎出聲。

「下次多用點肌肉的力量。」安東尼說，然後逕直走到他的球前。

「對啦，有說等於沒說。」艾溫娜在他身後嘀咕。

「哈斯丁！」安東尼大喊：「輪到你了。」

當公爵把他的球打向下一個球門時，安東尼抱著雙臂靠在樹上，一手拎著他那可笑的粉紅色木槌，等著凱特過來。

「雪菲德小姐，」他忍不住喊了一聲：「遊戲規則是，每個人要跟著自己的球走！」

他看著她拖著腳走到他身邊。

「我來了，」她沒好氣，「然後呢？」

「妳真的應該對我尊重一點。」他對她露出一個慵懶而狡猾的微笑。

「在你帶著艾溫娜遲到之後？」她反問：「我應該做的是把你五馬分屍。」

「這麼暴力的女人，」他打趣：「看來妳槌球應該會打得不錯……總有一天啦。」

看到她的臉先是泛起紅暈，隨即轉變成慘白，他整個人樂不可支。

「你這是什麼意思？」她問。

「拜託喔，安東尼！」柯林喊道：「輪到你了。」

安東尼低頭看著兩顆在草地上相依相偎的木球，凱特的木球是黑色的，他的木球則是嚇人的粉紅色。

「好吧，」他喃喃自語：「我們就別讓可愛的柯林等太久。」話剛說完，他就一腳踩在自己的球上，揮動他的木槌……

……把球打了出去。

「你在做什麼？」凱特驚叫道。

他自己的球在靴子下牢牢地定住不動。她的球則從山坡上高高飛出，似乎有幾公里那麼遠。

「你這個魔鬼。」她怒罵。

「愛情和戰爭都要各憑本事。」他調侃。

「我要殺了你。」

「妳可以試試，」他嘲弄道：「但妳必須先追上我。」

凱特研究著死亡之槌，然後若有所思地盯著他的腳。

「想都別想。」他警告說。

「這種誘惑很難抵擋。」她一臉不爽。

他威脅似地傾身靠近她，「旁邊有人在看。」

「這也是現在唯一能挽救你生命的事情。」

他只是勾了勾唇角，「我相信妳的球會在山坡下等妳，雪菲德小姐。我們大概過半個小時左右再見啦，等妳追上來的時候。」

就在此時，達芙妮追著她那無聲無息從他們腳下飛過的球走了過來，「這就是為什麼我會說『哦，老天』。」

在凱特看來，其實也沒必要解釋了。

「你會為此付出代價的。」凱特對安東尼咬牙切齒說。

他得意洋洋的表情讓一切盡在不言中。

她向山坡下走去，當她發現她的球被卡在樹籬下時，脫口而出罵了一句極不淑女的髒話。

半個小時後，比起倒數第二名的選手，凱特仍然落後兩個球門。安東尼正一路邁向勝利，這讓

她非常火大。唯一值得慶幸的是，她和他的距離太遠，所以看不到他幸災樂禍的模樣。

當她正百般無聊等著上場（等待的時候幾乎沒有其他事情可做，因為附近沒有半個人），她聽到安東尼發出了一聲慘叫。

這立即引起了她的注意。

她對他可能會遭遇不幸這件事充滿期待，急切地四處張望，直到她看見粉紅色的球飛過草地，直直朝她而來。

「啊！」凱特叫了一聲，原地跳起來，在失去一隻腳趾前迅速閃到旁邊。

她回過頭，看到遠處跳上跳下的柯林，正舉起手中木槌在頭頂上方瘋狂揮動，同時興奮大喊：「呼哈！」

安東尼的臉色好像想當場把弟弟開膛破肚。

凱特本來也想默默跳一段勝利的舞蹈——如果她贏不了，那麼退而求其次的獎賞就是知道他也贏不了——但現在看來，他要和她一起落後幾個回合了。雖然獨自一人並不怎麼有趣，總比不得不和他交談來得好。

不過，當他一臉不悅向她走來，彷彿一朵烏雲剛剛在他腦中扎根，她很難掩飾住自己的笑意。

「運氣不好啊，閣下。」凱特低語。

他瞪了她一眼。

她嘆口氣——當然，只是為了做效果。「我相信你還是會設法贏得第二或第三名的。」

他氣呼呼地靠近她，發出一個疑似咆哮的聲音。

「雪菲德小姐！」山坡上傳來柯林不耐煩的喊聲：「該妳了！」

「收到。」凱特說，分析著幾個可能的擊球方位。

她可以瞄準下一個球門，或者可以嘗試進一步惡整安東尼。不幸的是，他的球沒有碰到她的球，所以她不能使出他剛才對她用的那一招：以腳踩住球來打。或許這樣也好，以她倒霉的程度，她最後可能會完全錯過球，同時弄傷自己的腳。

「認真想，好好決定。」她對自己說。

安東尼雙手抱胸，「妳若想搞砸我的球賽，唯一辦法就是妳自己也沒得玩。」

「沒錯。」她同意。

如果她想讓他陷入絕境，她就得讓自己也陷入絕境，因為她必須全力以赴打出她的球，才能讓他的球動起來。既然她不能把自己的球踩在原地，天知道最後球會掉到哪裡。

「但是，」她抬頭看他，一臉無辜地甜甜笑著，說：「無論如何，反正我也沒機會贏得這場比賽了。」

「妳還可以搶第二或第三名。」他試著勸退。

她搖搖頭，「不大可能，你不覺得嗎？我落後了這麼多，而且我們也接近比賽的尾聲了。」

「妳不會想這麼做的，雪菲德小姐。」他語帶警告。

「哦，」她真情流露地說：「**我很想，我真的超級想。**」

然後，她露出最邪惡的笑容，舉起她的木槌，用盡每一分情感全心全意打出她的球。它以驚人的力量撞上他的球，使後者往山坡下遠遠飛去。

越來越遠……

越來越遠……

直到滾進了湖裡。

凱特高興到說不出話，緊緊盯著粉紅色的球掉進湖中。然後，有某種東西在她體內升起，一些奇怪而原始的情感，在她弄清楚那是什麼之前，她已經像個瘋女人一樣跳來跳去，嘴裡喊著：「太棒了！太棒了！我贏了！」

「妳才沒有贏。」安東尼沒好氣。

「噢，但感覺我已經贏了。」她很陶醉。

從山坡上衝下來的柯林和達芙妮，在他們面前緊急煞車。

「幹得好，雪菲德小姐！」柯林讚嘆：「我就知道妳配得上死亡之槌。」

「這球打得非常漂亮，」達芙妮同意：「精彩萬分。」

安東尼別無選擇，只能交抱雙臂，臭著一張臉。

柯林親切地拍拍她的背，稱讚道：「妳確定妳不是柏捷頓家人喬裝的嗎？妳完全沒辜負這場遊戲的精神。」

「沒有你的幫忙，我也做不到，」凱特謙虛地說：「如果不是你把他的球打到山坡下……」

「我一直希望妳能接棒，繼續給他難看。」柯林說。

公爵終於走了過來，艾溫娜在他身邊。

「這場比賽的結果相當驚人。」他表示。

「還沒結束呢。」達芙妮說。

她的丈夫悄悄瞥了她一眼，帶著一絲促狹，「現在繼續比賽反而掃興，妳不覺得嗎？」

令人驚訝的是，連柯林也表示同意，「我也不覺得還有什麼好比的。」

凱特笑了。

公爵抬頭看了一眼天色，「而且，烏雲開始聚集了。我想在下雨之前先陪達芙妮回去，她現在的身體要特別小心照顧。」

凱特驚訝地看著達芙妮，後者的臉紅了起來。她看起來一點也不像懷孕了。

「很好，」柯林說：「我提議就此結束比賽，同時宣布雪菲德小姐為贏家。」

「我比你們其他人慢了兩座球門哪。」凱特有異議。

「沒有關係，」柯林說：「任何一個真正的柏捷頓盃槌球玩家都明白，把安東尼的球打進湖裡，要比把球打進所有的球門更加重要。因此，妳是我們的贏家，雪菲德小姐。」他四下張望，然後看著安東尼，「有誰不同意嗎？」

沒有人表示反對，雖然安東尼的頭頂看起來已經在冒煙。

「非常好，」柯林說：「這樣的話，雪菲德小姐就是我們的贏家，而安東尼，你是墊底的。」

凱特發出一種奇怪的、悶悶的聲音，一半是笑聲、一半是嗆咳。

「總得有人輸嘛，這是傳統。」柯林笑著說。

「這是真的，」達芙妮同意：「我們都很好戰，但我們也很喜歡遵循傳統。」

「你們都是腦子有問題的人，就這麼回事。」公爵和氣地說：「說到這裡，達芙妮和我必須向各位告辭了。我想在下雨之前趕快把她帶回屋裡，應該沒人介意我們不幫忙清理場地就離開吧？」

當然不會有人介意，很快地，公爵和公爵夫人就上路返回奧布雷莊園了。

在所有交流過程中一直保持沉默的艾溫娜（她一直在觀察柏捷頓家的每個人，好像他們剛從精神病院逃出來），突然清了清嗓子：「大家覺得我們應該試著把球找回來嗎？」她問道，瞇起眼睛看著山坡下的湖。

其餘的人只是盯著平靜的水面，好像從未考慮過這麼奇怪的想法。

「它並不是掉在湖中間，」她補充說：「它只是滾了進去，可能就在湖邊上。」

柯林抓抓頭，安東尼繼續保持臭臉。

「你們肯定不想再弄丟一個球，」艾溫娜堅持。發現沒有人回答時，她扔下手上的木槌，然後舉起雙手，「好吧！那就我去撿那顆小破球好了。」

這句話瞬間把男人們從迷惘中喚醒，紛紛跳起來主動幫助她。

「別傻了，雪菲德小姐，」柯林開始往山坡下方走去，同時殷勤地說道：「我會找到它的。」

「真是夠了，」安東尼嘴裡念念有詞：「我去撿那該死的球！」

他大步走下山坡，很快就越過了他的弟弟。

雖然他一肚子火，但也不能真的把責任算到凱特頭上。換了他也會做同樣的事情，只是他會一口氣直接把她的球打進湖中央。

不過，被一個女人，尤其是她打敗，真是他媽的丟人現眼。

他走到湖邊朝水裡張望。粉紅色的球那麼搶眼，應該可以透過水面看得見，只要它沒沉到太深的地方。

「你看到它了嗎？」柯林在他身邊停下腳步。

安東尼搖頭，「不管怎麼說，那顏色真的太醜了。從來沒有人想用粉紅色。」

柯林頷首表示同意。

「即使是紫色都好一點，」安東尼繼續說。向右走了幾步，以便查看湖岸的另一側。他突然抬起頭，瞪著弟弟看，「那支紫色的木槌哪裡去了？」

柯林聳聳肩，「我不知道啊。」

「我相信，它明天晚上就會奇蹟般重新出現在槌球裝備裡面。」安東尼嘀咕。

「你很可能說對了喲，」柯林輕快地說道，稍稍快步越過安東尼，兩眼緊盯湖面，「也許今天下午就會出現，如果我們幸運的話。」

「總有一天，」安東尼認真地說：「我要宰了你。」

「我毫不懷疑這一點。」柯林掃視著湖面，然後突然用手往前指，「我說吧！它就在那裡。」

果然，那顆粉紅色的球掉在淺水區，離湖邊大約六十公分遠。水深看起來只有三十公分左右。

安東尼咬牙咒罵了幾句。他不得不準備脫掉靴子，踩水走過去。凱特．雪菲德似乎總是會害得他脫掉靴子，整個人泡進水裡。

Chapter 10

不，他無力地想，當他衝進九曲湖救出艾溫娜時，根本來不及脫掉靴子。那雙皮靴已經徹底毀了，而他的男僕差點被嚇暈過去。

他坐在一塊石頭上，抱怨連連地脫下他的鞋。為了救出艾溫娜，他認為一雙好靴子是值得的。為了救一顆粉紅色破爛槌球——坦白說，這根本不值得他把腳弄濕。

「看來你可以搞定這邊，」柯林說：「所以我要去幫雪菲德小姐收門柱啦。」

安東尼只是無奈地搖搖頭，然後走進湖裡。

「水會冷嗎？」一個女性的聲音傳來。

老天，是她。他轉過身來。凱特．雪菲德正站在湖岸邊。

「我以為妳在收門柱呢。」他煩躁地說。

「那是艾溫娜。」

「太多位該死的雪菲德小姐了。」他咬牙抱怨。應該要有條法律禁止讓姊妹們在同一個社交季亮相。

「你說什麼？」她問，微微側著頭。

「我說水很冷。」他撒謊。

「哦，我很遺憾。」

這引起了他的注意，「不，妳遺憾個鬼。」

「嗯，確實沒有。」她承認：「反正不是為了你輸球而遺憾。但我也不想看到你把腳趾凍壞。」

安東尼突然被一種瘋狂的渴望籠罩，他想窺看她的腳趾頭。這個念頭非常可怕，他不可能對這個女人產生慾望。他甚至不喜歡她。

他嘆了口氣。這不是事實。他確實以一種奇怪而矛盾的方式喜歡著她。更奇怪的是，他覺得她可能也開始以同樣的方式喜歡他。

「如果你是我，你也會做同樣的事。」她說。

他沒有接話，只是繼續往湖裡走去。

「你會的！」她堅持。

他彎下身子撿起球，這個動作害他弄濕了袖子。真要命。

「我知道。」他回答。

「哦。」她聽起來很驚訝，似乎沒想到他會承認。

他重新涉水而出，慶幸湖邊的地面都鋪得很結實，泥巴不會黏在他腳上。

「拿去吧。」她拿出一條看起來像毯子的東西，「我過來的時候順手從棚舍裡拿的，我想你可能需要一些東西擦腳。」

安東尼張開嘴，但奇怪的是，他什麼聲音也發不出來。最後只能迸出一句「謝謝妳」，並從她手中接過毯子。

「我沒你想像的那麼差勁。」她笑著說。

「我也不是。」

「或許吧，」她點點頭同意：「但你不應該在艾溫娜那裡耽擱這麼久。我知道你這樣做只是為了惹毛我。」

他坐在石頭上擦腳，球丟在旁邊的地上，聽到這句話時挑了挑眉，「妳不認為我遲到，有可能是因為我想與我打算求娶的女人多相處一會兒嗎？」

她雙頰微微一紅，但隨即低聲說道：「這一定是我說過最自以為是的話。但是，我不那麼認為，我覺得你只是想讓我不高興。」

當然，她說對了，但他不打算告訴她。

「事實上，遲到的人是艾溫娜。至於原因嘛，我不清楚。但我認為去她的房間裡找她，並催促她動作快點是不禮貌的，所以我在書房裡等著，直到她準備好。」他說。

一段冗長的沉默過後，她說：「謝謝你告訴我。」

他狡黠地笑了笑，「我沒妳想像的那麼差勁。」

她嘆氣，「我知道。」

她不甘心的表情令他忍俊不禁，調侃道：「但也許有一點點差勁？」

她被逗樂了，他們之間又恢復了輕鬆的氣氛，這樣的對話明顯使她更自在。

「哦，那是肯定的。」

「很好。我可不想變得無聊。」

凱特帶著笑意看他穿回襪子和靴子。她伸手拿起了那個粉紅色的球，「我最好把這東西放回棚舍裡去。」

「以防我突然被什麼東西附身，又把它扔回湖裡？」

她點了點頭，「有可能。」

「非常好。」他站了起來，「那我拿這條毯子。」

「很公平的交易。」她轉身向山坡上走去，發現柯林和艾溫娜已經消失在遠處，「哎呀！」

安東尼迅速回頭，問道：「什麼事？哦，我懂了。看來妳妹妹和我弟弟決定不等我們，自己先回去了。」

凱特蹙眉看著那對不聽話的手足，然後無奈地聳聳肩，開始走上山坡，「如果你能容忍我的陪伴，我也可以再容忍你幾分鐘。」

他不置可否，這讓她不大習慣。正常來說，他對這種話會報以一句機智的、甚至是一針見血的回擊。她抬頭看他，隨即驚訝地愣了一下。他正以一種超級古怪的方式盯著她看。

「沒……沒什麼事吧，子爵閣下？」她遲疑地問。

他點頭，「沒事。」但聽起來相當心不在焉。

走回棚舍剩下的路程都在寂靜中度過。凱特把粉紅色的球放回槌球車的位置上，發現柯林和艾溫娜已經清理過球場，並已經把所有東西都整齊收好，包括那支消失的紫色木槌和球。她偷偷打量安東尼，忍不住笑了起來。從他惱怒的表情可以看出，他也注意到了。

「毯子放這裡，閣下。」她忍住笑意說，走到他的面前。

安東尼聳肩，「我要把它帶回屋裡去。它可能需要好好清洗。」

她頷首同意，他們關上了門，一起離開。

Chapter 11

LADY WHISTLEDOWN´S SOCIETY PAPERS

沒有什麼比競爭更能激發出男人的劣根性……
或是女人的潛力。

《威索頓夫人的韻事報》
4 May 1814

11

他們正沿著小路朝大宅走去。

安東尼吹著口哨，趁凱特不注意時偷偷打量她。她真的是一個相當有吸引力的女人。他不知道為什麼這件事總是令他吃驚，但這就是事實。

他記憶中的她，從未像現實中的她一樣生動迷人。她總是靜不下來，或微笑、或皺眉、或抿嘴。她從來不會做出年輕淑女應有的那種溫和端莊的表情。

他和社交界的其他人顯然都有同樣的問題——總是不自覺拿她妹妹來跟她比較。艾溫娜的美貌是如此耀眼、如此出眾，以至於她身邊的任何人都會不由自主變成陪襯。安東尼承認，當艾溫娜站在眼前，很難再注意到其他人。

然而……

他眉心一蹙。然而，在整場槌球比賽中，他幾乎沒有看過艾溫娜一眼。這也許說得通，畢竟那是柏捷頓盃槌球賽，它能激發任何姓柏捷頓的人最壞的一面；就算是王子殿下蒞臨現場來，安東尼也有可能把他當成空氣。

但這種說法並不成立，因為他的腦子裡充滿了其他畫面：凱特拿著木槌彎下腰，表情因專注而顯得嚴肅。有人失手時，凱特樂得咯咯笑。當艾溫娜的球滾過球門，凱特為妹妹歡呼——和柏捷頓兄妹的習性截然不同。

當然，在她把他的球打進湖裡的前一秒鐘，凱特的笑容則是調皮又邪惡。

顯然，他幾乎沒正眼看過艾溫娜一眼，卻把注意力都放在了凱特身上。

這真的讓人心煩意亂。

他又回頭看了她一眼。

她正在往天空看，而且眉頭深鎖。

「有什麼問題嗎？」他禮貌地問道。

她搖搖頭，「只是想知道，是不是快下雨了。」

他抬頭看，「暫時還不會吧，我想。」

她慢慢點了點頭，「我討厭下雨。」

她臉上的表情讓人想起鬧脾氣的三歲小孩，他不禁莞爾，笑道：「那妳可就住錯國家了，雪菲德小姐。」

她尷尬地笑了笑，轉頭看向他，輕聲解釋：「我不介意溫和的細雨。但當它變成狂風暴雨時，我就不喜歡了。」

「我倒是一直滿喜歡雷雨。」他喃喃低語。

她驚訝地看了他一眼，但沒有說什麼，轉而把目光投向腳下的鵝卵石。他們散步的時候，她正沿路邊走邊踢著一顆鵝卵石，偶爾還會中斷腳步或走到旁邊，只為輕輕踢一腳，讓石頭飛向前方。這個動作莫名迷人，每隔一段時間，她穿著靴子的腳就會從裙襬下探出，用一種可愛的姿勢踢一下鵝卵石。

安東尼好奇地看著她，她回過頭來時，他忘了移開視線。

「你認為……你幹麼這樣看著我？」她問。

「我認為什麼？」他回答，故意忽略問題的第二部分。

她不高興地扁嘴，抿成一條直線。

安東尼感覺自己的嘴角在抽動，想要咧嘴大笑。

「你是在笑我嗎？」她狐疑地問。

他搖搖頭。

她的腳步停了下來，「我覺得你是。」

「我向妳保證，」他說，連他自己聽起來都像是在憋笑，「我不是在笑妳。」

「你撒謊。」

「我沒有……」他不得不停下來。如果他再講下去，他知道自己會爆笑出聲。最奇怪的是，他根本不知道笑點在哪裡。

「哦，我的老天，」她抱怨：「現在是怎樣啊？」

安東尼靠著旁邊一棵榆樹的樹幹，整個身體都在發抖，笑聲幾乎壓抑不住。

凱特雙手扠腰，她的眼裡帶了點好奇，也帶點憤怒，「有什麼好笑的？」

他終於忍不住捧腹大笑，勉強動了動肩膀，做出個聳肩的動作。

「我不知道，」他上氣不接下氣地說：「妳臉上的表情……實在……」

他發現她也笑了。他喜歡看她微笑。

「你臉上的表情也相當精彩啊，閣下。」她說。

「噢，我相信。」他深吸了幾口氣，直到確定自己已經平靜下來，便站直身子。他瞄了一眼她的表情，發現還是帶著一絲狐疑，他突然覺得，他必須弄清楚她對他的看法。

這不能等到第二天。

不能等到當天晚上。

他不確定這念頭是哪裡冒出來的，但她的正面看法對他來說意義重大。當然，他需要她認可他對艾溫娜的追求（雖然他差不多都快忘了這件事），但事情遠遠不止於此。她侮辱過他，她幾乎害他淹死在九曲湖，她在槌球賽上羞辱他，但他仍然渴望贏得她的好感。

安東尼想不起來上一次他如此重視別人的看法是什麼時候了，坦白講，這讓他感到敬畏而不知所措。

「我想，妳欠我一次。」他離開樹幹站直身體。

他的大腦現在是一團亂麻。處理這件事必須有技巧。他必須知道她對他的想法。然而，他不想讓她知道這對他有多重要，**至少要先等到他弄清楚為何這件事對他來說如此重要**。

「你說什麼？」

「欠我一次啊，因為剛才的槌球比賽。」

她靠在樹上，雙手扠腰，盡可能端莊地冷笑了一聲，「如果有人欠別人一次，那麼是你欠我才對。畢竟，贏的人是我。」

「啊，但我是那個被羞辱的人。」

「沒錯。」她贊同。

「如果妳能禮貌地表示不同意，大概就不像妳了。」他乾巴巴地說。

凱特一本正經瞥了他一眼，「淑女對所有事情都應該誠實。」

她抬頭看向安東尼的臉，他的一側嘴角彎成了一個心知肚明的微笑，低聲道：「我就知道妳會這麼說。」

凱特瞬間警覺了起來，「為什麼？」

「因為我要跟妳討的補償，雪菲德小姐，就是問妳一個問題——我選擇的任何問題——妳必須以最誠實的態度回答。」他一隻手撐在樹幹上，離她的臉非常近，同時向前傾身。

凱特突然覺得自己被困住了，雖然逃跑並不難。帶著一絲驚愕（和興奮的輕顫），她發現困住她的是他的眼睛，那雙眼眸正幽深火熱地盯著她看。

「妳覺得妳能做到嗎，雪菲德小姐？」他輕聲問。

「你……你的問題是什麼？」她沒有意識到自己的回答低如耳語，直到她聽見自己的聲音，像風一樣輕柔而斷續。

他微微歪了下頭，「現在，記得喔，妳必須誠實回答。」

她點了點頭，或至少認為自己在點頭。

她是想要點頭的。說實話，她現在不大相信自己的行動能力。

他貼近她，不至於讓她能感覺他的呼吸，但近到足以讓她全身輕顫。

「雪菲德小姐，以下是我的問題。」

她的嘴唇輕輕張開了。

「妳……」他貼得更近，「仍然……」又更近了三公分，「討厭我嗎？」

凱特不由自主嚥了下口水。無論她曾設想過他會問什麼，都不會是這句。她舔了舔嘴唇，準備開口說話。她不知道自己要說什麼，但發不出半點聲音。

他的嘴角彎成一個慵懶的、男人味十足的微笑，「我就把這當成是否認了。」

然後，他以一種讓她目不暇給的速度離開樹旁，輕快地說道：「那麼，現在是我們該進屋去吃晚餐的時候了，對吧？」

凱特虛脫地靠著大樹，一點力氣也沒有了。

「妳想在外面待一會兒嗎？」他雙手扠腰，抬頭看著天空。他的動作俐落又簡潔，與十秒鐘前那個慵懶恣意的萬人迷相比，有著一百八十度的轉變。

「應該沒問題。看起來暫時不會下雨，至少在接下來幾個小時內不會。」

她只是盯著他。如果不是他失去了理智，就是她忘記了如何說話。

或許兩者都是。

「很好。我一直很欣賞懂得享受新鮮空氣的女人。那我們晚飯時見囉？」

她點了點頭，驚訝自己竟然能做出這個動作。

「太好了。」他握起她的手，在她的手腕內側印下一個熱燙的吻，就在手套和袖口之間露出的那一小片裸露肌膚上，「晚上見，雪菲德小姐。」

然後他大步離開，留給她一種奇怪的感覺，剛剛似乎發生過一件非常重要的事情。

但她對究竟發生了什麼，毫無頭緒。

當晚七點半，凱特考慮過要裝成生了一場大病。

到了七點四十五分，她又把目標縮窄為中風發作。但在差五分鐘就八點時，晚餐鈴聲響起，提醒客人到會客廳集合，於是她挺起肩膀，走向臥室門外的走廊，和瑪麗會合。

她拒絕做一個膽小鬼。

她不是膽小鬼。

她可以熬過這個晚上。並且她告訴自己，她不可能會坐在柏捷頓閣下附近。

他是子爵，是這一家的男主人，因此會坐在桌子的首席。

作為一名男爵次子的女兒，與其他客人相比，她的地位太低，肯定會被安排在桌子尾端，除非伸長脖子伸到抽筋，她甚至根本看不到他。

與凱特同住一間房的艾溫娜已經去了瑪麗的房間，幫母親挑選項鍊，所以走廊裡只有凱特一個人。她想，她也可以去瑪麗的房間，在那裡等她們兩人，但她沒有很想閒聊，而艾溫娜已經注意到她反常的、時常出神的狀態。凱特最不需要的就是瑪麗關心下的疲勞轟炸。

而事實是——凱特甚至不清楚是哪個環節出了錯。她只知道，當天下午她和子爵之間發生了一些變化，有些東西不一樣了。

至少對她自己，她會大方承認：這令她感到害怕。

這很正常，對嗎？人們總是懼怕自己不瞭解的東西。

而凱特絕對不瞭解子爵。

但就在她開始真正享受目前的獨處時，走廊對面的房門打開了，另一位年輕女士走出來。

凱特一眼就認出她是潘妮洛普．費瑟林頓，著名的費瑟林頓三姊妹中最小的一個——嗯，該說是目前已進入社交界的三姊妹。凱特聽說她家裡還有第四位妹妹，現在還在上學。

很不幸，費瑟林頓姊妹都因爲在婚姻市場上屢屢失利而聞名。普露丹絲和菲莉佩已經亮相三年了，她們兩人都沒有收到半次求婚。潘妮洛普正在參加她的第二個社交季，社交活動中，總能看到她試著避開她那被大家公認為少根筋的母親和姊姊們。

凱特一直很喜歡潘妮洛普。自從因為穿了顏色醜陋的禮服而被威索頓女士嘲笑後，她們倆就建立了一種革命情感。

凱特遺憾地嘆了口氣，潘妮洛普身上的檸檬黃絲綢禮服，使這個可憐女孩看起來面色蠟黃。如果這還不夠糟糕，衣服上裝飾的荷葉邊也太多了點。潘妮洛普並不是一個高䠷的女孩，而這件禮服讓人們完全看不見她。

這真可惜，因為如果有人能說服她的母親遠離女裝店，讓潘妮洛普自己挑選衣服，她可能會很迷人。她的長相相當討喜，有著紅髮人種的細白肌膚，即使她的頭髮偏紅棕色而不是紅色。

無論怎麼說，凱特沮喪地想，她的髮色都與檸檬黃完全不搭。

「凱特！」潘妮洛普關上身後的門，和凱特打招呼：「真是個驚喜，我不知道妳會參加。」

凱特頷首，「我們收到了一份遲來的邀請，上週才認識柏捷頓夫人。」

「嗯，我剛才說我很驚訝，但實際上也沒那麼驚訝。柏捷頓子爵一直很關注妳妹妹。」

凱特一陣臉紅。「呃，沒錯。」她結結巴巴地說：「他是滿關注。」

「至少八卦是這麼說的，但話說回來，人們不能總是相信八卦。」潘妮洛普繼續說。

「我很少聽說威索頓夫人的消息有錯。」凱特說。

潘妮洛普只是聳聳肩，然後厭惡地低頭看身上的禮服，「她對我的看法倒是從來沒有錯。」

「哦，別這麼說。」凱特趕緊安慰，但她們都知道這只是客套話。

潘妮洛普疲憊地搖搖頭，「我母親堅決相信，黃色是一種快樂的顏色，一個快樂的女孩可以擄獲一個丈夫。」

「哦，老天啊。」凱特忍不住笑了出來。

「她搞不清楚的是，」潘妮洛普苦澀地繼續說：「**這種快樂的黃色讓我看起來相當不快樂**，而且能有效讓那些紳士避之惟恐不及。」

「妳提議過穿綠色嗎？」凱特問道：「我覺得妳穿綠色會很好看。」

潘妮洛普搖了搖頭，「她不喜歡綠色，說它是憂鬱的顏色。」

「綠色很憂鬱？」凱特難以置信地問。

「我懶得去弄清楚原因了。」

穿著綠色禮服的凱特舉起袖子靠近潘妮洛普的臉，盡可能地擋住黃色，說：「妳現在整張臉都亮起來了。」

「別告訴我這些，這只會讓穿黃色更加痛苦。」

凱特同情地對她一笑，「我想借一件我的衣服給妳穿，但我怕它會拖到地上。」

潘妮洛普擺擺手，婉拒提議：「妳人真好，但我已經認命了。至少這件比去年的好多了。」

凱特挑眉。

「啊，對喔。去年妳不在社交界。」潘妮洛普打了個哆嗦，「去年我的體重比現在多了將近兩

英石①。」

「兩英石？」凱特重複，她簡直不敢相信。

潘妮洛普點了點頭，做了個鬼臉，「嬰兒肥。我懇求媽媽在我十八歲前不要強迫我亮相，但她認為提早開始可能對我有好處。」

凱特只要看一眼潘妮洛普的臉，就知道這對她絕對沒有好處。

她對這個女孩莫名有種親切感，即使潘妮洛普比她小了快三歲。不是全場最受歡迎女孩的那種心情，她們倆都懂，也都懂得當沒人來邀請妳跳舞，想讓自己看起來毫不在意時的那種表情，該如何擺在臉上。

「我說，」潘妮洛普提議說：「不如我們兩個人一起下去吃晚飯？看來妳的家人和我的家人都會遲到。」

凱特並不急著去會客廳，畢竟她想避開柏捷頓子爵，但等待瑪麗和艾溫娜頂多也只能讓這種折磨晚幾分鐘發生，她決定和潘妮洛普一起下樓去。

她們倆把頭探進各自母親的房間，告訴她們計畫改變，然後挽著手臂，一起朝大廳走去。

她們到達會客廳時，大部分的人都已經到了，一邊聊天交際，一邊等待其他客人下來。凱特以前從未參加過鄉間別墅派對，她驚訝地發現，每個人似乎都比在倫敦時更自在，也更有活力。她帶著一抹微笑想著，這一定是空氣新鮮的緣故，也可能是距離讓首都的嚴格規矩變得稍微寬鬆。但無論是什麼原因，她更喜歡這種氣氛，而不是倫敦的晚餐盛宴。

她看到柏捷頓子爵就在房間對面。或者說，她覺得自己能感覺到他在那裡。當她發現他站在壁爐邊，她就小心翼翼轉開了視線。

但她還是能意識到他。她知道自己一定是瘋了，但她發誓，她知道他什麼時候偏過頭，聽得到他說話和大笑。

當他的眼睛盯著她的背影時，她也有所感應，她的頸背感覺就像是著了火。

「我不知道柏捷頓夫人邀請了這麼多人。」潘妮洛普說。

凱特謹慎地把目光從壁爐上移開，環視一下房間，看看都有誰在。

「哦，不會吧，」潘妮洛普像是耳語又像是呻吟地說道：「克茜妲・考柏也來了。」

凱特順著潘妮洛普的視線看過去。如果說艾溫娜在「一八一四年最美女神」這頂桂冠上有競爭者的話，那就是克茜妲・考柏了。克茜妲高䠷、苗條，有著蜂蜜色的金髮和閃亮的綠眼睛，幾乎從來沒有缺少過裙下之臣。

但是，在凱特看來，艾溫娜善良又大方，克茜妲則是一個自我中心、不懂禮貌的巫婆，向來以折磨別人為樂。

「她討厭我。」潘妮洛普低聲說。

「她誰都討厭。」凱特回答。

「不，她真的討厭我。」

「為什麼？」凱特好奇地看向她朋友，「妳對她做過什麼？」

「去年我不小心撞到她，害得她把水果酒灑了自己和亞敘本公爵滿身都是。」

「就這一件事？」

潘妮洛普翻了個白眼，「這對克茜妲來說已經很嚴重了。她相信，如果不是因為她被迫看起來笨手笨腳，他肯定會向她求婚。」

凱特冷哼了一聲，甚至懶得假裝淑女，「亞敘本短時間內不打算結婚啊，每個人都知道這一

註釋①：英石（stone）：英制質量單位之一，一英石約等於六點三五公斤。

點。他是個幾乎和柏捷頓一樣糟糕的浪子。」

「後者相當有可能在今年結婚喔，」潘妮洛普提醒她：「如果八卦內容可信的話。」

「胡說，威索頓夫人寫過，她認為他今年不會結婚。」凱特嘲諷道。

「**那是幾星期前的事了**，」潘妮洛普不在意地擺擺手，「威索頓夫人經常改變她的想法。而且，大家都知道，子爵正在追求妳妹妹。」

凱特拚命忍住不去反駁，隨後低聲說道：「別再提醒我。」

但她的嘀咕被潘妮洛普的輕聲驚呼蓋過去了：「哦，糟了，她往這邊走過來了。」

凱特安撫地按了按她的手臂，「別太在意她，她沒什麼了不起。」

潘妮洛普苦笑看了她一眼，「我知道啊，但這並不表示忍受她會變得比較容易。更別說她總是不遺餘力地確保我不得不和她打交道。」

「凱特、潘妮洛普，」克茜妲高八度的嗓音響起，在她們身旁停下腳步，做作地甩了一下她那頭閃閃動人的秀髮，「在這裡遇到妳們真讓人吃驚。」

「為什麼？」凱特問道。

克茜妲眨了眨眼，對凱特竟然質疑她說的話感到驚訝。

「呃，」她慢條斯理地說：「在這裡看到妳倒是很合理，因為妳妹妹很受歡迎。我們都知道，她去哪裡妳就必須跟到哪裡。但潘妮洛普會出現就……」她優雅地聳了聳肩，「唔，我又能說什麼呢？柏捷頓夫人是位心地超級善良的女性。」

這句話太過無禮，凱特不禁瞪圓了眼睛。

當她震驚地看著克茜妲時，後者決定要來個乘勝追擊。

「好可愛的禮服喲，潘妮洛普。」她臉上的笑容如此甜美，凱特發誓這時的空氣嚐起來都跟糖一樣甜。

Chapter 11

「我很愛黃色，」克茜妲接著說，輕撫自己禮服上的淺黃色布料，「這種顏色需要非常獨特的膚色才能穿它，妳不覺得嗎？」

凱特氣得咬牙切齒。當然，克茜妲穿的那件禮服讓她看起來非常亮眼。克茜妲穿上麻布袋也會很好看。

克茜妲又笑了起來（讓凱特聯想到一條蛇），然後微微轉身，向房間對面的某個人示意，「噢，格里斯頓、格里斯頓！過來一下。」

凱特回過頭，看到巴希爾·格里斯頓正慢慢走過來，她按捺住一聲哀嚎。

格里斯頓完全就是男性版的克茜妲——粗魯、膚淺、自視甚高。為什麼柏捷頓子爵夫人這麼有分寸的女士會邀請他，她永遠不會懂。可能是為了平衡大量年輕女性賓客的人數吧。

格里斯頓晃悠著過來，揚起一側嘴角，露出一個嘲弄的笑容。他向凱特和潘妮洛普不屑地瞥了一眼後，轉頭對克茜妲說：「敝人隨時為您效勞。」

「你不覺得，親愛的潘妮洛普穿著那件禮服很迷人嗎？」克茜妲說：「黃色確實是這個社交季的熱門顏色。」

格里斯頓對潘妮洛普進行了緩慢又極具侮辱性的審視，將她從頭到腳打量了一番。他甚至沒有移動他的頭，只用眼睛對她的身體上上下下掃視。

凱特努力想壓抑住強烈的噁心感，這一切都令她覺得反胃。她現在只想好好抱一抱潘妮洛普，給這個可憐的女孩一點支持。但這樣的關心，只會讓潘妮洛普看起來更軟弱，也更好欺負。

在格里斯頓終於結束了他無禮的打量後，他看向克茜妲並聳聳肩，似乎找不出有任何值得讚美的地方。

「你沒有別的地方可去嗎？」凱特突然冒出一句。

克茜妲一臉震驚，「怎麼啦，雪菲德小姐，我無法容忍妳的無禮！格里斯頓先生和我只是在欣賞潘妮洛普的造型。那種黃色很配她的膚色呢。和去年相比之下，她現在變得這麼好看，真的很不錯呢！」

「正是如此——」格里斯頓拖長聲音說，他那油腔滑調的語氣讓凱特覺得很污穢。

凱特能感覺到潘妮洛普在她身旁顫抖。她希望那是由於憤怒，而不是由於痛苦。

「我不懂你是什麼意思。」凱特用冰冷的語氣說。

「怎麼會？妳肯定知道的啊，」格里斯頓眼裡閃爍著竊喜。他向前傾身假裝要說悄悄話，卻故意用了比平時更大的音量，附近很多人都能聽到，「**她去年肥得很**。」

凱特張開嘴想做出嚴正抗議，但在她發出聲音之前，克茜妲又緊接著說：「當時真是太可惜了，因為去年城裡的男人特別多。當然，我們大多數人是從來不缺舞伴的，但當我看到可憐的潘妮洛普和那些老太太們坐在一起，我是真心為她感到難過。」

「老太太們往往是房間裡唯一有頭腦的人。」潘妮洛普大聲說。

凱特想跳起來歡呼。

克茜妲驚喘似地輕輕「噢」了一聲，像是受到了嚴重冒犯，「不過，妳還是沒辦法……噢！柏捷頓閣下！」

凱特讓出一點空間，讓子爵進入他們的小團體，隨即不悅地發現克茜妲整個人的態度都變了。她開始狂拋媚眼，嘴角上揚的弧度就像是漂亮的邱比特之弓。

這景象如此令人震驚，凱特甚至忘記在子爵身邊要保持警覺。

柏捷頓冷冷看了克茜妲一眼，但沒說什麼，反而非常慎重地轉向凱特和潘妮洛普，輕聲叫著她們的名字打招呼。

凱特差點高興得喘不過氣來。他直接給了克茜妲．考珀難看！

「雪菲德小姐，請見諒，我想護送費瑟林頓小姐進去用餐。」他平靜地說。

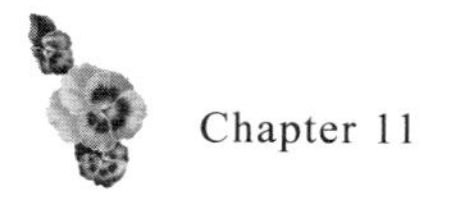

「你不能護送她去！」克茜妲衝口而出。

柏捷頓冷冰冰地瞪著她。

「抱歉，」他用一種絲毫聽不出歉意的口氣說道：「我有在和妳說話嗎？」

克茜妲噎了一下，顯然為自己的衝動插嘴感到羞愧。

不過，安東尼護送潘妮洛普是不合規矩的。身為這個家裡的男主人，他的職責是護送身分最高的女性。凱特不確定在今晚這個女性會是誰，但肯定不是潘妮洛普，她的父親只是位普通的紳士。

柏捷頓向潘妮洛普伸出手臂，從頭到尾都背對著克茜妲。

「我真的很討厭霸凌，妳呢？」他輕聲說。

凱特用手摀住自己的嘴，但卻抑制不住笑聲。

柏捷頓越過潘妮洛普的頭頂，對她露出一個淺淺的、莫測高深的微笑。在那一刻，凱特有種奇怪的感覺，她徹底懂了這個男人。

但更奇怪的是——突然間，她不大確定他是否依然是那個她曾深信不疑，沒心沒肺、惡名昭彰的浪子。

「妳看到了嗎？」

凱特和旁邊一群目瞪口呆的賓客，同時目送柏捷頓帶著潘妮洛普從會客廳離開。他低頭看向她，好像她是地球上有史以來最迷人的女人。

凱特這才轉過身，看到艾溫娜站在她旁邊。

「我看到也聽到了整件事的經過。」凱特用迷茫的聲音說。

「發生了什麼事？」

「他……他是……」凱特說得結結巴巴，不知道該如何描述他到底做了什麼。然後她說了句她從未想過自己會說的話：「他是個英雄。」

Chapter 12

LADY WHISTLEDOWN´S SOCIETY PAPERS

富有魅力的男人令人愉悅，容貌英俊的男人則是賞心悅目。但是一個有榮譽感的男人……

啊，親愛的讀者，他才是年輕女士應該趨之若鶩的人。

《威索頓夫人的韻事報》
2 May 1814

12

當天晚上，晚餐結束後，男人們去喝他們的波特酒，然後帶著自命不凡的表情重新回到女士們身邊，彷彿他們剛剛談論的，是比哪匹馬可能贏得皇家賽馬更重要的事；在眾人玩了一輪時而乏味、時而爆笑的猜謎遊戲，而柏捷頓夫人清了清嗓子，客氣地建議眾人可能差不多該就寢，女士們拿著燭臺準備上床睡覺，紳士們大多也跟著離開之後……

凱特失眠了。

很明顯，這將是那種傻傻盯著天花板裂縫發呆的夜晚，只是奧布雷莊園的天花板上沒有裂縫，加上月亮還沒出來，所以沒有任何光線從窗簾透進來，這表示即使有裂縫，她也看不見，而且……

凱特嘆息著掀開被子，起身下床。

總有一天，她必須學會如何禁止她的思緒同時朝八個不同的方向奔跑。她已經在床上躺了近一小時，抬頭望著漆黑如墨的夜色，不時閉起眼睛，試圖讓自己入睡。

但一點用也沒有。

她無法忘記潘妮洛普．費瑟林頓在子爵從天而降、英雄救美時她臉上的表情。凱特相信，她自己臉上的表情肯定也很相似——有一點震驚、有一點欣喜若狂，剩下絕大部分像是感動到會當場融化在地上。

那一刻的柏捷頓子爵簡直是光芒萬丈。

凱特花了一整天時間來觀察，並與柏捷頓家的人直接互動，有一點現在可說是無庸置疑：關於安東尼和他願意為家人付出一切的傳言，都是真的。

雖然她仍然認為他是個浪子和無賴，但她漸漸意識到，也許他除了是浪子和無賴之外，還具備其他的特質。

一些好的特質。

如果她能客觀看待這個問題（她承認這很難做到），那麼他確實擁有角逐艾溫娜未來丈夫的資格。唉，為什麼、為什麼、為什麼他要出頭當個善良的人？為什麼他不能繼續做那個人們心目中風流膚淺、放蕩不羈的壞男人？如今他展現出另一種形象，她擔心自己可能真的會開始在意他。

即使眼前伸手不見五指，凱特似乎都能看到自己臉紅的模樣。她不能再想安東尼．柏捷頓了。照這樣下去，她整星期都別想好好入睡。

也許她應該找點東西來讀。晚上稍早時，她看到一間藏書豐富的超大圖書室；柏捷頓家肯定有一些能讓她輕鬆入睡的讀物。

她穿上睡袍，輕手輕腳走到門口，小心翼翼避免吵醒艾溫娜。這點倒不難，艾溫娜總是睡得很死。據瑪麗說，她連還是嬰兒時都睡得很香——從出生的第一天開始。

凱特把腳伸進拖鞋裡，悄悄地走進大廳，在關上身後的房門前左顧右盼了一番。這是她第一次造訪鄉間別墅，但她聽說過一些關於這類派對的花邊新聞，她最不想發生的，就是撞見某個人正要前往某間不屬於他的臥室。

如果有人要和配偶以外的人幽會，凱特完全不想捲入其中。

一盞燈照著黑暗的走廊，帶來昏暗模糊、搖曳不定的光暈。

凱特出門時拿了根蠟燭，所以她走過去翻開燈的蓋子，借火點燃自己的燭芯。火苗點著後，她開始向樓梯走去，不忘在每個轉角處停頓，仔細查看是否有其他人在。

幾分鐘後，她來到圖書室。

若按照上流社會的標準，它的占地並不大，但每一面牆從地板到天花板都是書櫃。

凱特只讓房門留下一道非常小的縫隙（如果有人這時候也起床閒晃，她不想讓門咔噠一聲關上，反而提醒了對方她在這裡），然後走到最靠近她的書櫃前，瀏覽著書本。

凱特抽出一本書，看了看封面。

「嗯，植物學。」她喃喃自語。

她確實喜歡園藝，但不知何故，這個主題的教科書聽起來並不十分有趣。她應該找一本能讓她盡情幻想的小說，還是應該找一本更具催眠效果的枯燥典籍？

凱特放回書本，走到下一個書櫃前，把蠟燭放在旁邊的桌子上，這邊似乎都是哲學書。

「絕對不能選這些。」她低聲說，把蠟燭移到桌子另一側，她將活動式書櫃往右推，尋找下一個目標。植物學可能會讓她入睡，但哲學會讓她昏昏沉沉好幾天。

她把蠟燭再向右移，俯身檢視下一排書籍。

這時，一道無比刺眼、毫無預警的閃電照亮了整個房間。

她發出一聲短促的尖叫，猛然向後跳開，一屁股撞到桌子。

現在不行，她默默地懇求，不要在這裡。

當她的腦海才剛冒出「這裡」這個詞語，沉鬱的雷聲震撼了整座房間。

四周再度陷入漆黑，留下凱特瑟瑟發抖，她的手指狠狠抓住桌緣，指關節用力到泛白。她討厭這個。哦，她真的討厭這個。她憎恨雷電的噪音和光束，空氣中像是隨時要爆裂的火花，最重要的是，她憎恨這一切帶給她的感覺。

她會極度恐懼，直到整個人陷入麻木。

她從小到大都是如此，或者至少從她有記憶以來就是這樣。在她小的時候，每當暴風雨來襲，她的父親或瑪麗就會安慰她。在凱特的記憶中，他們其中一個人會坐在她的床邊，握著她的手，在打雷閃電時低聲溫柔安慰著她。

但隨著年齡增長，凱特設法讓其他人相信她已經克服了這種恐懼。每個人都知道她仍然憎恨暴風雨，但她會想方設法把恐懼藏在心底。

這似乎是最難面對的那種弱點——找不出明顯的原因，同時很不幸的，無法對症下藥。她沒聽見任何雨點打在窗戶上的聲音；也許這場暴風雨不會太過強烈。也許它在很遠的地方，正在往更遠的地方移動。也許它……

又一道閃光照亮了房間，凱特忍不住發出了第二聲尖叫。

這一次，雷聲幾乎緊隨閃電出現，表示暴風雨正在逼近。

凱特無力地癱坐在地板上。

這聲音太大了。太刺耳、太明亮、太……

轟隆！

凱特蜷縮在書桌下，雙手環抱膝蓋，驚恐地等待著下一輪雷電的到來。

開始下雨了。

已經過了午夜，所有的賓客（他們多多少少會遵守鄉下的作息）都已經上床睡覺，但是安東尼還在書房裡，他的手指配合雨點拍打窗戶的節奏，敲打著書桌邊緣。閃電時不時就會照亮整個房間，而每一次雷聲都是如此響亮、出其不意，總是讓他在椅子上渾身一震。

老天，他真喜歡暴風雨。

很難解釋真正的原因。也許因為他純粹喜歡大自然對人類力量的展現。也許是身邊這些光線和聲音帶來的純粹能量衝擊。但無論如何，它都能讓他感到自己活著。

母親建議大家都去就寢時，他其實還不怎麼睏。因此，不利用這片刻的寧靜來處理一下管家交給他的奧布雷莊園帳本，似乎說不過去。天曉得他的母親明天會不會把他每一分鐘都排滿和適婚年輕女性的約會。

但是，經過一個多小時的辛苦核對，鵝毛筆尖輕點過帳本上每個數字，也做了加減法、乘法和偶爾幾次除法之後，他的眼皮開始下垂。

他必須承認，今天確實是漫長的一天，於是他闔上帳本，順手夾了張紙，標記自己看到哪一頁。他花了一上午走訪租戶並檢查房舍。

某一家人有扇門需要修理；另一家人由於父親的腿骨折了，在收割農作物和定時支付租金方面遇到困難。安東尼聽取並排解了糾紛、讚美了剛出生的嬰孩，甚至還幫忙修理好一個漏雨的屋頂。這都是作為地主的責任，他甘之如飴，但也筋疲力盡。

槌球比賽是個令人愉快的調劑，但一回到家裡，他就被推去擔任母親派對的男主人。這幾乎和拜訪租戶一樣令人疲憊。艾洛伊絲才十七歲，顯然需要有人陪同出席；那個討人厭的考珀一直在折磨小可憐潘妮洛普．費瑟林頓，必須有人採取行動；然後……

然後是凱特．雪菲德。

他命中的冤家。

也是他動情的對象。

兩者同時兼具。

事情真是一團亂。看在老天份上，他應該要追求她的妹妹艾溫娜，今年社交季的寵兒。美麗不可方物，甜美、大方、脾氣溫順。

但他卻一直在想凱特。凱特，雖然她總是惹得他暴跳如雷，但還是忍不住令他打從心底尊敬。他怎麼能不深深佩服一個如此堅定遵守自己信念的人？安東尼不得不承認，她的核心信念——對家人的無私奉獻——也是他堅守的、無可取代的唯一原則。

打了個哈欠，安東尼從桌子後面站起來伸個懶腰。該是睡覺的時候了。如果運氣好的話，他的頭一沾枕就會立刻睡著。他最不希望出現的情形就是自己盯著天花板，滿腦子想著凱特。還有他想對凱特做的一切。

安東尼拿起蠟燭，走進空無一人的長廊裡。安靜的大宅有祥和又耐人尋味的氣氛。即使雨水拍打著牆壁，他也能聽到靴子與地板的每一次碰撞——鞋跟、鞋尖、鞋跟、鞋尖。除了劃過天空的閃電，他的燭火是大廳裡唯一的光源。他很喜歡輕輕搖晃火焰，看著牆壁和家具上的光影嬉戲變化時，那種奇特的掌控感，但是……

他納悶地挑了挑眉。圖書室的門虛掩著，從縫隙中透出了一抹搖曳的黯淡燭光。

他很確定此時沒有人醒著，圖書室裡也沒傳出任何聲音。一定是有人進去拿書，然後把還在燃燒的蠟燭留在那裡。

安東尼眉頭緊鎖，這真是該死的不負責任。火比其他任何災害都能更迅速摧毀一棟房子，就算現在下著暴雨，但一間裝滿了書的圖書室，絕對是引發火災的理想場所。

他推開門進入房內。圖書室有一整面牆都被高大的窗戶占據，所以這裡的雨聲比走廊上嘈雜得多。一聲驚雷使地板都為之震動，而幾乎是緊隨在後，一道閃電劈開了黑夜。

這一剎那的閃光令他開心，他走向那支被遺忘的燭火，俯下身吹滅了它，然後……

他聽見了某種聲音。

那是呼吸的聲音。驚慌失措、氣息紊亂，帶著一絲模糊的嗚咽。

安東尼仔細打量著房間，「有人在這裡嗎？」他喊道。但沒看到任何人。

然後他又聽到了聲音，從下方傳來的。

他拿穩自己的蠟燭，蹲下身朝桌底看去。

那一瞬間他停止了呼吸。

「我的老天，」他倒抽一口氣，「凱特。」

她蜷縮成一團，雙臂緊緊抱住彎曲的雙腿，整個人看起來脆弱而不堪一擊。她低著頭，眼窩抵著膝蓋，整個身體都在急速而強烈地顫抖。

安東尼全身血液彷彿結成了冰，他從未見過有人如此害怕。

「凱特？」他再次說道，一邊走近她，一邊把蠟燭放在地上。他無法判斷她是否能聽見他的話。她似乎已經退縮到自己的世界裡，急切逃避著什麼。是暴風雨造成的嗎？她說過她討厭下雨，但這是更嚴重的影響。安東尼知道大多數人並不像他一樣，為打雷閃電、狂風暴雨而感到振奮，但他從未聽說有人會恐懼到這種地步。

她看起來就像只要他一碰她，她就會碎成片片。

雷聲搖撼了整座房間，她的身體劇烈一震，安東尼的臟腑彷彿也為之震動。

「噢，凱特。」他低聲說。

看到她這副模樣，他的心都碎了。他小心翼翼伸出手向她走去。他仍然不確定她是否能發現他的存在；現在驚動她可能就像叫醒一個夢遊的人。

他輕輕伸手握住她的手臂，幾不可察地按了一下。

「我在這裡，凱特，」他呢喃道：「一切都會沒事的。」

閃電撕裂了黑夜，在房裡映出一道刺眼光線。她把自己蜷成一個更小的球。

他忽然發現，她正努力把臉貼在膝蓋上，想遮住她的眼睛。

他走過去，握住她的一隻手。她的肌膚冷得像冰，手指因恐懼而僵硬。他很難把她的手臂從腿上鬆開，但最後他總算能把她的手拉到嘴邊。他用嘴唇貼著她的肌膚，試圖給她一點溫暖。

「我在這裡，凱特，」他重複道，不確定還能說什麼，「我在這裡。一切都會沒事的。」

他設法把自己也塞進桌底，坐在她身邊的地板上，伸手摟住她顫抖的肩膀。在他的安撫下，她似乎稍稍放鬆了，這讓他有種奇怪的感覺——幾乎為此感到自豪，只因為他是那個能夠幫助她的人。同時也感到一股強烈的如釋重負，因為看到她如此痛苦，令他無法忍受。

他在她耳邊輕聲安慰，撫摸她的肩膀，試著用他的陪伴來安慰她。

不知道他陪著她在桌下坐了多久，漸漸地——非常、非常緩慢地，他能感覺到她的肌肉開始放鬆。她的肌膚不再冰冷黏膩，她的呼吸雖然仍舊急促，但聽起來不再那麼驚慌。

最後，當他覺得她可能已經準備好了，他伸出兩根手指碰了碰她的下巴，盡可能輕柔抬起她的臉，好讓他能看到她的眼睛。

「看著我，凱特，」他低聲說，語氣非常溫和，但不容質疑：「如果妳看我一眼，就會知道妳是安全的。」

她緊閉雙眼旁邊的肌肉輕顫了十五秒，然後眼皮終於動了一下。她試著睜開眼，但它們在抗拒。安東尼對這種恐慌沒有什麼經驗，但他看得出來，她的眼睛就是不想睜開，不想直視讓她如此害怕的事物。

又過了幾秒鐘，她才完全張開雙眼，迎上他的視線。

安東尼覺得似乎有人狠狠打了他一拳。

如果眼睛真的是靈魂之窗，那晚凱特．雪菲德的內心有某些東西被擊垮了。她看起來很不安，很茫然，徹底迷失了方向，整個人不知所措。

「我不記得了。」她低聲說，聲音輕如蚊蚋。

他拉起他從未放開的那隻手，再次把它抬到他的唇邊，在她的手心印下一個溫柔、幾乎像是慈父般的吻。「妳不記得什麼了？」

她搖搖頭，「我不知道。」

「妳記得來過圖書室嗎？」

她點頭。

「妳記得暴風雨嗎？」

她閉上眼睛，彷彿保持雙眼睜開需要耗去她太多不存在的精力，「暴風雨還沒停。」

安東尼點了點頭，這倒是真的。暴雨仍然像剛才一樣猛烈地拍打著窗戶，但距離上一次打雷閃電，已經過去好幾分鐘了。

她用絕望的眼神看著他，「我不能……我不……」

安東尼捏了捏她的手，「妳什麼都不必說。」

他感覺到她的身體瑟縮了一下，隨後稍稍放鬆下來。

她輕聲說：「謝謝你。」

「妳想聽我說話嗎？」他問。

她閉起眼睛——不像剛才那麼用力，然後點了點頭。

他笑了，雖然他知道她看不見。但也許她能感覺到，能從他的聲音中聽見笑意。

「讓我想想，」他喃喃自語：「我能講什麼給妳聽呢？」

「講講這棟房子。」她低聲說。

「這棟房子？」他驚訝地問。

她點頭。

「好。」他回答。她竟然對這堆在他心中意義重大的石頭和灰泥感興趣，他莫名其妙感到高興，「我在這裡長大的，妳知道。」

「你母親對我說過。」

她說話的時候，安東尼感到一股溫暖而強烈的情緒。他告訴她，她不必說話，而她顯然對此非常感激，現在她卻參與了談話，這肯定代表她感覺好一些了。如果她願意睜開眼睛，如果他們不是坐在桌子底下，這也許就像是正常的聊天。

令人吃驚的是，他多麼想成為那個能讓她感覺好多了的人。

「要我告訴妳，有一次我弟把我妹妹最喜歡的娃娃淹死的事嗎？」他問。

她搖頭，聽到強風帶著雨水更加急速拍打著窗戶，整個人再次打了個哆嗦。但她強迫自己振作，「告訴我一些關於你的事情。」

「好吧。」安東尼慢慢回答，努力忽略在他胸中蔓延的那種模模糊糊、不舒服的感覺。聊他那一串弟妹的故事，比談論他自己要容易得多。

「聊聊你父親吧。」

他頓時僵住，「我父親？」

她的唇角微微彎起，但她的問題嚇得他無暇注意，「你應該有父親吧。」

安東尼感覺喉嚨開始發緊。他不常談論他的父親，甚至也不和家人聊這個話題。他告訴自己，這是因為一切都已成往事；艾德蒙已經去世十多年了。但事實是，有些事情真的會傷透你的心。

有些傷口是無法癒合的，即使過了十年也不行。

「他……他是個偉大的男人，一個偉大的父親。我非常愛他。」他輕聲說。

凱特轉過身來看著他，這是幾分鐘前他用手指挑起她的下巴後，她第一次直視他的眼睛，「你母親談起他的時候充滿了感情，所以我才想要問問看。」

「我們都愛他。」他簡短地說，轉開頭，看著房間的另一側，目光集中在某隻椅腳上，但他並沒有真的在看它。除了腦海中的記憶，他什麼也看不見，「他是對一個男孩而言最好的父親。」

「他什麼時候過世的？」

「十一年前，夏天的時候。我那時十八歲。就在我去牛津大學之前。」

「對一個男人來說，在那一刻失去父親很難熬吧。」她喃喃低語。

他猛地轉頭看著她，「對一個男人來說，任何時刻失去父親都很難熬。」

「當然，」她很快表示同意：「但我認為有些時刻會比其他時刻更加艱難。而且對於男孩和女孩來說，程度肯定有所差異。我父親五年前去世了，我非常想念他，但我認為這不一樣。」

他不必出聲，他的眼神已經替他問了。

「我父親是位非常好的父親，」凱特解釋，目光因回憶而變得溫暖，「善良、溫柔，在必要的時候又足夠嚴厲。但男孩子的父親……唔，他必須教導兒子如何成長為一個男人。而在你十八歲正在設法弄懂這一切的時候，卻失去了父親……」她深深嘆了一口氣，「由我來評論這個問題可能太冒昧了，因為我不是男人，沒辦法站在你的立場來思考，但我認為……」她停頓了一下，一邊斟酌用詞，一邊咬了咬嘴唇，「嗯，我只是覺得這會很煎熬。」

「我弟弟們那時分別是十六歲、十二歲和兩歲。」安東尼輕聲說。

「這對他們來說也很難熬，雖然你最小的弟弟可能不記得他了。」她回答。

安東尼搖頭。

凱特帶著遺憾笑了笑，「我也不記得我母親了，這是一件很奇怪的事。」

「她過世時妳幾歲？」

「在我三歲生日的時候。我父親剛喪偶幾個月就和瑪麗結婚了，他沒有遵守應有的哀悼期，讓好些鄰居震驚不已，但他認為，比起他需要遵守禮儀，我更需要一位母親。」

破天荒第一次，安東尼想著，如果是他的母親早逝，留下一屋子孩子給他的父親，其中有幾個還只是嬰幼兒，會發生什麼事。艾德蒙的日子不會好過的。他們每個人都不會好過。

對薇莉來說，這一切也並不容易。但至少她有安東尼，他能夠幫忙並試著扮演弟弟妹妹們的代理父親。如果薇莉死了，柏捷頓家族就會徹底失去能代替母親這個角色的人。畢竟，達芙妮——柏

Chapter 12

捷頓家的長女——在艾德蒙去世時只有十歲。而安東尼相信，他的父親絕對不可能再婚。無論他父親多麼希望自己的孩子們能有個母親，他都不可能再娶一位新妻子。

「妳母親是怎麼過世的？」安東尼問道，自己都驚訝於他的好奇心。

「流感，至少他們是這麼認為的。也可能是任何一種肺病。」她把下巴靠在手上，「我聽說她走得很快。我父親說我當時也病了，只是病況沒那麼嚴重。」

安東尼想到了他渴望擁有的兒子，這也是他最終決定結婚的根本原因。

「妳會想念妳從未有機會好好認識的母親嗎？」他低聲說。

這個問題讓凱特思索了一會。他的聲音裡有一種嘶啞的迫切感，讓她知道她的回答很重要。她無法想像會是什麼原因，但有關她童年的某些事，顯然引起了他的共鳴。

「會，」她回答：「但不是一般人想的那樣。你不可能真的想念她，因為你並不認識她。但你的生命仍然像有一個洞——有一片很大的空白，你知道那是誰的位置，但你不記得她，你不清楚她是什麼樣子，所以你不知道她會如何填補那個空缺。」

她露出一個悲傷的微笑，「你懂我的意思嗎？」

安東尼點頭，「我完全明白。」

「我認為一旦你認識並愛過他們，失去父母親就會變得更加痛苦。」凱特補充：「我懂，因為我失去過兩次。」

「我很遺憾。」他輕聲說。

「沒關係的，」她向他保證：「俗語說得好——時間可以治癒一切創傷——那是真的。」

他一瞬不瞬盯著她，她可以從他的表情中看出，他並不同意。

「長大以後再去經歷這些，真的比較痛苦。你很幸運，因為你有機會認識他們，但失去他們帶來的痛苦也會更強烈。」

「就像失去了一隻手臂。」安東尼輕聲低語。

她嚴肅地點了點頭。不知為何，她知道他很少對人提過他的傷痛。她不安地舔了舔乾燥的嘴唇。究竟是為什麼？全世界的雨水都在外面下個不停，而她卻乾得像塊枯骨。

「也許這對我來說是好事吧，那麼小就失去了我的母親。」凱特輕聲說：「瑪麗一直對我很好，她把我當做親生女兒來疼。事實上……」她說不下去，被眼裡突然出現的濕潤嚇了一跳。當她再次找回聲音時，她的低語充滿了感情：「事實上，她對我和對艾溫娜從來都是一視同仁。我……我認為我可能沒辦法更愛我的親生母親。」

安東尼目光灼灼地盯著她，「我很高興聽妳這麼說。」他的聲音低沉而激動。

凱特吞嚥了一下，「瑪麗有時候滿有意思的。她會造訪我母親的墳墓，只為了告訴她我的情況。這真的很貼心。我小時候會和她一起去，告訴我母親瑪麗做了些什麼。」

安東尼勾起嘴角，「妳打的小報告都是好話嗎？」

「一直都是啊。」

他們在彼此的陪伴下沉默了一會兒，一起凝視著蠟燭的火苗，看著燭淚慢慢滴向燭臺。當第四滴燭淚沿著燭身滑落並漸漸變硬時，凱特轉向安東尼，「也許我聽起來樂觀到不可思議，但我認為人生一定冥冥中自有安排。」

他轉頭看她，揚起一道眉。

「一切都能守得雲開見月明，」她解釋說：「我失去了親生母親，但我擁有了瑪麗，一個我深愛的妹妹。還有……」

一道閃電照亮了整座房間。凱特緊咬嘴唇，試著迫使自己用鼻子緩慢而均勻地呼吸。雷聲會再次響起，但她會做好準備，而且……

雷聲再度震撼四方，但這一次，她可以睜開眼睛面對它。

她緩緩地呼出一口氣，露出一個自豪的微笑。事情沒那麼困難。這一切當然稱不上有趣，但也不至於做不到。也許是安東尼在她身邊帶來的安慰，或僅僅是因為暴風雨正在遠離，但她已經度過了難關，她的心臟沒有從身體裡跳出來。

「妳還好嗎？」安東尼問道。

她看著他，他臉上關切的神情讓她心裡的某些東西融化了。無論他之前做過些什麼、無論他們如何吵得臉紅脖子粗，在這一刻，他是真的關心她。

「嗯，我想我沒事了。」從她的聲音中能聽出一絲驚訝，雖然她不是有意為之。

他輕捏一下她的手，「妳這樣有多久了？」

「今晚？還是我這輩子？」

「都是。」

「今晚的話，從第一聲雷鳴響起吧。一開始下雨我就會非常緊張，但只要沒有雷電，我就沒事。事實上，讓我焦躁的不是下雨，而是害怕它可能發展成其他的東西。」她吞了吞口水，在繼續說話之前舔了一下乾燥的嘴唇，「至於你的另一個問題，我想不起來我有哪次不害怕暴風雨的，這基本上就是我人生的一部分。很蠢，我知道……」

「這並不蠢。」他插嘴。

「謝謝你這麼認為，」她難為情地微微一笑，「但你錯了。沒有什麼比無來由害怕某件事更愚蠢的了。」

「有時候嘛……」安東尼斟酌地說：「有時候我們的恐懼其來有自，但我們無法解釋清楚。有時候它只是我們心裡的一種感覺，我們知道那種感覺有多真實，但在其他人聽來卻很愚蠢。」

凱特深深盯著他看，在搖曳燭光中凝視他的眼睛，在他挪開視線前短短那一秒鐘裡，她看到了一閃而逝的痛苦，這讓她的心揪了一下。她全心全意相信他不是在說大道理，而是他自身的恐懼，一些非常具體的東西，無時無刻都在困擾著他。

她沒有權利過問他的事。但她希望——哦，她多麼希望——當他準備好面對心中的恐懼時，她可以成為那個幫助他的人。

但這是不可能的。他會與其他人結婚，或許就是艾溫娜，而只有他的妻子才有權與他談論這種私密的問題。

「我可能該準備上樓了。」她說。

繼續和他面對面突然變得非常困難，知道他將屬於另一個人，這種認知令人心痛。

他的嘴角揚起男孩般的淘氣微笑，「妳是說，我終於可以從這張桌子下爬出來了？」

「哦，天哪！」她伸手摀著臉頰，一臉尷尬，「我很抱歉，我恐怕一直沒注意我們坐在什麼地方。你一定認為我是個傻瓜。」

他搖搖頭，仍然帶著笑意，「妳一點也不傻，凱特。即使在我認為妳是地球上最令人難以忍受的雌性生物時，我也沒有懷疑過妳的智慧。」

正從桌底往外鑽的凱特停下動作，「我實在不知道，我應該把這句話當成讚美還是侮辱。」

「可能兩者都有，但看在友誼的份上，我們就把它當成讚美吧。」他承認。

她轉頭看著他，意識到她現在的匍匐姿勢有點尷尬，但這一刻似乎太過重要，不能錯過，「那麼，我們是朋友嗎？」她低聲問。

他站起身來，點了點頭，「雖然很難相信，但我認為我們是。」

凱特笑著握住他伸出來的手，跟著站了起來，「我很高興。你……你真的不是我原先以為的那種魔鬼。」

他的眉梢高高挑起，臉上突然現出一種無比邪惡的表情。

「好吧，也許你就是，」她修正，他絕對是社交界口中標準的浪子與無賴。「但也許你同時也是個相當不錯的人。」

「『不錯』聽起來很平淡。」他嘀咕。

「『不錯』已經很好了，想想我過去對你的看法，你聽到這句讚美應該偷笑了。」她強調。

他哈哈大笑。「妳有個特點，凱特．雪菲德，就是妳永遠不會讓人感到無聊。」

「『無聊』聽起來很平淡。」她調侃道。

他笑了——一個真正的笑容，不是他在社交場合中那種嘲諷似的皮笑肉不笑，而是發自內心的笑容。凱特突然感到一陣口乾舌燥。

「我恐怕不能送妳回到妳房間，」他說：「如果有人在這個時候遇到我們……」

凱特點頭。雖然他們建立了不可思議的友誼，但她也不想和他一起陷入婚姻的牢籠，對吧？而且無庸置疑，**他也不想娶她**。

他對著她比劃了一下，「尤其是妳又穿成這樣……」

凱特低下頭，隨即猛吸一口氣，用力拉扯睡袍把自己裹得更緊。她完全忘記她身上穿的不是正式服裝。她的睡衣當然不至於低俗或暴露（尤其她還披著那件厚厚的睡袍），但它們仍然是睡衣。

「妳會沒事吧？」他輕輕地問：「外面還在下雨。」

凱特停下腳步，傾聽著雨聲，窗外的暴雨已經轉變為輕柔的淅瀝聲，輕聲說：「我想暴風雨已經過去了。」

他點頭，向走廊望了望，「現在沒人。」

「我該走了。」

他退開一步讓她通過。

她向前走去，但在走到門口時停下腳步，轉過身來，「柏捷頓閣下？」

「叫我安東尼，」他說：「妳應該叫我安東尼。我已經稱妳為凱特了。」

「有嗎？」

「在我找到妳的時候叫的，我想妳沒聽見我說的任何話。」他擺了擺手。

「你可能說對了。」她猶豫地笑了一下。

「安東尼。」從她嘴裡吐出他的名字，聽起來很奇怪。

他微微傾身，眼裡有種奇怪的、幾乎是惡魔般的光芒。

「凱特。」他回答。

「我只是想說，謝謝你，」她說：「感謝你今晚幫助了我。我……」她清了清嗓子，「如果沒有你，我會難以度過這一切。」

「我什麼都沒做啊。」他低聲說。

「不，你做了很多很多。」

然後，在她忍不住想要留下來之前，她匆匆步入走廊，直接上樓去。

LADY WHISTLEDOWN´S SOCIETY PAPERS

倫敦沒有什麼可報導的，人們都跑去肯特郡參加柏捷頓家的派對了。

筆者只能憑空想像那些很快就會傳回城裡的大量八卦。

應該會有醜聞發生，對吧？

家庭派對總會有醜聞。

《威索頓夫人的韻事報》

4 May 1814

13

第二天早上，就是標準暴風雨過後的那種天氣——陽光明媚，天氣晴朗，但空氣中能感覺到輕微的濕氣，冰涼又清爽。

安東尼對天氣變化毫無所覺，他整晚都盯著黑暗發呆，眼前只有凱特的臉。

第一道曙光劃過天空時，他終於睡著了。他醒來的時候已經過了中午，但他覺得自己睡了一覺反而更累了。他的身體莫名感到疲憊又緊繃，眼球沉重乾澀，但手指卻不自覺地斷續敲打著床鋪，一點一點往床沿挪動，像是光靠這些手指就能把他拉起床。

最後，他的肚子叫得實在太響亮了，他發誓看到天花板上的灰泥都開始搖晃，於是他蹣跚站起身，披上睡袍。他打了個大大的哈欠，走到窗前，並非因為他想看見什麼人或找什麼東西，單純只是因為窗外的風景比他房間裡的任何角落都要好。

然而，在他低頭看向地面的前四分之一秒，不知為何，他有預感將會看到什麼。

是凱特。她正慢慢走過草坪，比他以前所見走得都更慢。

通常情況下，她走路就跟在賽跑一樣。

她和他的距離太遠，無法看到她的表情，只能看到她的輪廓，她臉頰的曲線。然而他的目光卻無法從她身上移開。她整個人充滿魔力，她走路時手臂擺動的方式，有種奇妙的優雅，而肩膀的角度簡直是藝術。

他發現她正朝花園走去。

他知道，他必須加入她。

當天大部分時間裡，天氣一直處於矛盾狀態，把屋內的人整齊分成了兩半：一半的人堅信明亮的陽光正召喚大家到戶外去玩耍，另一半的人則寧願放棄濕答答的草地和潮濕的空氣，選擇了更溫暖、更乾爽的會客廳。

凱特絕對屬於前一類人，雖然她並不需要任何人陪伴。她滿腦子都被昨晚的事占據，無心與不熟的人客套閒聊，所以她再一次偷溜進柏捷頓夫人那壯觀的花園，在玫瑰花架附近的長椅上找到一個安靜位置。石頭很冰涼，她坐的地方還有點潮濕，但她前一天晚上睡得不算太好，她很疲憊，能坐著總比站著好。

她嘆了口氣，這是唯一一個可以讓她好好獨處的地方。如果她留在屋內，肯定會被拉去加入那些在會客廳裡聊天的女士們，一起寫信給朋友和家人。或者更糟糕的，她會被那些移駕溫室去刺繡的小團體纏住。

至於那些戶外活動愛好者，他們也分成了兩組。一組跑去村子裡購物，順便看看有哪些景點，另一組則是去湖邊展開有益身心的散步。由於凱特對購物沒有興趣，而她對那座湖也已經相當熟悉，她巧妙避開了他們的行列。

因此，她得以在花園裡獨處。

她靜靜坐了幾分鐘，整個人呈現放空狀態，兩眼無神望著附近的一朵玫瑰花蕾。獨自一人的感覺很好，她不必在打呵欠時摀住嘴，或壓抑住睏倦的嗓音。自己一個人待著的感覺很好，沒有人會評論她的黑眼圈，或她反常的安靜與寡言。

一個人獨處很好，她可以安靜坐著，試著釐清她對子爵那些亂七八糟的看法。這是一項艱鉅的任務，她很想暫時拋到腦後，卻確實必須完成。

但其實並沒有那麼多看法需要整理。過去幾天裡她所瞭解到的一切，都將她的良知指向了某一個方向。她心知肚明，她不能再反對柏捷頓追求艾溫娜了。

過去這幾天，他已經證明了他的感性、關懷和原則。她回想著他從克茜妲．考珀的言語霸凌下救出潘妮洛普．費瑟林頓時，後者眼中綻放的光芒，她忍不住揚起嘴角，那時的他簡直是個英雄。

他對家人忠心耿耿。

他利用自己的社會地位和權力，不是為了凌駕於他人之上，而只是為了讓另一個人免受侮辱。他用他的體貼和感性，幫助她度過了恐慌，而這份體貼和感性現在當她清醒回想時，是如此令她感到震驚。

他可能曾經是個浪子和無賴（他可能仍然是個浪子和無賴），但顯然他在這些方面的行為並不能定義他這個人。而凱特反對他與艾溫娜結為佳偶的唯一理由只剩下……

她痛苦地嚥了下口水，喉嚨裡彷彿哽了一個炮彈。

因為在她的內心深處，她想要他。

但那是自私的，而凱特這一輩子都在努力做到無私，她永遠不能要求艾溫娜因為這個原因而拒絕嫁給安東尼。如果艾溫娜知道凱特對子爵有哪怕一丁點的迷戀，她就會立即拒絕他的追求。這樣做又有什麼用？安東尼只會再去找其他漂亮、符合條件的女人來追求。在倫敦，他有很多對象可以選擇。

他又不打算改為向凱特求婚，那麼，阻止他和艾溫娜修成正果，又能得到什麼呢？

除了不得不看著他和妹妹結婚的痛苦外，其他什麼都得不到。而這種痛苦會隨著時間流逝而消失，不是嗎？一定會的；她自己前一天晚上剛說過，時間確實能治癒一切創傷。

而且，看到他和其他女士結婚大概也會帶來同樣的痛苦；唯一不同的是，她不必在節慶假日和洗禮儀式之類的場合見到他。

凱特發出了一聲嘆息。一聲長長的、悲傷的、疲憊的嘆息，耗盡她肺裡的每一口氣，讓她的肩膀垮下來，整個人垂頭喪氣。

她的心在隱隱作痛。

然後，她聽見一個聲音。他的聲音，低沉圓潤，像個溫暖的漩渦般環繞著她。

「我的天啊，妳這一聲嘆息聽起來事態嚴重。」

凱特猛然站起身，雙腿後側撞到石凳邊緣，害她失去平衡，差點絆了一跤。

「閣下。」她匆忙打招呼。

他的唇角微彎，露出一絲笑意，「我就在想，我可能會在這裡遇見妳。」

意識到他是刻意來找她的時候，她的眼睛睜大了，心跳也開始加速，但至少後面這部分她可以瞞著他。

他很快瞥了眼石凳，示意她隨時可以回到原先的座位。

「事實上，我從房間窗戶看到了妳。我想確定妳是否感覺好一點了。」他輕聲說。

凱特坐下來，失望之情蔓延到了喉頭。

他只不過是出於禮貌。他當然只會是出於禮貌，是她傻兮兮夢想著（哪怕只有一瞬間）可能還會有其他因素。這時她終於明白了，他是個好人，而任何一個好人，都會想確保她在經歷前一晚的事情後，是否感覺好一些。

「我、我沒事了。」她回答：「非常好。謝謝你。」

如果他對她支離破碎的回答有什麼疑慮，他並沒有做出任何明顯的反應。

「我很高興聽妳這麼說，」他坐到她身邊，「我整晚都在擔心妳。」

她那顆本來就跳得太快的心，漏跳了一拍，「是嗎？」

「當然啊，我怎麼會不擔心？」

凱特吞了口口水。又來了，又是那該死的禮貌。她相信他的關懷是真心的，但這些都只是出自於他的善良天性，而不是對她有什麼特別的感覺，這讓她很受傷。

她並未期待有什麼好事發生。但無論如何，她不可能不偷偷抱著點希望。

「很抱歉昨天那麼晚還打擾你。」她輕聲說，認為自己理應有所表示。事實上，她非常高興他一直陪著她。

「別傻了，」他微微挺直身子，用一種相當嚴肅的眼神看著她，「光想到讓妳獨自一人面對暴風雨，我就無法忍受，很高興我能陪在妳身邊安慰妳。」

「我通常都是獨自一人度過暴風雨的。」她承認。

安東尼蹙眉，「暴風雨來臨時，妳的家人不會陪著妳嗎？」

她看起來有點心虛，說：「她們不知道我仍然怕它。」

他緩緩點頭，「我明白了。有時候……」安東尼頓了一下，清清嗓子，這是他不大確定自己想說什麼時，常用來轉移注意力的策略。

「我知道妳會從妳母親和妹妹那邊獲得安慰，只要妳願意開口跟她們說。但我也瞭解……」他再次清了清嗓子。

他很清楚那種奇特的心情：你明明把自己的家人放在心尖上，卻又覺得無法將自己最深層、最難解的恐懼和他們分享。

這會產生一種意想不到的孤獨感，在心愛的人們身邊時，反而感到異常孤單。

「我懂。」他再次放緩語氣說道：「與自己深愛的人分享自己的恐懼，往往是最困難的。」

她那對睿智、溫暖且洞察力十足的棕色雙眸，迎上了他的視線。那一瞬間，他忽然有種奇怪的想法，她似乎對他的一切瞭如指掌。從他出生的那一刻起，到他對自己確信的死期，每個細節都清清楚楚。她抬頭看著他，雙唇微微張開，眼前這一秒的她似乎比地球上任何一個活著的人都更真正

瞭解他。

這令人感到興奮。

但比這更多的，是恐懼。

「你是個非常有智慧的人。」她低聲說。

他愣了一下才想起他們剛才在聊什麼。啊，是的，恐懼。他懂恐懼。他想對她的讚美一笑置之。「大多數時候，我是個非常愚蠢的人。」

她搖搖頭，「不，我認為你說得一針見血。我當然不會告訴瑪麗和艾溫娜。我不想麻煩她們。」她咬著嘴唇——一個很可愛的小動作，他覺得莫名有種誘惑力。

「當然，」她補充：「如果我想忠於自己，我必須承認，我的動機也並不完全無私。我不願意那麼做，有一部分是因為我不希望被當成弱者。」

「這並不是什麼不得了的罪過。」他喃喃說道。

「是還不至於稱得上罪過。」凱特微微一笑，輕聲說：「但讓我大膽猜測一下，你也面臨過這種痛苦。」

他沒有接話，只是頷首表示同意。

「我們在生活中都有屬於自己的角色，」她繼續說：「而我的角色一直是堅強和理智。在暴風雨中躲到桌子底下瑟瑟發抖，不是這兩種性格應有的表現。」

「妳妹妹可能比妳想像的更堅強。」他輕聲說。

她立刻望向他。他是不是想告訴她，他已經愛上了艾溫娜？他曾經讚美過她妹妹的優雅和美麗，但從來沒有提過她的性格。

凱特大膽盯著他打量，但一點也看不出他內心真實的想法。

「我並不是在暗示她不堅強，」她回答：「但我是姊姊，為了她，我必須一直保持堅強。而她只需要為自己堅強就好。」她抬起頭，才發現他正無比專注地盯著她，幾乎像能穿透她的肌膚、看到她的靈魂一樣。

「你也是家裡最大的孩子，」她說：「我相信你懂我的意思。」

他點頭，眼神中帶著笑意，還有一絲認命，「沒錯。」

她給了他一個心照不宣的微笑，那種只在擁有相似經歷、通過相似考驗的人之間交換的微笑。當她發現自己和他相處越來越自在，幾乎想要依偎在他身旁，把自己埋入他溫暖的懷抱時，她知道她該做的事不能再拖延了。

她必須告訴他，她已經不再對他與艾溫娜結婚抱持反對意見。如果只因為她眷戀此刻在花園裡共度的美好時光，想把他留給自己而不說清楚這一點，對任何人都不公平。

她深吸口氣，身體坐正，轉頭望向他。

他充滿期待地看著她。她明顯有話要說。

凱特的嘴張了張，但一個字也沒說出來。

「怎麼了？」他問道，一臉促狹。

「子爵閣下。」她脫口而出。

「安東尼。」他輕輕糾正。

「安東尼，」她重複，不明白為什麼直呼他的名字會使這一切變得更困難說出口：「我必須和你談一談。」

他微笑，「我看得出來。」

她的視線莫名其妙盯著自己的右腳，泥土小徑的地面被她用腳畫出了一個半月形。

「是……嗯……是關於艾溫娜。」

安東尼挑起一道眉，順著她的目光看向她的腳。

她的腳已經離開那個半月形，現在正畫起斜線。

「妳妹妹怎麼了嗎？」他輕聲問道。

她搖搖頭，抬起頭來，「她很好。我想她應該在會客廳裡，寫信給我們在薩默塞特的表妹。淑女們都喜歡做這些，你知道。」

他眨眨眼，「做什麼？」

「寫信啊。我就不是很愛寫信，」她語速倉促得有點奇怪：「我很少有耐心在桌子前坐那麼久，只為了寫完一封信。更不用說我的字跡糟糕透頂。但大多數的淑女每天都要花大把時間來起草各式信件。」

他勉強忍住不笑，「妳是想警告我，妳妹妹很喜歡寫信？」

「呃，當然不是，」她喃喃道：「只是你問她是否沒事，我說她很好，我告訴你她現在人在哪裡，然後我們的話題就完全偏離了，而且……」

他按住她的手，成功打斷了她，「妳必須告訴我什麼，凱特？」

他好整以暇地看著她僵硬的肩膀和緊咬的牙關。她似乎在為某種艱困任務做準備。然後，她飛快地開口：「我只是想讓你知道，我已經不再反對你追求艾溫娜了。」

他的胸口突然感到一陣空虛。

「我……明白了。」不是因為他確實明白了，只是因為他似乎必須說些什麼。

「我承認，之前對你有強烈的偏見，」她迅速接著說：「但從我來到奧布雷莊園，我才真正認識了你，憑良心說，我不能讓你繼續認為我會阻撓你。這……這樣做是不對的。」

安東尼只是一瞬不瞬看著她，不知所措。他隱約意識到，她同意把妹妹嫁給他，讓他很失落。過去這兩天裡，他大部分的時間，都在極力抗拒把她吻到神魂顛倒的衝動。

另一方面，這不正是他想要的嗎？艾溫娜會成為完美的妻子。

凱特則不然。

當他終於決定差不多該結婚時，艾溫娜符合他制定的所有標準。凱特不符合。

如果他想娶艾溫娜，當然不能和凱特糾纏不清。

她給了安東尼他想要的東西——他提醒自己，這就是他想要的結果；如果他願意，在她姊姊的祝福下，艾溫娜下週就能成為他的妻子。

但是，為什麼他想抓住她的肩膀死命搖晃，直到她收回剛才那句話裡每一個該死的字？

都是因為那種火花。那種在他們之間似乎永遠不會消失的要命火花。每當她走進某個房間、呼吸一口氣，或挪動一下腳尖，都彷彿在他意識邊緣刺痛、發熱，無可自拔。他心知肚明，如果他願意放任自己，他會愛上她，這宛如滅頂的強烈情緒，令他感到驚慌。

這是他最害怕的事。

或許也是他唯一害怕的事。

諷刺的是，他反而不畏懼死亡。

當一個人在生命裡成功避免產生任何牽掛，死亡其實並不可怕。

愛是如此壯闊而神聖的事。安東尼瞭解這一點，童年時他每天都能見證愛情的模樣，就在他的父母交換一個眼神或觸摸對方的手時。

但愛是垂死之人的勁敵。如果嚐到了幸福的滋味，卻心知這一切都將被奪走，會讓他剩餘的日子變得難以忍受。這也許就是為什麼，當安東尼終於對凱特的話做出反應，他沒有把她拉進懷裡，親吻她直到她喘不過氣，他也沒有用嘴輕觸她的耳朵，把他灼熱的呼吸印在她的肌膚上，讓她明白他是為她著迷，而不是她的妹妹。

從不是她的妹妹。

相反地，他只是面無表情看著她，眼神刻意比他的心漠然得多，然後說：「那我就放心了。」

那一刻他有種非常奇怪的感覺，彷彿自己已經靈魂出竅，他正浮在軀體之外看著這整個場景（不過是一場鬧劇），想知道到底發生了什麼事。

她無力扯了一下嘴角，「我就知道你會這麼想。」

「凱特，我……」

她永遠不會知道他想說什麼。老實說，他也不確定自己打算說什麼，甚至沒有意識到自己要說話，直到她的名字從他的口中滑出。

但他將永遠不會把那些話說出口，因為就在那一刻，他聽到了一個聲音。

一個低沉的嗡嗡聲。應該說是嗚嗚聲，一種大多數人認為有點煩的聲音。

而對安東尼來說，沒有什麼能比這更可怕。

「不要動。」他低聲說，聲音因恐懼而變得粗啞。

凱特瞇起眼睛，身體當然也跟著動了起來，試著轉過頭，「你在說什麼？怎麼了嗎？」

「就是不要動。」他重複道。

她的眼睛瞥向左邊，下顎也跟著挪動了一公分。

「噢，這只是隻蜜蜂！」她的臉上綻放出如釋重負的笑容，她抬手想把牠揮走，「老天啊，安東尼，別再大驚小怪了。你把我嚇了一跳。」

安東尼迅速伸出手，以會弄痛她的力道抓住她的手腕，「我說了不要動！」他低斥。

「安東尼，」她笑起來，「**就只是一隻蜜蜂罷了**。」

他動也不動抓著她，手勁巨大，令她疼痛。他的視線始終緊盯著那可惡的生物，看著牠刻意在她頭上嗡嗡作響。他被恐懼和憤怒麻痹了，還有其他一些他說不清楚的情緒。

在父親去世後的十一年裡，他不是沒有接觸過蜜蜂。畢竟，一個人不可能居住在英國，還期望完全避開牠們。

事實上，直到現在，他都強迫自己以一種奇怪的、宿命論的方式與牠們周旋。他一直認為自己註定會在各方面重蹈他父親的覆轍。如果他將會被一隻不起眼的昆蟲打倒，他一定要站穩腳步，堅守陣地。他遲早會死，或者……好吧，只會早不會遲，但他絕不會從什麼見鬼的小蟲子面前逃走。因此，在蟲子飛過時，他會哈哈大笑，嘲笑牠、詛咒牠，他會用手把牠揮開，讓牠不敢還擊。

他從來沒被叮過。

但看到一隻蜜蜂如此危險地飛近凱特，掠過她的頭髮，落在她洋裝的蕾絲袖子上——這太可怕了，幾乎令人渾身發冷。

他的大腦飛快運轉，他能看到那隻小怪物把牠的刺扎進了她柔嫩的肌膚，他看到她急速大口吸氣，慢慢倒向地面。

他看見她在奧布雷莊園裡，躺在曾作為他父親臨時棺柩的同一張床上。

「安靜點，我們要慢慢站起來，然後離開。」他低聲說。

「安東尼，」她說，雙眉以一種不耐又困惑的方式皺起，「**你到底怎麼了？**」

他拉扯她的手，試著強迫她站起來，但她不願意。「不過是一隻蜜蜂罷了，別再表現得這麼神經兮兮。看在老天份上，牠不會要我的命。」她煩躁地說。

她的話沉甸甸地垂在空氣裡，彷彿具有形體的重物，隨時準備砸向地面，將他們兩人一起粉碎。最後，當安東尼感覺他的喉嚨放鬆到可以說話時，他用低沉而強硬的聲音說：「牠可能會。」

凱特愣住了。

她並不願意聽從他的命令，但他身上、眼中的某些東西，讓她害怕到了極點。他看起來像是變了一個人，被某種未知的惡魔附身了。

「安東尼，」她用她希望聽起來最平穩、權威的口氣說：「立刻放開我的手腕。」

她想抽出手，但他沒有鬆開，那隻蜜蜂一直在她身旁嗡嗡作響。

「安東尼！」她喊道：「立刻給我停……」

當她努力把手從他攥得死緊的掌心抽出，剩下的話突然說不下去了。突如其來的自由使她失去了平衡，手臂一陣亂揮，手肘內側撞到了蜜蜂，蜜蜂發出了響亮而憤怒的嗡嗡聲。碰撞的力量使牠越過空中，直接撞向她蕾絲領口上方裸露的肌膚。

「呃，真要命……啊！」凱特發出一聲慘叫。這隻蜜蜂顯然被這一輪虐待激怒了，一把將刺戳進了她的身體。

「哦，去你的！」她發誓，完全懶得再彬彬有禮地咬文嚼字了。當然，這不過是被一隻蜜蜂叮了而已，她以前也被叮過幾次，但該死，這次真的很疼。

「哦，糟糕，」她抱怨，低頭往下看，清楚看到胸口沿著蕾絲領口泛起的一片紅腫。「現在我必須進去擦藥，藥還會弄得我的衣服到處都是。」

她惱怒地嘖了一聲，把蜜蜂的屍體從洋裝上拍掉，同時喃喃自語：「好吧，至少牠死了，還算公平，這討厭的小東西……」

說到這兒她抬起頭來，看見安東尼的表情。他一臉慘白。不是蒼白，甚至不是毫無血色，而是慘白。

「我的天。」他低聲說，奇怪的是，他的嘴唇甚至沒有動。

「哦，我的天。」

「安東尼？」她問道，向他靠近一些，一時忘記了胸前的疼痛。「安東尼，怎麼了？」

他掙脫先前的恍惚狀態，突然向前一步，一隻手粗魯地抓住她一側肩膀，另一手則抓著她洋裝的領口往下扯，以便更完整露出她的傷口。

「子爵閣下！住手！」凱特驚叫。

他一語不發，但呼吸變得粗重而急促，他把她壓在長椅的背面，仍然拉扯著她的領口，不至於低到足以暴露她的軀體，但肯定不符合禮數。

「安東尼！」她試著喊他，希望叫他的名字可以引起他的注意。眼前的他是個陌生人；不是兩分鐘前還坐在她身邊的那個人。現在的他很瘋狂，很慌亂，完全無視她的抗議。

「妳能不能閉嘴？」他低吼，未曾抬頭看她一眼。他的眼睛緊盯她胸前的紅腫，一邊用顫抖的手把刺從她的皮膚上拔了下來。

「安東尼，我沒事！」她抗議：「你必須……」

她倒抽一口氣。他用一隻手從口袋裡掏出手帕時，另一隻手稍微移動了一下，相當粗魯地捧住了她的整個乳房。

「安東尼，你在做什麼？」她抓住他的手，試圖把手從身上拿開，但他的力氣比她大太多了。

他更用力把她壓向長椅的椅背，一手幾乎把她的胸部壓平。

「別動！」他叫道，然後拿起手帕，開始按壓紅腫的刺痛處。

「你在做什麼？」她問道，仍然想要逃開。

他沒有抬頭，「把毒液擠出來。」

「蜂螫有毒液嗎？」

「一定有。」他喃喃地說：「絕對有，妳快要沒命了。」

她目瞪口呆，「**我快要沒命了**？你瘋了嗎？沒有東西要殺死我。這不過就是蜂螫罷了。」

但他沒理會她，太過專注於治療她的傷口。

「安東尼，」她用一種安撫的聲音說，試圖和他講道理：「我很感謝你的關心，但是我至少被蜜蜂叮過六、七次了，而且我……」

「他以前也被叮過。」他打斷了她的話。

他的口氣讓她脊背一陣發涼。

「誰？」她低聲問。

他更加用力按住腫起來的部分，用手帕擦拭滲出的透明液體。

「我的父親，」他言簡意賅地說：「而且牠殺了他。」

她不太相信，「一隻蜜蜂？」

「是的，一隻蜜蜂，」他低吼一聲：「妳沒在聽嗎？」

「安東尼，一隻小小蜜蜂，殺不死一個男人。」

他暫停手上的動作，抬頭看她一眼，眼神冷硬卻空洞，咬牙說道：「我向妳保證，牠可以。」

凱特難以相信他的話是真的，但她也不認為他在撒謊，因此她只是靜靜站著不動。此時此刻讓他治療她的傷口，似乎比轉移他的注意力更重要。

「傷口仍然紅腫，我覺得我還沒把毒液全部擠出來。」他喃喃自語，繼續用手帕按壓。

「我相信我會沒事的。」她輕聲說，原先對他的怒氣變成了一種像是母親般的關懷。

他的眉頭因專注而緊皺，動作仍然帶著一絲驚狂。

她意識到他被嚇壞了，害怕她會在花園的長椅上因為一隻蜜蜂而死去。

這似乎不可思議，但卻是事實。

他搖了搖頭。「這樣不行，」他啞聲說道：「我必須把毒液全部弄出來。」

「安東尼，我……**你在做什麼？**」

他抬起她的下顎，他的頭正在向下靠近，幾乎就像準備親吻她。

「我得把毒液吸出來，別動。」他嚴肅地說。

「安東尼！」她驚叫：「你不能……」她倒抽一口氣，再也說不下去。

她感覺他的嘴唇貼上她胸口的肌膚，以一種輕柔而又不容拒絕的力量，將她的肌膚銜入口中。

凱特不知該如何回應，不知道應該推開他，還是把他拉得更近。

但最後她只是當場僵住。因為當她抬起頭，越過他的肩膀望向後方時，她看見三個女人正以同樣震驚的表情看著他們。

瑪麗。

柏捷頓夫人。

還有費瑟林頓夫人，上流社會最大的八卦源頭之一。

凱特明白，毫無疑問，她的人生從此再也不一樣了。

Chapter 14

LADY WHISTLEDOWN´S SOCIETY PAPERS

老實說，如果柏捷頓夫人的派對上真的爆發了醜聞，我們這些留在倫敦的人也不用擔心，刺激的八卦消息絕對會以超快的速度傳進我們耳朵裡。

有這麼多愛傳八卦的人在場，保證能獲得完整而詳盡的內幕。

《威索頓夫人的韻事報》

4 May 1814

14

那一刻，每個人都呆若木雞，宛如一張畫像。

凱特震驚地盯著三位夫人，她們也驚恐萬分地回望著她。

安東尼還在努力從凱特的腫包中吸出毒液，完全沒發現他們身邊有觀眾。

在五個人當中，凱特最先找回了她的聲音（和她的力量），她用盡全力推開安東尼的肩膀，激烈大喊：「住手！」

這股力道來得措手不及，安東尼竟然就這麼被推倒了。他一屁股跌坐在地，眼裡依然燃燒著決心，要把她從他認定的死亡宿命中拯救出來。

「安東尼？」柏捷頓夫人用力吸了一口氣，喊出兒子名字時，她的聲音極度不穩，似乎不敢相信眼前所看到的一切。

他轉過身來，「母親？」

「安東尼，你剛才在做什麼？」

「她被蜜蜂叮了。」他嚴峻地說。

「我沒事！我告訴他我沒事，但他根本不聽。」凱特大聲解釋，把洋裝拉好。

柏捷頓夫人露出理解的表情，眼裡泛起淚光。「我明白了。」她用輕柔而悲傷的聲音說，安東尼知道她確實明白了。也許，她是唯一能明白這一切的人。

「凱特，」瑪麗終於找回說話的能力，卻仍震驚得詞不達意：「他的嘴唇在……在妳的……」

「在她的胸部上。」費瑟林頓夫人好心地幫忙接話。她雙手環抱在她豐滿的胸前，臉上掠過一絲不贊同，但很明顯，她正在享受這一場好戲。

「他才沒有！」凱特喊道，掙扎著站起來，這並不容易，因為當她把安東尼從長椅上推開時，他整個人跌坐在她的一隻腳上。

「我被叮的地方在這裡！」她狂亂地用手指著鎖骨上薄薄的肌膚，那裡有個隆起的紅色腫包。三位年長的女士盯著她的腫包，臉上都露出相同的淡淡粉紅色。

「牠沒有叮到我的胸部！」凱特抗議，她被整場對話的方向嚇壞了，忘記自己應該要為使用這麼直接的說法感到難為情。

「位置很近嘛。」費瑟林頓夫人指出。

「誰能叫她閉嘴？」安東尼沒好氣。

「態度真差！」費瑟林頓夫人哼了一聲：「我從來不亂講話的！」

「**不，妳一直都會**。」安東尼回答。

「他這麼說是什麼意思？」費瑟林頓夫人氣憤問道，戳了戳柏捷頓夫人的手臂。由於子爵夫人沒有回應，費瑟林頓夫人轉向瑪麗並重複了這個問題。

但瑪麗的眼裡只有她的女兒。「凱特，馬上過來這裡。」她命令道。

凱特乖巧地走到瑪麗身邊。

「所以呢？」費瑟林頓夫人問道：「我們現在怎麼辦？」

四雙眼睛一起難以置信地看著她。

「我們？」凱特茫然地問道。

「我看不出妳在這件事上有什麼發言權。」安東尼咬牙切齒。

費瑟林頓夫人只是發出一聲響亮的、不屑的、打從鼻子裡發出的哼聲，「你必須娶這個姑娘。」她宣布。

「什麼？」凱特脫口而出：「妳一定是瘋了。」

「我才是這花園裡唯一明智的人，看不出來嗎？」費瑟林頓夫人不悅地說道：「小姑娘，他的嘴貼在妳的胸前，我們都看到了。」

「他沒有！我只是被蜂螫了，一隻蜜蜂！」凱特抗議。

「波夏，我認為沒有必要形容得這麼生動。」柏捷頓夫人插嘴。

「現在講究用詞也於事無補了，」費瑟林頓夫人回答：「無論怎麼描述，這都會成為一個熱門的八卦。上流社會最熱門的單身漢，被一隻蜜蜂送入洞房了。我必須說，老天啊，這真是出乎我的想像。」

「不會有任何八卦產生，」安東尼怒氣沖沖地朝她走去，「因為沒有人會說出去。我絕不會讓雪菲德小姐的名聲受損。」

費瑟林頓夫人的眼睛瞪得滾圓，一點也不相信，「你認為你能讓這樣的事情假裝沒發生過？」

「我不會到處去嚼舌根，我認為雪菲德小姐也不會。」

他雙手扠腰，凶狠地瞪著她。那是一種能讓成年男人下跪求饒的眼神，但費瑟林頓夫人要嘛是不為所動，要嘛就是蠢到沒救，所以他繼續說：「然後，就剩下我們兩人的母親，妥善保護我們的名聲對她們似乎好處多多。那麼就剩下妳了，費瑟林頓夫人，我們這個溫馨小團體中，唯一可能想證明自己是個愛說閒話、大嘴巴愚婦的成員。」

費瑟林頓夫人臉色脹紅，毫不留情地說道：「屋內任何一個人都可以看到好嗎！」她顯然不願意放棄這麼有分量的八卦。作為這麼大條醜聞的唯一目擊者，或者說，唯一會到處去講的目擊者，她可以當上足足一個月的人氣王。

柏捷頓夫人瞥了一眼大宅，臉色瞬間變得慘白，「她是對的，安東尼，從客人房那邊往這裡看，能看得非常清楚。」

「那只是隻蜜蜂，」凱特幾乎要哀嚎：「一隻蜜蜂！我們不能因為一隻蜜蜂而被迫結婚！」

她的崩潰換來了一片沉默。她看著瑪麗，接著轉向柏捷頓夫人，兩人都靜靜凝視著她，表情在關切、善意和憐憫之間來回切換。

然後她又看了看安東尼，他的表情凝重且高深莫測，完全看不出情緒。

凱特痛苦地閉上眼睛。事情不應該是這樣的。即使在她告訴他，他可以求娶她的妹妹時，她也暗自希望過她能夠擁有他，但不是以這種方式。

哦，親愛的上帝，不是這樣的。不要讓他覺得自己是被迫結婚的。不要讓他下半輩子看著她的時候，心中想的是另一個人。

「安東尼？」她低聲說。如果他和她說說話，如果他可以看她一眼，她也許就能收集到一些線索，知道他在想什麼。

「我們將在下週結婚。」他的聲音堅決而清晰，但除此之外沒有任何情緒。

「哦，太好了！」柏捷頓夫人鬆了口氣，拍起手來，「雪菲德夫人和我會立即開始籌備。」

「安東尼，」凱特再次低聲說，這次更加急迫：「你確定嗎？」

她抓住他的手臂，試著把他從夫人們身邊拉開。她只拉開了幾公分，但至少現在他們沒有面對著她們。

他眼神堅定地看著她，簡潔地說：「我們要結婚，」他用一種完美的貴族語氣，不允許有任何反駁，只等著對方服從：「沒有別的解決方式。」

「但你並不想和我結婚啊。」她說。

這讓他眉稍一挑，「那妳就想和我結婚嗎？」

她無言以對。她沒什麼可說的，如果還想保持哪怕只剩一丁點的自尊。

「我認為我們會適應得很好。」他繼續說，神情稍稍柔和了些，「畢竟我們已經算是朋友了。

這比大多數男女結合之初擁有的更多。」

「你不會想要這樣的，」她堅持：「你想結婚的對象是艾溫娜啊。你要怎麼對艾溫娜說？」

他雙手抱胸，「我從未對艾溫娜作出任何承諾。而且我認為，直接告訴她我們相愛了就好。」

凱特不由自主翻了個白眼，「她不會相信的。」

他聳了聳肩，「那就告訴她真相。告訴她，妳被蜜蜂叮了，而我試著幫助妳，結果我們處在尷尬局面時被人撞見了。妳想怎麼說就怎麼說，她是妳妹妹。」

凱特再次跌坐在石凳上，嘆了口氣。「沒有人會相信你想娶我，」她說：「每個人都會認為你被下套了。」

安東尼向三位女士狠狠瞪了一眼，她們仍然興味十足地盯著他們。在他迸出一句「可以給我們一點空間嗎」之後，他和凱特的母親都向後退開幾步，轉過身留給他們更多的隱私。費瑟林頓夫人沒有立即跟著做，薇莉直接走上前拉人，幾乎把費瑟林頓夫人的手臂扯斷。

他在凱特身邊坐下，「我們無法阻止人們說閒話，特別是有波夏・費瑟林頓在場。我不相信那個女人回到屋內之後能閉緊嘴巴。」他向後靠了些，伸出左腳翹起二郎腿，「所以，我們不妨乾脆善用這個情況。我今年必須要結婚……」

「為什麼？」

「什麼為什麼？」

「為什麼你一定要在今年結婚？」

他沉默了一會兒。這個問題其實沒有真正的答案，於是他說：「因為我決定要結婚，這對我來說是一個夠好的理由。至於妳，妳總有一天也要結婚……」

她再次打斷他的話：「說實話，我寧願假設我不會。」

安東尼感到自己全身肌肉繃緊，過了幾秒鐘他才意識到，他所感受到的是怒氣。「妳打算當個老小姐？」

她點了點頭，雙眼既無辜又坦誠，「這似乎是一種必然的結局。」

安東尼讓自己冷靜了幾秒鐘，恨不得殺光所有那些將凱特與艾溫娜相提並論、認為她不夠好的男男女女。凱特真的不清楚她本身多麼有吸引力，多麼令人嚮往。

當費瑟林頓夫人宣布他們必須結婚時，他最初的反應與凱特一樣——驚恐萬分，更不用說那種自尊受傷的感覺了。沒有人喜歡被迫結婚，而被一隻蜜蜂強迫更是令人難以接受。

但當他站在那裡，看著凱特哀嚎表示抗議（這不是令人滿意的反應，但他認為她也有權利捍衛她的自尊），一種奇怪的滿足感湧上心頭。

他想要她。

他不計一切地想要她。就算過了一百萬年，他也不會允許自己選擇她作為妻子。她對維持他的情緒穩定來說是個危害。

但命運之神已經出手，現在看來他不得不娶她……好吧，怨天尤人似乎沒有什麼用。娶一個聰明又有趣的女人算不上什麼悲慘命運，而這個女人又恰好讓他魂縈夢牽。

他能做的就是，確保自己不會真的愛上她。這應該不難做到吧，對嗎？天知道她會不會整天找他吵架，把他逼到發瘋。他可以和凱特建立一個愉快的婚姻。他會享受她的友誼、享受她的身體，並保持這種狀態。但就沒有必要再深入下去了。

最重要的是，他不可能找到更好的女人，在他過世後擔任他兒子們的母親。

「不會有問題的，妳等著看吧。」他信心十足地說道。

她還是一臉懷疑，但點了點頭。當然，她也沒什麼別的辦法。她剛剛被倫敦八卦女王逮個正著，一個男人的嘴貼在她的胸部。如果他沒有提出要娶她，她這輩子就完了。

如果她拒絕嫁給他……那麼，她就會被認為是個墮落的女人和白癡。

安東尼突然站了起來。「母親！」他叫道，把凱特留在長椅上，他大步走到柏捷頓夫人身邊，「我的未婚妻和我希望在花園裡獨處一下。」

「沒問題。」柏捷頓夫人回答。

「妳認為這是明智之舉嗎？」費瑟林頓夫人問道。

安東尼俯身向前，貼著他母親的耳朵低聲說：「如果您十秒鐘內不把她從我面前帶走，我會當場處理掉她。」

柏捷頓夫人想笑又差點嗆到，點了點頭，勉強開口：「好啦。」

不到一分鐘，安東尼和凱特身邊就沒有任何閒雜人等了。

他轉身面對她；她已經站起身來，朝他走近幾步。

「我想，」他低聲說，挽起她的手臂，「我們應該考慮去個大宅看不到的地方。」

他的步子很大，充滿目的性，她踉踉蹌蹌跟上他，直到找回自己的步伐。「子爵閣下，」她急忙問道：「你覺得這樣做明智嗎？」

「妳的口氣就像費瑟林頓夫人。」他指出，但沒有停下腳步，連一秒都沒有。

「我會檢討。」凱特嘟囔：「但你仍然該回答我的問題。」

「嗯，我認為這非常明智。」他回答，把她帶進一個涼亭。它並不是密閉空間，但被丁香樹叢包圍，為他們提供了非常多的隱私。

「但是……」他慢條斯理地勾起嘴角，「妳知道妳實在很愛爭論嗎？」

「你帶我來這邊就是為了告訴我這個？」

「不，」他慢吞吞地說：「我帶妳來這邊是為了做這件事。」

然後，在她還來不及說出半個字，甚至還來不及吸口氣之前，他的嘴就俯低下來，以一個飢渴、火燙的吻封住了她的唇。他的嘴唇很貪婪，奪走了她的一切，然後繼續索取更多。在她體內燃

起的火焰，比他那晚在書房裡點燃的還要火熱，簡直熱了十倍。

她正在融化。老天啊，她整個人正在融化，而且還想要更多。

「妳不應該這樣對我，」他貼著她的唇低聲說：「妳不該這麼做。關於妳的一切都是錯誤的。但是……」

凱特大口喘息，他的手悄悄繞到她的背後，把她狠狠地壓向他的勃起。

「妳發現了嗎？」他粗啞地說，嘴唇沿著她的臉頰移動，「妳感覺到了嗎？」他低聲笑了笑，用一種奇怪的嘲諷口氣：「妳能夠明白嗎？」

他毫不留情捏了捏她，然後輕咬她耳朵上柔嫩的肌膚，「妳當然不懂。」

凱特感覺到自己正在滑向他。她的肌膚開始發熱，手臂背叛了她，向上摟住他的脖子。他在她體內點燃了一團火，她甚至無法控制。她被一種原始的衝動占據了，一種火熱如岩漿般的東西，只渴望與他肌膚相親。

她想要他。哦，她多麼想得到他。她不應該這樣，不應該渴望這個基於種種錯誤理由將與她結婚的男人。

然而，她卻幾近絕望地想要他，渴望到無法呼吸。

這是錯的，非常要命的錯誤，她對這段婚姻產生了嚴重的懷疑。她知道她應該保持清醒，也一直試圖提醒自己這一點，但這並沒有阻止她輕輕分開雙唇，讓他長驅直入，也無法阻止她羞澀地伸出舌頭去品嚐他的嘴角。而她體內的慾望（也就是現在這種奇怪的、刺癢的、天旋地轉的感覺），正不斷變得越來越強烈。

「我是一個糟糕的人嗎？」她低聲說，更像是說給自己聽，而不是說給他聽。「這是否表示我墮落了？」

但他聽到了，他貼著她的臉頰回答，帶來溫熱潮濕的觸感。

「**不是**。」

他移到她耳邊，讓她能聽得更清楚。

「**不是**。」

他移到她的唇邊，要求她吞下這個詞語。

「**不是**。」

凱特感覺她的頭往後仰。他的聲音低沉而誘人，讓她幾乎錯認自己就是為這一刻而生。

「妳是完美的。」他低聲說，大手在她的身體上急切移動，一手摟著她的腰，另一隻手向她胸前優美的弧度探去。「就在這裡，就在此時此刻，在這座花園裡，妳是最完美的。」

凱特發現他的話有點令人不安，好像他想告訴她（也許還有他自己）明天的她可能就不完美，也許後天就更不完美了。但他的嘴唇和手都很有說服力，她把這些不愉快的想法從腦中拋開，盡情陶醉在此刻令人沉溺的幸福中。

她感覺自己很美。她感覺自己無比完美。就在這裡、就在此時此刻，她忍不住為這個讓她有這種感受的男人心動。

安東尼的手從她的背部滑到後腰，支撐著她，另一隻手找到了她的乳房，隔著薄薄的棉布捏著她。他的手指似乎失去控制，近乎痙攣地緊緊抓著她，像是他正跌下懸崖，但終於找到了救命支點。她的乳尖堅硬地頂著他的手心，隔著洋裝布料都能感覺得到，而他用盡一切努力，耗盡最後一絲自制，才沒有把手伸到她洋裝背面，將每顆鈕扣從扣眼裡釋放出來。

他可以在腦海中看到這一切，甚至當他的嘴唇在又一個灼熱的吻中貼近她的時候。洋裝將從她的肩膀上滑落，薄棉布貼著她的肌膚慢慢被拉開，直到她的胸部完全暴露出來。他也能在腦海中想像出這些細節，這一切都將是完美無瑕。他將捧起一側乳房，讓她的乳尖暴露在陽光下，然後慢慢地，非常緩慢地，他的頭將朝她俯下，直到他的舌頭碰觸到她。

她會大聲呻吟，他就會繼續挑逗她，緊緊摟住她，讓她無法掙脫。然後，就在她的頭往後仰、喘不過氣的時候，他就會用嘴唇代替舌頭，吸吮她，直到她尖叫出聲。

老天啊，他太渴望這麼做，渴望到幾乎要爆炸。

但現在不是時候，地點也不對。他並不覺得有必要等到交換婚姻誓言。在他看來，他已經在眾人面前宣布了自己的態度，而她已經是他的了。但他不想在母親的花園涼亭裡把她撲倒。他的自尊不容許他那麼做，還有出於對她的尊重。

帶著滿心不甘願，他慢吞吞地讓自己離開她身邊，兩手放在她纖細的肩膀上，伸直手臂，讓自己保持足夠距離，這樣他就不會受到誘惑，繼續他剛才的動作。

但這種誘惑仍然存在。他真不該看向她的臉，就在那一刻，他發誓凱特．雪菲德和她妹妹一樣漂亮。

她的吸引力是完全不同的。她的嘴唇更豐滿，不是時下的美女標準，但卻非常非常適合親吻。她的睫毛——他以前怎麼沒有注意到它們這麼長？當她眨眼的時候，它們簡直像地毯一樣覆在她的臉上。她的肌膚因慾望而泛起粉色，整個人都煥發出光彩。

安東尼知道他在胡思亂想，但當他凝視她的臉時，不禁想到了黎明初升，太陽爬上地平線的那一刻，將整個天空染上一整片細緻的粉嫩桃紅。

他們就這樣站了整整一分鐘，雙雙喘息不止，直到安東尼終於鬆開手臂，各自拉開一些距離。凱特舉起一隻手放在嘴邊，食指、中指和無名指輕輕觸碰著嘴唇，低聲說：「我們不應該這樣做。」

他背靠著涼亭柱子，看起來心滿意足，「為什麼不呢？我們已經訂婚了。」

「我們還沒訂婚，那不算數。」她說。

他挑起一道眉。

「還沒達成任何協定，」凱特匆忙地解釋：「或簽署文件。而且我沒有嫁妝。你應該知道吧，我沒有嫁妝。」

這令他莞爾，「妳是想把我嚇走嗎？」

「當然不是！」她有點心煩意亂，兩腳不停變換著重心。

他向她走近一步，「妳確定不是想幫我找一個擺脫妳的理由？」

凱特臉紅了，「不是。」她撒謊了，雖然這正是她在做的事。當然，這是非常愚蠢的行為。如果他退出這場婚姻，她就會身敗名裂，不僅是在倫敦，連她老家那個位於薩默塞特的小村莊也一樣。墮落女人的八卦總是傳得很快。

但擔任「備選」並不容易，她暗自希望他能證實她所有的疑慮——其實他不想娶她做他的新娘，他更偏愛艾溫娜，他娶她只是因為他不得不娶。當然，這會令人非常痛苦，但如果他能說出來，她就會知道事實的真相，即使是以心痛如絞的方式，總比被蒙在鼓裡好。

至少這樣她就能完全明白自己的處境。不像現在，她覺得自己的腳好像陷在了流沙裡。

「讓我們澄清一件事，」安東尼果斷的語氣吸引了她的注意力。他的眼睛盯著她，灼熱的目光讓她無法移開視線。「我說了我要娶妳。我是個言出必行的人，對這件事還有任何疑慮都是嚴重的侮辱。」

凱特點頭。但她忍不住想起一句話：**許願需謹慎……夢想可能會成真**。

她才剛同意嫁給那個她曾擔心自己會愛上的男人，但她現在滿腦子只有：**當他吻我時，心中是不是想著艾溫娜？**

許願需謹慎，她的腦海中響起一聲驚雷。

夢想可能會成真。

Chapter 15

LADY WHISTLEDOWN´S SOCIETY PAPERS

筆者又再次被證明為料事如神。鄉間別墅派對確實會產生最令人跌破眼鏡的婚約。

是的，親愛的讀者，本報肯定是全城消息最快：柏捷頓子爵與凱薩琳．雪菲德小姐即將結婚。不是像流言蜚語所猜測的艾溫娜小姐，而是凱薩琳小姐。

至於這個婚約是如何產生的，細節出乎意料地難以挖掘。筆者所能得到最有力的消息是，這對新人被撞見時的處境相當尷尬，且費瑟林頓夫人是目擊者之一，然而費夫人對整起事件一反常態閉口不談。鑑於這位女士大嘴巴的天性，筆者只能假設子爵（向來以手段激烈聞名）以人身傷害威脅過費夫人，如果她膽敢從嘴裡吐出半個字的話。

《威索頓夫人的韻事報》
11 May 1814

15

凱特很快就發現，成為話題人物令她非常不自在。

在肯特郡最後那兩天已經夠糟糕的了；安東尼一在晚餐時宣布他們閃電訂婚，她就幾乎被柏捷頓夫人的賓客向她拋來的大量祝賀、疑問和明嘲暗諷淹沒，完全沒有機會呼吸。

唯一一次讓她感到真正放鬆的是，在安東尼公開宣布的幾小時後，她終於有機會與艾溫娜私下聊聊。

艾溫娜摟著姊姊，告訴她自己的感覺是既「激動」又「欣喜若狂」，而且「一點都不驚訝」。凱特很吃驚艾溫娜竟然如此淡定，但艾溫娜只是聳聳肩，「在我看來，他根本被妳迷倒了吧。我不明白為什麼其他人沒有發現。」

這令凱特無比困惑，因為她原本非常肯定，安東尼的追妻目標是艾溫娜。

凱特一回到倫敦，各種猜測就更多了。似乎每位上流社會的成員都認為有必要造訪雪菲德家在米爾納街租的小房子，拜訪一下未來的子爵夫人，而大多數祝賀中也都帶著傷人的暗示。沒人相信子爵真的想娶凱特，而且似乎也沒人發現當她的面這麼說有多麼失禮。

「我的天哪，妳真幸運。」考珀夫人說，她是臭名遠播的克茜妲．考珀的母親。她女兒沒對凱特說半個字，只是一個人待在角落生悶氣，不時朝凱特的方向瞪一眼。

「我完全不知道他對妳有興趣耶。」葛楚．奈特小姐連珠炮般地說，臉上的表情顯然昭告著她仍然不相信，也許還暗自希望訂婚可能是一場騙局，即使婚訊在《倫敦時報》上都已經公告了。

還有丹柏莉夫人，她向來是有話直說：「我不知道妳是怎麼把他騙到手的，但這一定是個大絕招。記住我的話，很多女孩應該都想拜妳為師。」

凱特只是保持微笑（或至少試著保持住，她設法以親切友好的態度應對，但大概頗欠缺說服力），頷首致意，並在瑪麗每一次戳她腰部時嘟囔著說：「我是個幸運的女孩。」

至於安東尼，這個幸運的男人得以逃避她被迫承受的嚴刑拷問。他告訴她，他需要留在奧布雷莊園，在婚前先處理掉一些莊園瑣事。婚禮定在下週六，也就是花園事故發生的短短九天之後。瑪麗擔心這麼倉促會導致「閒話」滿天飛，但柏捷頓夫人相當務實地說，無論如何都會有「閒話」產生，但一旦凱特冠上安東尼的姓氏，獲得了保障，流言蜚語的騷擾就能大量減輕了。

凱特懷疑柏捷頓夫人（她因一心想要看到她的成年子女快快結婚而聞名），只是想在安東尼有機會改變主意之前，把他逮到主教面前去。

但凱特同意柏捷頓夫人的說法。雖然她對婚禮和接下來的婚姻生活感到緊張，她從來不是喜愛拖延的人。一旦她做了決定——或者別人為她做了決定，就像這次一樣，她就覺得早死早超生。至於所謂的「閒話」，一個倉促的婚禮可能會增加它出現的機率，但凱特認為她和安東尼越早結婚，它就會越早平息，她就可能越早回到自己的正常生活中。

當然，她的生活很快就不再屬於她自己了。她必須要習慣這一點。

現在她已經不覺得這是她的生活。當下的日子就像一陣旋風，柏捷頓夫人拖著她，從一家商店買到另一家商店，花了安東尼一大筆錢為她置辦嫁妝。凱特很快就學到，反抗是沒有用的；當柏捷頓夫人——薇莉（凱特現在被要求這樣稱呼她）下定決心時，只有蠢人才敢擋她的路。

瑪麗和艾溫娜曾陪她們一起去過幾次，卻很快就被薇莉過度旺盛的精力弄得筋疲力盡，直接脫隊跑去岡特餐廳吃冰。

終於，在婚禮前兩天，凱特收到了安東尼的來信，請她那天下午四點待在家裡，以便他上門拜訪。即將再次見到他，凱特有點緊張；不知何故，在城裡的時候，一切都顯得有些不同——顯得更

加正式。儘管如此，她還是把握良機，躲開了另一個在牛津街大肆採購的下午，躲開裁縫店、女帽店、手套店，以及薇莉想帶她去的任何地方。

因此，當瑪麗和艾溫娜出去辦事的時候（凱特「恰巧」忘了說子爵要來拜訪），她就坐在客廳裡。牛頓心滿意足窩在她腳邊，陪她一起等待。

安東尼這一週大部分時間都在思考。毫不出奇的是，他所有的思緒都圍繞著凱特和他們即將到來的婚姻。

他一直擔心，如果他願意放任自己，他會愛上她。看來，關鍵就是不該放任自己。他想得越多，就越相信這不會構成問題。他畢竟是個男人，能夠妥善控制自己的行動和情緒。他不是傻瓜；他知道愛情確實存在，但他也相信理智的力量，或許更重要的是，相信意志的力量。坦白說，他不相信愛情真的會是身不由己。

如果他不想陷入愛河，那麼他就別去談戀愛。就這麼簡單。

它必須就是這麼簡單。

如果做不到，那麼他就不算是個男人，對吧？

然而，在婚禮之前，他必須與凱特就這件事好好談一下。關於他們的婚姻，有些事情需要先講清楚。確切地說，不是規則，而是……**共識**。對，這是個好字眼。

凱特需要明確知道她能從他身上得到些什麼，以及他期望得到哪些回報。他們之間不是一段彼此相愛的關係，也不會發展成那樣。那根本不是一個選項。他不認為她在這方面會有任何妄想，但為以防萬一，他想在任何誤解有機會發展成徹徹底底的災難之前，提前把它說清楚。

最好把一切都擺在檯面上攤開來談，這樣任何一方以後都不會因為意外而感到不開心。凱特一定會同意。她是個務實的女孩。她會想知道自己的立場，不會想被蒙在鼓裡。

四點差兩分時，安東尼敲了兩下雪菲德家的前門，試著無視那天下午剛好從米爾納街晃過的那群上流社會成員。他冷冷地想著，這些人平時常去鬼混的地方根本不在這附近。

但他並不覺得驚訝。他可能才剛回到倫敦沒多久，但他也很清楚，他的訂婚是目前最大的八卦。畢竟，連肯特郡都有《韻事報》的讀者。

管家迅速打開門，把他迎進屋內，帶他到旁邊的會客室。凱特在沙發上等他，她的頭髮被梳成某種整齊的樣式（安東尼永遠記不住那些女士們喜愛的髮型名稱），上面戴著一頂可笑的小帽，他猜那應該是為了襯她淺藍色洋裝上的白色滾邊。

他想好了，一旦他們結婚，這頂帽子將是第一件被淘汰的東西。她有一頭美麗的秀髮，又長又亮並且豐厚濃密。他知道，良好的教養要求她在外出時必須戴上帽子，但在她自己舒適的家裡把它束起來，無異於犯罪。

然而，在他還來不及開口打招呼之前，她向面前桌子上的銀色茶具示意，「我擅自為你點了茶。天氣有點涼，我想你可能會想喝點茶。如果你不喜歡，我很樂意幫你點些別的飲料。」

天氣並不涼，至少安東尼不覺得，但他還是說：「茶就很好了，謝謝妳。」

凱特點點頭，拿起茶壺來倒茶。她輕輕把壺傾斜了三公分，然後又把它拿正，皺著眉頭說：「我甚至不知道你喜歡怎麼喝。」

安東尼感到自己的嘴角微微上揚，「加奶。不加糖。」

她點頭，把茶壺放下，換成牛奶，「這些似乎是妻子應該知道的事。」

他在一張與沙發成對角的椅子上坐下，「現在妳知道啦。」

她深吸了一口氣，然後呼出來，喃喃地說：「現在我知道了。」

安東尼看著她倒茶，清了清嗓子。她沒有戴手套，他發現自己喜歡看她做事時的手。她的手指又長又細，而且非常優雅。想起她在跳舞時曾多次踩到他的腳，這讓他有點驚訝。

當然，其中有幾次失誤是她故意的，但他懷疑絕大多數還是來自她蹩腳的舞技。

「請用。」她低聲說，把他的茶遞過來，「小心點，它很燙。我不是個喜歡喝冷茶的人。」

不，他笑著想，她不會。凱特不是那種做事只做半套的人。這也是他最喜歡她的地方之一。

「子爵閣下？」她禮貌地說道，把茶往他的方向推近一些。

安東尼接過茶碟，戴著手套的手輕拂過她裸露的手指。他的眼睛一直盯著她的臉，注意到她臉頰上淡淡的紅暈，不知是什麼原因，這讓他很開心。

「你有什麼事情要問我嗎，閣下？」她問道，一旦手和他隔開了安全距離，她就握住了自己茶杯的把手。

「叫我安東尼，我相信妳還記得這點。還有，妳是我的未婚妻，難道我不能僅僅為了享受妳的陪伴而登門拜訪嗎？」

她精明地瞥了他一眼。「當然可以，」她回答：「但我認為你不是為此而來。」

他對她的直率揚揚眉，「好吧，妳猜對了。」

她嘀嘀咕咕地說了些什麼。他沒能聽清楚，但隱約像是：「我通常都對。」

「我們應該討論一下我們的婚姻。」他說。

「你說什麼？」

他往椅子上一靠，「我們都不是風花雪月的人。我想，一旦我們明白彼此能從對方那裡得到什麼，我們就能過得更加自在。」

「當、當然——沒錯。」

「很好。」他把茶杯放進茶碟，然後一起放回面前的桌子上，「我很高興妳也這樣想。」

凱特緩緩地點頭，但沒有接話，而是在他清嗓子的時候專注看著他的臉。他看起來好像是在為一場正式的議會演講做準備。

「我們剛認識時，並沒有為彼此留下好印象，」他看著凱特頷首同意，心裡感覺有點悶，「但我覺得——我希望妳也有同樣感覺——我們後來算是建立起了某種友誼。」

她再次點了點頭，心想，在整個談話過程中她可能只會一直點頭吧。

「丈夫和妻子之間的友誼是最重要的，」他繼續說：「在我看來，甚至比愛情更重要。」

這一次，她沒有點頭。

「我們的婚姻將會建立在友誼和尊重的共同基礎上，」他鄭重其事地說：「而我對此再滿意不過了。」

「尊重。」凱特重複，主要是因為他正一臉期待地看著她。

「我將盡我所能成為妳的好丈夫，」他說：「而且，只要妳不禁止我上妳的床，我將對妳和我們的誓言絕對忠誠。」

「你真是個明理的人。」她喃喃說著。

他說的都是她意料之中的事，但她卻覺得心中有如細針在刺。

他的眼睛瞇了起來，「我希望妳能認真看待我說的這些，凱特。」

「哦，我絕對認真。」

「很好。」但他表情複雜地瞥了她一眼，她不確定他是否相信她的話。

「作為回報，」他補充說：「我希望妳的行為不會玷污我家族的名聲。」

凱特身體一僵，「我想都沒想過。」

他表示同意：「我也認為妳不會，這就是我對這樁婚姻如此滿意的原因之一。妳會成為一位優秀的子爵夫人。」

凱特知道，這是一種恭維，但還是覺得有點空虛，也許還有一絲紆尊降貴、頤指氣使的意味。她更希望他能告訴她，她會成為一位優秀的妻子。

「我們會是好朋友，」他表示：「我們會相互尊重，還會有孩子——聰明的孩子，感謝上蒼，因為妳是我認識過最聰明的女人。」

這彌補了他的頤指氣使，但凱特還來不及因為他的恭維而開心微笑，他就緊接著補上一句：「但妳最好不要期待愛情，這場婚姻中不會有愛情。」

凱特的喉嚨忽然哽住了。她發現自己又在點頭，只是這次每一個動作都莫名其妙扯痛她的心。

「有些東西我給不了妳，愛情恐怕就是其中之一。」安東尼說。

「我明白。」

「真的嗎？」

「當然，」她幾乎要光火了，「你說得很清楚了，就差沒把它寫在我的手臂上。」

「我從未打算為了愛情結婚。」他說。

「你在追求艾溫娜的時候可不是這麼說的。」

「我在追求艾溫娜時，」他回道：「其實是想給妳留下好印象。」

她的眼睛瞇了起來，「可你現在並沒有打動我。」

他長長吐出一口氣，「凱特，我不是來這裡吵架的。我只是認為在週六上午的婚禮之前，我們最好坦誠相待。」

「當然。」她嘆息，強迫自己點頭。他並不是打算侮辱她，她也不應該反應過度。她現在很瞭解他，知道他只是出於關心。安東尼清楚自己永遠不會愛上凱特；所以最好一開始就講清楚。

但這仍然是一種傷害。她不知道自己是否已經愛上他，但她相當肯定自己能夠愛上他，並且極度擔心在結婚幾週後，她就會愛上他。

而如果他能回應以同樣的感情，那該多好。

「我們現在最好彼此把話說開來。」他輕輕地說。

凱特只是不停點頭。動者恆動，她害怕如果她停下來，她可能會做出一些非常愚蠢的事情，比如哭泣。

他越過桌子握住她的手，令她縮了一下。

「我不想讓妳帶著任何幻想進入這場婚姻，」他說：「我覺得妳不會想要那樣。」

「當然不想，閣下。」她說。

他蹙眉，「我以為我告訴過妳，叫我安東尼就好。」

「你是說過，」她說：「閣下。」

他收回了手。凱特看著他將手放回自己的腿上，莫名感到一陣失落。

「在我走之前，」他說：「我有東西要給妳。」他的目光始終停留在她的臉上，一手伸進口袋，掏出一個小珠寶盒。

「我必須為遲遲沒有送妳訂婚戒指而致歉。」他輕聲說道，把盒子遞給她。

凱特撫摸了一下藍色天鵝絨的盒面，接著打開盒子。裡面是一枚簡單的金戒，上面裝飾著一顆圓形切割式的鑽石。

「這是柏捷頓家的傳家寶，」他說：「珠寶收藏中有好幾枚訂婚戒指，但我想妳應該最喜歡這款。其他的都比較笨重而樣式繁複。」

「它好美。」凱特說，完全移不開視線。

他伸出手，從她手中接過盒子。

「讓我來吧？」他輕聲說，把戒指從天鵝絨襯墊裡拿出來。

她伸出手，發現自己的手竟然在發抖，忍不住無聲咒罵——雖然顫抖很輕微，但他肯定會注意到。然而，他沒有說半句話，只是扶穩她的手，用另一隻手把戒指戴到她的手指上。

「看起來相當不錯，妳不覺得嗎？」他問，仍然握著她的手指。

凱特點點頭，無法將視線從這枚婚戒上轉開。她從來不是個喜歡戒指的人；這將是她第一枚會固定佩戴的戒指。它戴在她的手指上感覺很奇怪，又沉重又冰涼，而且非常、非常牢固。它讓過去這週發生的一切，忽然顯得更加真實，更加塵埃落定。盯著這枚戒指時，她突然發覺，其實她一直在默默期待一道閃電從天而降，在他們交換誓言之前叫停這一切。

安東尼走近一些，把她戴上戒指的手舉到他的唇邊。

「也許我們應該用一個吻來完成這場交易？」他喃喃道。

「我不確定……」

他把她拉到他的腿上，露出惡魔般狡黠的笑容，「我確定。」

但是，當凱特跌坐到他懷裡時，不小心踢到了牛頓。牛頓大聲地吠叫抗議，顯然對於午睡被粗暴打斷非常生氣。

安東尼挑起一道眉，越過凱特看向牛頓，「我剛才根本沒有看到牠。」

「牠在午睡，牠通常睡得很熟。」凱特解釋。

但是一旦醒來，牛頓就拒絕受到忽視，牠再吠了一聲，這次聽起來更清醒了，隨即跳上椅子，降落在凱特的大腿上。

「牛頓！」她大喊。

「哦，見鬼……」安東尼的埋怨被牛頓那個熱情、濕答答的吻打斷了。

「我覺得牠喜歡你。」凱特被安東尼厭惡的表情逗樂了，完全忘記她正尷尬地坐在他腿上。

「你這隻狗，馬上給我下去。」安東尼發號施令。

牛頓垂下頭，發出嗚嗚聲。

「現在！」

發出一聲嘆息之後，牛頓轉過身，啪一聲跳到地面上。

「我的老天哪，」凱特低頭看了看狗兒，牠正在桌子底下生悶氣，小鼻子悲傷地貼著地毯。「真是嘆為觀止。」

「重點在語氣。」安東尼得意地說著，鐵鉗般的手臂環住她的腰，令她無法起身。

凱特看看他的手臂，然後看向他的臉，眉毛狐疑地挑起，喃喃說著：「為什麼我覺得，你認為這種語氣也會讓女人言聽計從？」

他聳了聳肩，瞇起眼睛笑著靠向她。「通常是如此。」他低聲說。

「對我沒用。」凱特雙手撐在椅子的扶手上，想讓自己站起來，但他的力氣太大。

「對妳尤其有用。」他聲音壓得很低，像是貓在低聲呼嚕。他輕輕捧住她的下顎，把她的臉轉向他。他的嘴唇很柔軟，但很強勢，忘情探索著她的嘴，令她幾乎無法呼吸。

他的唇沿著她的下顎挪動到脖子，稍稍停了一下，低聲問：「妳母親在哪裡？」

「出去了。」凱特喘息。

他用牙齒咬著她洋裝的前襟，「會出去多久？」

「我不知道。」當他的舌頭探入細棉布，在她的肌膚上滑出一道充滿情慾的水痕時，她發出了小小的尖叫，「天啊，安東尼，你在做什麼？」

「會去多久？」他重複問題。

「一小時……也許兩小時吧。」

安東尼抬頭看了一眼，確認他剛才進來時已經關好了門。

「也許兩小時啊？」他喃喃說道，貼著她的肌膚微笑，「真的嗎？」

「也、也可能只有一小時。」

他用手指勾起她領口的邊緣，緩緩往上滑向她的肩膀附近，確保她的內衣也一起被手指勾住了。「一個小時，也可以很精彩。」他說。

然後，他停下動作，吻住她的唇，讓她無法發出任何抗議，隨後迅速地扯下她的洋裝，連內衣也跟著一起拉了下來。

他感覺到她在他口中驚喘，但他只是加深了這個吻，同時碰觸著她圓潤飽滿的乳房。她在他的手指下是如此完美，柔軟而堅挺，他一手剛好可以掌握，彷彿她是為他而生。

當他感覺到她最後一分抵抗也消失殆盡時，他吻上她的耳朵，輕輕咬著她的耳垂。

「妳喜歡這樣嗎？」他低聲問，用手溫柔地揉捏。

她顫抖著點了點頭。

「嗯，很好。」他喃喃地說，讓舌頭從她的耳朵上慢慢掃過，「如果妳不喜歡，事情會變得非常棘手。」

「怎、怎麼說？」

他努力壓抑喉嚨裡冒出的笑意，現在絕對不是笑的時候，但她是如此要命的純真。他以前從未和她這樣的女人上過床；他發現這個過程出乎意料地令人愉快。

「這麼說吧，」他說：「我非常喜歡。」

「哦。」她向他羞澀地一笑。

「還不只是這樣，妳知道。」他低聲說，讓呼吸籠罩著她的耳朵。

「我想也是。」她的回答幾乎低不可聞。

「是嗎？」他打趣地問道，再次捏了捏她。

「我還沒有天真到認為我們現在這樣做，就能製造出一個孩子。」

「我很樂意向妳展示剩下的部分。」他低聲說。

「不——噢！」

他再次捏了捏，這一次故意用手指搔弄她的肌膚。他喜歡在觸摸她胸部時，看到她六神無主的模樣。「妳剛才說什麼？」他提示，輕咬她的脖子。

「我、我說什麼了？」

他點了點頭，短短的鬍碴擦過她的喉嚨。「我相信妳剛才一定說了些什麼。但話說回來，也許我寧願不要知道。妳一開始說的是『不』字。」他舔了舔她的下巴，「在這種時候，我們之間不該有這個字出現。但是……」他的舌頭順著她的喉嚨移動到她鎖骨上方的凹陷處，「我離題了。」

「你……你什麼？」

他點頭，「我是想確定怎麼做才能取悅妳，就像所有好丈夫應該做的那樣。」

她沒有接話，但她的呼吸加快了。

他貼著她的肌膚笑了起來，「比如說，這樣？」

他攤開手掌，不再捧著她的乳房，而是讓他的掌心輕輕拂過她的乳尖。

「安東尼！」她幾乎哭出來。

「很好。」他移向她的脖子，輕輕推著她的下巴使她往後仰，暴露出更多的肌膚。「我很高興妳又再次叫我安東尼。『子爵閣下』太正式了，妳不覺得嗎？對眼前這種情況來說太正式了。」

然後，他做了數週來一直在幻想的事。他低下頭靠近她的胸口，把她含在嘴裡，品嘗、吸吮、挑逗，陶醉於她口中溢出的每一聲喘息，以及她全身上下因慾望產生的每一次顫抖。

他喜歡她的反應，欣喜於他能帶給她的感受。

「真好。」他的呼吸灼熱而濕潤地撲在她的肌膚上，「妳嚐起來真是該死的美好。」

「安東尼，」她的聲音變得嘶啞：「你確定……」

他伸出一根手指抵著她的嘴唇，甚至沒有抬起頭來看她，「我不知道妳想問我什麼，但不管是什麼……」他把注意力轉移到她的另一側乳房上，「我都非常確定。」

她發出了細微的呻吟，是那種從喉嚨深處發出的聲音。她的身體在他的撫摸下拱起，他以源源不斷的熱情挑逗她的乳尖，用牙齒輕輕地咬著玩。

「哦，我——哦，安東尼！」

他用舌頭在乳尖周圍舔弄。她很完美，簡直太完美了。他喜歡她因慾望變得嘶啞而破碎的聲音，一想到他們的新婚之夜，想到她因熱情和渴望大聲呼喊，他的身體就會像是觸電般刺痛。她會在他身下化作烈火，他等不及想看她爆發的那一刻。

他稍稍退開一些，以便看清她的臉。她滿臉緋紅，目光迷醉。她的頭髮已經從那頂難看的帽子中散落下來。

「這東西，」他說，把帽子從她的頭上取下來，「必須拿掉。」

「閣下！」

「答應我，妳不會再戴它了。」

她挪動一下坐姿（其實該說是在他大腿上動了動，這對他下半身的緊繃狀態一點幫助也沒有），瞥了一眼椅子的邊緣。「我才不會那樣做，」她反駁：「我挺喜歡那頂帽子。」

「不可能吧。」他一本正經地質疑。

「我就是喜……牛頓！」

安東尼順著她的視線看過去，接著開始狂笑，帶著他們兩個人一起在椅子上顫抖。牛頓正高高興興啃著凱特的帽子。

「乖狗狗！」他大笑著說。

「你必須買一頂賠我。」凱特嘀咕著，把衣服整理好，「雖然這個星期你已經在我身上花了一大筆錢。」

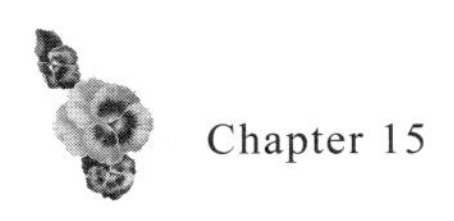

他莞爾，輕聲問：「我有嗎？」

她點了點頭，「我和你母親一直在四處採購。」

「啊，好極了。我肯定她不會讓妳買這種鬼東西。」他朝牛頓嘴裡已經被咬壞的帽子示意。他回頭看向她時，她的嘴因為不滿而抿得死緊。他忍不住彎起嘴角。她是這麼單純可愛。他的母親確實沒同意她買這麼難看的帽子，而她無法對他的話作出任何反駁，這讓她只能獨自生悶氣。

他心滿意足地嘆了口氣，和凱特在一起的生活絕對不會枯燥乏味。

但天色已晚，他差不多該走了。凱特說她母親至少還有一小時才會回到家，但安東尼知道最好不要相信女人的時間觀念。凱特可能猜錯，或者她母親可能臨時改變主意，或者發生任何突發狀況。儘管他和凱特兩天後就要結婚了，但讓人看到他們在客廳裡如此曖昧地獨處，似乎有欠謹慎。心不甘情不願地，他直接抱著她站起身來（和凱特一起坐在椅子上什麼也不做，只是單單抱著她，就讓他感到出乎意料的滿足），再把她放回椅子上。

「真是一段美好的插曲，」他輕聲說，俯身在她的額頭上吻了一下。「但我擔心妳母親會提前回家。那麼我們星期六早上見囉？」

她眨眨眼睛，「星期六？」

「我母親的某種迷信，」他有點尷尬地笑著說：「她認為新娘和新郎在婚禮前一天見面會招來厄運。」

「哦。你也相信嗎？」她站起身，不好意思地整理了一下她的衣服和頭髮。

「完全不信。」他嗤之以鼻。

她點頭，「那你願意乖乖聽母親的話，還滿貼心的。」

安東尼頓了一下，心裡很清楚，大多數有他這種名聲的男人都不願意被認為是媽寶。但這是凱特，她和他一樣重視家人，所以他接著說：「只要能讓我母親開心，我什麼都願意做。」

她羞怯地笑了笑，「這也是我最喜歡你的地方之一。」

他擺擺手，想要轉移話題，但她打斷了他的話：「不，我說的是真的。比起你想讓別人相信的外在形象，你其實是一個善體人意的人。」

就算和她繼續爭論下去，他也不會占上風——而當一個女人想要好好讚美你，反駁她沒有任何意義——於是他用手指抵著嘴唇，「噓，不要告訴任何人。」他輕吻一下她的手，低聲道別：「再見。」然後直接走出屋外。

他騎上了馬，在回到城的另一邊他自己那棟房子的路上，他回想這次拜訪的點點滴滴。這次造訪很順利。凱特似乎理解了他為他們的婚姻設下的底線，也對他的求歡有了回應，展現出一種甜蜜而激烈的慾望。

總而言之，他心滿意足地笑著想，未來看起來一片光明。他的婚姻將會成功。至於他之前的疑慮——嗯，很明顯，他沒有什麼可擔心的。

凱特憂心忡忡。安東尼彷彿用盡全力想使她明白，他永遠不會愛她，而他似乎也不希望得到她的愛。

然後他就開始吻她，吻得像是世界末日即將到來，好像她是地球上最美麗的女人。她必須承認，她對男人和他們的慾望沒有什麼經驗，但他似乎真的渴望著她。

或者，他只是把她當成了別人？她並不是他的最佳妻子人選。她最好牢記這個事實。

即使她真的愛上了他——她也只能把一切藏在心底，因為這是唯一的辦法。

Chapter 16

LADY WHISTLEDOWN´S SOCIETY PAPERS

筆者發現，柏捷頓閣下和雪菲德小姐的婚禮將會是一個小巧、親密且私人的宴會。

換句話說，筆者沒有獲邀。

但是別擔心，親愛的讀者，在這種關鍵時刻，筆者會善用情報網，保證會為各位揭露這場婚禮的大小細節，無論有趣還是無聊。

倫敦超人氣單身漢的婚禮，肯定是得在筆者的小小專欄中大大報導一番的，您說是嗎？

《威索頓夫人的韻事報》
13 May 1814

16

婚禮前一天晚上，凱特穿著她最喜歡的睡衣坐在床邊，茫然地看著散落在地板上的眾多行李箱。她的私人物品都已被打包好，整齊地折疊或收起來，準備運往她的新家。

甚至連牛頓也為這趟旅途做了準備。牠已經洗過澡、擦乾身體，脖子上戴了一個全新的項圈，最喜歡的玩具被裝進一個小提袋，現在放在前廳裡。

旁邊是打從凱特嬰兒時期起就有的那個精緻雕刻木箱，裡面裝滿了凱特兒時的玩具和珍寶。有了它們在身邊，讓她在倫敦的日子也能獲得滿滿的安慰。這其實有點傻氣，也很傷感，但對凱特來說，這使她即將面臨的改變顯得沒那麼可怕。能把她的東西——那些除了她之外對任何人都沒有意義的小玩意帶到安東尼家裡，會讓那裡看起來更像是她的家。

瑪麗似乎總是能在凱特明白自己需要什麼之前，就察覺到她的需求。她在凱特訂婚後就給薩默塞特的朋友們發了消息，請對方在婚禮前及時將東西運到倫敦。

凱特站起身來，在房間裡漫無目的地遊走，停下腳步，輕撫一件折好放在桌上的睡衣，它正等著被收進最後一箱行李中。那是柏捷頓夫人（薇莉，她開始習慣稱她為薇莉了）挑選的睡衣，剪裁適中，但衣料很薄很透。在逛內衣商店的過程中，凱特一直覺得很難為情，她未來的婆婆，竟然在為她的新婚之夜挑選物品！

凱特拿起睡衣，小心翼翼把它放進箱子裡，同時聽到了敲門聲。她應了門，艾溫娜直接探頭進來。她顯然也換好了睡衣，淺色的秀髮鬆鬆地挽成一個髮髻垂在頸背。

「我猜妳可能想喝點熱牛奶。」艾溫娜說。

凱特感激地笑了笑，「聽起來很不錯。」

艾溫娜伸手拿起放在地板上的瓷杯，「同時拿著兩個杯子就沒辦法自己開門了。」她笑著解釋。一進門，她就把門踢上，將其中一個杯子遞給凱特。

艾溫娜直直地盯著凱特，單刀直入地問：「妳害怕嗎？」

凱特謹慎地喝了一口，在大口吞嚥之前先檢查一下溫度。它是熱的，但不至於燙嘴，這讓她感到莫名的安慰。她從小就愛喝熱牛奶，它的味道總是讓她感到溫暖和安全。

「準確來說，不是害怕，」她擠出一個回答，在床邊坐下，「是緊張。真的緊張。」

「嗯，妳當然會緊張呀，」艾溫娜用騰出的手在空中生動地揮舞，「只有白癡才不會緊張。妳的整個人生即將改變。所有的一切！甚至連妳的名字也要改掉了。妳將變成一個已婚婦女。一位子爵夫人。過了明天，妳將不再是原來的妳了，凱特，而明晚之後……」

「夠了，艾溫娜。」凱特打斷說。

「但是……」

「妳這樣對舒緩我的心情一點幫助也沒有。」

「哦。」艾溫娜對她尷尬地笑笑，「對不起。」

「沒事啦。」凱特安慰她。

艾溫娜努力忍了大約四秒鐘，才問道：「母親來和妳說話了嗎？」

「還沒有。」

「她一定要來一趟的吧，對不對？明天是妳結婚的日子，我相信一定有很多很多事情需要交代。」艾溫娜喝了一大口牛奶，上唇留下了一條相當突兀的白色鬍子，她坐到凱特對面。「我知道有很多事情我都不懂，而除非妳一直都有在做那些我不懂的事情，否則我覺得妳應該也不會懂。」

凱特盤算，如果用柏捷頓夫人精心挑選的內衣來堵住妹妹的嘴，是否不太好？用這種方式教訓她還蠻有詩意的。

「凱特？」艾溫娜好奇地眨著眼睛，「凱特？妳為什麼怪裡怪氣地看著我？」

凱特遺憾地注視著內衣，「妳不會想知道的。」

「哼，好吧，我……」

艾溫娜的嘀咕被輕輕的敲門聲打斷了。「母親來啦，」艾溫娜賊賊地笑著說：「我等不及了。」

凱特給了艾溫娜一個白眼，起身去開門。瑪麗果然站在走廊，手裡拿著兩個熱氣騰騰的杯子。

「我想妳可能想喝點熱牛奶。」她心虛地笑著說。

凱特舉起她的杯子作為回應，「艾溫娜也是這麼想。」

「艾溫娜在這裡做什麼？」瑪麗進入房間後問道。

「什麼時候開始，我來找姊姊聊天還需要理由？」艾溫娜哼了一聲。

瑪麗向她投去一個責備的眼神，然後把注意力轉回凱特身上。

「嗯，今天的熱牛奶還真不少。」她沉思。

「反正這杯已經不熱了，」凱特把原先的杯子放在一個已經蓋好的箱子上，隨後接過瑪麗手中更燙的那一杯，「艾溫娜離開時可以把之前的杯子拿到廚房去。」

「妳說什麼？」艾溫娜問道，似乎有些心不在焉，「哦，當然了。我很樂意幫忙。」但她並沒有站起來。

事實上，她根本連動都沒動，只有當她在瑪麗和凱特之間來回打量時，頭才稍微移了一下。

「我需要和凱特談談。」瑪麗說。

艾溫娜熱情地點頭。

「單獨。」

艾溫娜眨眼，「我必須離開嗎？」

瑪麗點了點頭，把已經降溫的杯子遞給她。

「現在嗎？」

瑪麗又點了點頭。

艾溫娜一臉震驚難過，隨即變成一個討好的笑臉，詢問道：「您在開玩笑對嗎？我可以留下來，對嗎？」

「不對。」瑪麗回答。

艾溫娜懇求地看向凱特。

「別看我，這是她的決定。畢竟，說話的人是她，我只是聽眾。」凱特極力忍住笑意。

「妳還會問問題吧，」艾溫娜指出：「我也有問題要問啊，很多問題。」她轉向母親。

「我相信妳有，我很樂意在妳結婚前一天晚上回答它們。」瑪麗說。

艾溫娜哀哀叫著站起身。

「這不公平。」她抱怨，把杯子從瑪麗手裡一把搶過來。

「人生本來就不公平。」瑪麗笑著說。

「最好是。」艾溫娜嘟囔，不情不願走過房間。

「還有，不要在門口偷聽！」瑪麗叫道。

「我不會那麼做。」艾溫娜生無可戀地反駁說：「反正您說話的聲音也不會大到能讓我聽見任何內容。」

瑪麗嘆口氣，艾溫娜進入走廊，關上房門，每個動作都夾雜著口齒不清的抱怨。

「我們必須小聲說話。」瑪麗對凱特說。

凱特點頭，但她還是想要支持妹妹，於是說：「她應該不會偷聽吧。」

瑪麗看了她一眼，眼裡滿是不可置信，「妳要不要把門打開看看？」

凱特莞爾，「我明白了。」

瑪麗在艾溫娜之前的位置坐下，直接看向凱特，「妳應該知道我為什麼來這裡。」

凱特點頭。

瑪麗喝了口牛奶，沉默了很久才說：「當我結婚時——第一次婚姻，不是和妳父親——我完全不懂同床共枕是怎麼一回事。那並不是一次愉快的……」她閉了一會兒眼睛，那一瞬間她看起來很痛苦。「我的知識不足，使一切變得更加困難。」她精心選擇的詞語，以及說話的緩慢節奏告訴凱特，「困難」也許還說得太委婉。

「我明白。」凱特喃喃道。

瑪麗猛然抬起頭，「不，妳不明白，而且我希望妳永遠不要明白。但這是題外話。我一直對自己發誓，絕不讓我的女兒在沒弄清楚丈夫和妻子之間那些事的情況下走進婚姻。」

「我已經瞭解一些基本常識了。」凱特承認。

瑪麗顯然很驚訝，問道：「是嗎？」

凱特點頭，「總不會和動物交配區別太大。」

瑪麗搖頭，嘴角揚起一絲笑意，「嗯，不會差太多。」

凱特思索該如何問出她的下一個問題。就她在薩默塞特鄰居家的農場看到的情況而言，交配行為看起來並不怎麼令人享受。但是當安東尼吻她，她覺得自己好像失去了理智；而當他吻她第二次，她甚至不確定自己是否還想要理智！她全身上下都在輕顫，她懷疑，如果他們最近一次親熱發生在更理想的地點，她絕對會讓他予取予求，連一絲抵抗都沒有。

但是，農場裡那匹母馬叫得那麼悲慘……老實說，這幅拼圖的每一片似乎都合不起來。

最後，她清了清嗓子，「看起來不是件愉快的事。」

瑪麗再次閉了閉眼睛，臉上呈現出和剛才一樣的痛苦表情——就像想起了一些寧可藏在腦海中

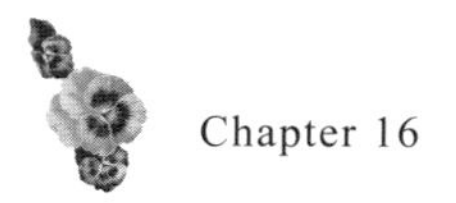

最黑暗角落裡的記憶。

等她再次睜開眼睛，她說：「一個女人是否能享受到愉悅，完全取決於她的丈夫。」

「那男人呢？」

「愛的行為，」瑪麗的臉紅了，「對男人和女人來說，都可以、並且應該是一場愉快的經歷。但是……」她輕咳了一下，喝了口牛奶，「如果我沒告訴妳，女人並非每次都能在這種行為中獲得快樂，那就是我的失職。」

「但男人可以？」

瑪麗點點頭。

「這似乎不大公平。」

瑪麗苦笑，「我剛剛才告訴艾溫娜，人生並不總是公平的。」

凱特蹙眉，低頭看著杯裡的牛奶，「嗯，這是真正的不公平。」

「但這並不表示女人一定會厭惡這種行為。而且我相信妳不會厭惡它。我猜子爵已經親吻過妳？」瑪麗急忙補充。

凱特點頭，依然看著手中的杯子。

瑪麗說話時，凱特可以聽到她聲音中的笑意，「從妳臉紅的程度來看，我猜妳很享受。」

凱特再次點頭，她的雙頰現在燙得像火烤。

「如果妳喜歡他的吻，那麼我相信妳不會因為他進一步的行為而不開心。我確信他會對妳很溫柔、很細心。」瑪麗說。

「溫柔」並無法完全描述安東尼的吻，但凱特認為這不是應該與自己母親分享的事情。真的，這場對話已經夠尷尬的了。

「男人和女人是非常不同的，」瑪麗繼續說，彷彿還不夠尷尬似的。「一個男人——即使是對

妻子忠誠的男人，而我相信子爵對妳也會如此——仍然可以在幾乎任何女人身上找到快樂。」

這讓人不安，也不是凱特想聽到的。

「那女人呢？」她問。

「女人不一樣。我聽說所謂邪惡的女人會像男人一樣去尋歡作樂，她可以投入任何人的懷抱，只要對方能夠滿足她就好，但我不相信。我認為女人一定要在乎她的丈夫，才能享受同床共枕。」

凱特若有所思，「您不愛您的第一任丈夫，對嗎？」

瑪麗搖了搖頭，「這就是一切的癥結，親愛的。除了這一點之外，丈夫對妻子的重視程度也很關鍵。但我看過子爵和妳在一起的樣子。我知道你們的婚事非常突然，令人措手不及，但他對妳顯然很關心也很尊重。妳不用太擔心，我相信子爵會好好對待妳的。」

就這樣，瑪麗在凱特的額頭上輕吻一下，向她道了晚安，離開房間時順手拿走兩個空杯子。凱特坐在床上，失神地盯著牆壁看了幾分鐘。

瑪麗錯了。凱特確信這一點。她有很多事情需要擔心。

她恨自己不是安東尼的首選伴侶，但她很務實，也很理智，她知道生活中有些事就是只能摸摸鼻子接受現實。但她一直在安慰自己，一直在回想她在安東尼懷裡時感受到的慾望，她認為安東尼也有同樣的感受。

現在看來，這種慾望甚至不一定是因為她而產生，而是每個男人對所有女人都會有的原始衝動。而凱特將永遠無法得知，當安東尼熄滅蠟燭把她帶到床上時，他閉上眼睛的那一刻……

他腦中是否想著另一個女人。

婚禮在柏捷頓大宅的客廳舉行，是一個小型的私人聚會。

或者說，如果柏捷頓一家全家到齊也能算是「小型活動」的話，畢竟從長兄安東尼到十一歲的小海辛絲都出席了婚禮。海辛絲非常認真看待她作為花童的任務。當她十三歲的哥哥葛雷里試圖把她那一籃玫瑰花瓣打翻，她直接揍了他下巴一拳，使得儀式必須推遲十分鐘，但卻變成一個人人樂於見到、輕鬆歡笑的小插曲。

但這些人當中不包括對這個小插曲相當不滿，而且肯定不覺得好笑的葛雷里——雖然是他先動手的，正如海辛絲立刻向有興趣的賓客們描述的那樣（她的嗓門很大，人們也沒辦法選擇不聽）。

在走廊裡的凱特從門縫往內偷看，目睹這一切。這個小插曲令她失笑，同時也相當感激，因為她的膝蓋已經打顫了一個多小時。她只能感謝幸運之神眷顧，柏捷頓夫人沒有堅持要舉辦大型而隆重的宴會。凱特以前從不認為自己是緊張大師，但這次她很有可能會被嚇暈過去。

事實上，薇莉曾提過是否該舉辦大型婚禮，藉以粉碎那些關於凱特、安東尼和他們突然訂婚的流言蜚語。

費瑟林頓夫人說到做到，對這件事的細節三緘其口，但她也「不小心」透露出一些線索，讓每個人都知道這樁婚約是以非同尋常的方式定下的。

結果，每個人都在議論紛紛，凱特很清楚，費瑟林頓夫人已經快要憋不住了，遲早所有人都會知道她因為一隻蜜蜂（或者說，因為蜜蜂的刺）許下終身的真相。

但最後薇莉拍板，兩人最好盡快結婚。由於沒有人能在一週內籌備出一個盛大的宴會，賓客名單僅限於家人。

凱特這邊由艾溫娜擔任伴娘，安東尼由他的弟弟班尼迪特當伴郎，他們就宣誓結婚了。

當天下午，凱特盯著左手的黃金婚戒想著，真是奇怪，一個人的生活這麼短時間就能天翻地覆。儀式很簡短，在混亂而模糊的印象中匆匆而過，但她的生活卻和以前再也不同了。艾溫娜說得對，一切都變了。她現在是個已婚婦女，一位子爵夫人。

柏捷頓夫人。

她咬著下唇。這個稱呼聽起來像是另外一個人，在有人叫「柏捷頓夫人」時，她要花多久時間才能習慣他們是在和她說話，而不是呼喚安東尼的母親？

她現在是人妻了，必須負起妻子的責任。

這讓她感到不安。

如今婚禮已經結束，凱特回想著瑪麗前一天晚上說的話，知道瑪麗說的是對的。在很多方面，她都是個幸運的女人。安東尼會好好對待她。他對任何女人都會很體貼。而這正是問題所在。

眼下她坐在一輛馬車上，從舉行婚宴的柏捷頓大宅，往距離不遠的安東尼私人住所行駛，雖然後者不能再被稱為「單身漢住所」了。

她偷偷打量她的新婚夫婿。他看著前方，表情莫名嚴肅。

「既然你已經結婚了，你打算搬進柏捷頓大宅嗎？」她輕聲問。

安東尼愣了一下，像是忘記了她的存在。

「嗯，」他回答，轉身面對她，「但過幾個月才會。我認為我們在新婚階段不妨保留一點隱私，妳覺得呢？」

「當然好。」凱特輕聲回答。她低頭看了看自己的手，這雙手正在她的腿上抖個不停。她試著讓它們平靜下來，但根本不可能。她的手套還戴得住真是個奇蹟。

安東尼順著她的視線看過去，伸出一隻大手蓋住她的兩隻手。她立刻平靜了下來。

「妳緊張嗎？」他問道。

「你覺得我不緊張嗎？」她努力保持聲音冷靜又帶點挖苦。

他笑著回應：「沒什麼好怕的。」

凱特差點噗哧笑出聲。看來她註定會一遍又一遍地聽到這句廢話。

「也許沒什麼好怕，但還是有很多事情令人緊張。」她同意。

他的笑意擴大了，「說得好，我親愛的妻子。」

凱特不由自主地嚥了下口水。成為別人的妻子很奇怪，成為這個人的妻子尤其奇怪。

「那你緊張嗎？」她反問道。

他向她靠近些，一對黑眸顯得灼熱而專注，充滿了對未來的承諾。

「哦，非常緊張，」他喃喃地說。他拉近了他們之間僅剩的距離，嘴唇找到了她敏感的耳廓，低聲說：「我的心跳個不停。」

凱特的身體似乎變得僵硬，卻又同時化為一灘春水。她脫口而出：「我們應該暫緩一下。」

他咬她的耳朵，「暫緩什麼？」

她想要轉開頭。他沒聽懂。如果他聽懂了，一定會大發雷霆，但他似乎並不怎麼生氣。暫時還沒生氣。

「結婚。」她結結巴巴地說。

這似乎逗樂了安東尼，他帶著笑意轉動著她手套上的戒指，打趣道：「現在說這個有點晚了，妳不覺得嗎？」

「我是指，暫緩新婚之夜。」她澄清道。

他往後退開一些，濃黑的眉毛皺成一團，也許帶了點怒氣。

「不可能。」他簡短地說，沒有再次擁抱她。

凱特試圖想出能讓他理解的說法，但這並不容易；她根本都不確定自己想要什麼。她很肯定，如果她告訴安東尼，她原本沒打算提出這個要求，他不會相信的；這個要求脫口而出，來自於她的內心深處，根源於她並未意識到的恐慌，直到那一刻。

「我不是要求永遠，」她恨透了自己語氣中的顫抖：「只要一個星期就好。」

這引起了他的注意，他的雙眉譏諷地高高挑起，同時開口問：「那麼，請告訴我，妳希望透過這一星期時間改變什麼？」

「我不知道。」她誠實地回答。

他緊盯著她的眼睛，專注、火熱、帶著嘲諷，「妳最好換個好一點的理由。」

凱特不想看他，不想迎上他幽深的目光，免得又讓自己陷入意亂情迷。當她把注意力放在他的下顎或肩頭時，隱藏自己的感情變得很容易，但若她不得不直視他的眼睛……

她擔心他能看穿她的靈魂。

「這一週來我的生活簡直天翻地覆。」她開始說，暗暗希望知道自己這番話究竟是想要導向什麼結論。

「對我來說也是。」他淡淡接了一句。

「對你來說沒那麼嚴重，婚姻中的親密行為對你來說並不新鮮。」她接話。

他勾起一側嘴角，笑意中帶著點自負，「我向妳保證，我的夫人，我以前從未結過婚。」

「我不是這個意思，你明明知道。」

他沒有反駁她。

「我只是想有多一點時間來準備。」她說著，在膝上絞緊了雙手。但她無法讓兩隻拇指保持不動，它們焦急地壓來壓去，證明她有多緊張。

安東尼盯著她看了很久，然後向後靠，左腳踝隨意地搭在右膝上，翹起二郎腿。

「好吧。」他同意。

「真的嗎？」她驚訝地坐直身子。沒想到他這麼輕易就答應了。

「前提是……」他繼續說。

她垂頭喪氣。她就知道事情不會那麼順。

「……妳要先教我一件事。」

她嚥了一下口水，「是什麼呢，子爵閣下？」

他俯身貼近她，眼裡閃著邪惡的光芒，「說得精確點，妳打算怎麼準備？」

凱特瞥了窗外一眼，忽然發現他們甚至還沒到安東尼住的那條街，暗暗咒罵了一句。這下逃不掉了，必須回答他的問題；她至少還要在馬車裡待上五分鐘。

「這、這個、嘛，」她停頓了一下，「我不大明白你的意思。」

他忍俊不禁，「我也覺得妳應該不明白。」

凱特瞪著他。沒有什麼比遭人取笑更討厭的了，而當被取笑的對象恰好是婚禮當天的新娘時，似乎更不應該。

「你現在是拿我尋開心吧。」她指責。

「不，我想和妳一起尋開心。這兩者之間有很大的區別。」他拋了個媚眼給凱特。

「我希望你不要這樣說話，」她埋怨道：「你知道我不懂這些。」

他的視線集中在她的雙唇，隨即舔了下自己的嘴唇。「妳會懂的，」他喃喃地說：「如果妳能接受不可避免的現實，忘記妳那愚蠢的要求。」

「我不喜歡別人指示我怎麼做。」凱特生硬地說。

他的眼神閃了一下。「我也不喜歡自己的權利被剝奪。」他的聲音冷酷，臉上是對貴族權勢的完美演繹。

「我沒剝奪你任何東西。」她堅持回答。

「噢，真的嗎？」他懶洋洋的語氣毫無任何幽默感。

「我只是要求暫緩片刻。不過是一個短暫、暫時、簡短的……」她重複形容了好幾次，以防他的大腦被男性自尊心弄得太過遲鈍，無法好好理解她的意思。「緩衝期。你應該不會拒絕一個這麼簡單的要求吧。」

「在我們兩個人當中，我可不是拒絕別人的那一方。」他聲音冷冰冰的。

他其實沒說錯，該死的傢伙，她無話可說了。她知道自己臨時起意的要求欠缺依據；如果他願意，當下他有權把她扛在肩上，直接拖上床，一個星期不讓她離開房間。

她覺得自己的行為很愚蠢，被內心的不安全感徹底掌控——在遇到安東尼之前，她甚至不知道自己會有這種不安全感。

她這輩子一直是那個第二眼才被看見、第二個被問候、第二個接受紳士吻手禮的人。作為長女，原本應該先介紹她，然後再介紹她妹妹，但艾溫娜的美貌如此迷人，她那純潔無瑕的藍色眼眸如此令人驚豔，以至於人們在她面前都忘記了既定的禮節。

在介紹凱特時，人們通常會尷尬表示「原來如此」，並且禮貌地輕聲問候，但他們的目光會立即再次滑向艾溫娜那張閃亮耀眼的臉龐。

凱特從未在意過這一點。如果艾溫娜被寵壞了，或者脾氣不好，可能才會比較難受。而且說實話，她過去遇到的大多數男人都既膚淺又愚蠢，如果他們只是在認識妹妹之際順便和她打個招呼，她其實不會太在意。

直到這一刻。

凱特希望當她進入房間時，安東尼的眼睛能亮起來。她希望他能在環顧人群之後，第一眼就看見她的臉。她不需要他愛她（或者至少她是這樣告訴自己的），但她非常希望在他的感情中成為第一，是他渴望的首選對象。

她有種可怕的、糟糕透頂的感覺，她正在墜入愛河。

愛上自己的丈夫——誰知道這可能會是一場災難？

Chapter 16

「看來妳不想回應了。」安東尼輕聲說。

馬車停了下來，謝天謝地，她也不必作出回應了。但是，當穿制服的男僕上前試圖打開車門時，安東尼又把車門砰一聲關了起來，視線從未從她臉上移開過。

「如何呢，夫人？」他又問了一次。

「什麼如何……」她重複。已經完全忘了他在問什麼。

「妳要如何為妳的新婚之夜做準備？」他聲音堅硬如冰，但又熱得像火。

「我、我還沒想好。」凱特回答。

「我想也是。」他鬆開門把手，門被拉開了，兩位男僕站在車旁，顯然在極力克制別露出一臉好奇。凱特一語不發，安東尼扶她下車，帶她進屋。

他的家僕聚集在小小的門廳裡，男管家和女管家向她介紹每位成員，凱特機械化地問候每個人。全體人員並不多，因為按上流社會的標準，這棟房子其實很小，但一一介紹也花了二十分鐘。不幸的是，這二十分鐘對平息她的緊張情緒沒什麼作用。當安東尼輕扶她的腰，帶她走向樓梯時，她的心在狂跳。她生平第一次認為自己可能真的會昏倒。

這並不是說她懼怕洞房。

她甚至也不害怕取悅不了她的丈夫。即使像她這樣毫無經驗的處女，也能從他們親吻時他的行為和反應看出他有多想要她。他會告訴她該怎麼做；對這一點她毫不懷疑。

她擔心的……

她擔心的是……

她發現自己的喉嚨哽住，幾近窒息，她把拳頭抵在嘴邊，咬住指節來穩定她的五臟六腑，彷彿這樣做真的能平緩那些令她反胃的情緒。

「我的老天，妳被嚇壞了。」到達樓梯轉角時，安東尼低聲說。

「沒有。」她撒謊。

他扶住她的肩膀，把她轉向他，深深望進她的眼睛。他低聲咒罵了一句，然後握起她的手，把她帶進他的臥室，輕聲說著：「我們需要一點隱私。」

他們來到他的房間——一間色彩濃重、充滿陽剛之氣的房間，以深淺不一的酒紅色和金色裝飾。他雙手扠腰，開口道：「難道妳母親沒有告訴妳……呃……關於……」

如果凱特不是太過緊張，她會對他的手足無措哈哈大笑。

「當然有，瑪麗說明得非常清楚。」她迅速回答。

「那到底他媽的是什麼問題？」他又咒罵了一句，隨即向她道歉。

「請原諒我，」他彆扭地說道：「這當然不是讓妳放鬆下來的好方法。」

「沒錯。」她將視線投向地板，專心看著地毯上繁複的圖案，直到淚水使它們變得模糊。

安東尼突然從喉間發出了一種奇異、幾近窒息的聲音。

「凱特？」他啞聲問：「是不是曾經有人……有男人……曾經強迫妳做過什麼？」

她抬頭，他臉上的關切和恐慌幾乎讓她的心融化。

「沒有！」她低喊：「不是那樣的。哦，不要那樣看我，我會受不了。」

「我才受不了，」安東尼低語，將她拉到懷中，輕握住她的手，把它舉到唇邊，「妳必須告訴我，」他聲音莫名帶著一絲哽咽：「妳害怕我嗎？我讓妳感到厭惡嗎？」

凱特瘋狂地搖頭，無法相信他怎麼會認為，世上會有女人厭惡他。

「告訴我，」他低聲說，嘴唇緊貼著她的耳朵，「告訴我怎樣才能讓事情回到正軌。因為我覺得我沒辦法給妳緩衝期。」他整個人貼著她的身體，強而有力的手臂緊緊摟著她，低低呻吟著說：「我等不了一個星期，凱特。我根本做不到。」

「我……」凱特犯了一個錯誤，她抬頭看了他的眼睛，立刻忘記了她原本想說的一切。

他正目光灼灼地盯著她，在她的體內點燃了一團火，令她喘不過氣。那種強烈的飢餓感，使她願意不顧一切去追求那些她仍不甚理解的事情。

她知道，她不能讓他等待。如果她以誠實無欺的態度，審視自己的靈魂，她將不得不承認，她也不想等待。

因為等待有什麼意義呢？也許他永遠不會愛她。也許他永遠不會像她對他那樣，整顆心中只有她。但她可以假裝。當他把她抱在懷裡，把唇印在她的肌膚上時，她可以假裝被他愛著，不費吹灰之力就能做到。

「安東尼。」她低聲呢喃，他的名字像是結合了祝福、懇求和祈禱。

「什麼都可以。」他粗啞地回答，跪在她面前，嘴唇沿著她的肌膚吻出一道道灼熱的痕跡，手指狂亂地想要解開她身上的禮服。

「想要什麼就告訴我，在我能力範圍內的任何東西，我都會給妳。」他呻吟。

凱特感覺到她的頭不自覺地向後仰，感覺自己最後的抵抗正在融化。

「只要愛我，」她低聲說：「只要愛我就好。」

他的回答只有一聲慾火難耐的低吟。

Chapter 17

LADY WHISTLEDOWN´S SOCIETY PAPERS

生米已煮成熟飯！雪菲德小姐現在是柏捷頓子爵夫人凱薩琳啦。筆者要向這對幸福的夫婦致上最美好的祝福。

理智又正直的人在上流社會中確實十分稀有，看到兩個稀有品種能夠結為連理，當然令人高興。

《威索頓夫人的韻事報》
16 May 1814

17

直到那一刻，安東尼都沒有意識到自己多麼需要聽到她說好，向他承認她的需要。他將她一擁入懷，臉頰緊貼著她腹部溫柔的曲線。即使穿著婚紗，她也帶著百合花和香皂的味道，那種令人瘋狂的香氣已經折磨了他好幾個星期。

「我需要妳，我現在就要妳。」他低喊著，不確定自己的話語是否仍被那一層層隔在她與他之間的絲綢布料淹沒。

他站起身把她橫抱在懷裡，沒走幾步就到了臥室正中央的那張四柱大床。他以前從未帶女人回來過，總是喜歡在其他地方享受情事，此時他突然對這個事實感到莫名高興。

凱特是不同的、特別的，她是他的妻子。他不想讓其他的記憶干擾這一個或任何一個夜晚。

他把她放在床墊上，視線牢牢鎖定她衫髮凌亂的模樣，覺得那很迷人。他有條不紊地寬衣解帶。首先是他的手套，左手脫完換右手，然後是已經被一系列熱情舉動弄得皺巴巴的外套。

他發現她黑亮的大眼睛正盯著他看，眼神充滿驚奇，這令他心滿意足，緩緩勾起嘴角。

「妳以前從未見過裸體的男人，是嗎？」他喃喃地問。

她搖頭。

「很好。」他俯身向前，從她的腳拔下一隻拖鞋，「妳不會再看到另一個。」

他開始解襯衫的扣子，讓它們從扣眼逐一滑開，當他看到她偷偷伸出舌尖輕舔嘴唇時，他的飢渴立刻暴增了十倍。

她想要他。他對女人有足夠的瞭解，可以肯定這一點。等到今晚結束，她往後的人生將再也無

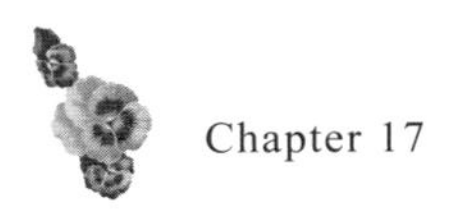

法沒有他。

而他拒絕去思考，他自己能不能沒有她。

臥室裡瀰漫的和他心裡低語的，是兩種完全不同的東西。

他可以把它們分開。他會把它們分開。

他可能不打算愛他的妻子，但這並不表示他們不能在床上徹底取悅對方。

他的手滑向長褲最上面的鈕扣，解開了它，但卻停著不動了。她仍然穿戴整齊，而且仍然無比純真。她還沒準備好看到他慾望的證明。

他像一隻野貓一樣朝床上的她爬去，越來越近，直到支撐著她上半身的手肘再也撐不住，她平躺在床上，仰望著他，微張的櫻唇傳來快速輕淺的呼吸。

他認為，沒有什麼能比凱特意亂情迷時的緋紅臉龐更美的事物了。她那一頭濃密、滑順又豐厚的秀髮，那為婚禮精心設計的髮型，已經再也無法被髮夾束縛。她那就傳統審美而言總是略顯豐滿的嘴唇，在午後的斜照日光下，呈現出一種濃郁的煙粉紅色。而她的肌膚——似乎從未比此刻更加完美無瑕，如此富有光澤。淡淡的紅暈染紅了她的雙頰，她缺乏時髦女士們始終追求的蒼白膚色，但安東尼發現眼前這種健康的血色更令人陶醉。她是真實存在的女人，正因慾望而全身輕顫。他希望得到的一切全都在這裡了。

他伸出一隻手，虔誠地用指背滑過她的臉頰，然後順著脖子滑到她領口上方露出的嬌嫩肌膚。她的禮服背後有一整排令人抓狂的鈕扣，但他已經解開了將近三分之一，現在已經寬鬆到可以將布料整件拉離她的上半身。

如果有可能的話，她的乳房看起來甚至比兩天前更美。她的乳尖是粉紅色的，而他已經知道她的乳房能與他的手掌完美結合在一起。

「沒穿內衣嗎？」他讚賞地低語，用手指沿著她鎖骨的突起緩緩撫摸。

她搖頭，回答時聲音帶著喘息：「這套禮服的剪裁不允許穿內衣。」

他露出一個痞氣十足的微笑，「提醒我給妳的裁縫師送個大紅包。」

他的手越來越往下，捧起她的一側乳房輕輕揉捏，當他聽到她發出模糊的呻吟聲時，他感到自己的慾望正猛然升高。

「真美好。」他喃喃說著抬起手，用眼神愛撫她。

他從來沒想過，光是凝視一個女人這麼簡單的行為，也可以獲得如此大的快樂。做愛向來只需要觸覺和味覺；這是第一次，視覺也同樣具有誘惑力。

她是如此完美，對他來說無比美麗，他感到一種奇特又原始的滿足感，因為大多數男人都對她的美麗視而不見，就像是她的某一面只有他能看到。世界上其他人都看不到她真正的魅力，他對這一點非常滿意。

這使她感覺更像是專屬於他的。

他突然渴望像他觸摸她那樣被她撫摸，他舉起她一隻仍然包裹在絲緞長手套中的手，拉到他的胸前。即使隔著布料，他也能感覺到她肌膚的溫度，但這還不夠。

「我想感受妳。」他低聲說，取下戴在她手上的兩個戒指，把它們放在她的雙乳之間，這道溝壑因她仰臥的姿勢而變得沒那麼深。

凱特大口喘息，因為冰冷的金屬與肌膚接觸而輕顫，隨即屏息凝神看著安東尼設法脫掉她的手套，他輕輕拉扯著每根手指，直到手套開始鬆動，然後把它從她的手臂滑到手上。

滑動的絲緞就像一個無止盡的吻，讓她全身都冒起雞皮疙瘩。然後，他以一種幾乎讓她落淚的溫柔，將戒指輪流戴回她的手指上，中途停下來吻她敏感的掌心。

「把另一隻手給我。」他溫柔地命令道。

她照做了，他又重複起同樣令人難忍的折磨，拉扯著絲緞手套，沿著她的肌膚滑動。但這一次，在他完成後，他把她的小指挪到唇邊，輕輕含住它吮吸，用他的舌頭在指尖轉圈。

凱特感覺她體內的慾望想要回應他，那股慾望正拉扯著她的手臂，在她的胸口輕顫，蜿蜒穿梭於她的五臟六腑，火熱而神祕，直至匯集到她的雙腿之間。他正在喚醒她體內的某種東西，某種黑暗的、也許有點危險的東西，某種沉睡了多年的東西，一切都只是在等待這個男人的一個吻。

她的整個人生都在為這一刻做準備，她甚至不知道接下來會發生什麼事。

他的舌頭順著她的指緣往下滑，然後舔過掌心每一道紋路。

「這麼可愛的手，」他喃喃低語，當他與她十指交纏時，又輕咬起她拇指的肉墊，「強壯，但又如此優雅細膩。」

「你在胡說，」凱特不好意思地回嘴：「我的手……」

但他用手指壓住她的嘴唇，讓她安靜下來。

「噓，」他輕斥道：「妳難道沒有學過，當妳的丈夫在讚美妳的身材時，不可以反駁他？」

凱特興奮到全身輕顫。

「例如，」他繼續用那如惡魔般的語氣：「如果我想花一個小時來檢視妳的手腕內側……」

他以一種迅雷不及掩耳的動作，用牙齒輕咬她手腕內側的細嫩肌膚，「這當然是我的特權，妳覺得呢？」

凱特無法回應，他輕輕笑起來，聲音在她耳邊低沉而溫暖。

「別以為我不會喔，我可能會花兩個小時來檢視妳的手腕。」他警告說，用指腹描繪著她肌膚下跳動的藍色血管。

凱特著迷地看著他用手指撫摸她，如此輕柔，令她因接觸而感到心癢難耐。他的手指來到她的手肘內側，然後停下來，在她的肌膚上繞圈圈。

「我無法想像，」他輕聲說：「我怎麼可能在花兩個小時檢視妳的手腕之後，還沒被它迷住。」他的手來到她身上，掌心輕輕擦過她硬挺的乳尖，「如果妳不同意，我會感到非常委屈。」

他俯下身子，攫住她的雙唇，給她一個短暫又炙熱的吻。他微微抬起頭，輕聲說：「無論任何事情，妻子都應該同意她丈夫的意見，對嗎？」

他簡直是在胡說八道，凱特終於找回了自己的聲音，促狹地笑說：「如果他的意見值得同意，妻子就會同意，子爵閣下。」

他霸氣十足地挑起一道眉，「妳在和我爭論嗎，夫人？在我的新婚之夜？」

「這也是我的新婚之夜啊。」她指出。

他嘖了一聲，搖了搖頭。「看來我得懲罰妳了，」他說：「但是怎麼懲罰？靠碰觸妳嗎？」他的手從一側乳房上掠過，接著是另一側，「還是不要碰？」

他的雙手從她身上離開，但他俯下身子，抿著嘴唇往她的乳尖上輕輕吹氣。

「要碰，」凱特喘息著，從床上拱起身子，「絕對要碰。」

「是嗎？」他慵懶地笑了，像一隻貓，「我從未想過我會這麼說，但不碰也滿誘人的。」

凱特盯著他看。他整個人撐在她上方，俯視著她，就像一個原始獵人正要進行最後的殺戮。他看起來很狂野，感覺勝券在握，並且充滿占有慾。他濃密的栗色頭髮散落在額前，讓他有種奇特的男孩氣質，但他的眼睛卻無比熾熱，閃耀著成熟男人的慾望。

他想要她。這令她感到刺激。他是個能夠在任何女人身上獲得滿足的男人，但現在，此時此刻，他想要的只有她。凱特對這一點非常確定。

這使她感覺自己是世界上最美麗的女人。

當她瞭解到他的慾望後，勇氣油然而生。凱特伸出一隻手勾住他的後腦，把他拉向她，直到他的嘴幾乎貼上她的唇。

「吻我，」她命令道，對自己霸道的語氣感到驚訝。「現在就吻我。」

他勾起嘴角，似乎有些不敢置信，但就在他們雙唇相貼前的最後一秒，他說：「妳想要什麼都可以，柏捷頓夫人。任何事情。」

然後一切就像水到渠成。他吻著她的嘴唇，盡情挑逗、吞噬，雙手則把她抬上來改為坐姿。他的手指靈活地解開她禮服的扣子，她可以感覺到清涼的空氣刷過她的肌膚，布料一寸一寸地滑落，露出她的胸部，然後是她的肚臍，然後……

然後是他的雙手，捧起她的臀部把她抬了起來，將禮服從她身下拉出。這麼親密的舉動令凱特驚呼。她現在只穿著底褲、絲襪和吊襪帶。她這輩子從未感到如此暴露，但她在他用眼神掃過她全身上下的每一個時刻，都難掩興奮。

「抬起妳的腿。」安東尼輕聲指示。

她照著做了，他以一種極度折磨人的緩慢速度，將她的一隻絲襪向下卷到她的腳趾。很快地，另一隻也被脫了下來，接著是她的底褲，在她意識到之前，整個人已經一絲不掛，徹底暴露在他面前。

他的手輕輕撫過她的腹部，然後說：「我覺得我穿得有點多，妳說是嗎？」

凱特睜大雙眼，因為他離開了床，脫掉了剩下的衣服。他的身體完美無缺，胸部肌肉緊緻結實，手臂和雙腿充滿力量，他的……

「哦，我的天啊。」她倒吸一口氣。

他咧嘴一笑，「我會把這當作一種讚美。」

凱特不自覺地吞嚥了一下。難怪她鄰居農場裡的那些動物看起來並不怎麼享受交配行為，至少雌性動物不是。這肯定是行不通的。

但她不想讓自己顯得好傻好天真，所以她一語不發，只是嚥了下口水，試圖擠出一個微笑。

安東尼捕捉到她眼中一閃而過的恐懼，溫柔地笑了起來。

「相信我，」他喃喃說道，躺到她身邊的床上。他輕撫著她臀部的曲線，用鼻尖磨蹭她的脖子，「只要相信我。」

他感覺到她點頭，他用一隻手肘撐起自己，用另一隻手在她的小腹悠閒地畫著圈圈，同時慢慢往下移，直到撫上她兩腿之間的黑色毛髮。

她的肌肉輕輕顫抖，他聽見她深吸了一口氣。

「噓。」他安撫地說，俯下身子用一個吻來分散她的注意力。上一次和處女同床時，他本身也是毫無經驗，而他現在則是完全依靠本能來引導他和凱特。他希望她的第一次是完美的。或者，如果不到完美，至少足夠美好。

當他的唇舌在她的嘴裡盡情探索時，他的手也正不斷往下探，直到抵達她濕熱的女性中心。她再次驚喘，但他毫不留情地探索逗弄，因她的每一次扭動和呻吟而欣喜。

「你在做什麼？」她抵著他的嘴唇低聲說。

他揚起一側嘴角，正用一根手指在裡面滑動。「讓妳擁有非常、非常美好的感受？」

她不斷呻吟，這令他很開心。如果她還有辦法好好說話，他就會知道他的工作做得不到位。

他在她身上移動，用大腿把她的腿分得更開，當他的陽具抵住她的臀部時，他也發出了呻吟聲。即使這時，她感覺起來仍然很完美，光是想到埋入她的體內，他就幾乎瀕臨失控。

他試著控制住自己，試著確保自己的動作緩慢又輕柔，但他的需求越來越強烈，呼吸也越來越急促，越來越粗重。

她已經為他準備好了，或者至少差不多準備好了。他知道第一次會帶給她痛苦，但他希望這種痛苦不會持續太久。

他抵著她的開口處，雙臂撐起身體，稍微拉開距離俯瞰著她。他低聲呼喚她的名字，她那已陶醉在激情中的深色眼眸盯著他看。

「現在，我要把妳變成我的人了。」他一邊說一邊往前頂。她的身體包圍住他，顫抖地收緊；這種感覺是如此微妙，他不得不咬緊牙關抵抗它。這種時刻，他很容易就會失去理智一味向前衝刺，只顧及自己的快樂。

「疼的話就告訴我。」他嘶啞地說道，只容許自己以最慢的速度向前移動。她當然也興奮了，但她非常緊，而且他知道，他必須給她時間來適應他的親密入侵。

她點頭。

他愣住了，有點無法理解心中那股疼惜不捨的感覺，「很疼嗎？」

她搖搖頭，「不是，我的意思是，如果疼的話我會告訴你。它不疼，但感覺很……奇怪。」

安東尼莞爾，俯下身子親吻她的鼻尖，「我想不起來以前和女人做愛的時候，有哪一次被形容成奇怪。」

有那麼一刻，她似乎擔心自己是否侮辱到他，接著，她的櫻唇輕微顫抖，流露出一個微笑。

「也許，」她輕輕地說：「你一直都在和錯誤的對象做愛。」

「也許是的。」他回答，又向前推進了三公分。

「我可以告訴你一個祕密嗎？」她問。

他又往前頂。「當然。」他喃喃低語。

「當我第一次看到你的……今晚，我是說……」

「我驕傲的分身？」他調侃道，眉梢輕輕一挑，露出一個傲慢的弧度。

她白了他一眼，十分迷人。「我以為這是絕對辦不到的。」

他向前推進。他已經快成功了，就差一點點就能完全嵌入她的身體了。

「那我可以告訴妳一個祕密嗎？」他回道。

「當然可以。」

「妳的祕密……」只要再輕輕向前一推，她就不再是處女了。「並不是什麼祕密。」

她的眉頭狐疑地蹙了起來。

他咧嘴笑，「妳的表情很明顯啊。」

她再次一臉糾結，這讓他忍俊不禁。

「但現在，」他保持著一本正經的模樣，「我有個問題要問妳。」

她凝視著他，顯然在等待他進一步說明。

他俯下身，嘴唇輕拂過她的耳朵，低聲說：「妳現在覺得呢？」

一開始，她沒有任何反應，然後他感到她漸漸變得驚訝，因為她終於明白了他在問什麼。

「已經結束了嗎？」她一臉的不可置信。

這一次，他忍不住爆發出大笑，「還早著呢，我親愛的妻子，」

他笑到喘不過氣，用一隻手擦拭著眼睛，另一隻手還在牢牢撐住自己。「離結束還要很久很久。」他的眼神越來越認真，接著說道：「這可能會有一點點疼，凱特。但我向妳保證，這種疼痛永遠不會再出現。」

她點頭，但他能感覺到她的身體繃緊了，他知道這只會讓情況變得更糟。

「乖，放鬆點。」他哄道。

她點點頭，眼睛緊閉，「我已經放鬆了。」

他很慶幸她看不到他的笑容，「妳絕對沒有放鬆。」

她飛快地睜開眼睛，「有啊，我有。」

「真難以相信，她竟然在我們的洞房花燭夜和我爭論。」安東尼說，像是房間裡還有其他人可以聽到他的話。

「我沒……」

他用手指按著她的嘴唇，打斷她的話，「妳怕癢嗎？」

「我怕癢嗎？」

他點點頭，「怕嗎？」

她充滿不信任地眯起眼睛，「為什麼問這個？」

「這怎麼聽起來像是肯定的答案。」他笑著說。

「一點都不……啊啊啊！」他的手找到她腋下某個特別敏感的地方時，她發出一聲尖叫。

「安東尼，住手！」她大口喘息，在他身下拚命地扭動，「別這樣！我……」

他猛地向前一衝。

「哦！」她喘息著說：「哦，老天。」

他呻吟出聲，難以相信徹底埋在她體內的感覺竟然這麼好。「哦，老天，沒錯。」

「我們現在還沒結束，是嗎？」

他慢條斯理搖了搖頭，身體開始以一種古老的節奏律動起來。「還遠得很。」他喃喃地說。

他的嘴占有了她的，一隻手悄悄地往上撫弄她的胸部。她在他身下堪稱完美，她的臀部抬起來迎接他，起初只是試探性地挪動，然後就展現出熱情的活力。

「哦，老天，凱特，」他低聲呻吟，在充滿原始激情的這一刻，他完全失去了之前的伶牙利齒。「妳太棒了。太棒了。」

她的呼吸越來越急促，每一次細微的喘息都讓他的激情更加難耐。他想占有她、擁有她，把她壓在身下，永遠不讓她離開。每一次插入都讓他難以考慮到她的需要，但他的理智不斷呼喊著：這是她的第一次，他必須溫柔照顧她，雖然他的身體狂喊著要求釋放。

隨著一聲粗重的呻吟，他強迫自己停止動作，試著緩和呼吸。

「凱特？」他差點認不出自己的聲音。這個聲音聽起來沙啞、疏離、近乎絕望。

她的頭不再左右搖擺，一直緊閉的眼睛飛快地睜開。

「不要停，」她喘著氣說：「拜託不要停。我感覺很接近了……但我不知道接近什麼。」

「哦，我的天，」他呻吟著，重新勇猛衝刺，他的頭向後仰，背脊拱起。「妳是這麼美麗，這麼令人難以置信……凱特？」

在他身下的她忽然渾身僵硬，但不是因為高潮。

他愣住了。「怎麼了？」他低聲問。

他看到她臉上閃過一絲痛苦——情感上的，而不是身體上的——但她很快就假裝沒事，低聲回答：「沒什麼。」

「胡說。」他輕聲說。他的手臂因為一直撐著身體而痠脹，但他幾乎毫無所覺。他的每一分注意力都集中在她的臉上，儘管她努力想要掩飾，但表情還是痛苦不已。

「你說我美麗。」她低聲說。

整整十秒鐘的時間，他只是一頭霧水地靜靜看著她。對他來說，他不明白這怎麼會是件壞事。但話又說回來，他從來都不認為自己真正瞭解過女性的想法。也許他應該簡單重申，說她確實很美，以及這句話該死的到底有什麼問題，但內心有個小聲音警告他，這就是那種不能講道理的時刻，無論他說什麼都會是錯的，所以他決定非常、非常小心地行事，只是低聲喚著她的名字，因為他有種直覺，這可能是唯一不會讓他陷入麻煩的回應。

「我一點都不美麗，」她低聲說，迎上他的目光。她看起來脆弱又心碎，但在他還來不及反駁她之前，她問：「你心裡想的是誰？」

他不解，「妳說什麼？」

「你和我做愛時，你想的是誰？」

安東尼覺得他的肚子像是被人狠狠打了一拳，所有的空氣瞬間從他的體內消失。

「凱特，」他慢慢地說：「凱特，妳瘋了，妳……」

「我知道男人不需要渴望一個女人，也能在她身上獲得歡愉。」她衝口而出。

「妳認為我不渴望妳？」他噎住了。天哪，他都已經準備好在她體內爆發了，而在過去的三十秒裡，他甚至都沒有動過一下。

她咬著的下唇輕輕顫抖，頸上有一條筋在跳動，「你……你在想艾溫娜嗎？」

安東尼傻住了，「**我怎麼可能把妳們兩個搞混？**」

凱特感到她臉上的肌肉在抽動，滾燙的淚水刺痛了她的眼睛。她不想在他面前哭，哦，老天啊，尤其是現在，但她的心很痛，非常痛，而且……

他的手以極快的速度捧住她的臉頰，迫使她抬頭看他。

「聽我說，」他的聲音平穩而專注：「好好聽清楚，因為我只說一次。我渴望妳。我為妳瘋狂。我因為想要妳而夜不能寐。即使在我還不喜歡妳的時候，我也渴望妳渴望得要命。這是最令人瘋狂、最誘人、也最糟糕的事，但事實就是如此。如果我再從妳的嘴裡聽到一句廢話，我就會把妳綁在這張床上，用一百種不同的方式和妳做愛，直到妳終於明白，你是全英國最美麗、最令人渴望的女人，如果其他人看不出這一點，那他們都是該死的傻瓜。」

凱特從未想到她在平躺著的時候還能驚掉下巴，但事情就這樣發生了。

他用一道眉毛挑出了人類有史以來最傲慢的表情，「妳聽懂了嗎？」

她只是凝視著他，不知道該怎麼回應。

他俯下身子，直到他的鼻子離她僅有一公分，「聽懂了嗎？」

她點了點頭。

「很好。」他哼了一聲，然後在她還沒來得及喘息的時候，他就吞噬了她的嘴唇，吻得如此猛烈，她只能緊緊抓住床單，防止自己放聲尖叫。他的下半身撞擊著她的臀部，以狂熱的力量，衝刺、旋轉、撫弄著她，直到她確信自己一定已經被燒成灰燼。

她用力抓住他，不知道是想和他緊擁在一起，還是想把他拉開。「我受不了了。」她呻吟著，覺得自己即將崩裂成碎片。她的肌肉僵硬、緊繃，而且越來越無法呼吸。

但就算他聽到了她的話，他也不在乎。他一臉專注，汗珠在他的額頭上不斷冒出。

「安東尼，」她大口喘息，「我不……」

他伸出一隻手滑到他們之間，親密地撫摸她的私處，她尖叫起來。他最後一次猛烈向前衝刺，她的世界就這麼崩潰了。她全身僵硬，隨即劇烈顫抖，覺得自己一定正從高空墜落。凱特無法呼吸，甚至無法喘息，喉嚨彷彿正在關閉，她的頭向後仰，雙手以一種她自己也不相信的猛烈程度牢牢抓住床墊。

在她上方的他整個人靜止不動，他的嘴微微張開，發出無聲的尖叫，隨後他放鬆下來，他的重量把她深深壓入床墊中。

「哦，我的老天，」他氣喘吁吁，全身上下輕輕顫抖，「從來……都沒有……這麼棒……從來沒有這麼美妙過。」

凱特花了幾秒鐘回神，滿足地撫摸他的頭髮。一個淘氣的念頭出現，超級完美的惡作劇。

「安東尼？」她喃喃地問。

她永遠不會知道他怎麼有辦法抬起頭來，因為他似乎用盡全力才能睜開眼睛，咕噥著回應她。

她慢慢地笑了，帶著剛剛開竅的女性誘惑力。她用一根手指沿著他下巴的線條滑動，低聲說：「我們結束了嗎？」

有好一會兒，他完全沒有反應，然後他的嘴角揚起，露出一個比她所能想像更邪氣的笑容。

「目前是的，」他沙啞地輕聲低語，翻了個身，把她拉到懷裡，「但只是目前。」

Chapter 18

LADY WHISTLEDOWN´S SOCIETY PAPERS

儘管柏捷頓閣下和夫人的倉促婚姻（對於過去幾週一直在冬眠狀態的人來說，柏捷頓夫人指的就是原先的凱薩琳·雪菲德小姐）仍然是流言蜚語的中心，但筆者堅定地認為，他們的婚姻是因愛情而結合的。

柏捷頓子爵並沒有陪同妻子參加每一場社交活動，但話說回來，哪個丈夫會這樣做呢？但當他在場時，筆者時常會注意到，他似乎總是在和他的夫人咬耳朵，而那些話也總是讓她微笑和臉紅。

此外，他和她跳舞的次數總是比正常慣例多得多。有鑑於許多丈夫根本不喜歡和妻子跳舞，這確實是件很浪漫的事情。

《威索頓夫人的韻事報》
10 June 1814

18

接下來幾個星期在瘋狂的忙碌中飛逝。

在鄉下的奧布雷莊園短暫停留之後，新婚夫婦回到了倫敦，社交季正如火如荼的進行著。凱特原本希望利用下午的時間重拾她的長笛課程，但她很快就發現，她變成了熱門人物，從早到晚都被社交拜會、與家人相約購物以及偶爾在公園駕馬車巡遊所填滿，晚上則是穿梭在各家舞會和派對中。

但她的夜晚只留給安東尼一人。

她認為自己還滿適合婚姻生活的。她見到安東尼的時間比她想要的少，但她理解並接受，他是一個非常忙碌的人。議會和莊園中的許多事務占用了他大量的時間。但是，當他晚上回到家，在臥室裡看到她時（柏捷頓子爵閣下和夫人沒有分房睡），他會非常體貼地詢問她這一天過得如何，同時和她分享他的一天，並與她做愛，直到凌晨時分。

他甚至還花時間聽她練習長笛。她聘請了一位音樂家每週兩個早上來指導她，考慮到凱特目前（實在不算專業）的演奏水準，安東尼願意坐下來聽整整三十分鐘的排練，只能稱之為是一種愛的表現。

當然，她也留意到，之後他就再也沒來聽過。

她的生活很美好，她的婚姻遠比她這種身分的大多數女性所期望的更好。如果她的丈夫不愛她，如果他永遠不會愛她，那麼至少他在令她感受到關心和欣賞這方面做得很好。而目前，凱特已經夠滿足了。

如果白天的他看起來有點距離，那麼，夜晚的他肯定不是這麼回事。

然而，社交界中的其他人，尤其是艾溫娜，都認為柏捷頓子爵和夫人是因愛情而結合。

艾溫娜已經習慣下午來訪，這一天也不例外。凱特已經向每天成群結隊而來的訪客道別，現在只有她和艾溫娜坐在客廳裡，喝著茶，吃著餅乾，享受著難得的私人時光。似乎所有人都想看看這位新任子爵夫人過的怎麼樣，而凱特的客廳每天下午幾乎都是高朋滿座。

牛頓跳上艾溫娜身邊的沙發，她順手撫摸著牠的毛，一邊說：「今天大家都在談論妳。」

凱特十分平靜地把茶杯舉到唇邊，喝了一口。

「大家總是在談論我，」她聳了聳肩，「他們很快就會找到另一個話題。」

「只要妳丈夫一直像昨晚那樣看著妳，這個話題就不會停。」艾溫娜回答說。

凱特感到臉頰開始發燙，嘟囔：「他又沒做什麼反常的事。」

「凱特，他的眼神簡直能點火好嗎！」艾溫娜換了個坐姿，因為牛頓移動了位置，開始嗚嗚叫，讓她知道牠希望有人揉揉牠的肚子。「我親眼目睹他為了盡快趕到妳身邊，把哈威里奇閣下一把推開。」

「我們不是一起到場的，我相信他只是有事要告訴我。」凱特解釋，雖然心裡充滿了一種祕密（也可能是愚蠢）的喜悅。

艾溫娜半信半疑，「那他有嗎？」

「他有什麼？」

「告訴妳事情啊。」艾溫娜明顯不高興了，「妳剛才說，妳相信他只是有事要告訴妳。這表示他很多事情都會告訴妳對嗎？所以妳才會知道他應該是有事要告訴妳？」

凱特眨眨眼，「艾溫娜，妳把我弄迷糊了。」

艾溫娜噘起嘴，不滿地皺眉，「妳就從來都不告訴我任何事情。」

「艾溫娜，因為沒有什麼可說的啊！」凱特伸手拿起一塊餅乾，很不淑女地咬了一大口，這樣她的嘴就會被塞得滿滿的，無法說話。她應該對她的妹妹說什麼？在他們還未成婚之前，她的丈夫就以一種最實際和最直接的方式告訴她，他永遠不會愛上她？

這會成為最適合搭配茶與餅乾的對話。

「好吧，」艾溫娜看著凱特將一塊餅乾吃了整整一分鐘後終於宣布：「其實我今天來這裡還有一個原因。我有件事想告訴妳。」

凱特感激地嚥下餅乾，「是嗎？」

艾溫娜點頭，雙頰忽然泛起紅暈。

「什麼事？」凱特很好奇，一邊喝著她的茶。嚼了這麼久的餅乾，她的嘴非常乾。

「我覺得我戀愛了。」

凱特幾乎噴出整口茶，「和誰？」

「巴格威先生。」

凱特絞盡腦汁，但她實在想不起來巴格威先生是誰。

「他是個學者，我在柏捷頓夫人的鄉村別墅派對上認識的。」艾溫娜作夢般地輕輕嘆息。

「我不記得見過他。」凱特的眉頭擰成了深思的線條。

「那次出遊妳一直都很忙碌啊，讓自己找到如意郎君之類的。」艾溫娜挖苦她。

凱特擺出一個只有對兄弟姊妹才能露出的鬼臉，「快告訴我關於巴格威先生的事。」

艾溫娜的眼睛瞬間綻放出溫柔的光芒，「他是次子，所以沒辦法指望他有多少收入。但現在妳已經嫁得這麼好，我就不必擔心這個問題。」

凱特完全沒想到自己竟然熱淚盈眶。她從未意識到艾溫娜之前參加社交季時，身上背負著多大的壓力。

她和瑪麗一直不厭其煩地向艾溫娜保證，她可以嫁給任何一個她喜歡的人，但她們也都很清楚家裡的經濟狀況，而且肯定也都開過類似的玩笑，說愛上一個有錢人和愛上一個窮人一樣容易。只要看一眼艾溫娜的表情，就會瞭解她肩上的重擔已經卸下了。

「我很高興妳找到了適合妳的人。」凱特低聲說道。

「哦，他是。我知道我們在金錢方面不會很寬裕，但說真的，我不需要絲綢和珠寶。」她的目光落在凱特手上那顆閃亮的鑽石，迅速補充：「當然，我也不是說妳就很需要！」她臉頰越來越紅，「只是……」

「只是不用再操心如何照顧妳的姊姊和母親，這點滿好的。」凱特溫柔地幫她說完。

艾溫娜發出了一聲深深的嘆息，「正是如此。」

凱特把手伸到桌子對面，握住妹妹的手，「妳當然不必為我擔心，我相信安東尼和我永遠都能夠照顧瑪麗，如果她需要幫助的話。」

艾溫娜的唇角顫抖著彎起。

「至於妳，」凱特接著說：「我認為現在是妳只為自己考慮的時候了。根據妳的想法做出決定，而不是妳認為別人需要什麼。」

艾溫娜抽回一隻手，抹去頰邊的一滴淚珠，低聲說：「我真的喜歡他。」

「那麼我也會喜歡他，」凱特堅定地說：「我什麼時候能見到他？」

「接下來兩個星期恐怕他都在牛津。他之前就安排好了一些事，我不希望他因為我而爽約。」

「當然不行，妳不會想嫁給那種食言而肥的紳士。」凱特喃喃地說。

艾溫娜點頭表示同意，「不過，我今天早上收到他一封信，他說月底會到倫敦來，希望到時能來拜訪我。」

凱特賊賊地笑，「他已經開始寫情書給妳了？」

艾溫娜點頭，臉又紅了。

「每週都有幾封。」她承認。

「那他的研究領域是什麼？」

「考古學。他相當出色，而且他還去過希臘。兩次！」

凱特沒有想到她妹妹——已經因爲美貌而名聲大噪的妹妹——竟然還能變得更加迷人。但當艾溫娜談起她的巴格威先生時，臉上閃耀著一種光芒，美得令人驚心動魄。

「我迫不及待想見到他，」凱特表示：「我們必須舉行一個非正式的晚宴，邀請巴格威先生擔任我們的貴賓。」

「那太好了。」

「也許我們三個人可以先去公園裡兜兜風，大家就可以更熟悉彼此。現在我可是已婚老婦人了，絕對有資格作為理想的伴護。」凱特忍不住笑出聲：「這不是很好笑嗎？」

一個帶點揶揄、非常男性化的嗓音從門口響起：「什麼事那麼好笑？」

「安東尼！」凱特驚呼，很驚訝竟然能在大白天看到她的丈夫。他似乎總是有無止盡的邀約和會議，讓他回不了家。「見到你真是太高興了。」

他微微一笑，朝艾溫娜頷首致意，「我發現今天竟然有一段空檔。」

「你願意和我們一起喝茶嗎？」

「我會加入妳們的，但我想喝點白蘭地。」他低聲說。

他走過房間，拿起紅木邊桌上的一個水晶酒壺。

凱特看著他替自己倒了一杯酒，隨意地拿在手裡晃動。就是這種時候，她發現要隱藏她的心意是如此困難。傍晚時分的他是如此英俊，她不知道為什麼；也許是他臉上那一片淺淺的鬍碴，或者是他的頭髮因為忙碌了一天而略顯雜亂，也可能只是因為她不常在這個時間見到他；她曾經讀過一首詩，述說意料之外的時光總是更甜蜜。

凱特注視著她的丈夫，心想那位詩人可能是對的。

「那麼，」安東尼喝了一口酒後說：「兩位女士在討論什麼？」

凱特看了看她的妹妹，無聲詢問她是否同意分享資訊，等艾溫娜點頭後，她說：「艾溫娜遇到了一位她心儀的紳士。」

「真的嗎？」安東尼問，聽起來有種家長式的好奇。

他靠坐在凱特的座椅扶手上，這是張坐墊塞得鼓鼓的椅子，一點也不時尚，但在柏捷頓家卻因其無可比擬的舒適而深受喜愛。

「我想見見他。」他接著說。

「你想嗎？你願意嗎？」艾溫娜回答，像貓頭鷹一樣眨著大眼睛。

「當然。事實上，我堅持要做這件事。」看到兩位女士都沒有發表意見，他輕蹙眉頭，補充道：「我畢竟是一家之主。這就是一家之主該做的事。」

艾溫娜很吃驚，「我……我沒意識到你對我也有責任。」

安東尼看著她，好像她突然變成了三頭六臂。

「妳是凱特的妹妹啊。」他說，好像這就解釋了一切。

艾溫娜茫然的表情維持了一秒鐘，隨即化為一臉喜悅的燦笑，「我一直想知道有個哥哥會是什麼感覺。」

「希望我通過了審核。」安東尼咕噥了一聲，對氣氛突然變得這麼感性有點不大適應。

「你很棒。」她對他開心一笑，「我真不明白為什麼艾洛伊絲會整天抱怨連連。」

凱特轉向安東尼，解釋說：「自從我們結婚後，艾溫娜和你妹妹就成了閨蜜。」

「老天保佑我們，」他喃喃低語：「那麼請問，艾洛伊絲有什麼好抱怨的？」

艾溫娜心無城府地笑了，「哦，沒什麼啦，真的。只是說你有時會有點保護過度。」

「簡直是胡說八道。」他嗤之以鼻。

凱特被茶嗆到了。她非常肯定，等他們的女兒到了適婚年齡時，安東尼會皈依天主教，這樣他就可以把女兒們鎖在一座牆高三公尺半的修道院裡！

安東尼瞇著眼睛看了她一眼，「妳在笑什麼？」

凱特趕緊拿起餐巾擦嘴，在布料的遮掩下嘟囔道：「沒什麼。」

「嗯哼。」

「艾洛伊絲說，賽門在追求達芙妮時，你就像隻熊一樣擋在中間。」艾溫娜說。

「哦，是嗎？」

艾溫娜點頭，「她說你們兩個人還決鬥了！」

「艾洛伊絲話也太多了。」安東尼沒好氣。

艾溫娜開心地點頭，「她總是無所不知。每一件事喔！甚至比威索頓夫人還厲害。」

安東尼轉向凱特，表情有點無奈，也有一點嘲諷。「提醒我，記得給我妹妹買個嘴套，」他低低地說：「也給妳妹妹買一個。」

艾溫娜發出了一陣銀鈴般的笑聲，「我想都想不到，擁有一個哥哥會像有個姊姊一樣有趣，可以和他開玩笑。我很高興妳決定嫁給他，凱特。」

「我也沒什麼選擇，但我對事情的結果相當滿意。」凱特尷尬地笑著說。

艾溫娜站了起來，順便叫醒了牛頓，牠在沙發上靠著她睡得超香。狗兒發出一聲惱怒的抱怨，搖搖晃晃地跳到地板上，然後迅速躲到桌子下面。

艾溫娜看著小狗，笑著說：「我該走了，不用送我出去啦。」看到凱特和安東尼都站起來準備送她到前門時，她補充說：「我可以自己走。」

「不行。」凱特一把挽住艾溫娜的手臂，「安東尼，我馬上回來。」

「別讓我等太久啊。」他喃喃地說，然後又喝了一口酒。

兩位女士離開了房間，牛頓跟在後面興奮地叫個不停，應該是猜到有人要帶牠去散步了。

姊妹倆一離開，他就坐進了凱特剛坐過的那把椅子。舒適的椅子上還有她的體溫，而且他覺得他能從布料上聞到她的氣息。他仔細聞了聞，這次香皂的味道比較明顯，百合花的味道淡了些。也許百合花是某種香水，是她晚上才會用的東西。

他不大確定自己今天下午為什麼要回家；他原先肯定沒打算這麼做。與他對凱特聲稱的相反，他的會議和事務其實沒多到需要他整天出門；許多會談安排在家裡也很方便。雖然他確實是個大忙人，也一直看不慣上流社會大部分人的懶散生活方式，最近好幾個下午他其實都是在懷特俱樂部度過的，看看報紙，和朋友打打牌。

他認為這樣最好。與自己的妻子保持適當的距離是很重要的。生活（至少是他的生活）必須按部就班，妻子則剛好適合他在心中標記為「社交活動」和「床」的那個部分。

但是，那天下午當他到達懷特俱樂部時，沒有半個人讓他有想交談的慾望。他看了一下報紙，但最新一期報紙上也沒有什麼值得關注的內容。他坐在窗邊，試著享受獨處的快樂（但發現這種東西根本不存在）時，他忽然冒出一種荒謬的衝動，想回家看看凱特在做什麼。

一個下午應該無傷大雅。他不可能因為和他妻子共度一個下午就愛上她。他不覺得他有愛上她的風險，他嚴厲地提醒自己。他已經結婚將近一個月了，他設法使自己的生活幸運免於這種困擾。他絕對可以無限期維持現狀。

他對自己相當滿意，又喝了一口白蘭地，聽到凱特回到房間裡時，他抬起頭。

「我認為艾溫娜可能真的戀愛了。」她臉上是燦爛的笑容。

安東尼感到自己的身體因為那個笑容而變得緊繃。實際上，他每次看到她微笑時的反應都很荒謬。這種情況不斷發生，而且令人非常惱火。

好吧，大部分時間都令人惱火。但當他能夠以耳鬢廝磨和前往臥室的方式來處理時，就不怎麼會介意。

然而，凱特顯然不像他那樣滿腦子只有魚水之歡，因為她選擇坐在他對面，雖然他的椅子還有足夠的空間，只要他們不介意擠在一起。即使是坐在他斜對角的椅子上也更好一些；至少那樣他可以把她整個人拉過來，讓她坐在他的腿上。現在她坐在桌子對面，如果他嘗試這麼做，就得把桌上的茶具全都掀翻。

安東尼瞇起眼睛評估情況，猜測到底有多少茶水會因此灑在地毯上，然後要花多少錢來更換地毯，以及他是否真的關心這麼微不足道的小錢……

「安東尼？你在聽我說話嗎？」

他抬起頭。凱特正把手臂放在膝蓋上，向前傾身和他說話。

她看起來非常專注，只是有點焦躁。

「有嗎？」她不放棄。

他眨眨眼。

「有在聽我說話嗎？」她一字一句地說。

「呃，」他咧嘴一笑，「沒有。」

她翻了個白眼，但也懶得再說他了。「我是說，我們應該請艾溫娜和她心儀的對象來吃晚飯，找一天晚上吧。我們看看他們兩人是否合適。我以前從未見過她對某位紳士如此感興趣，我真的很希望她能幸福。」

安東尼拿起一塊餅乾。他餓了，而且幾乎已經放棄了讓妻子坐在他腿上的想法。另一方面，如果他設法清理掉杯子和碟子，把她拉到桌子這邊來可能不會造成太大的混亂……

他偷偷把裝有茶具的托盤推到旁邊。

「嗯？」他應了一聲，嚼著餅乾，「哦，對，當然了。艾溫娜應該擁有幸福。」

凱特狐疑地盯著他，「你確定不想在吃餅乾的時候配些茶嗎？我不是什麼厲害的白蘭地專家，但我可以想像，茶與奶油餅乾搭配起來會更美味。」

事實上，安東尼認為白蘭地與奶油餅乾搭配也很不錯，但把茶壺清空肯定沒壞處，以防他不小心打翻它。

「好主意，」他拿起一個茶杯，往她的方向推了推，「茶是好東西。我怎麼沒早點想到。」

「我也覺得奇怪。」她低聲挖苦他——如果天底下有人能邊喃喃自語邊挖苦對方的話。但在聽到凱特酸溜溜的評論之後，安東尼覺得這也是可能的。

但他只是回她一個愉悅的微笑，伸手接回他的茶杯。

「謝謝妳。」他說，順便看一下她是否加了牛奶，她加了。他其實早就知道；她非常善於記住這些細節。

「茶夠熱嗎？」凱特禮貌地問道。

安東尼喝得一滴不剩。「完美，」他滿意地呼出一口氣，「可以麻煩妳再給我一杯嗎？」

「你怎麼突然愛上喝茶了？」她乾巴巴地問道。

安東尼看著茶壺，想知道還剩下多少，以及他是否能夠在不用憋尿的情況下把它喝完。

「妳也應該多喝點，」他建議：「妳看起來有點缺水。」

她挑高雙眉，「是嗎？」

他點頭，又擔心他可能做得太明顯了，「當然，只是一點點。」

「我想也是。」

「還有足夠的茶讓我再喝一杯嗎？」他問道，盡可能讓語氣無動於衷。

「如果不夠，我可以讓廚師再泡一壺來。」

「哦，不，沒這個必要，我就喝剩下的吧。」他連忙說，可能有點太大聲了。

凱特拿起茶壺幫他倒茶，直到最後一點茶沫在他的杯子裡旋轉。她加了一勺牛奶，然後默默把杯子遞還給他，儘管她挑高的雙眉說明了一切。

他小口啜飲著茶時（他肚子有點脹了，無法像剛才那杯一樣牛飲），凱特清了清嗓子，問道：「你認識艾溫娜的心上人嗎？」

「我甚至不知道他是誰。」

「哦，抱歉。我一定是忘了提他的姓氏。是巴格威先生。我不知道他的名字，但如果這有幫助的話，艾溫娜說他是家中的次子。她在你母親的派對上認識了他。」

安東尼搖頭，「沒聽說過這個人。他可能是我母親為了平衡男女人數而邀請的那些倒霉小夥子中的一個。我母親邀請了太多位女士，她總是這樣，希望我們兄弟中某個人可能會就此墜入愛河，但這樣就必須另找一群不起眼的男士來平衡人數。」

「不起眼的？」凱特重複。

「這樣女士們就不會愛上他們，而是我們了。」他笑得一臉得意。

「她迫不及待想把你們都送上紅毯，是嗎？」

「就我所知，」安東尼聳肩，「我母親上次邀請了太多位符合條件的女士，她不得不去牧師家裡，拜託他十六歲的兒子一起過來吃晚飯。」

凱特做了個鬼臉，「我想我見過他。」

「是的，那個害羞又可憐的小傢伙。牧師告訴我，他兒子晚餐時坐在克茜妲．考柏身邊，飯後就出了一個星期的蕁麻疹。」

「呃，誰跟克茜妲一起坐，都會長疹子。」

安東尼笑了起來，「我就知道妳也是一肚子壞水。」

「我沒有一肚子壞水！」凱特抗議，但她的笑容很狡猾，「我只不過是陳述事實。」

「在我面前不用辯解。」他喝完了茶；由於在壺裡浸了太久，茶的味道很苦，但牛奶使它變得尚能忍受。放下杯子，他又說：「妳的伶牙俐齒是我最喜歡妳的地方之一。」

「天哪，」她喃喃地說：「如果這是你最喜歡我的地方，我不是很想知道你最不喜歡什麼。」

安東尼不在意地擺擺手，「說回你妹妹和她的八個胃先生……」

「巴格威。」

「差不多嘛。」

「安東尼！」

他不理會她，「其實我一直在想，我應該為艾溫娜準備一份嫁妝。」

他並沒有忘記這麼做有多諷刺。在他曾打算與艾溫娜結婚時，他原本想為凱特準備嫁妝。

他偷瞥一眼凱特，想看看她的反應。

當然，他提出這個建議並不光是為了博取她的好感，但他還沒有高尚到無法向自己承認，他期待看到的反應不只是她的驚愕與沉默。

但他發現，她竟然紅了眼眶。

「凱特？」他問道，不確定自己應該高興還是擔心。

她很不淑女地用手背擦了擦鼻子，抽噎著說：「這是從小到大，別人為我做過最好的事情。」

「其實我是為艾溫娜做的。」他嘟囔，他對哭泣的女性從來都沒有招架之力。但在內心深處，她讓他覺得自己簡直像個頂天立地的英雄。

「哦，安東尼！」她幾乎要哭出聲來。然後，令他大吃一驚的是，她猛然起身繞過桌子，跳進他的懷裡，身上洋裝的沉重裙襬把三個茶杯、兩個茶碟和一個茶匙掃到了地上。

「你真好，你是全倫敦最好的男人。」她說，當她穩穩落在他的腿上時，抹了抹眼睛。

「嗯，很難說喔，」他伸手摟著她的腰，「可能是全倫敦最危險的，或者是最英俊的……」

「最好的，絕對是最好的。」她堅定地打斷，把頭埋進他的頸窩。

「如果妳堅持這麼說的話。」他喃喃低語，對目前的事態發展暗自竊喜。

「還好我們喝完了那壺茶，否則會弄得一團糟的。」凱特說，望著地上的杯子。

「哦，確實如此。」他一邊忍住笑意，一邊把她拉近。抱著凱特有種溫暖和舒適的感覺。她的腿掛在椅子的扶手上，她的背緊貼他的臂彎。他忽然發現他們非常適合彼此，她的高䠷體型對他這種身材的男人來說，恰到好處。

她身上有很多特質都是恰到好處。這種認知通常會使他感到害怕，但在這一刻，她在他的腿上，單單坐在這裡他就很快樂，根本不想考慮未來。

「你對我真好。」她輕聲說。

安東尼回想那些他刻意不回家的時刻，所有他丟下她一個人打發的時間，但他壓下了這份內疚。如果他硬要拉開他們之間的距離，那是為了她好，他不希望她愛上他。當他死後，這將使她更難受。

而如果他愛上了她……

他甚至不敢去想這對他來說會有多痛苦。

「我們今晚有什麼計畫嗎？」他在她耳邊低聲問。

她點了點頭，這個動作使她的髮絲輕掃過他的臉頰。

「一個舞會，在莫特朗夫人家。」她說。

安東尼無法抗拒她那頭柔軟滑順的秀髮，他用手指撩起她的頭髮，讓它滑過他的手，纏繞在他的手腕上。

Chapter 18

「妳知道我在想什麼嗎？」他喃喃說道。

他聽到她輕笑，她問道：「什麼？」

「我從來沒在意莫特朗夫人。而妳知道我還在想什麼嗎？」

現在他聽到她努力忍住笑聲，「什麼？」

「我想我們應該上樓去。」

「是嗎？」她顯然是在裝傻。

「絕對是。事實上，就是這一刻。」

她挪動一下坐姿，這個小妖精正在自行確定他有多需要盡快上樓。

「我明白了。」她嚴肅地說。

他輕輕捏了一下她的臀部，「我認為妳是感覺到了。」

「嗯，這樣說也沒錯，這很有啟發性。」她承認。

「當然，」他低聲咕噥。然後，他揚起一個十分邪惡的微笑，輕輕抬起她的下巴，直到他們的鼻尖相觸。

「妳知道我還在想什麼嗎？」他沙啞地說道。

她的眼睛睜大了，「我猜不出來了。」

「我想，如果我們現在不上樓，不如就直接留在這裡。」他一隻手從她的裙襬鑽進去，滑到她的腿上。

「這裡？」她失聲尖叫。

他的手滑向她長襪的邊緣，肯定地說：「這裡。」

「現在？」

他的手指撥弄著她私處柔軟的毛髮，然後探入她的女性中心。她又軟又濕，感覺就像天堂。

「哦，就是現在沒錯。」

「這裡？」

他啄咬她的嘴唇，「我不是已經回答了這個問題嗎？」

如果她還有任何的問題，在接下來的一個小時中，她都沒再發問了。

也許是因為他費盡心思剝奪了她的語言能力。

任何人都可以從她嘴裡發出的輕聲尖叫和呻吟聲判斷出，他做得非常好。

LADY WHISTLEDOWN´S SOCIETY PAPERS

莫特朗夫人的年度舞會一如既往地熱鬧非凡，但社交界眾人難免會注意到，柏捷頓子爵閣下和夫人並沒有出現。

莫特朗夫人堅持說他們早先有答應出席，而筆者只能靠猜測來判斷，是什麼原因讓這對新婚夫婦不想出門……

《威索頓夫人的韻事報》
13 June 1814

19

那天晚上，安東尼側躺在床上，懷裡抱著他的妻子，她的後背貼著他的前胸，睡得很香。

幸好天空這時候才開始下雨。

他試著把被子拉上來蓋住她露出的耳朵，這樣她就不會聽到雨滴打在窗戶上的聲音，但她在睡夢中和清醒時一樣焦躁不安，他還沒把被子拉到她下巴處，就被她躲開了。

現在判斷暴風雨是否會伴隨雷鳴閃電還言之過早，但雨勢越來越大，風也越來越大，直到夜裡開始狂風大作，把樹枝吹得嘩嘩作響，拍打著房子的一側。

凱特在他身邊睡得越來越不安穩，他撫摸著她的頭髮，輕聲安慰哄著她。暴風雨沒有把她吵醒，但它肯定入侵了她的夢。她開始在睡夢中喃喃自語，輾轉反側，直到整個人縮到床的另一角，臉部朝向他。

「到底發生過什麼事，讓妳如此討厭下雨？」他低聲說，把一綹深色髮絲塞到她的耳後。但他並沒有因為她的恐懼而嫌棄她；他很清楚莫名恐懼帶來的那種挫敗感。

例如，自從他抬起父親軟弱無力的手，輕輕放在他靜止胸口上的那一刻起，確信自己即將死亡這件事就一直在他腦中縈繞不去。

他無法解釋，甚至不能理解。他就是知道。

不過，他從沒有害怕過死亡，真的沒有。對它的瞭解已經根植在他心中，以至於他早已完全接受了它，就像別人接受構成生命輪迴的其他真理一樣。冬天之後是春天，接著到來的是夏天。對他來說，死亡也是如此。

直到現在。他開始想要否認它，試圖在腦海中屏蔽這個令人不安的想法，但死亡開始朝他漸漸逼近，露出令人恐懼的臉龐。

他與凱特的婚姻使他的生活走上了另一個方向，無論他如何努力自我安慰，絕對可以把他們的婚姻限制在只有友誼和性愛，還是一樣。

他很關心她。他太在乎她。當他們分開時，他渴望她的陪伴；夜晚時分他會夢到她，連把她抱在懷裡時都會。

他還沒準備好稱這種感覺為「愛」，但已足以使他感到害怕。

不管他們之間燃燒著的是什麼，他都不希望它結束。

這也是最殘酷的諷刺。

安東尼閉上眼睛，疲憊而緊張地長長嘆了口氣，想知道他到底該怎麼處理躺在他身邊的難題。但即使他閉上眼睛，他也能看見照亮黑夜的閃電，把眼前的黑色變成了血般的橘紅。

睜開眼睛，他注意到今晚稍早入睡時，他們沒把窗簾完全拉好。他必須拉上這些窗簾，防止閃電照亮房間。

但當他移動身體，試著從被子裡爬出來時，凱特抓住了他的手臂，手指瘋狂掐進他的肌肉。

「噓，乖，沒事，我只是去拉上窗簾。」他低聲說。

但她並沒有放手，當一聲驚雷響徹夜空時，她發出的嗚咽聲幾乎讓他心碎。

一抹淡淡的月光透過窗戶，剛好照亮了她痛苦緊繃的表情。

安東尼低頭看，確定她並沒醒來，於是把她的手從他的手臂上拉開，起身去拉上窗簾。他懷疑閃電的光線之後仍然會透進房間，所以他拉完窗簾後，點了一支蠟燭放在床頭櫃上。它發出的光不足以弄醒她（至少他希望它不會），但可以使房間不至於一片漆黑。

沒有什麼比一道閃電劃破黑夜更能令人心驚膽顫。

他躺回床上，看著凱特。

她還在熟睡，但並不安詳，蜷縮成一個像是胎兒的姿勢，呼吸急促。閃電似乎對她沒有什麼影響，但每次房裡只要雷聲一響，她就會瑟縮一下。

他握住她的手，輕撫她的頭髮，剛開始幾分鐘他只是躺在她身邊，試圖在她熟睡時安撫她。但是，暴風雨越來越強，雷擊和閃電幾乎緊接著出現。凱特越來越煩躁不安，然後，隨著一聲特別響亮的雷聲在空中響起，她的眼睛迅速睜開，露出極度驚慌的表情。

「凱特？」安東尼低聲說。

她坐了起來，在床上慌忙向後退，直到她的背靠在堅固的床頭板上。她看起來就像一尊描繪恐懼的雕像，整個身體僵硬到無法動彈。她的眼睛仍然大睜，幾乎眨也沒眨，雖然頭部保持不動，眼珠卻狂亂地來回掃視整個房間，眼神則欠缺焦點。

「噢，凱特。」他輕聲說。這比她那晚在奧布雷莊園圖書室裡所經歷的要糟糕得多，他能感受到她的痛苦，像把刀直接插入他的心臟。

任何人都不應該嚇成這副模樣，尤其是他的妻子。

為了不驚動她，他慢慢靠近她身邊，小心翼翼摟住她的肩膀。她在發抖，但她沒有推開他。

「明天早上妳還會記得這一切嗎？」他低聲問。

她沒有任何反應，但他也沒預期聽到她的回答。

「好了，沒事了，」他輕輕地說，試著回想他母親在孩子傷心時用來安慰他們的那些話。「現在都沒事了，妳會好好的。」

她的顫抖似乎減緩了一些，但仍然非常明顯躁動不安，在下一次雷聲撼動房間時，她整個人縮成一團，把臉埋進肩窩裡。

「不，」她呻吟：「不要、不要。」

「凱特？」安東尼眨了眨眼，然後認真地凝視著她。她的聲音聽起來不一樣了，尚未清醒，但說話咬字卻清晰許多（如果這是有可能的話）。

「不、不行。」

她的口氣聽起來像……

「不、不要，別走。」

……像個小孩。

「凱特？」他緊緊抱著她，不知道該做些什麼。他應該叫醒她嗎？她的眼睛是睜開的，但她顯然還在熟睡和做夢。他想把她從噩夢中喚醒，然而一旦她醒來，發現自己仍然在同一個地方——窗外充滿電閃雷鳴的床上。她會感覺好些嗎？

或者他應該讓她繼續睡？也許，如果她熬過了這次噩夢，他可能會抓到一點頭緒，知道是什麼造成了她的恐懼。

「凱特？」他低聲說，似乎她真的能給他一些線索。

「不，」她呻吟著，越說越激動：「不行，不要，不行。」

安東尼吻著她的太陽穴，試圖用他的存在來安撫她。

「不，拜託……」她開始抽泣，發出巨大而痛苦的喘息聲，淚水浸濕了他的肩膀，「不行，哦，不……**媽媽！**」

安東尼愣住了。他知道凱特總是稱她的繼母為瑪麗。她會不會是在呼喚她真正的母親？那個給了她生命又離世多年的女人？

就在他思考這個問題時，凱特整個人緊繃到了極點，發出一聲尖銳而高亢的尖叫。

一個小女孩似的尖叫聲。

突然間，她轉過身來，一頭鑽進他的懷裡抓著他，帶著一種驚人的絕望緊緊扣住他的肩膀。

「不行，媽媽，」她嚎啕大哭，身體因哭泣而抖個不停，「不行，妳不能走！媽媽，媽媽，媽媽，媽媽……」

如果安東尼不是背靠著床頭板，她絕對會把他撞翻，她爆發的這股力量是那麼強大。

「凱特？」他衝口而出，驚訝於自己聲音中帶著一絲恐慌。「凱特？沒事的，妳沒事了。妳很安全。沒有人要走，妳聽到我說的了嗎？沒有人。」

然而她已經泣不成聲，發自靈魂深處般慟哭。安東尼抱著她，等她稍微平靜下來後，才讓她躺下，然後他再次擁抱她，直到她重新入睡。

他發現，諷刺的是，就在電閃雷鳴最後一次撼動整個房間的時候，她睡著了。

第二天早上凱特醒來時，驚訝地看見她的丈夫坐在身邊床上，用非常古怪的眼神盯著她……混合了關切和好奇，甚至可能還有一絲憐憫。

她睜開眼睛時，他什麼也沒說，即使她發現他正在仔細觀察她的臉。她等了一會看他要做什麼，最後猶豫地說：「你看起來很累。」

「我沒睡好。」他承認。

「沒有嗎？」

他搖頭，「昨晚下雨了。」

「是嗎？」

他點了點頭，「還打雷。」

她緊張地嚥了下口水，「我猜也有閃電吧。」

Chapter 19

「嗯，一場相當大的暴風雨。」他再次點頭。

他簡潔的話語中有某種更深的含義，使她後頸的寒毛全都豎了起來，「好、好在我錯過了它，你知道我不怎麼喜歡暴風雨。」

「我知道。」他簡單地說。

但這三個字肯定沒有這麼簡單，凱特感到心跳微微加快。

「安東尼，」她不確定自己想不想知道答案。「昨晚發生了什麼事？」

「妳做了噩夢。」

她閉了一下眼睛，「我以為我已經免疫了。」

「我不知道妳曾經被噩夢困擾。」

凱特長長呼出一口氣，坐了起來，把被子也拉過來夾到腋下，「在我小時候，他們說，每當暴風雨來臨時我就會做噩夢。我不大清楚實際情況，我從來都不記得這些。我以為我……」她不得不停下來；她的喉嚨感覺鎖住了，這些話讓她難以啟齒。

他握住她的手。很簡單的一個動作，但不知何故，它對她心靈的撫慰卻遠超過任何語言所能做到。「凱特？」他輕聲問：「妳還好嗎？」

她點了點頭，「我以為我已經不再做噩夢了，就是這樣。」

他沉默了好一會，房間裡非常安靜，凱特相信她聽見了彼此的心跳聲。最後，她聽到安東尼迅速吸了一口氣，然後問：「妳知道妳會說夢話嗎？」

她本來側對著他，一聽到這句話，忍不住向右方轉頭，迎上他的目光，「我有嗎？」

「妳昨天晚上就說了。」

她緊緊抓住被子，「我說什麼了？」

他遲疑了一下，但當他再次開口，口氣是穩定而平和的：「妳呼喚著妳的母親。」

「瑪麗？」她低聲問。

他搖搖頭，「我覺得不是。我從來沒有聽過妳用名字之外的稱呼來叫瑪麗；昨天晚上妳哭著要『媽媽』。妳的口氣聽起來……」他停頓一下，匆匆吸了口氣，「妳聽起來像個孩子。」

凱特舔了舔嘴唇，然後咬住下唇。「我不知道該怎麼跟你說，」最後她說，害怕喚醒記憶的最深處，「我不知道為什麼，我會喊我的母親。」

「我想，妳應該問問瑪麗。」他輕輕地說。

凱特不假思索地迅速搖頭，「我母親去世時，我根本不認識瑪麗。我父親也不認識。瑪麗不可能知道我為什麼要呼喚她。」

「妳父親可能告訴了她一些事。」他說，把她的手舉到唇邊，給了她一個安慰的吻。

凱特低下了頭。她想瞭解她為什麼如此害怕暴風雨，但探索一個人心中最深的恐懼，幾乎和恐懼本身一樣可怕。如果她發現了她不想知道的事情怎麼辦？如果……

「我和妳一起去。」安東尼打斷了她的胡思亂想。

不知為什麼，這讓一切都變得可以接受。

凱特看著他，眼淚汪汪地點了點頭。

「謝謝你，」她低聲說：「非常感謝你。」

當天稍晚，他們兩個人走上臺階，來到瑪麗的小巧連棟房屋。管家帶他們進入客廳，凱特坐在熟悉的藍色沙發上，安東尼則走到窗前，靠著窗檯上向外看。

「看到什麼有趣的東西了嗎？」她問。

他搖頭，轉身看向她時不好意思地笑了，「我只是喜歡看窗外而已。」

凱特覺得這句話有種甜蜜的感覺，雖然她無法明確指出是什麼。她每天似乎都能發現他性格中的某些新鮮癖好，一些獨特而可愛的習慣，這使他們的關係越來越緊密。她喜歡發掘他的奇怪小毛病，比如他在睡覺前總是會把枕頭折起來，或者挑果醬口味時，他討厭橘子，卻喜歡檸檬。

「妳在偷偷高興什麼？」

凱特倏然回神。安東尼正納悶地盯著她。

「妳魂不守舍，臉上還掛著非常夢幻的笑容。」他帶著打趣的表情說。

她搖了搖頭，滿臉通紅，喃喃地說：「沒什麼。」

他一臉疑惑地走回沙發旁，「我願意付一百英鎊買妳現在腦子裡想的東西。」

瑪麗的到來救了凱特，讓她免於發表意見。

「凱特！」瑪麗驚呼：「真令人喜出望外。還有柏捷頓子爵閣下，見到你們倆真是太好了。」

「您真的應該叫我安東尼就好。」他不大自在地說道。

等他握住她的手打招呼時，瑪麗笑了，「我會努力記住。」

她坐在凱特的對面，看到安東尼也在沙發上坐下後才說：「艾溫娜不在家喔。她的巴格威先生忽然來了城裡，他們去公園裡散步了。」

「我們應該把牛頓借給他們，我想不到有哪個伴護能比牠更有能耐了。」安東尼好心地說。

「我們其實是來找您的，瑪麗。」凱特說。

凱特的聲音帶著一種反常的嚴肅，瑪麗立刻回應：「怎麼了？一切都還好嗎？」她的目光在凱特和安東尼之間來回打量。

凱特點點頭，支支吾吾地尋找著合適的詞句。好笑的是，她整個上午都在排練要問些什麼，現在她卻無話可說。她感覺安東尼按住了她的手，那份重量和溫暖讓她感到莫名安慰，於是她抬起頭來，對瑪麗說：「我想請教您關於我母親的事。」

瑪麗似乎有點驚愕，隨即說：「當然。可是妳也知道，我並不認識她本人。我只知道妳父親告訴過我的那些事。」

凱特點頭，「我知道。您可能沒有我想問的事的答案，但我不曉得還能問誰。」

瑪麗換了個姿勢，雙手在腿上自然地交握。但凱特注意到，她的指關節已經發白。

「那好。」瑪麗說：「妳想瞭解什麼？我會知無不言，言無不盡。」

凱特再次點點頭，吞了吞口水，她的嘴已經乾了，「她是怎麼死的，瑪麗？」

瑪麗眨了眨眼，然後微微垂下肩膀，彷彿鬆了一口氣，「妳知道她的死因，是流感，或者某種肺炎。醫生們從來沒有確定過。」

「我知道，但……」凱特看向安東尼，後者對她點點頭，令她感到安心。她深吸一口氣，繼續說下去：「我仍然害怕暴風雨，瑪麗。我想知道為什麼。我不想再害怕下去了。」

瑪麗的嘴唇輕輕張開，但她只是盯著凱特看，沉默了好一會。她的臉上漸漸失去血色，呈現出一種奇怪的、半透明的顏色，眼神變得失焦。

「我不曉得，」她低聲說：「我不曉得妳還……」

「我隱藏得很好。」凱特輕聲說。

瑪麗伸出顫抖的手揉了揉太陽穴，「如果我知道，我就會……」她的手指移到額頭上，在努力組織語言時按了按蹙著的眉心，「呃，我不知道我會做什麼。會告訴妳吧，我想。」

凱特的心跳停止了，「告訴我什麼？」

瑪麗長長吐出一口氣，兩手捂著臉，手指按壓著眼窩的上緣。她看起來好像頭疼得厲害，無比沉重的壓力正在撕裂她的腦袋。

「我只想讓妳知道，」她哽咽著說：「我沒有告訴妳是因為我以為妳不記得了。如果妳忘記了，那麼，似乎也就不該再讓妳想起來。」

她抬起頭，滿臉淚水，低聲說道：「但顯然妳還記得，否則妳就不會這麼害怕了。哦，凱特。我真的很抱歉。」

「您沒有什麼可抱歉的。」安東尼輕聲說。

瑪麗看著他，眼睛一瞬間瞪得老大，似乎忘記了他也在房間裡。「哦，但是真的有，」她悲傷地說：「我不知道凱特還在為心中的恐懼而痛苦。我早該知道的。這是一個母親應該感覺到的事情。她可能不是從我肚子裡出來的，但我一直努力想做她真正的母親……」

「您是。您做得非常好。」凱特急切地說。

瑪麗回頭看了看她，停頓了幾秒鐘，然後用一種奇怪而遙遠的聲音說：「妳母親去世時妳才三歲。實際上，那天是妳的生日。」

凱特點頭，聽得非常專心。

「我和妳父親結婚時，我發過三個誓言。一個是我在上帝和證人面前向他立下的婚誓，也就是成為他的妻子。但在我心裡，我還立下了另外兩個誓言。一個是對妳，凱特。我只看了妳一眼，妳是那麼的迷茫而絕望，大大的棕色眼睛盛滿了悲傷——它們看起來那麼傷心，任何一個孩子都不該有那樣的眼神——我發誓我會愛妳如己出，盡我的全力來撫養妳。」

她暫停了一下，抹了抹眼睛，感激地接過安東尼遞給她的手帕。當她繼續說的時候，聲音幾乎低不可聞：「另一個誓言是對妳母親的。我去過她的墳前，妳知道。」

凱特點頭，伴隨著一個懷念的笑容，「我知道。有幾次是我和您一起去的。」

瑪麗搖頭，「不，我是說在我嫁給妳父親之前。我跪在那裡，那就是我第三次對自己發誓。她一直是妳的好母親；每個人都這麼說，連傻瓜都能看出妳有多麼思念她。所以我向她承諾了我向妳承諾過的所有事情，做一個好母親，愛護和珍惜妳，把妳當成我的親生骨肉看待。」她抬起頭，眼眸清澈而毫無保留，「而且，我認為我這樣做也能讓她安息。我認為沒有任何一個母親，被迫丟下這麼小的孩子，還能安心撒手人寰。」

「哦，瑪麗。」凱特低聲說。

瑪麗看著她，悲傷地笑了笑，然後轉向安東尼，「而這就是我感到抱歉的原因，子爵閣下。我早該發現、也早該看到她在受苦。」

「但是瑪麗，」凱特抗議：「是我不想讓您看到。我躲在自己的房間裡、躲在我的床下、躲在壁櫥裡。為了不讓您知道，我用盡了各種方式。」

「但是為什麼呢，親愛的？」

凱特吸吸鼻子。「我不知道，可能是不想讓您擔心吧。也許是我害怕讓自己顯得軟弱。」

「妳總是想要變得堅強，即使在妳還是個小娃娃的時候。」瑪麗低聲說。

安東尼握住凱特的手，但看向瑪麗，「她很堅強。而您也是如此。」

瑪麗定定凝視著凱特的臉，眼睛裡充滿了懷念與悲傷，然後，她用低沉平緩的聲音說：「妳母親去世時，那時候的情況很……我當時不在現場，但我嫁給你父親時，他把這個故事告訴了我。他知道我已經把妳當成親生的孩子來疼愛，他認為這可能幫助我更深入瞭解妳。」

「妳母親的死亡來得非常快。據妳父親說，她是在某個星期四病倒，隔週的星期二就去世了。那段時間都在下雨，一場可怕的暴風雨，似乎永遠不會結束，風雨無情地拍打著地面，直到河水氾濫，道路無法通行。」

「他說，他相信只要雨停了，她的情況就會立刻好轉。這種執念很傻，他知道，但每天晚上他都會在睡覺前祈禱太陽從雲層中探出頭來。祈求任何可能為他帶來一丁點希望的東西。」

「哦，爸爸。」凱特不由自主地低聲喊。

「妳被關在房子裡，這顯然讓妳非常受不了。」瑪麗抬起頭，對著凱特溫柔一笑，笑容裡是多年的回憶，「妳一直都喜歡戶外活動。妳父親告訴我，妳母親曾經喜歡把妳的搖籃帶到戶外，在新鮮空氣中逗妳玩。」

「我不知道。」凱特喃喃說。

瑪麗點頭，然後繼續說她的故事：「妳並未立刻意識到母親生病了。大人們讓妳遠離她，擔心傳染。但最後妳一定感覺到了事情不大對勁，孩子們總是這麼敏感。她去世的那天晚上，雨越下越大，我聽說那時的雷聲和閃電是前所未有的劇烈可怕。」她停頓了一下，頭微微側著，問道：「妳還記得後花園裡的那棵老樹嗎？妳和艾溫娜常爬上去玩的那棵？」

「被劈成兩半的那棵？」凱特低聲說。

瑪麗點了點頭，「就是那一晚發生的事情。你父親說那是他聽過最可怕的聲音。雷鳴和閃電交織在一起，在雷聲震懾大地的那一刻，一道閃電劈開了那棵樹。」

「我猜妳那晚睡不著，」她繼續說：「連我都記得那場暴風雨，即使我那時住在隔壁郡。我不知道怎麼會有人睡得著。你父親當時和妳母親在一起。她快要走了，每個人都知道，他們沉浸在悲痛之中，忘記了妳。他們一直很小心地把妳蒙在鼓裡，但那天晚上他們的注意力在別的地方。」

「妳父親告訴我，他坐在妳母親的身邊，想要在她嚥氣時握住她的手。肺病的最後一刻往往不如想像中平靜。」瑪麗抬起頭來，「我母親也是因此過世的。我知道。她最後走得並不安詳，她大口大口地喘著氣，在我眼前窒息而死。」

瑪麗下意識地吞嚥了一下，然後看向凱特的眼睛，「我只能假設，妳也目睹了同樣的事情。」她低聲說。

安東尼握緊了凱特的手。

「但是，我母親去世時，我已經二十五歲了，」瑪麗說：「而妳當時只有三歲，這不是一個孩子應該看到的。大人們想要帶妳離開，但妳不肯走。妳又咬又抓，大喊大叫，然後……」

瑪麗停下來，哽咽到說不出話。她把安東尼給她的手帕覆在臉上，過了好一會兒，她才能夠繼續說下去。

「當時妳的母親只剩最後一口氣了，」她聲音很低，幾乎像是耳語：「就在他們找到一個身強體壯的人能把吵鬧不休的孩子帶走時，一道閃電刺穿了房間。妳父親說……」

瑪麗停下來，深吸一口氣，「妳父親告訴我，接下來發生的事情，是他一輩子經歷過最陰森恐怖的時刻。那道閃電——把房間照得像白晝一樣明亮。但閃電並沒有像往常那樣瞬間結束；那道光幾乎像凝結在空中。他連忙看向妳，妳整個人一動也不動。我永遠不會忘記他描述的方式，他說，妳那時就像是一座小小雕像。」

安東尼打了個寒顫。

「怎麼了？」凱特轉向他。

他不敢置信地搖了搖頭，「妳昨晚就是那副樣子，完全就是她形容的模樣。我昨晚心裡也是這麼想。」

「我……」凱特轉頭看向瑪麗。但她不知道該說什麼。

安東尼再次輕捏她的手，看向瑪麗並催促道：「請繼續。」

瑪麗頷首，「妳直直瞪著妳的母親，於是妳父親轉過身來，想看看是什麼把妳嚇成這個樣子，這時他……他看到……」

凱特輕輕地從安東尼手中抽回自己的手，起身坐到瑪麗身邊，拉了一張腳凳到她的椅子旁。她伸出雙手握住瑪麗的一隻手。

「沒事的，瑪麗，」她喃喃地說：「您可以告訴我。我需要知道。」

瑪麗點點頭，「那正是妳母親去世的時刻。她直挺挺地坐在床上。妳父親說她已經好幾天都沒辦法把身體從枕頭上抬起來，但當時卻猛然坐直。他描述她全身僵硬，頭向後仰，嘴巴張開，好像在大聲喊叫，卻發不出任何聲音。然後雷聲響起，妳一定以為那聲巨響是從她嘴裡傳出來的，因為妳發出沒有任何人曾聽過的尖叫，衝過去跳上床，伸手抱住她。」

「他們試圖把妳拉開，但妳就是不鬆手。妳不停尖叫，叫著她的名字，然後就發生了恐怖的意外，窗玻璃被打碎了。一道閃電劈斷了樹枝，它直接撞破了窗戶。到處都是碎玻璃，有風、有雨、有雷，還有更多的閃電，而整個過程妳一直在尖叫。即使當她已經嚥氣並倒在枕頭上，妳的小手仍然緊緊摟住她的脖子，妳尖叫、抽泣，乞求她醒來，不要離開。」

「而妳就是不肯放手，」瑪麗低聲說：「最後他們不得不等待，等到妳把自己弄得筋疲力盡睡著為止。」

房間裡整整安靜了一分鐘，凱特終於低聲說：「我不記得了。我不知道我目睹了整個過程。」

「妳父親說妳不肯談論這件事，」瑪麗說：「當下妳也沒辦法說什麼。妳昏睡了好幾個小時，當妳醒來時，很明顯，妳也染上了妳母親的病，即使不像她那麼嚴重。從未有性命之憂，但是妳生病了，他沒辦法和妳談論妳母親的死亡，而等妳康復後，妳拒絕談論它。妳父親嘗試過，但他說，每次他提到那個晚上，妳都拚命搖頭，用手捂住耳朵。最後他就不再試了。」

瑪麗意有所指地看向凱特，「他說，當他不再提起這件事，妳似乎變得比較快樂。他做了他認為對妳最好的決定。」

「我瞭解，」凱特低聲說：「而且在當時，這可能是最好的作法。但現在我需要知道。」她轉向安東尼，不是為了得到安撫，而是為得到某種確認，她重複說：「我需要知道。」

「妳現在感覺如何？」安東尼問，口氣輕柔但直接。

她想了一會兒，「我不知道。很好吧，我想。感覺輕鬆了一點。」

然後，甚至還沒意識到自己在做什麼，她就笑了起來。有點猶豫、有點沉重，但確實是一個微笑。她驚訝地看向安東尼，「我覺得……如釋重負。」

「妳現在想起來了嗎？」瑪麗問道。

凱特搖搖頭，「但我真的感覺好多了。我沒辦法解釋它，不過能知道這些真的很好，即使我完全不記得了。」

瑪麗發出了類似哽咽的聲音，她從椅子上起身，和凱特一起擠在腳凳上坐，用盡全力擁抱她，兩人哭成一團。

那是一種莫名充滿活力的啜泣，其中還夾雜著笑聲。她們的臉上滿是淚水，但那是快樂的眼淚，當凱特終於離開那個擁抱，轉頭看向安東尼時，她看見他也在擦拭眼角。

他拿開拭淚的手，擺出一副莊重的模樣，但她確實看見了。那一刻，她知道她愛上了他。她的每個想法、每種情感，全身全心全靈，都愛上了他。

如果他永遠無法回報她的愛——她不想去思考這個問題。現在不要，不要在這個動情的時刻。

也許永遠都不要去想。

Chapter 20

LADY WHISTLEDOWN´S SOCIETY PAPERS

除了筆者之外，有人注意到艾溫娜·雪菲德小姐最近總是心不在焉嗎？

有傳言說她已經心有所屬，雖然似乎沒人知道那位幸運紳士的身分。

不過，從雪菲德小姐在宴會上的表現來看，筆者認為我們大可以假設，這位神祕紳士目前並非住在倫敦。雪菲德小姐對任何一位男士都沒有表現過明顯興趣，事實上，她上週五在莫特朗夫人的舞會上甚至都沒有起身跳舞。

她的追求者會不會是她上個月在鄉下遇到的人？

看來筆者必須展開調查才能揭開真相。

《威索頓夫人的韻事報》
13 June 1814

20

「你知道我在想什麼嗎？」當天晚上凱特問道，她正坐在梳妝臺前梳理一頭秀髮。安東尼站在窗邊，一手撐著窗框，望向窗外。

「嗯？」他正沉浸在自己的思緒中，無法給出更連貫的回答。

「我想，」她用開朗的口氣繼續說：「下次暴風雨來臨時，我應該會沒事的。」

他緩緩轉過身，「真的嗎？」

她點頭，「我也不知道為什麼會這麼認為。一種直覺吧，我想。」

「直覺往往是最準確的。」他用一種連他自己聽起來都覺得生硬的古怪口吻說道。

「我感到奇怪的樂觀，」她一邊說一邊揮動她的銀質髮梳，「我長這麼大，一直都被這個可怕噩夢所控制。我沒告訴你——我從來沒告訴過任何人，但每次只要暴風雨來臨，我都會被折磨得生不如死，我以為……好吧，我不只是以為，我其實是確信……」

「確信什麼，凱特？」他問道，他害怕聽到答案，但毫無頭緒為什麼會這樣。

「不知怎麼回事，」她若有所思地說：「但當我顫抖和哭泣時，我確信自己很快就會死。我心裡有數。我不可能在這麼難受的情況下還能活到第二天。」她的頭微微偏向一側，臉上帶著一抹緊張，似乎不確定該如何說出她想講的事情。

但安東尼還是明白了。他的血液瞬間結成寒冰。

「你一定會認為這是愚蠢到不行的事情，」她羞澀地聳了一下肩膀，「你是那麼理智、那麼冷靜，又那麼實際。我覺得你應該無法理解這樣的事情。」

——她哪裡知道實情呢。

安東尼揉了揉眼睛，感覺到莫名的醉意。他蹣跚走向一張椅子，希望她沒有發現他的腳步和內心是多麼不穩，然後坐了下來。

好在她的注意力又回到梳妝臺上的那些瓶罐和小飾品上。或者她只是不好意思看他，以為他會嘲笑她毫無來由的恐懼。

「每當暴風雨過後，」她繼續說，低頭看著桌面，「我都知道自己有多愚蠢，這個想法多麼可笑。畢竟，我經歷過不少次的暴風雨，到現在也還活得好好的。但就算我的理智知道這一點，似乎從來沒有什麼幫助。你明白我的意思嗎？」

安東尼試著點頭，但不確定自己是否真的做到。

「下雨的時候，」她說：「除了暴風雨，一切都不存在了。當然，還剩下我的恐懼。等到太陽出來，我會再次意識到自己多麼愚蠢。但等到下一次暴風雨來襲，所有事情就會重演。我再一次確信自己會死。我就是知道。」

安東尼感到反胃，他的身體感覺很奇怪，不像是自己的了。

他一句話也說不出來。

「老實說，」她抬起頭來看著他，「唯一一次我覺得自己可能活到第二天的時候，是在奧布雷莊園的圖書室。」

她起身走到他身邊，半跪坐下，將臉頰靠在他的腿上，「和你在一起。」她低聲說。

他輕輕撫摸她的頭髮。像是出於反射動作，沒有別的含義，也沒有意識到自己的行為。

他不知道凱特會對自己的死亡有預感。大多數人都沒有。

這麼多年來，安東尼一直有種奇怪的孤獨感，彷彿他明白了某些基本、可怕的真相，但生活周遭的其他人卻不知道。

即使凱特預感到的宿命與他的有別——她的宿命會迅速消逝，是由一陣風、雨和雷電帶來的，而安東尼的宿命將一直伴隨著他，直到他死亡的那一天——她與他還是有根本上的差異：她已經戰勝了這種宿命。

凱特與她的心魔鬥爭，她贏了。

而安東尼是如此妒忌這一點。

這並不是種高尚的心態，他很清楚。凱特戰勝了伴隨暴風雨而來的恐懼，而基於對她的關心，讓安東尼為她感到欣慰、如釋重負、喜出望外，還有一切想像得到的美好純潔情感，但他仍然感到妒忌。如此該死的妒忌。

凱特贏了。

而他，願意承認心魔存在但拒絕向它們屈服的他，現在卻被恐懼所支配。所有這一切都是因為，他發誓永遠不會發生的事情已經成真了。

他愛上了他的妻子。

他愛上了他的妻子，而現在只要一想到死亡，一想到要離開她，一想到他們在一起的時刻將只是一首短詩，而不是一部纏綿悱惻的長篇小說，他就心如刀割。

他不知道該怪罪誰。他想把矛頭指向他的父親，因為他的英年早逝，使自己必須承受這個可怕的詛咒。

他想指責凱特，因為她進入了他的生命，使他害怕自己的死亡。如果有用的話，他甚至會去指責街上的某個陌生人。

但事實是，他無法怪罪任何人，甚至他自己。如果他能把手指指向某個人——任何一個人——並說「都是你害的」，一定會讓他感覺好很多。他知道這很幼稚，必須找個代罪羔羊才能讓自己好受，但每個人都有權利偶爾表現出幼稚的一面，不是嗎？

「我好快樂。」凱特喃喃說著，頭仍然靠在他的腿上。

安東尼也希望自己能快樂。

他非常希望一切都簡簡單單，希望幸福就只是幸福，沒有條件與但書。他想為妻子最近的勝利感到高興，不再想起自己的擔憂。

他想沉浸在這一刻，忘記未來，把她緊緊抱在懷裡……

他猛然拉著凱特一起站了起來。

「安東尼？」凱特納悶，驚訝地眨著眼睛。

他以親吻作為回答。他的嘴唇帶著澎湃的熱情與渴求和她的嘴唇相遇，讓大腦無法運作，直到他的理智被身體所支配。

他不想去思考，更不想擁有思考的能力。他所想要的只是眼前這個時刻。

他希望這一刻能永遠持續下去。

他把妻子橫抱起來走向床邊，把她放在床墊上，隨即覆蓋在她身上。在他身下的她非常美麗，柔軟又堅韌，並且被一股和他體內同樣洶湧的慾火所吞噬。她可能不明白是什麼促使他突然有了需求，但她感覺到了，也有著同樣的渴望。

凱特早就換好衣服準備就寢，睡袍在他老練的手指下輕而易舉被解開。他必須觸摸到她，感受到她，向自己保證她就在他的身下，他必須和她做愛。

她穿著一件冰藍色的絲質睡袍，肩膀上打著結，完美貼合她的曲線。這是一件能將男人化為岩漿的睡衣，安東尼也無法倖免。

她溫暖肌膚在絲綢下的觸感，有種能令人不顧一切的誘惑力。他的手恣意在她的身體上遊走、觸摸、揉捏，盡可能地讓她與他緊密相貼。

如果他能把她融到他的身體裡，他一定會那麼做，並把她永遠留在那裡。

在他把嘴從她唇上移開的那一剎那，凱特大口喘息著說：「安東尼，你還好嗎？」

「我想要妳，我現在就想要妳。」他咕噥著，把睡袍往上拉到她的大腿根。她的眼睛因震驚和興奮而睜大，他坐起來，跨坐在她身上，重心放在膝蓋以免壓到她。

「妳是如此美麗，令人難以置信的美麗。」他低聲說。

凱特的表情因他的話而亮了起來。她的雙手伸向他的臉，用手指撫摸他長出淡淡鬍碴的臉頰。他抓住她的一隻手，轉頭親吻她的手掌，而她的另一隻手則順著他脖子上鼓起的肌肉往下輕撫。

他的手指找到了她肩膀上精緻的繫帶，打成鬆鬆的蝴蝶結，一拉就開了。但等到絲綢從她的胸前滑下，安東尼就失去所有的耐心，胡亂拉扯著她的睡衣，直到它堆積在她腳邊，讓她在他面前一絲不掛。

隨著一聲粗重的呻吟，他扯開自己的襯衫，鈕扣在他拉開襯衫時飛了出去，而他也只用了幾秒鐘就把長褲脫掉。然後，當床上只剩下赤裸的美好軀體時，他再次覆蓋住她，用肌肉強壯的大腿把她的雙腿分開。

「我等不及了，我可能會讓妳不舒服。」他嘶啞地低吼。

凱特發出一聲狂野的呻吟，她掐住他的臀部，把他引向她的入口。

「我很舒服，」她喘著氣說：「而且我不想讓你等待。」

那一刻，不再需要任何語言。安東尼的喉間發出了一聲原始的低吟，他插入她的身體，以一個長而有力的動作將自己完全埋入。

凱特睜大眼睛，在他快速有力的衝刺下，雙唇嘛成一個小小的圓形。但她的身體已經準備好迎接他——非常充分的準備。

他狂野的速度激起了她內心深處的熱情，直到她不顧一切地想要他，幾乎無法呼吸。

他們的動作並不細膩，也不溫柔。

他們熱情如火，滿身大汗，瘋狂渴望彼此。

他們緊緊相擁，彷彿能夠透過意志力讓這一刻永遠不要結束。

當他們同時達到高潮，感受無比強烈，兩人的身體同時繃緊，叫喊聲在夜色中交織在一起。

結束之後，他們蜷縮在對方的懷裡，努力找回平順的呼吸。

凱特滿足地閉起眼睛，向遍布全身的倦意投降。

但安東尼並沒有這麼做。

他凝視著她，看著她漸漸入睡，隨後進入沉眠。他看著她的眼珠有時會在困倦的眼皮下輕輕移動。他透過計算她胸部的輕柔起伏來衡量她的呼吸節奏。他聽著她的每一聲嘆息，每一句夢囈。

有些記憶是男人會想銘刻在大腦之中的，這就是其中之一。

但就在他確信她已經完全睡著了的時候，她向他的懷抱偎得更近一些，同時發出一種溫暖又可愛的聲音，眼皮緩緩地張開。

「你還醒著。」她喃喃地說，聲音因睡意而變得粗啞。

他點頭，懷疑自己是否把她抱得太緊了。

他不想鬆手。他從未想過要放手。

「你應該睡一下。」她說。

他再次點頭，但似乎無法讓自己的眼睛閉上。

她打了個呵欠，「這樣真好。」

他輕吻她的額頭，發出「嗯」的同意聲。

她抬起脖子，回他一吻，然後躺回枕頭上，喃喃低語：「我希望我們能一直這樣下去。」當睡意再次襲來，她又打了個呵欠，「一直到永遠。」

安東尼僵住了。

一直。

她不知道這個詞語對他來說意味著什麼。五年？六年？也許是七或八年。

永遠。

那是一個沒有意義的詞，是他根本無法理解的東西。

他突然難以呼吸。被子就像一堵磚牆壓在他身上，空氣越來越稀薄。

他必須離開、他必須要走、他必須……他從床上跳了下來，步履蹣跚，喉嚨發緊，伸手拿起胡亂扔到地上的衣服，開始手忙腳亂地穿上。

「安東尼？」

他猛地抬起頭。

凱特在床上坐得直直的，打著呵欠。即使在昏暗的光線下，他也能看到她的眼裡充滿不解，還有點受傷。

「你還好嗎？」她問。

他朝她生硬地點了一下頭。

「那你為什麼要把你的腿伸進襯衫袖口裡？」

他低下頭，咬牙把他從未想過在女性面前罵的一句難聽髒話憋了回去。

隨著重新選擇的另一句咒罵，他把那件該死的亞麻衣物揉成皺巴巴的一團扔回地上，同時迅雷不及掩耳把褲子拉上穿好。

「你要去哪裡？」凱特不安地追問。

「我必須出去。」他嘟囔。

「現在嗎？」

他沒有回答，因為他不知道該如何回答。

「安東尼？」她走下床，伸手去拉他，但在她的手碰上他臉頰的前一秒，他躲開了，踉蹌著向後退，直到他的背撞到床柱。他看見她受傷的表情，看見她受到拒絕的痛苦，但他知道，如果被她溫柔地撫摸，一切都完了。

「真他媽的，」他不耐煩，「我的乾淨襯衫到底在哪裡？」

「在你的更衣室裡，」她緊張地說道：「它們都放在那裡。」

他直接走去找襯衫，無法忍受她的聲音。

無論她說什麼，他總是聽見那兩個字：「**一直**」和「**永遠**」。

這讓他心如刀割。

等他從更衣室出來，大衣和鞋子都妥當穿戴好時，凱特已經站了起來，在地板上踱步，焦急地擺弄著睡袍上的藍色腰帶。

「我得走了。」他淡淡地說。

她沒有回答，他以為自己想要的就是如此，但他卻發現自己站在原地不動，在她開口之前，他挪不開腳步。

「你什麼時候回來？」她終於問道。

「明天。」

「那……那就好。」

他點點頭。「我不能留在這裡，我得走了。」他突然冒出一句。

她反射性吞嚥了一下，「好，你已經說很多次了。」她的聲音脆弱得讓人心疼。

然後，他頭也不回，在完全沒說自己要去哪裡的情況下離開了。

凱特慢慢走回床邊，盯著床發愣。

不知怎的，她感覺似乎不應該一個人爬上床、不應該拉起被子把自己包成一團。她想她應該哭，但沒有淚水刺痛她的眼睛。所以最後她走到窗前，拉開窗簾，盯著窗外，輕聲祈禱一場暴風雨的到來。這個祈求令她自己都感到不可思議。

安東尼走了，雖然她相信他的人會回來，但她對他的心卻沒有太大把握。她發現她需要一些東西——她需要暴風雨——來向自己證明，她可以靠自己、也為自己變得堅強。

她不想孤獨一人，但在這件事上她可能別無選擇。安東尼似乎決心要與她保持距離。他明顯有心魔——而她擔心他永遠不會在她面前，坦然面對這些心魔。

但如果，即使有丈夫在身邊她還是註定會孤獨的話，那麼她必須讓自己在孤獨中堅強。

她用額頭抵著窗戶上光滑、涼爽的玻璃，心中想著，軟弱從來不會讓任何人成長。

安東尼不記得他是怎麼跌跌撞撞走過整間屋子的。他差點被門口的臺階絆倒，空氣中瀰漫的霧氣使它變得很滑。

他穿過街道，毫無概念自己要去哪裡，只曉得他必須離開。但當他走到對街人行道時，內心的魔鬼迫使他抬起頭，看向臥室的窗戶。

——**應該不會看見她**。

他傻傻地想著。她應該回床上去了，或者窗簾應該緊閉，或者他現在應該已經在去俱樂部的路上。但他確實看見了她，胸口的鈍痛變得更加尖銳，更加凶狠無情。他的心彷彿被劈成了兩半，而揮刀的劊子手似乎正是他自己。

他看著她整整一分鐘，也許是一個小時。

他覺得她沒注意到他；從她的姿勢看來，沒有任何跡象顯示她發現了他的存在。她離得太遠，看不清她的臉，但他寧願相信她是閉著眼睛的。

——**可能在祈禱不要有暴風雨吧**。

他抬頭看了一眼陰暗的天空。運氣不好，她可能要失望了。霧氣已經在他的皮膚上凝聚成濕潤的水滴，似乎很快就會變成不折不扣的雨。

他知道他應該快步走開，但有條看不見的繩索將他牢牢綁在原地。甚至在她離開窗邊之後，他仍然留在原地盯著房子看。他難以抗拒回到屋裡的渴望。

他想跑回去跪在她面前，求她寬恕。

他想把她攬入懷中，和她做愛，直到第一縷曙光照亮天空。但他很清楚，他不能做這其中的任何一件事。

或者，也許真相是他不應該這樣做。

他已經什麼都無法確定了。

於是，在僵直站在路旁將近一小時，大雨開始傾盆，狂風把陣陣寒氣吹到街上之後，安東尼終於離開了。

他離開了，感覺不到寒冷、感覺不到風雨，雖然大雨已經開始以驚人的速度落下。

他如行屍走肉般的離開了。

LADY WHISTLEDOWN´S SOCIETY PAPERS

傳言說柏捷頓閣下和夫人是被迫結婚的。
但即使屬實，筆者也拒絕相信他們的婚姻不是因愛而結合。

《威索頓夫人的韻事報》
15 June 1814

21

格局不大的餐廳裡，凱特看著茶几上的早餐，想著，真奇怪啊，一個人怎麼會同時感到饑腸轆轆，卻又沒有胃口。她的肚子咕嚕咕嚕地叫著要求進食，但所有的東西——從雞蛋到司康餅到醃魚到烤肉——看起來都很難吃。

她無奈地嘆了口氣，伸手拿起一塊切成三角形的吐司，端了杯茶坐進椅子。

安東尼昨天晚上沒有回家。

凱特咬了一口吐司，強行嚥下去。她一直期盼他至少能在早餐時出現。她已經盡可能地推遲用餐時間——已經快上午十一點了（她通常在九點用餐），但她的丈夫仍然不見人影。

「柏捷頓夫人？」

凱特抬起頭來，眨了眨眼。一位男僕站在她面前，拿著一個奶油色的小信封。

「這是幾分鐘前送來給您的。」他說。

凱特喃喃說了聲謝謝，伸手接過信封，信封上是一塊端正的淡粉色密封蠟。她拿近一點看，上面有EOB的縮寫。是安東尼的親戚嗎？E應該是艾洛伊絲，因為所有柏捷頓家孩子都是按字母順序命名的。

凱特小心翼翼地拆開封蠟，取出裡面的東西——一張整齊對折的紙。

凱特：

安東尼在這裡。他看起來很狼狽。

當然，這不關我的事，但我猜妳可能想知道。

凱特繼續盯著紙條看了幾秒鐘，然後把椅子往後一推，站了起來。現在是她去拜訪柏捷頓大宅的時候了。

令凱特驚訝的是，當她敲著柏捷頓大宅的門時，開門的不是管家而是艾洛伊絲，她立即說：「妳動作真快！」

凱特環顧大廳，等著柏捷頓家的其他兄弟姊妹跳出來。「妳在等我嗎？」

艾洛伊絲點點頭，「而且妳不必敲門，柏捷頓大宅畢竟屬於安東尼。而妳是他的妻子。」

凱特心虛地笑了笑，今天早上她覺得自己不大像個妻子。

「我希望妳不要認為我是個多管閒事的無聊人，」艾洛伊絲繼續說，她挽起凱特的手臂，帶她走向走廊另一端，「但安東尼看起來確實很糟糕，而且我懷疑妳並不知道他人在這裡。」

「妳為什麼會這麼想？」凱特忍不住問道。

「呃，他其實沒有跟我們任何一個人說，就靜悄悄跑來這裡。」艾洛伊絲說。

凱特不解地盯著她的小姑，「什麼意思？」

艾洛伊絲有點尷尬，雙頰泛起淡淡紅暈，「意思是，我會知道他在這裡的唯一原因是，我有偷偷留意他。我猜我母親根本不知道他回家了。」

凱特眼睛眨個不停，「妳一直在暗中觀察我們？」

「不，當然沒有！但我今天碰巧起得比較早，我聽見有人進門，就想說調查一下是誰。我看見燈光從他書房的門縫透出來。」

「那妳怎麼知道他看起來很糟糕？」

艾洛伊絲聳聳肩，解釋道：「我想他最終還是要出來吃飯或上洗手間吧，所以我在樓梯上等了一小時左右……」

「左右？」凱特重覆。

「或者三小時，」艾洛伊絲承認，「如果妳對自己的目標很感興趣的話，感覺就沒那麼久，而且，我還帶了本書打發時間。」

凱特忍不住搖搖頭表示欽佩，「他昨晚幾點鐘過來的？」

「大約四點左右吧。」

「妳這麼晚還沒睡是在做什麼？」

艾洛伊絲又聳聳肩，「我睡不著啊。我經常睡不著。所以我下樓去圖書室拿了本書來讀。最後，在七點左右——呃，我想還不到七點，所以我等的時間應該不滿三小時……」

凱特被她繞暈了。

「然後安東尼就出現了。他沒有往早餐室的方向走，所以我只能猜測是因為其他原因。一兩分鐘後，他重新出現，並回到了他的書房。然後就一直待在裡面，到現在都沒出來。」說完，艾洛伊絲行了個花俏的禮。

凱特盯著她看了十秒鐘，「妳有沒有考慮過去戰情部工作？」

艾洛伊絲咧嘴一笑，笑容和安東尼無比相似，讓凱特心頭一揪。

「去當間諜嗎？」艾洛伊絲問。

凱特點頭。

「我會非常出色，妳不覺得嗎？」

「絕對是。」

艾洛伊絲忍不住抱了抱凱特，「我很高興妳嫁給了我哥。現在，快去看看是什麼問題吧。」

凱特點頭，抬頭挺胸，準備走向安東尼的書房。

但她隨即轉過身，用手指著艾洛伊絲說：「妳不要在門口偷聽喔。」

「我想都不敢想好嗎！」艾洛伊絲回答。

「我是認真的，艾洛伊絲！」

艾洛伊絲嘆口氣，「反正我也該去睡覺了。熬了一晚上，我是該去睡個午覺。」

凱特等到年輕女孩消失在樓梯上，才走到安東尼的書房門口。她一邊輕聲嘀咕「千萬別上鎖」，一邊試著轉門把。令她欣慰的是，門把可以轉動，她打開了門。

「安東尼？」她喊了一聲。她的聲音很輕柔、很猶豫，她發現她不喜歡自己說話的聲音變成這樣。她並不習慣輕柔和猶豫。

沒有人回答，於是凱特走到房間的更深處。窗簾拉得緊緊的，厚重的天鵝絨幾乎不透光。

凱特環顧房間，直到她看到丈夫的身影，他正趴在桌子上沉沉熟睡。

凱特悄悄地走過房間，來到窗前，把窗簾拉開一條縫。她不想在安東尼醒來時照瞎他的眼睛，但她也不打算在黑暗中進行如此重要的談話。接著她又走到他的書桌前，輕輕搖了搖他的肩膀。

「安東尼？」她低聲呼喚：「安東尼？」

他的回答比較接近於鼾聲，而不是言語。

她不耐地蹙眉，又用力搖了他一下。「安東尼？」她輕輕重複：「安東……」

「誰他他媽的吵吵——！」他突然清醒過來，坐直身體的時候爆出一堆亂七八糟的咒罵。

凱特看著他眨眨眼睛讓自己回神，然後將視線集中在她臉上。

「凱特，妳在這裡做什麼？」

他的聲音因睡意和其他東西——也許是酒精——而顯得模糊嘶啞。

「你在這裡做什麼？」她反問：「如果我沒記錯，我們住在兩公里外。」

「我不想打擾妳。」他嘟囔。

凱特一個字也不相信，但她決定不爭論這個問題。相反地，她選擇了單刀直入，問他：「你昨天晚上為什麼離開？」

一段很長的沉默後，安東尼疲憊地嘆了口氣，最後說：「這有點複雜。」

凱特忍住了雙手抱胸的衝動，刻意用平靜的聲音說：「我是個聰明的女人，通常也都能夠弄懂複雜的概念。」

安東尼看起來不大滿意她的嘲諷：「我現在不想談這個問題。」

「**那你想什麼時候談這個問題？**」

「回家吧，凱特。」他柔聲說。

「你打算和我一起回去嗎？」

安東尼輕輕呻吟了一聲，抓了抓頭髮。天哪，她就像一隻緊咬骨頭不放的狗。他頭痛欲裂，他的嘴發苦，他真正想做的是去洗個臉，好好刷個牙，他的妻子卻不肯停止審問他。

「安東尼？」她鍥而不捨。

——**夠了**。

他突然站了起來，椅子向後倒，砰的一聲砸在地板上。

「現在就給我閉嘴。」他咬牙說。

她的嘴抿成了一條憤怒緊繃的線，但她的眼睛……

安東尼嚥下了滿嘴酸澀的內疚。

因為她的眼裡盛滿了痛苦，而他的心痛也暴增了十倍。

他還沒準備好。還沒有。他不知道該如何面對她。他不知道該如何面對自己。在他這一生中，或者至少從他父親去世後，他就知道某些事情是真實的，某些事情必須是真實的。而現在凱特出現了，把他的世界搞得天翻地覆。

他並不想愛她。天殺的，他不想去愛任何人。這是一件——也是唯一一件——能讓他害怕自己死期到來的事。到時候凱特怎麼辦？他承諾過要愛她、保護她，他怎麼能在心知自己即將離開她的同時，實現這些諾言？他當然不能和她分享他那奇怪的執念，不僅她會認為他瘋了，這麼做也只是讓她承受和他一樣的痛苦和恐懼。最好讓她生活在不知情的幸福中。

或者，如果她根本就不愛他，會不會更好？

安東尼不知道答案，他需要更多的時間。但是她正站在他面前，那雙充滿痛苦的眼睛掃過他的臉，他無法思考。而且……

「走吧。」他哽咽著說：「妳走吧。」

「不，除非你告訴我是什麼在困擾你。」她的口氣帶著一種平靜的堅決，這讓他更愛她了。

他從書桌後方大步走出來，挽起她的手臂，嘶啞地說：「我現在不能陪妳，」迴避她的視線，「明天吧。我明天會去找妳。或者後天。」

「安東尼……」

「我需要時間來思考一些事。」

「**思考什麼事？**」她帶著哭腔大聲反問。

「別讓這一切變得更加艱難……」

「怎麼可能變得更艱難？」她質問：「我根本不知道你在說什麼。」

「我只是需要幾天時間。」他機械化地重複。他需要幾天時間來思考。想清楚他該怎麼辦，該

如何過他往後的生活。

但她轉過身來面對他，伸出一隻手輕撫他的臉頰，用一種讓他心碎的溫柔觸碰他。「安東尼，」她低聲說：「拜託……」

他說不出話來，一絲聲音都發不出。

她的手滑向他的後腦，把他一點點拉近……越來越近……他控制不了自己。他想要她想得發瘋，想感受她的身體緊貼著他，想品嚐她皮膚上淡淡的鹹味。他想聞到她的氣息，觸摸她，聽到她在他耳邊發出的輕柔喘息。

她的唇觸碰到他的嘴，柔軟中帶著一絲尋求，她的舌頭舔弄著嘴角。要在她身上迷失自我是多麼容易的一件事，雙雙躺到地毯上，然後……

「不！」他猛然從喉嚨深處迸出這個字，天啊，在喊出口之前，他根本感覺不到它的存在。

「不，現在不行。」他再次說，把她推開。

「但是……」

他不配擁有她。不是現在，還不到時候，除非他先弄清楚該如何度過他的餘生。如果這代表他不得不拒絕可能為他帶來救贖的唯一來源，那就這樣吧。

「快走，」他命令道，聲音聽來比他想像的還要更加嚴厲：「現在就走。我們過幾天再見。」

這一次，她真的走了。

她走了，完全沒有回頭。

而安東尼，才剛學會什麼是愛，又立刻學會了什麼是痛徹心扉。

Chapter 21

第二天早上，安東尼喝得爛醉如泥。到了下午就開始宿醉。他的頭痛欲裂，耳鳴也很嚴重。弟弟們先是驚訝地發現他在俱樂部裡喝到不省人事，接著就用吵得要命的聲音聊了起來。

安東尼用手摀住耳朵，呻吟出聲，所有人的聲音都太吵了。

「凱特把你趕出家門了？」柯林問道，從桌子中間的大錫盤抓起一顆核桃，用暴力把它敲開，發出一聲巨響。

安東尼努力抬起頭來，瞪了他一眼。

班尼迪特看著他的哥哥，眉頭一挑，露出一抹微不可察的笑意。

「她肯定把他趕出去了，也給我一顆核桃吧。」他對柯林說。

柯林從桌子對面把核桃扔過來，「要不要敲核桃的工具？」

班尼迪特搖頭，咧嘴一笑，舉起一本厚實的皮革精裝書，「用砸的比較過癮。」

「不准砸，想都別想。」安東尼咬牙切齒，伸手想搶那本書。

「今天下午你的耳朵不大能受刺激，是嗎？」

如果安東尼有一把手槍，他會把他們倆都打死，還他一個清靜。

「要我給你一點建議嗎？」柯林嚼著他的核桃。

「不准。」安東尼回答。他抬起頭來，柯林正張著嘴嚼得津津有味。這個動作在他們家從小到大都是被嚴格禁止的，安東尼只能猜測，柯林表現得如此沒教養，只是為了製造更多的噪音。

「閉上你那該死的嘴。」他喃喃說道。

柯林嚥下核桃，咂了咂嘴，喝了口茶潤潤嗓子。「無論你做了什麼，都去跟她道歉。我瞭解你，我也慢慢開始瞭解凱特，而且就我所知嘛……」

「他到底在說什麼？」安東尼埋怨。

「我想，他在告訴你，你是個混蛋。」班尼迪特靠向椅背。

「完全正確！」柯林讚嘆。

安東尼只是疲憊地搖搖頭，「這比你想的還要複雜。」

「這種事向來如此。」班尼迪特的語氣如此誠懇，幾乎聽不出虛情假意。

「等你們兩個白癡找到蠢到願意嫁給你們的女人的時候，」安東尼沒好氣，「你們才有資格向我提建議。但在那之前……給我閉嘴。」

柯林看了看班尼迪特，「你覺得他在生氣嗎？」

班尼迪特挑起一道眉，「或者是喝醉了。」

柯林搖搖頭，「不，不是喝醉。至少現在沒有。他應該是宿醉。」

「這就可以解釋他為什麼這麼暴躁。」班尼迪特若有所思地點頭。

安東尼用一隻手捂著臉，拇指和中指用力按壓太陽穴。

「老天啊，」他低聲抱怨：「你們兩個要怎樣才能放過我？」

「回家吧，安東尼。」班尼迪特說，聲音出奇地溫柔。

安東尼閉起眼睛，吐出一口長氣。這是他唯一想做的一件事，但他不確定該對凱特說些什麼，更重要的是，他不知道一旦回到了家，他會有什麼感覺。

「對啊，只要回家去，告訴她你愛她。還有什麼比這更簡單？」柯林附和。

突然間，一切變得豁然開朗。他必須告訴凱特，他愛她。現在，就在這一天。他必須確保她知道這一點，他發誓要用他那可悲短暫生命中的每一分鐘向她證明。

現在要改變他的心之所向已經太晚了。他試過不讓自己愛上任何人，但是卻以失敗告終。既然他不可能從愛情中脫身，那麼他就應該善用這種狀況。無論凱特是否知道他對她的愛，他都將被自己的死亡預感所困擾。那麼，在他餘生的最後幾年裡，如果他大方而誠實地愛她，不是會讓自己更快樂嗎？

他相當肯定她也愛上了他；聽到他有同樣的感覺，她一定會很高興。而當一個男人愛上一個女人，從她的靈魂深處到她的腳趾尖都全心全意愛著時，他的責任不就是要努力使她幸福嗎？

不過，他不會告訴她他對死期的預感。那有什麼意義？他們在一起的時間不會長久，他因為知情而心痛萬分，但她有什麼必要一起承受這份痛苦呢？最好是等到他死亡那一刻，才讓她被突如其來的強烈痛苦所擊倒，不必因為事先知情而備受煎熬。

他會死的。每個人都會死，他提醒自己。他只是會早點死，而不是等到年事已高。但老天保佑，他要用盡一切努力來享受他最後的歲月。孤身一人也許會讓事情更單純，但既然現在已經陷入情網，他不打算逃避了。

這很簡單。他的世界就是凱特，如果他否認這一點，還不如立刻停止呼吸。

「我得走了。」他突然站起來，大腿撞到了桌緣，核桃殼的碎片在桌面上亂跳。

「我想也是。」柯林喃喃地說。

班尼迪特只是笑了笑，「去吧。」

安東尼發現，他的弟弟比他們表現出來的更聰明些。

「我們一個星期之後再找你聊？」柯林問道。

安東尼莞爾。過去兩週他和弟弟們每天都在俱樂部裡見面。柯林這假裝無辜的問題只暗示了一件事——很明顯，安東尼的心已經完全在妻子的身上，並打算在未來七天內向她好好證明這一點。他正在建立的家庭已經變得和他的原生家庭一樣重要。

「兩個星期，」安東尼回答說，順了順身上的外套，「也許三星期吧。」

他的弟弟們只是一直笑。

然而，當安東尼一步連跨三個臺階、氣喘吁吁地推開家門時，卻發現凱特不在家。

「她去哪裡了？」他問管家。好笑的是，他從來沒想過她可能不在家。

「去公園兜風了，和她妹妹以及巴格威先生一起。」管家回答說。

「艾溫娜的追求者啊。」安東尼喃喃自語。該死。他應該為他的小姨子感到高興，但這個時間點也太不湊巧了。關於他和妻子的關係，他才剛做出將改變他一生的決定，如果她在家就好了。

「**她的小動物也去了**。」管家打了個哆嗦。他從來都無法容忍某隻柯基犬「入侵」這個家。

「她帶走了牛頓，是嗎？」安東尼低聲問。

「我想夫人她們一兩個小時內就會回來。」

安東尼用靴尖敲著大理石地板。他不想等一個小時。天殺的，他甚至連一分鐘都不想等。

「我自己去找她們吧，應該也沒有多困難。」他不耐煩地說道。

管家點頭，伸手示意門外那輛安東尼搭回家的小馬車，「您需要換一輛馬車嗎？」

安東尼搖頭，「我騎馬去，那會更快些。」

「好的。我請人送一匹坐騎過來。」管家彎腰行禮。

安東尼看著管家慢吞吞地走向房子後方，大約兩秒鐘後他開始不耐煩喊道：「我自己處理吧。」等他回過神來時，已經衝到了屋外。

安東尼到達海德公園時，整個人活力十足。他急於找到他的妻子，他要把她抱在懷裡，看著她的臉，向她傾訴他有多愛她。他祈禱她會用言語回報他的感情。他認為她會的；他不止一次在凱特的眼中看見她的愛。也許她只是在等待他先說些什麼。如果真是如此，他也不能怪她；在婚禮之前，是他自己曾經大放厥詞，他們的婚姻不會是因愛情而結合。

當時的他真是個白癡。

他一進入公園，就決定掉頭向羅藤街騎去。那條熱鬧小徑似乎是那三人小組最可能去的地方，凱特沒理由建議她們往更隱密的路線走去。

他催促馬兒在公園環境限制內盡可能加速小跑，試著無視其他騎士和行人向他揮手打招呼。就在他慶幸自己已經順利通過人群時，他聽見一位年老女性正跋扈地叫著他的名字。

「柏捷頓！叫你呢，柏捷頓！立刻停下來。我在跟你說話！」

他呻吟著轉身。是丹柏莉夫人，上流社會的惡龍。他沒辦法假裝沒聽見她。他不知道她的年紀有多大。六十歲？七十歲？無論她究竟幾歲，她就像一股排山倒海、來自大自然的力量，沒有人可以忽視她。

「丹柏莉夫人，」他邊回應邊勒停坐騎，盡量不讓自己的口氣聽起來心不甘情不願：「見到您真好。」

「老天啊，孩子，你聽起來好像剛吃過瀉藥。振作起來！」她喊道。

安東尼虛弱地扯扯嘴角。

「你的妻子在哪裡？」

「我正在找她，」他回答說：「或者說，我本來正在找。」

「我也喜歡她。」

丹柏莉夫人太敏銳，不可能錯過他的嘲諷，所以他只能推斷，當她回應時，是故意忽略了他的前一句話。

「我永遠無法理解你為什麼曾經一心追求她的妹妹。那個小女孩是不錯，但顯然不適合你。」

她翻了個白眼，發出一聲憤慨的哼聲，接著說：「如果人們在結婚前能乖乖聽我的話，這個世界會更快樂，我可以在一個星期內把整個婚姻市場安排妥當。」

「我相信您可以。」

她的眼睛瞇了起來，「你這是看不起我嗎？」

「我哪有那個狗膽。」安東尼誠心誠意地說。

「很好。你還算聰明。我……」她的嘴巴忽然張大，「那邊是怎麼回事？」

安東尼順著丹柏莉夫人驚恐的目光看去，直到他的視線落在一輛敞篷馬車上，它正要轉過一個拐角，但只剩下單側的兩個輪子著地，整輛車開始傾斜，即將失控。由於距離太遠，他無法看清車內乘客的臉，但隨即他聽到了一聲尖叫，然後是一隻狗的驚恐狂吠。

安東尼全身上下的血液，彷彿在一瞬間凍結了。

他的妻子就在那輛馬車裡。

他沒再對丹柏莉夫人說半個字，直接策馬全速向那輛馬車狂奔。他不知道自己趕去那邊要做些什麼，也許他可以從那位無能的車夫手中搶過韁繩。也許他能把人搬移到安全地帶。但他知道，他就是不能坐視那輛馬車在他眼前撞毀。

然而，事與願違。

當安東尼還差一大段路才能趕上失控的馬車時，車身已經偏離了道路，撞上一塊大石頭，馬車至此完全失去平衡，向一側翻覆。

安東尼只能驚恐地看著他的妻子在他眼前死去。

LADY WHISTLEDOWN´S SOCIETY PAPERS

按與論觀點，筆者常被認為是個憤世嫉俗的人。但是，親愛的讀者，這與事實相去甚遠。

筆者最喜歡的就是圓滿的結局。如果這會使筆者變成一個浪漫的傻瓜，那也沒關係。

《威索頓夫人的韻事報》
15 June 1814

22

安東尼抵達翻覆的馬車旁時，艾溫娜已經努力從殘骸中爬了出來，正緊緊抓著一塊斷裂變形的木頭，想在馬車另一側打開一個出口。她的袖子破了，裙襬也泥濘不堪，但她似乎毫無所覺，只是瘋狂拉扯著車門。牛頓在她腳邊跳來跳去，吠叫聲尖銳而狂亂。

「發生了什麼事？」安東尼質問道，從馬背上跳下來，聲音裡帶著恐慌。

「我不曉得，」艾溫娜大口喘著氣，一邊擦著臉上的兩行淚水，「巴格威先生可能駕車不夠有經驗，牛頓的繩子又鬆開了，然後我就不知道發生什麼事了。前一分鐘我們還在穩穩向前，而下一分鐘……」

「巴格威在哪裡？」

她向馬車另一側示意，「他被甩出去了。他撞到了頭。但他會沒事的。但是凱特……」

「凱特呢？」安東尼跪在地上，試著看向馬車的殘骸。車身已經完全翻覆，翻滾使得整輛車的右側都撞壞了。「她在哪裡？」

艾溫娜抽搐般深吸一口氣，微弱地回答：「我想她被困在馬車下面了。」

那一刻，安東尼嚐到了死亡的滋味。喉嚨裡充滿一股苦澀的金屬味，死亡像刀鋒一樣刮著他的肌肉，使他感到窒息，無法呼吸，肺裡的空氣都被擠了出來。

安東尼近乎暴力地扯著殘骸，試著挖開一個更大的洞。現場看起來並不像車禍當時那麼糟糕，但也無法讓他狂跳的心平靜下來。

「凱特！」他大喊，努力讓自己的聲音聽起來冷靜而鎮定：「凱特，妳能聽見嗎？」

然而他聽到的唯一回應只有馬兒的瘋狂嘶叫聲。天殺的，他必須在馬兒驚慌失措開始拖動馬車殘骸之前，先解開轡繩。

「艾溫娜？」安東尼焦急地喊著，回頭四處張望。

她急忙走過來，焦慮地扭著雙手，「什麼事？」

「妳知道如何解開轡繩嗎？」

她點點頭，「我的動作不快，但我會弄。」

安東尼把頭轉向正在匆忙趕來的圍觀人群，「看看能不能找人幫妳。」

她又點點頭，立刻動手去了。

「凱特？」安東尼又喊了一聲。他看不到任何人，車內一張移位的長椅擋住了缺口。「妳聽得到嗎？」

還是沒有回應。

「試試另一邊，那個開口沒有被壓壞。」艾溫娜慌亂的聲音傳來。

安東尼跳起身，繞過馬車車尾跑向另一邊。車門的鉸鏈已經脫落，留下一個還算大的洞，他可以把上半身探進去。

「凱特？」他叫著，努力忽視自己聲音中無法掩飾的驚恐。他的每一次呼吸似乎都在狹小的空間裡迴盪，卻聽不見凱特發出同樣的聲音。

然後，在他小心翼翼翻開一個移位的座墊時，他看見了她。

她一動也不動，非常嚇人，但她的頭似乎並沒有扭成不自然的角度，周圍也沒看到任何血跡。這一定是好的跡象。他對醫學瞭解不多，但他要把這些好跡象當作奇蹟來看。

「妳不能死，凱特。」他用顫抖的手指拉開殘破的車身，不顧一切挖開洞口，直到它足夠寬敞，可以把她拉出來。

「妳聽到我說的嗎？妳不能死！」

一塊尖銳的木頭劃破了他的手背，但安東尼恍若未覺。當他拉扯另一根斷裂的木頭時，血順著他的皮膚流下。

「妳一定要活著，」他警告她，聲音瘋狂顫抖，幾乎接近啜泣，「這不應該發生在妳身上。從來就不應該是妳，妳的時間還沒到。妳明白我的意思嗎？」

他搬開另一塊碎木頭，從剛拓寬的洞口伸手進去，抓住了她的手。他的手指找到了她的脈搏，對他來說似乎很穩定，但仍然無法判斷她是否正在流血，或是摔斷了腰，或是撞到了頭，還是……

他的心顫了一下。世界上有這麼多種死法，如果一隻蜜蜂能讓一個正值壯年的男人喪命，那麼一場馬車事故肯定能奪走一個年輕女人的生命。

安東尼抓起擋在他面前的最後一塊木頭，用力往上扳，但它不為所動。

「別這樣對我，」他喃喃說著：「現在不行。她的時候還沒到。祢聽見我說的了嗎？她的時候還沒到！」他的臉頰忽然感到濕潤，隱約意識到那是淚水。

「死的人應該是我，本來應該是我啊！」他哽咽著說。

就在他再次準備將最後一塊木頭扳開時，凱特的手指像鳥爪一樣緊緊扣住了他的手腕。他飛快看向她，剛好看到她的眼睛瞪得大大的，一眨也不眨。

「見鬼了，你到底在說什麼？」她問道，聽起來意識相當清醒。

如釋重負的感覺迅速溢滿他的心，幾乎開始作痛。

「妳還好嗎？」他問，每個字都說得斷斷續續。

她齜牙咧嘴，然後說：「我會沒事的。」

安東尼迅速思考了幾秒鐘，想著她的用詞，「但是妳現在還好嗎？」

她輕咳了一聲，他彷彿能聽出她有多痛。

「我的腿好像不大對勁，但應該沒有流血。」她承認。

「妳頭暈嗎？昏眩嗎？還是覺得很虛弱？」

她搖頭，「只是痛。你在這裡做什麼？」

他破涕為笑，「我是來找妳的。」

「是嗎？」她低聲說。

他點點頭，「我是來……我的意思是，我意識到……」他不自覺吞嚥了一下。他想都沒想過有一天他會對一個女人說這些話，這些話在他的心裡變得如此巨大而沉重，幾乎難以啟齒。「我愛妳，凱特，」他哽咽地說道：「我花了很長時間才明白，但我確實愛妳，而且我必須告訴妳。今天就要。」

她輕顫的雙唇揚起一抹虛弱的微笑，隨後用下顎示意自己受困的身體，「你還真會選時機。」不可思議的是，他發現自己也跟著咧嘴笑，「妳該慶幸我等了這麼久才說，對嗎？如果我上週就向妳示愛，今天就不會跟蹤妳到公園來了。」

她吐了吐舌頭，考慮到眼下的情況，這讓他更愛她了。

「先救我出去吧。」她說。

「然後妳會告訴我妳愛我嗎？」他打趣。

她揚起嘴角點了點頭，笑得眷戀而溫暖。

這就等同於告白了。儘管他還在翻覆的馬車殘骸中爬行，儘管凱特被困在這輛該死的馬車裡，腿也很可能已經斷了，但他仍然被一種突來的滿足和寧靜所吞噬。

他忽然發覺，他已經有將近十二年沒有這種感覺了。自從那個改變一生的下午，他走進父母的臥室，看到父親冰冷而僵硬地躺在床上。

「我現在要把妳拉出來，」他伸手探向她的後背，小心翼翼說道：「恐怕會弄痛妳的腿，但沒有其他辦法了。」

「我的腿已經夠疼了，我只想趕快出去。」她勇敢地笑了笑。

安東尼嚴肅地向她點點頭，然後雙手摟著她開始往外拉。

「還好嗎？」他問道，每當他看到她痛苦瑟縮時，他的心跳就會漏一拍。

「還好。」她氣喘吁吁，但他看得出來，她只不過是在假裝勇敢。

「我得把妳轉過來。」他目光盯著從上方斜插出來的一塊尖銳碎木。要讓她避開它會有點困難。他不在乎搬動過程造成衣裙破損（只要她答應不再搭除了他以外任何人駕的馬車，他願意為她買上百件的新衣服），但他無法忍受她的肌膚再被割傷，哪怕是兩、三公分的傷口，她已經承受得夠多了。

「我要把妳的頭先拉出來，」他告訴她：「妳能挪動身體嗎？只要能讓我從腋下把妳抱出來就可以了。」

她點點頭，咬緊牙關，費力地一點一點轉動身體，最後用雙手把自己撐了起來。

「做得很好，現在我要……」安東尼說。

「你直接做就好，不用說明。」凱特咬牙切齒地回答。

「很好。」他向後退一步，直到膝蓋在草地上找到支撐點。他在心裡默數三下，咬緊牙關，開始把她向外拉。

一秒鐘後他立刻停手，因為凱特發出了一聲刺耳的尖叫。如果他不是篤信自己會在未來九年內死去，他肯定會發誓，她剛剛害他的陽壽減了十年。

「妳沒事吧？」他急切地問。

「我很好。」她說。但她呼吸困難，透過緊抿的嘴唇嘶嘶吸氣，小臉因疼痛而緊繃。

「怎麼回事？我聽見凱特在尖叫。」有個聲音從馬車外傳來。那是艾溫娜，她已經把馬弄好了，語氣聽起來很焦慮。

「艾溫娜？」凱特轉動脖子試圖向外看，「妳沒事吧？」她拉拉安東尼的袖子，「艾溫娜還好嗎？她受傷了嗎？她需要醫生嗎？」

「艾溫娜沒事，妳比較需要醫生。」他回答。

「巴格威先生呢？」

「巴格威怎樣了？」安東尼問艾溫娜，語氣很嚴肅，因為他正在專心協助凱特避開碎木頭。

「他的頭撞了一個包，但已經能站起來了。」

「那不重要。我能幫忙嗎？」一個擔心的男聲傳來。

安東尼感覺，這次事故牛頓要負的責任不小，但無論如何，控制韁繩的可是這個年輕人。安東尼現在對他實在很難有好臉色。

「有需要我會告訴你。」他簡潔地回答，然後回頭對凱特說：「巴格威沒事。」

「我竟然忘了問他們的狀況。」

「妳都受傷了，會忘記也是情有可原。」安東尼向後退得更遠，直到幾乎完全離開了馬車殘骸。凱特已經被拉到缺口處，只需要再拉一次——距離不短，而且幾乎肯定痛苦難忍——就能把她救出來。

「艾溫娜？艾溫娜？妳確定妳沒有受傷嗎？」凱特喊著。

艾溫娜把頭探進缺口。

「我沒事，」她安撫著姊姊：「巴格威先生被甩出去了，而我剛好……」

安東尼用手肘把她頂到旁邊去。

「咬緊牙關，凱特。」他命令道。

「什麼？我……**啊啊啊！**」

他伸手一拉，就把她從殘骸中完全解救出來，兩人都跌在地上，都在大口喘氣。但是，安東尼大口喘氣是因為用力，而凱特顯然是由於強烈的疼痛。

「天哪！看她的腿！」艾溫娜大叫起來。

安東尼看向凱特，感覺他的胃狠狠地下墜到腳尖。她的小腿變形彎折，而且明顯斷了。他不由自主地吞嚥了一下，盡量不讓自己的擔憂太過明顯。腿可以上夾板固定，骨頭可以再長好復原，但他也聽說過一些人由於感染和糟糕的醫療護理而必須截肢。

「我的腿怎麼了？」凱特問道：「它很痛，但是……哦，我的老天！」

「最好別看。」安東尼說，想把她的下巴挪往另一個方向。

她因為疼痛難耐而十分急促的呼吸，變得更加不穩而驚慌：「哦，老天，」她喘著氣說：「好痛。之前還不覺得有多痛，直到我看到……」

「別看。」安東尼下了命令。

「哦，老天。哦，我的天。」

「凱特？」艾溫娜關切地問道，靠了過來，「妳沒事吧？」

「看看我的腿！」凱特幾乎崩潰，「它看起來像沒事嗎？」

「我其實是在說妳的臉。妳看起來有點發青。」

但凱特無法回答。她喘得太凶了。然後，在安東尼、艾溫娜、巴格威先生和牛頓全都盯著她的情況下，她兩眼一翻，就這樣暈了過去。

三小時後，凱特被安置在她的床上，雖然還是全身不舒服，但至少沒那麼痛了，這要歸功於安

東尼在他們一回到家就強迫她喝下的鴉片酊[①]。她的腿被安東尼召來的三位外科醫生以專業手法牢牢固定住（三位外科醫生異口同聲表示，固定骨頭其實一位就夠，但安東尼只是不耐煩地雙手環胸，凶狠地盯著他們看，直到他們閉嘴）。而來訪的內科醫師也開了幾份處方，保證可以加速骨頭癒合的過程。

安東尼像隻母雞一樣在她身邊團團轉，質疑醫生們的每個舉動，直到其中一位醫生吃了熊心豹子膽，居然反問安東尼是哪一年拿到了皇家醫學院的執照。

安東尼並不覺得好笑。

經過一番冗長討論之後，凱特的腿裝上了夾板，她被告知至少要在床上躺一個月。

「一個月？」等最後一位外科醫生離開，她就對安東尼抱怨：「我怎麼能忍耐一個月？」

「妳可以看妳那些沒看完的書。」他建議。

她沒好氣地哼了一聲，畢竟咬牙切齒時很難用嘴呼吸。「誰說我還有書沒看完？」

就算他非常想笑，也掩飾得很好，建議道：「也許妳可以做點針線活。」

她只是瞪他一眼，講的好像做針線活會讓她舒服些。

他小心翼翼坐到床邊，拍了拍她的手背，「我會陪妳。我已經決定減少去俱樂部的時間了。」他微笑著鼓勵她。

凱特嘆了口氣。雖然她很累，脾氣暴躁，而且全身都在痛，但她把氣出在丈夫身上，這確實不公平。她把手翻過來，讓彼此的掌心相貼，與他十指交纏，輕聲說：「我愛你，你知道嗎？」

他握緊她的手，點了點頭，看著她的溫柔目光讓一切盡在不言中。

註釋①：鴉片酊（laudanum）：一種鴉片類止痛劑，主要用於止痛和止咳。

「你告訴過我不可以愛上你。」凱特說。

「我是個混蛋。」

她沒有反駁。他微揚的嘴角告訴她，他注意到了她對這項事實的默認。

沉默片刻後，她說：「你在公園裡說了一些奇怪的話。」

安東尼仍然握著她的手，但身體稍微向後挪了些。「我不知道妳指的是什麼。」他回答。

「你明明知道。」她輕聲說。

安東尼閉上眼睛，隨即站起身來，他的手指戀戀不捨地離開她的手，直到完全分開。這麼多年來，他一直把他那古怪的執念謹慎藏在心底。這樣做似乎最為明智。不然，其他人要不是相信他的預感，然後開始擔心，就是他們完全不相信，然後認為他瘋了。

這兩種結果都不怎麼吸引人。

現在，在意外現場的驚慌下，他竟然對妻子和盤托出。他甚至不記得自己到底說了什麼，卻已經足以引起她的好奇，凱特的好奇心會促使她堅持問下去，他可以想盡辦法閃避，但最終她還是會從他口中得到答案。她是全世界最頑強的女人。

他走到窗前，靠在窗檯上，茫然地望著前方，彷彿透過早已拉上的厚重酒紅色窗簾還能看到外面的街景。

「有件事應該讓妳知道。」他低聲說。

她沒有接話，但他知道她聽到了。也許是她在床上換姿勢的聲音，也許是空氣中純粹的電流，總之他就是知道。

他轉過身。雖然對著窗簾說出接下來的話會更容易，她值得他正面對待。

她在床上坐了起來，受傷的腿架在枕頭上，眼睛睜得很大，充滿了貼心的好奇和關切。

「我不知道該怎麼說，才不會讓這一切聽起來很荒謬。」他說。

「有時最簡單的方法就是，想到什麼說什麼，」她喃喃說著，拍了拍床上的空位，「你想坐到我身邊嗎？」

他搖頭。太過親密只會讓事情變得更加困難。

「我父親去世時，有些事情改變了我。」他說。

「你和他感情很好，是嗎？」

他點了點頭，「我從未和任何人如此親近，直到遇見妳。」

她的眼睛浮現淚光，「他是怎麼走的？」

「走得很突然。」安東尼的聲音很平靜，就像在講述一則雞毛蒜皮的新聞，而不是困擾了他一輩子的心結，「是因為一隻蜜蜂，我告訴過妳。」

她點頭。

「誰會想到一隻蜜蜂就能殺死一個成年男人？」安東尼嘲諷地笑著，「如果結局不是那麼悲慘，聽起來還真可笑。」

她沒有說什麼，只是用一種令他心痛的同情眼神看他。

「我整晚都陪著他，」他繼續說，稍微轉過身去避開她的目光，「當然，他已經死了，但我需要多一點時間消化整件事。我就坐在他身邊，看著他的臉。」他又發出一陣憤怒的笑聲：「老天，我那時真是個傻瓜，還在偷偷盼望他隨時都會睜開眼睛。」

「那不叫傻瓜，」凱特輕聲說：「我也見過死亡。當一個人看起來如此正常而平靜，很難相信他已經不在了。」

「我不知道我是什麼時候領悟的，但到了隔天早上，我就確信不疑了。」安東尼說。

「確信他已經去世了？」她問。

「不，確信我也會死。」他很快地說。

他等著她回應，他等著她哭，等著她做任何事，但她只是坐在那裡看著他，沒有任何明顯的表情變化，直到他不得不開口：「我不像我父親那麼偉大。」

「他可能不會同意你這麼說。」她平靜地說道。

「但他現在又不在這裡，不是嗎？」安東尼厲聲反駁。

她再次一語不發。他也再次感覺自己像個混蛋。

他低聲咒罵幾句，用手指揉著太陽穴。他的頭開始抽痛，也開始感到頭暈，他發現他不記得自己上一次吃飯是什麼時候。

「我說的才算數，因為妳並不認識他。」他用低沉的聲音說。

他無力地靠在牆上，長長呼出一口氣，「就讓我把話說完吧。不要接話、不要插嘴、不要下評斷。要把這件事說出口已經很困難了。妳能為我做到嗎？」

她點了點頭。

安東尼顫抖著深吸了一口氣，「我父親是我所認識最偉大的人。我每時每刻都很清楚，我完全達不到他的標準。他是我所能仰望的一切。我可能永遠無法與他的偉大相提並論，但如果我能夠及得上他一點點，我就會無比滿足。這就是我所想要的。只要能及得上他。」

他看了看凱特。他不確定為什麼自己要這麼做，也許是為了尋求安慰、也許是為了獲得同情、也許只是為了看她的臉。

「如果有一件事我心裡有數，」他低聲說，同時鼓起勇氣直視她，「那就是我永遠無法超越他，連壽命也不會。」

「你想告訴我什麼？」她低聲說。

他無助地聳了聳肩，「我知道這聽起來很離譜。我也無法提供任何合理的解釋。但自從那天晚上，我在父親的屍體旁靜坐了一夜之後，我就知道我不可能活得比他更長。」

「我明白了。」她平靜地說。

「妳明白了嗎？」然後，就像水壩決堤一樣，他深藏內心的話語開始傾瀉而出——他為什麼如此堅決反對為愛結婚；當他發現她成功戰勝自己的心魔時，他為什麼感到嫉妒。

他看著她伸手到嘴邊咬著拇指。他以前也看過她這樣做，他發現，每當她感到不安或陷入深思時，就會做這個動作。

「你父親去世時多大年紀？」她問。

「三十八歲。」

「你現在幾歲了？」

他好奇地看著她。她明明知道他的年紀，但他還是說了出來，「二十九歲。」

「所以根據你的估計，我們還有九年時間。」

「頂多是這樣。」

「而且你對這一點深信不移。」

他點頭。

她抿緊嘴唇，從鼻子呼出一口長氣。最後，在似乎無止盡的沉默之後，她再次抬起頭，用清澈的目光直直望著他，說：「你錯了。」

奇怪的是，她那斬釘截鐵的語氣莫名令人安心。安東尼甚至感覺自己的嘴角揚起了虛弱的笑容，「妳認為我不明白這一切聽起來有多荒謬？」

「我認為這聽起來一點也不荒謬。實際上，這聽起來相當正常，尤其考慮到你有多麼崇拜你的父親。」她刻意聳了聳肩，頭側向一邊，「但這仍然是錯的。」

安東尼沒有接話。

「你父親的死亡是個意外，一個可怕的命運轉折，沒人能夠預料到。」凱特說。

安東尼認命似地聳肩，「我可能也會像他那樣離世。」

「哦，去他……」凱特在罵出粗話之前那一秒，設法咬住了自己的舌頭，「安東尼，我也可能明天就會死。今天那輛馬車壓到我身上的時候，我差點就死了。」

他臉色發白，「別讓我想起那些畫面。」

「我母親在我這個年紀時就去世了，」凱特嚴厲地提醒他：「你有沒有想過這個問題？按照你的規則，我下一次過生日時就應該離開人世。」

「別這麼……」

「傻嗎？」她替他說完。

空氣安靜了整整一分鐘。

最後安東尼開口了，聲音和耳語差不多：「我不知道自己是否能克服這個心結。」

「你不需要克服，」凱特說。她輕輕咬住已經開始顫抖的下唇，然後將手放在床邊的空位上，「你能到這裡來，讓我握住你的手嗎？」

安東尼快步走到床邊，在她身邊坐下。她的觸摸帶來的溫暖淹沒了他，滲入他的身體，撫慰他的靈魂。那一刻，他發覺除了愛之外，這個女人正使他成為一個更好的男人。他也許曾經是個堅強、善良的人，但有了她在身邊，他遠遠不止這麼好。

只要他們在一起，任何事都不再是難關。

這讓他覺得，活到四十歲也許不是遙不可及的夢想。

「你不必克服，」她再次說道，她的話輕輕迴盪於他們之間：「老實說，直到你三十九歲，我都不知道你要怎樣才能完全克服它。但你能做的是……」她捏了捏他的手，不知為何，安東尼感覺比剛才更有力道了。「拒絕讓恐懼支配你的生活。」

「我今天早上其實想通了這點，」他低聲說：「當我領悟必須告訴妳我愛妳的時候。但現在……現在我懂了。」

她點點頭，眼裡充滿了淚水。

「你必須把每個小時都當做人生的最後一小時來過，」她說：「而每一天都當作自己會長生不老。當我父親生病的時候，他有好多遺憾。他告訴我，他有好多事想做卻不再有機會實現，因為他以為他的人生還有更多的時間。我一直把這件事記在心裡。你覺得我為什麼一把年紀了還要學吹長笛？每個人都告訴我，我年紀太大了，要想吹出成績的話，必須從小開始學。但這並不是重點，真的。我不需要什麼成績。我只需要享受它，而且我要知道自己曾經努力過。」

安東尼笑了起來。她確實是一個糟糕的長笛手，連牛頓都聽不下去。

「你的情況即使與我父親相反，也是如此，」凱特溫柔地接著說：「你不能逃避新的挑戰，或是對愛情避之惟恐不及，只因為你認為自己可能無法活著完成夢想。到最後，你只會像我父親一樣留下許多遺憾。」

「我原本不想愛上妳，」安東尼低聲說：「這是我最擔心的一件事。我已經很習慣於自己那扭曲的人生觀。事實上，幾乎可說是徹底接受。但是愛……」他說不下去了，他哽咽的聲音似乎偏離了男子漢的形象，讓他顯得脆弱，但他不在乎，因為眼前的人是凱特。

就讓她看穿他心底最深的恐懼也沒關係，因為他知道，無論如何她都會愛他。這讓他感到如釋重負。

「我見識過真愛，」他繼續說：「我並不像世人認定的那樣憤世嫉俗。我知道愛是存在的。我的母親……我的父親……」他停下來，做了個深呼吸。這是他所做過最艱難的事。然而，他知道這些話必須說出口。他也知道，無論說出這些話有多困難，最後他的心都會得到救贖。

「我是如此確信，這是唯一能夠使我這、這……我真的不知該如何稱呼它——姑且稱之為對自己死期的預感吧。」他用手揉了揉頭髮，努力想組織句子：「唯一能讓這個預感變得無法忍受的，就是愛情。我怎麼能在全心全意深愛一個人的同時，又清楚知道它註定會是悲劇收場？」

「但它並非註定是悲劇。」凱特說，握緊他的手。

「我知道。我愛上了妳，然後我就知道了。即使我是對的，即使我只能活到我父親那個年紀，也不會是場無望的悲劇。」他俯身向前，在她的嘴唇上印下一個羽毛般的輕吻，低聲說：「我有妳，我不會浪費我們在一起的任何一分一秒。」

凱特露出一抹微笑，「那是什麼意思？」

他說：「愛的真諦不是天天提心吊膽一切將被奪走。愛是要找到一個讓你的心感覺完整的伴侶，讓你成為比你夢想中更好的人。它是指看著你妻子的眼睛並打從心底知道，她是你所認識過最好的人。」

「哦，安東尼，」凱特低聲說，淚水順著她的臉頰流下來，「這就是我對你的感覺。」

「當我以為妳已經死了的時候……」

「不要說了，」她哽咽著說：「你沒必要再次回想那件事。」

「不，我有必要。我必須告訴妳。那是我第一次——即使在等著死期到來這麼多年之後——真正知道死亡意味著什麼。因為若是妳走了……我就沒有活下去的理由了。我不知道我母親是怎麼做到的。」他說。

「她有孩子，她不能離開你們。」凱特說。

「我明白，但她必須忍受多麼深的痛苦……」他低聲說。

「我想，人類的心一定比我們想像的更強大。」

安東尼盯著她看了許久，兩人四目相交，直到他覺得他們已經融為一體。他用顫抖的手捧住她的頭，俯下身去吻她。他全心全意親吻著她的雙唇，向她獻上他心中感受到的每一分愛意、奉獻、敬畏和祈禱。

「我愛妳，凱特，」他低聲說，抵著她的唇際說出這句話：「我好愛妳。」

她點點頭，一句話都說不出來。

「而現在我希望……我希望……」

一件離奇的事情發生了。笑意在他體內湧現，一股純然的喜悅沖刷過他全身，他什麼都不想做，只想把她抱起來，在空中快樂地旋轉。

「安東尼？」她問，聽起來困惑又開心。

「妳知道愛還代表著什麼嗎？」他低聲說，手撐在她身體的兩側，鼻尖磨蹭著她的。

她搖搖頭，「我猜不到。」

「這表示，我發現妳這條斷腿實在是個麻煩。」他抱怨。

「你根本不懂有多麻煩，子爵閣下。」她沮喪地朝自己上了夾板的腿望去一眼。

安東尼蹙眉，「兩個月不能劇烈運動，是吧？」

「至少要這麼久。」

他咧嘴一笑，那一刻的他看起來就像她曾經嫌棄過的那個浪子。「很明顯，」他低聲說：「那我就必須非常、非常溫柔。」

「今晚？」她驚呼。

他搖搖頭，「就算是我，也沒辦法用那麼溫柔的方式展現雄風。」

凱特噴笑出聲，她忍不住了。她愛這個男人，他也愛她，無論他是否明白，他們都將一起白頭偕老，這足以讓一個女孩（即使是個斷腿的女孩）無比快樂。

「妳在笑我嗎？」他問道，躺到她身邊時，他的一側眉毛傲慢地挑得老高。

「我哪敢啊。」

「很好。因為我有非常重要的事情要告訴妳。」

「真的嗎？」

他嚴肅地點頭，「今晚我可能無法以行動展示我有多愛妳，但我可以一個字一個字告訴妳。」

「我應該百聽不厭。」她低語。

他微笑道：「很好。因為當我向妳傾訴完愛意之後，我也會告訴妳，我之後打算用什麼行動展示給妳看。」

「安東尼！」她尖叫。

「我會從妳的耳垂開始，」他低聲道：「對，就是耳垂。我會親吻它、咬它，然後……」

凱特倒抽一口氣。她心癢難耐，隨即又重新愛上了他。

當他在她耳邊說著甜言蜜語時，她有種奇妙的感覺，幾乎可以看到未來就在她面前展開。每一天都比前一天更豐富、更充實，每一天她都陷得更深、更深、更深……

有可能每一天都重新愛上同一個男人嗎？

凱特嘆了口氣，躺回枕頭上，讓自己沉浸在他邪惡的話語中。

老天啊，她想試試看。

Epilogue

LADY WHISTLEDOWN´S SOCIETY PAPERS

柏捷頓閣下在家中和家人一起慶祝了他的生日——就筆者所知，這是他的第三十九個生日。

筆者沒有受邀。

不過，筆者一直很關注這次宴會的細節，聽起來非常有趣。晚宴以一場簡短的音樂會開始。柏捷頓閣下吹小喇叭，柏捷頓夫人則吹長笛。巴格威夫人（柏捷頓夫人的妹妹）顯然提議以鋼琴幫他們兩位伴奏，但她的提議被拒絕了。

據老夫人說，這輩子都沒參加過比這場更難聽的音樂會。我們聽說，最後邁爾斯·柏捷頓小朋友站上了他的椅子，懇求他的父母停止演奏。

我們也聽說，這個男孩並未因為出言不遜而受到責罵，所有人只是在柏捷頓子爵和夫人放下樂器時大大鬆了一口氣。

《威索頓夫人的韻事報》
17 September 1823

23

「我們家裡一定有奸細。」安東尼搖著頭對凱特說。

凱特笑了，她梳著頭髮，準備睡覺，「她至少沒發現今天才是你生日，而不是昨天。」

「那不重要，她一定養了奸細。沒別的解釋。」他埋怨。

「其他細節她確實都說對了，我告訴你，我一直很佩服那個女人。」凱特忍不住說。

「我們沒那麼糟糕好吧。」安東尼抗議。

「我們的演奏真的很難聽。」她放下梳子走到他身邊，「其實一直都很難聽，但至少我們努力過了。」

安東尼摟著妻子的腰，下顎靠在她的頭頂上，沒有什麼比把她抱在懷裡更能帶給他平靜。他難以想像，若沒有女人的愛，一個男人該如何生存。

「快到午夜了，你的生日快結束嘍。」凱特喃喃說著。

安東尼點頭。三十九歲。他從未想過自己能活到這一天。

不，那樣說也不對。自從他讓凱特進入他心房的那一刻起，他的恐懼就在慢慢消逝。但是，活到三十九歲的感覺還是很好，感覺心很安定。這一天他在書房裡花了很長的時間，凝視著他父親的畫像，一直在說話。他對父親說了好幾個小時的話，他向父親報告他的三個孩子，他弟弟、妹妹的婚姻和他們的孩子。他提起他的母親，她最近如何開始用油彩作畫，而且畫得還挺不錯。他還說到了凱特，她如何解救了他的靈魂，以及他有多麼愛她。

安東尼忽然明白，這正是他父親一直以來對他的期望。

壁爐上的鐘開始報時，安東尼和凱特都沒有說話，直到第十二次鐘聲響起。

「這就結束了。」凱特低聲說。

他點了點頭，「我們去睡覺吧。」

她拉開兩人的距離，他可以看到她在笑，「這就是你想要的慶祝？」

他握住她的手，把它舉到自己的唇邊，「我想不出有什麼更好的方式慶生。妳有嗎？」

凱特搖搖頭，然後咯咯笑著跑向床邊，「你看了她專欄中寫的其他內容嗎？」

「那個威索頓女人？」

她點頭。

安東尼把雙手撐在妻子的兩側，意味深長地看了她一眼，「關於我們的嗎？」

凱特搖頭。

「那我就不關心了。」

「是關於柯林。」

安東尼發出了一聲輕嘆，「她似乎經常寫到柯林。」

「**也許她對他有好感**。」凱特提議。

「威索頓夫人？」安東尼翻了個白眼，「那個老太婆？」

「她可能並不老。」

安東尼嗤之以鼻，「她是個滿臉皺紋的老太太，妳明知道。」

「我不知道啊，我想她說不定很年輕。」凱特從他的手中溜走，爬進了被子裡。

「我認為嘛，我現在不大想談論威索頓夫人。」安東尼說。

凱特笑了，「你不想？」

他躺到她身邊，手指在她臀部的曲線上停留，「我有更好的事情要做。」

「你有嗎?」

「有很多。」他的嘴唇吻上了她的耳朵,「更好、更多,**好得多**。」

在離柏捷頓大宅不遠的一間優雅小房間裡,一位不算青春鮮嫩,但肯定沒有皺紋和老態的女人,正坐在放著羽毛筆和墨水的書桌前,伸手抽出一張紙。

她伸展了一下脖子,用羽毛筆在紙上寫了起來。

《威索頓夫人的韻事報》一八二三年九月十九日

啊,親愛的讀者,筆者發現……

(全文完)

致讀者

您是否曾想過，在您闔上最後一頁後，您最喜愛的角色還會遇到些什麼事？是否想再多看一點您喜歡的故事？我曾這麼想過，而根據我的讀者們提出的問題看來，我並不是唯一這麼想的人。

因此，在柏捷頓的書迷提出無數要求之後，我決定嘗試一點不同的東西，我為每部小說寫了一個「番外篇」。這些是故事結束之後的故事。

起初，《柏捷頓番外篇》只放在網路上；後來，它們（連同一篇關於薇莉・柏捷頓的短篇小說）一起被收錄在一本名為《柏捷頓：幸福到永遠》（The Bridgertons: Happily Ever After）的書裡。現在，每一則番外篇史無前例地與它所屬的小說收錄在一起。

希望您會喜歡看到安東尼和凱特繼續他們的旅程。

您誠摯的，
茱莉亞・昆恩

【番外】

死亡之槌爭奪戰

兩天前……

凱特大步走過草坪，回頭瞥了一眼，確定她的丈夫沒有跟在後面。十五年的婚姻生活讓她學到了不少，知道他此刻一定會注意她的一舉一動。

但她很聰明，也很有決心。她知道，只要花一英鎊，安東尼的男僕就能故意弄出一場無懈可擊的服裝災難。可能是熨斗上沾到果醬，或者衣櫃裡發生蟲害（蜘蛛或老鼠，是哪一種並不重要）等等。凱特非常樂意把細節留給男僕去處理，只要能適當分散安東尼的注意力，讓她有足夠的時間偷溜。

「這是我的，都是我的啦。」她得意笑著，語氣和上個月柏捷頓一家演出莎劇《馬克白》時差不多。當時她的長子負責安排角色。她被任命飾演女巫一號。

當安東尼用一匹新的馬獎勵他這麼安排時，凱特假裝沒有注意到。

現在他的報應來了。他的襯衫會被覆盆子果醬染成粉紅色，而她……

她燦爛的微笑變成了哈哈大笑。

「都是我的……啦啦啦啦！」她唱道，搭配最後一個音節，拉開了棚舍的門，恰好是貝多芬第五號「命運」交響曲最深沉、嚴肅的那個音符。

「都是我的、我的……啦啦啦！」

她一定會把它搶到手。這本來就是她的。如果能夠保證擁有它，她甚至願意舔它的味道。當然，她對木頭沒有興趣，但這不是普通的破壞工具。這是……

死亡之槌。

「我的、我的、我的……啦啦啦！」她繼續唱，現在是交響樂熟悉旋律之後跳躍起伏的一小段。

她把一條毯子扔到旁邊，喜悅幾乎溢於言表。槌球組就放在角落裡，像往常一樣，但就在這一瞬間……

「妳在找這個嗎？」

凱特轉過身。安東尼站在門口，不懷好意地笑著，一邊轉動著手中的黑色木槌。他的襯衫白得刺眼。

「你……你……」

他的一側眉毛危險地挑了起來，「別人揭露妳的企圖時，妳老是語無倫次。」

「你是怎麼……是怎麼……」

他向前傾身，眼睛瞇了起來，「我給了他五英鎊。」

「你給了密爾頓五英鎊？」好傢伙，那幾乎是他的年薪。

「這比替換掉我所有的襯衫要便宜得多。」他蹙眉，「覆盆子果醬。拜託。妳沒算過成本嗎？」

凱特死死地盯著木槌。

「還有三天就要比賽了，我已經贏了。」安東尼滿足地嘆了口氣。

凱特沒有反駁他。其他柏捷頓家人可能認為每年的槌球賽不過就是一天之內比完的事，但她和安東尼不這麼想。

她已經連續三年在死亡之槌上搶贏他了。如果這一次他能贏過她，她就太丟人了。

「現在放棄吧，親愛的妻子，認輸吧，我們都會開心一點。」安東尼嘲諷道。

凱特輕輕嘆口氣，看起來像是默認。

安東尼的眼睛充滿懷疑地瞇了起來。

凱特狀似不經意地摸了摸連身裙的領口。

安東尼的眼睛瞪大了。

「這裡很熱，你不覺得嗎？」她問道，聲音柔和、甜美，全用氣聲。

「妳這個妖女。」他低聲說。

她讓布料從肩上滑落，裡面沒有穿任何東西。

「沒穿內衣？」他低聲問。

她搖了搖頭。她並不傻。再好的計畫也有百密一疏的時候。人總是要根據場合來穿衣服。空氣中仍帶著一絲寒意，她感到自己的乳頭緊縮了起來。

凱特打了個哆嗦，試著用喘息來掩飾，彷彿她已經情難自抑。

如果她不是正費盡心力「刻意」忽視丈夫手中的木槌，她可能真的會興奮難耐。

更不用說現在還有點冷。

「真可愛。」安東尼低聲說著，伸出手撫摸她的乳房。

凱特發出貓似的呻吟。他永遠抗拒不了這一點。

安東尼好整以暇地笑著，把手往前移，開始把玩起她的乳尖。

凱特發出了一聲喘息，視線飛快迎上他。他看起來……並不像是在算計什麼，但仍然非常有自制力。她突然想到，他根本就非常清楚她的罩門在哪裡。

「啊，我的妻子。」他喃喃低語，從下方捧住她的乳房，輕輕抬高，直到它沉沉填滿他的手掌。

他揚起嘴角。

凱特停止了呼吸。

他彎下腰，把她的乳頭含進嘴裡。

「噢！」她現在無法再假裝了。

他對另一側乳房重複他的折磨。

然後他往後退開一步，抽回手。

凱特站在原地，喘個不停。

「啊，應該畫一幅這樣的美景，我想把它掛在我的書房裡。」他說。

凱特瞠目結舌。

他得意洋洋舉起了木槌，「再見，親愛的妻子。」

他走出棚舍，在轉角處又回頭看了過來，「小心別著涼了。妳不想錯過球賽，對嗎？」

凱特後來回想，算他走運，她在翻找球具的時候沒想到要拿顆木球在手上。雖然轉念一想，他的頭可能太硬了，根本砸不出傷口。

比賽前一天。

安東尼認為，對一個男人而言，很少有時刻能像徹底贏過自己的妻子那麼爽快。當然，這取決於妻子是誰，但由於他選擇了一個智力和幽默感都超群的女人，他相信，他的這種時刻比起大多數人都更加過癮。

他在書房裡邊喝茶邊回味著這一點，凝視著那支黑色木槌，愉快地嘆了口氣。這支木槌就像珍貴的戰利品一樣躺在他的書桌上。它看起來非常美麗，在晨曦中閃閃發光——或者說，至少那些並未因爲幾十年粗暴使用而傷痕累累的地方，都在閃閃發光。

這不重要。安東尼愛著它每一處凹痕和刮痕。

也許這有點幼稚，甚至愚蠢，但他就是喜歡。

當然，這份滿足感主要來自從凱特眼皮底下搶走它的喜悅，但他確實很喜歡這支木槌。放下心中的洋洋得意，安東尼想起它還代表了另一項重要的事物……

他墜入愛河的那一天。

當時他並沒有意識到這一點。他認為凱特也沒有意識到，但他確信那是他們命中註定要在一起的日子——槌球賽的那一天。

她害他只能用粉紅色的木槌。她把他的球打進了湖裡。

天啊，真是個了不起的女人。

過去這十五年實在好極了。

他滿足地笑了笑，目光再次落在那支黑色木槌上。每年他們都會重啟這場比賽。所有當初的球員——安東尼、凱特、他弟弟柯林、他的妹妹達芙妮和她的丈夫賽門，以及凱特的妹妹艾溫娜——他們每年春天都會盡責地趕到奧布雷莊園，在陣形時常變化的球道上各就各位。有些人熱情參加，有些人只是感到好笑，但他們都會到場，每年都是如此。

而今年……

安東尼得意地笑了起來。他有木槌，而凱特沒有。生活真是美好。好得不得了。

「凱——特！」

凱特從書中抬起頭來。

「凱——特！」

她試圖估算他的距離。十五年來，在聽到她的名字一次次以這種方式吼出來之後，她已經可以熟練計算出第一聲吼叫和她丈夫本尊出現之間要多久。

這並不像看起來那麼簡單。要考慮她的位置——她是在樓上還是樓下，從門口可以看得到嗎——諸如此類。

然後還得加上孩子們的情況。他們在家裡嗎？會不會擋住他的路？他們是否會拖慢他的速度，也許會拖上整整一分鐘，而且……

「妳！」

凱特一愣。安東尼站在門口，火冒三丈地看著她，眼神凶狠得令人吃驚。

「槌子在哪裡？」他問道。

好吧，可能也沒那麼令人吃驚。

她眨眨眼，無動於衷，問道：「你想先坐下來嗎？你看起來有點勞累過度。」

「凱特……」

「你畢竟不像以前那麼年輕了。」她嘆息。

「凱特……」音量在上升。

「我可以拉鈴叫人送茶來。」她甜甜地說道。

「我明明把它鎖在書房裡的。我書房明明有上鎖。」他咆哮。

「是喔？」她喃喃地說。

「只有我有鑰匙啊。」

「是嗎？」

他瞪大眼睛，「妳做了什麼？」

她翻到報紙的下一頁，雖然其實沒在看，「什麼時候？」

「這什麼意思？」

「我是說……」她停頓了一下，因為這個時刻太過癮，她必須在心裡小小慶祝一番。

「什麼時候？今天早上？還是上個月？」

他愣住了。頂多一兩秒鐘，但足以讓凱特看到他的表情從困惑變成懷疑，再轉為憤怒。

這是光榮的時刻。令人陶醉。甜美無比。她本來想笑的，但那只會鼓勵他繼續再嘴賤一個月，而她不久前才剛剛讓他住嘴。

「妳打了一把我書房的鑰匙？」

「我是你的妻子呀，」她瞥了一眼她的手指甲，飛快地說：「我們之間不應該有任何祕密，不是嗎？」

「妳自己打了一把鑰匙？」

「將心比心，你也不會希望我有祕密的，對吧？」

他的手指緊緊抓住門框，直到指關節開始泛白，「別再擺出一臉得意的樣子了。」

「啊，但那就太做作了，對自己的丈夫撒謊是一種罪過。」

他的喉嚨開始發出奇奇怪怪的聲音。

凱特笑了，「我不是曾經發過誓要誠實嗎？」

「**婚誓裡明明講的是順從！**」他咆哮。

「順從？不是吧。」

「它在哪裡？」

她聳聳肩，「不告訴你。」

「凱特！」

她故意唱起歌來，「**不——告——訴——你**。」

「妳這個女人……」他向前走去，殺氣騰騰。

凱特吞了一下口水。她可能、大概、也許、有那麼一點點玩得太過火了。

「我會把妳綁在床上。」他警告說。

「好啊。」她回應他的想法，同時默默打量起她到門的距離，「但準確來說，我可能不會介意。」

他眼裡閃過一抹精光，不完全是慾望（他仍然只專注於槌球賽的木槌），但她認為她在他的眼中看到了閃閃發亮的……興趣。

「妳說，把妳綁起來，」他喃喃說著走上前，「妳會喜歡的，對嗎？」

凱特明白了他的意思，猛吸一口氣，「你不會是說真的吧！」

「哦，我就是。」

他就是想重演那一幕。**他打算把她綁起來留在這裡**，然後去找他的木槌。

她將會束手無策。

凱特從椅子扶手上跳開，迅速躲到椅背後面去。在目前的情況下，有個實體擋箭牌總是好的。

「噢，凱特特特特特！」他拉長了聲音逗她，向她走去。

「它是我的，十五年前是我的，現在仍然是我的。」她說。

「早在它成為妳的之前，它屬於我。」

「但你娶了我！」

「這會讓它變成妳的？」

她什麼也沒說，只是將視線鎖定在他身上。

她呼吸急促，大口喘息，因為興奮而全身繃緊。

隨後，他像閃電一樣迅速向前，伸手一把抓住她的肩膀，直到被她躲開。

「你永遠也找不到它的。」她幾乎尖叫出聲，同時衝到沙發後面躲著。

「別以為妳還能逃得掉。」他警告，一個側身就把身體擋在她和門之間。

她望向窗戶。

「摔下去就沒命了。」他說。

「拜託喔，你們兩個。」一個聲音從門口傳來。

凱特和安東尼轉過身。安東尼的弟弟柯林站在那裡，用一種鄙視的眼神看著他們。

「柯林，」安東尼咬牙說道：「見到你真好。」

柯林只是挑了挑眉毛，「我想你是在找這個。」

凱特驚呼。他正拿著那根黑色的木槌，「你怎麼……」

柯林愛不釋手撫摸著木槌的底端，「當然，我的看法只代表我個人，」他快樂地嘆息，「但對我來說，我已經贏了。」

遊戲日當天。

「我不明白，為什麼是你來布置球場。」安東尼的妹妹達芙妮說。

「因為這塊該死的草坪屬於我。」安東尼沒好氣。他抬起手擋住眼前的陽光，一邊檢查自己的工作。他這次做得很好，如果用他的話來說，簡直是完美犯罪。絕對是個天才。

「有女士在場，你能不能別說髒話？」這是達芙妮的丈夫，哈斯丁公爵賽門。

「她不是女士，她是我妹妹。」安東尼埋怨。

「而她是我的妻子。」

安東尼冷笑，「她首先是我妹妹。」

賽門轉向凱特，她正在用手上的木槌點著草地——綠色的木槌。她已經表示自己很滿意用這一支打球，但安東尼知道不是這麼回事。

「妳到底怎麼受得了他？」賽門問。

她聳聳肩，「這是一種罕見的才能。」

柯林悠哉悠哉地走上前去，像捧著聖杯一樣死死抓著那支黑木槌，鄭重地問：「我們可以開始了嗎？」

賽門驚訝地瞪大眼睛，「死亡之槌？」

「我就是這麼聰明。」柯林很得意。

「他賄賂了女僕。」凱特抱怨。

「妳賄賂了我的男僕。」安東尼指出。

「你還不是一樣！」

「我沒有賄賂任何人。」賽門說，儘管沒人在聽。

達芙妮同情地拍了拍他的手臂，「你不是這個家庭出生的。」

「她也不是。」他回答，指了指凱特。

達芙妮陷入思考，最後得出結論：「她算是有點反常。」

「有點反常？」凱特質問。

「這是最高的讚美，」達芙妮告訴她。說完停頓了一下，然後繼續說：「在這種情況下算是讚美。」

然後她轉向柯林，「多少錢？」

「什麼多少錢？」

「你給了那個女傭多少錢？」

他聳了聳肩，「十英鎊。」

「**十英鎊**？」達芙妮幾乎驚叫起來。

「你瘋了嗎？」安東尼罵。

「你自己給了男僕五英鎊。」凱特提醒他。

「我希望你賄賂的不是我們家裡比較能幹的女僕，不然這一天結束時，她肯定會因為賺到這筆外快而辭職。」安東尼嘀咕。

「所有的女傭都很能幹。」凱特說，有點不爽。

「十英鎊！我要去跟你的妻子打小報告。」達芙妮重複道，搖搖頭。

「去吧，她就在那裡。」柯林淡淡地說，朝著面向槌球場的山坡示意。

達芙妮抬起頭，「潘妮洛普也來啦？」

「潘妮洛普在這裡？為什麼？」安東尼叫道。

「她是我的妻子啊。」柯林回道。

「她以前從未參加過比賽。」

「她想親眼看到我贏。」柯林回嘴，用一臉壞笑來回應他的哥哥。

安東尼忍住了想掐死他的衝動，「你怎麼知道你會贏？」

柯林在他面前揮舞那支黑色的木槌，「我已經贏啦。」

「大家好呀。」潘妮洛普說，慢慢走下山坡。

「不准歡呼加油。」安東尼警告她。

潘妮洛普疑惑地眨了眨眼，「什麼意思？」

「而且在任何情況下，妳都必須和妳丈夫保持十步的距離。」他繼續說，因為真的，必須有人讓球賽保持該有的規範。

潘妮洛普看著柯林，頭點了九次估算他們之間的距離，接著向後退開一步。

「不准作弊。」安東尼警告說。

「至少不可以用新的方式作弊，」賽門補充：「以前用過的作弊技巧不在此限。」

「在球賽過程中，我可以和我丈夫說話嗎？」潘妮洛普柔聲詢問道。

「不行！」一組響亮的三重唱響起。

「妳注意到了沒，我可沒提出異議。」賽門對她說。

「正如我所說，」達芙妮說，在賽門去檢查某個球門時和他擦身而過，「妳不是這個家裡出生的。」

「艾瑥娜在哪裡？」柯林輕快地問道，瞇起眼睛朝屋子裡看。

「她很快就會下來，她正在吃早餐。」凱特回答。

「她在拖延球賽時間。」

凱特轉向達芙妮，「我妹妹不像我們這麼熱衷球賽。」

「她認為我們都是神經病？」達芙妮問。

「差不多。」

「好吧，但她還是很貼心，每年都會來。」達芙妮說。

「這是傳統。」安東尼叫道。他設法拿到了橙色的木槌，正對著想像中的球揮舞，一邊瞇著眼睛練習瞄準。

「他沒有在球道上練習過，對吧？」柯林問道。

「他哪有辦法？他今天早上才剛剛布置好球場，我們看著他做的。」賽門說。

柯林不理會他，轉向凱特，「他最近有沒有三更半夜玩失蹤的古怪行為？」

她瞪他，「你認為他會在月光下偷溜出去玩槌球？」

「他會這麼做我也不奇怪。」柯林嘟囔。

「我也是。」凱特回答：「但我向你保證，他一直在床上睡覺。」

「這不是床不床的問題，是公平競爭的問題。」柯林告訴她。

「在女士面前討論『床』的事，似乎不大合適。」賽門說，但很明顯樂在其中。

安東尼惱怒地瞪了柯林一眼，然後也順便向賽門的方向瞪了一眼。對話越來越荒謬，他們早就該開始比賽了。

「艾溫娜人呢？」他質問。

「我看見她從山坡上下來了。」凱特回答。

他抬頭看見艾溫娜．巴格威，凱特的妹妹，正踉蹌地走下山坡。她從來就不喜歡戶外活動，他完全想像得出她正在嘆氣和翻白眼。

「今年我拿粉紅色的，」達芙妮宣布，從球具中拿起剩餘的木槌，「我覺得這很有女人味，很精緻。」她挑眉看了眼她的哥哥們，「也很有欺騙性。」

賽門伸手到她身後，選了一支黃色的木槌，「當然，藍色是留給艾溫娜的。」

「艾溫娜總是拿藍色。」凱特對潘妮洛普說。

「為什麼？」

凱特愣了一下，「我不知道。」

「那紫色呢？」潘妮洛普問。

「哦，我們從來不用那支。」

「為什麼？」

凱特又愣住了，「我也不知道。」

「傳統。」安東尼插嘴。

「那為什麼你們其他人每年都換顏色？」潘妮洛普打破砂鍋問到底。

安東尼轉向弟弟們，「她總是有這麼多問題嗎？」

「沒錯。」

他回頭對潘妮洛普說：「我們就喜歡這樣。」

「我來了！」艾溫娜在走近其他球員時開心地打招呼。「哦，又是藍色。真貼心。」她拿起她的球具，然後轉向安東尼，「可以開始了嗎？」

他點頭，然後轉向賽門，「從你開始，哈斯丁。」

「一如以往。」他喃喃地說，把他的球放在發球位置。「退後啊。」他警告，雖然沒有人在揮桿距離內。他把木槌往後舉起，然後向前一揮，發出一聲宏亮的響聲。球飛過草坪，筆直有力落在離下一個球門只有幾十公分的地方。

「哇，打得好！」潘妮洛普歡呼，拍起手來。

「我說過不要歡呼。」安東尼抱怨。現在難道沒有人懂得遵守指示了嗎？

「即使是幫賽門也不行？我以為只限於柯林。」潘妮洛普回嘴。

安東尼小心翼翼放好他的球，「這會讓我分心。」

「好像我們其他人就不會分心似的，」柯林評論道：「盡量加油歡呼吧，親愛的。」

但在安東尼瞄準時，潘妮洛普沒再出聲。他的揮桿比公爵的更有力道，球也滾得更遠。

「嗯，運氣不好。」凱特說。

安東尼狐疑地看著她，「什麼意思？那是一次漂亮的揮桿。」

「嗯，對啦，但是……」

「讓開。」柯林示意，走到發球位置。

安東尼看著他的妻子，「**妳剛才是什麼意思？**」

「沒什麼，」她支支吾吾地說：「只是那邊有一點泥濘。」

「泥濘？」安東尼看向他的球，回頭看看他的妻子，然後又看向球，「已經好幾天沒下雨了啊。」

「嗯，是沒有。」

他又看向他的妻子。他那令人抓狂、心思狡詐、即將被鎖在地窖裡的妻子，「所以怎麼會變成泥巴地？」

「嗯，也許不能說是泥巴地……」

「不是泥巴地。」他重複，對她付出最大的耐心。

「水坑可能更合適。」

他說不出話來了。

「或是泥水般的坑？」她苦思了一下，「水坑的形容詞怎麼說？」

他朝她的方向上前一步。她飛快跑到達芙妮身後。

「發生什麼事了？」達芙妮問。

凱特探出頭來，勝利地笑了，「我相信他打算宰了我。」

「有這麼多證人在場的時候？」賽門問道。

「為什麼，在我有記憶以來最乾燥的這個春天，會冒出一個水坑？」安東尼大聲說。

凱特又向他露出她那惹人厭的笑容，「我打翻了我的茶。」

「淹成一個水坑？」

她聳聳肩，「我當時很冷。」

「很冷。」

「而且很渴。」

「顯然也笨手笨腳。」賽門說。

安東尼瞪了他一眼。

「好吧，如果你要解決她，」賽門說：「能不能等到我妻子從你們中間出來？」他轉向凱特，「妳怎麼知道要把水坑設在哪裡？」

「他的腦子很好猜。」她回答。

安東尼伸出手指，對著她的喉嚨比劃。

「每年都是這樣，」她說，對他嫣然一笑，「你總是把第一個球門設在同樣的地方，而且你總是以完全同樣的方式打球。」

柯林剛好在這個時刻回來，「換妳了，凱特。」

她從達芙妮身後飛快跑向開球位置，「一切都很公平，親愛的丈夫。」她高興地喊著。然後她彎腰、瞄準，把綠球打了出去。

球直直飛向水坑。

安東尼高興地感嘆。世界上畢竟還是有正義的。

三十分鐘後，凱特和她的球在三號球門附近等人。

「掉入泥水坑真可惜。」柯林漫步經過。

她瞪了他一眼。

沒多久達芙妮走了過來，「妳有一點沾到……」她向凱特的頭髮示意，凱特憤怒地擦拭起太陽穴。

「對，就是那邊。」她接著說：「雖然別的地方還有沾到一點，呃……」她清了清嗓子：「嗯，其實到處都是。」

凱特凶狠地瞪她。

賽門走了過來，加入她們。

天哪，難道每個人在去六號球門的路上都要經過三號球門嗎？

「妳身上都是泥巴。」他很好心地說道。

凱特的手指抓緊了她的木槌。他的頭離她非常、非常近。

「但至少它和茶混在了一起。」他補充說。

「這有什麼關係？」達芙妮問。

「我也不確定，但我覺得應該說些什麼。」凱特聽到他這麼說，同時和達芙妮一起向五號球門出發。

凱特默默在心裡數到十，果不其然，艾溫娜碰巧經過她身邊，潘妮洛普在她後方三步跟著。這對好姊妹已經組成一個團隊，艾溫娜負責揮桿，潘妮洛普則提供戰略諮詢。

「噢，凱特。」艾溫娜心疼地嘆了口氣。

「別說了。」凱特沒好氣。

「妳是誰的妹妹？」凱特質問。

「但水坑確實是妳弄出來的呀。」艾溫娜指出。

艾溫娜挑眉對她甜甜一笑，「姊妹情誼並不能掩蓋我對公平競爭的追求。」

「這是槌球，哪來的公平競爭。」

「看來是沒有。」潘妮洛普說。

「記得保持十步距離。」凱特語帶警告。

「是和柯林，不是和妳，雖然我相信任何時候都要保持一槌之遙的距離，以防萬一。」潘妮洛普回她。

「我們可以走了嗎？」艾溫娜問道。

她轉向凱特，說：「我們剛打完四號球門。」

「然後妳們特別繞遠路過來？」凱特嘀咕。

「要有運動精神，順便來看妳嘛。」艾溫娜不以為忤。

她和潘妮洛普轉身要走，凱特實在忍不住了，突然脫口問出：「安東尼人在哪裡？」

艾溫娜和潘妮洛普轉身。

「妳真想知道？」潘妮洛普問。

凱特強迫自己點頭。

「恐怕是在最後一個球門那邊。」潘妮洛普回答。

「之前還是之後？」凱特咬牙。

「什麼意思？」

「他還沒打完？還是已經通過了？」她不耐煩地重複。當潘妮洛普沒有立即回答時，她又說：「他在那個該死的球門之前還是之後？」

潘妮洛普驚訝地眨眨眼，「呃，還沒打完吧，我想。他還有兩球或三球。」

凱特瞇起眼睛看著她們離去。她不打算贏——現在也沒有機會了。但如果她贏不了，那麼，老天保佑，安東尼也不會贏。他今天不應該獲得任何榮耀，尤其是在絆倒她並害她摔進泥坑之後。

他聲稱那是一個意外，但就在凱特走上前去撿自己的球的時候，他的球非常湊巧的從泥坑旁飛出（時機點非常可疑）。她不得不稍微跳開以便躲避，並為球沒打到自己而慶幸。安東尼隨後轉過身，說了一句假惺惺的：「妳還好嗎？」

他的木槌隨著他轉身，剛好落在腳踝的位置。凱特沒能躲過那一擊，摔進了泥坑裡。以狗吃屎的方式。

安東尼竟然還有膽遞給她一條手帕。

她要宰了他。

做掉他。

殺、殺、殺！

但首先她要確保他不會贏。

安東尼正在等候上場，笑得很開心——甚至吹起了口哨。要追上他必須花上相當長的時間，凱特遠遠落後，以至於有人必須跑回去通知她，什麼時候輪到她擊球。更不用說艾溫娜了，她似乎永遠不明白速戰速決的好處。在過去十四年裡，她一直慢條斯理地打球，好像有一整天的時間可以揮霍，這已經夠糟糕了，現在她又有了潘妮洛普，後者不允許在沒有經過她分析和建議的情況下揮桿。

但這一次，安東尼並不介意。他處於領先地位，沒有人能夠追上他。為了使他的勝利果實更加甜美，凱特現在是最後一名。

她已經落後太多，不可能超越任何人。

這幾乎彌補了柯林搶到死亡之槌的遺憾。

他轉身走向最後一個球門。他必須揮出一桿先讓球到達有利位置，再補一桿把它推進去。之後，他只需要把球引向最後那根得分桿，輕輕一推，比賽結束。易如反掌啊。

他回頭望了一眼，看到達芙妮站在山坡上那棵老橡樹旁，因此可以看見他視線所不及的地方。

「現在輪到誰了？」他喊道。

她伸了伸脖子，看著在山坡下打球的其他人。

「柯林吧，我想，」她說，回頭張望，「凱特是下一個。」

他對這個情況表示滿意。

今年他把球場布置得有點不同，有點像是圓形。球員們必須遵循一種弧形的路線打球，這表示如果以直線距離來看，他實際上比其他人更靠近凱特。事實上，他大約只需向南移動九公尺，就能看見她向四號球門推進。

或者還在三號？

無論如何，他都不會錯過這場好戲。

於是他滿臉笑容朝她的方向小跑過去。他應該叫她一聲嗎？如果他喊她的名字，她應該會更火大。

好像有點太殘忍了。但另一方面……

安東尼從胡思亂想中抬起頭，正好看到一顆綠球朝他飛來。

搞什麼鬼？

凱特發出一聲勝利的輕笑，拎起裙襬，向他跑過來。

「妳到底在幹什麼？」安東尼問道：「四號球門在那邊。」他用手指了指對應的方向，雖然他很清楚，她知道它在哪裡。

「我才打到三號球門，」她挑眉說：「而且，反正我已經放棄求勝了。到這地步已經沒希望啦，你不覺得嗎？」

安東尼看著她，然後看了眼他的球，正靜靜躺在最後一個球門附近。

然後他又看了看她。

「哦不，妳別想。」他咆哮。

她慢條斯理地揚起嘴角。

十分狡猾，像個女巫。

「試試看啊。」她說。

就在這時，柯林從山坡上衝了過來，「輪到你了，安東尼！」

「這怎麼可能？凱特剛剛打完，中間還有達芙妮、艾溫娜和賽門啊。」他大聲問。

「我們打得非常快，」賽門說，大步上前，「而且我們當然不想錯過這一幕。」

「哦，看在老天的份上。」他嘟囔著，眼見其他人迅速走近。他直接走到自己的球旁，一邊瞄準，一邊瞇起眼睛。

「小心樹根！」潘妮洛普叫道。

安東尼咬牙。

「那不是歡呼喔，」她表情莫名平靜，「一句提醒並不算歡呼……」

「閉嘴啦！」安東尼怒了。

「我們都要為球賽出一分力嘛。」她的嘴唇因忍笑而顫抖。

安東尼轉過身。「柯林！」他喊道：「如果你不希望成為鰥夫，請讓你老婆閉嘴。」

柯林走到潘妮洛普身邊，「我愛妳。」說著在她的臉頰上吻了一下。

「我也……」

「別說了！」安東尼爆發了。當所有人的目光都轉向他時，他接著低聲碎念：「我得集中精神。」

凱特靠得更近了一些。

「離我遠點，女人。」

「我只是想看看嘛，」她說：「整場比賽我幾乎都沒機會好好觀戰，一直都在落後。」

他瞇起眼睛，「妳掉進泥坑**也許**可以算在我頭上，但注意，我強調的是**也許**，這並不代表我承認了任何事。」

他停頓片刻，刻意忽略其他人，雖然所有人都正瞪大眼睛看著他。

「然而，我看不出妳落到最後一名，怎麼會是**我的**責任。」他繼續說。

「泥漿讓我的手太滑，握不穩木槌。」凱特咬牙說。站在旁邊的柯林蹙眉，「凱特，妳這理由太牽強了吧。這次我不得不同意安東尼，雖然這讓我痛不欲生。」

「好吧，」她狠狠瞪了柯林一眼，「這不是任何人的錯，是我自己的問題。然而……」然後她就住嘴了。

「呃，然而什麼？」艾溫娜忍不住問道。

凱特渾身泥巴站在那裡，但仍然像是一個手持權杖的女王。「然而，」她繼續說：「我不一定要接受事實。現在是在玩槌球，而我們是柏捷頓家的人，我沒必要公平競爭。」

安東尼搖搖頭，繼續彎腰瞄準。

「她這次說得有道理，在這場比賽裡，從來都沒人重視過良好的運動精神。」柯林說，維持了他一貫令人火大的風格。

「安靜點。」安東尼咒罵。

「事實上，」柯林繼續說：「我們甚至可以說……」

「我說安靜點。」

「事實恰恰相反，惡劣的運動精神……」

「閉嘴，柯林！」

「其實值得讚許，而且……」

安東尼決定放棄瞄準，直接揮桿。以這種速度，他們會一直站在這裡直到過完年。柯林永遠不會乖乖閉嘴，尤其在他認為有機會惹毛他的大哥時。

安東尼強迫自己專心聽風聲就好。或者說，至少他嘗試這麼做。

他瞄準，身體往後，向前一揮。

哐！

不要太大力、不要太大力。

球向前滾動，不幸的是並不夠遠。他下一次揮桿可能無法通過最後一個球門。除非神蹟出現，能讓他的球繞過一塊拳頭大小的石頭。

「柯林，你是下一個。」達芙妮說，但柯林已經衝向他的球。他胡亂揮了一下，然後大聲喊道：「凱特！」

她走上前，一邊眨眼，一邊評估草地上的情況。她的球離他的球大約有三十公分遠。然而，石頭卻在另一邊，這表示如果她想整他，也沒辦法把他的球趕得太遠——石頭肯定會擋住球。

「很有意思的兩難困境。」安東尼低聲說。

凱特繞著球走了一圈。「如果我讓你贏了，這樣做似乎還滿浪漫的。」她喃喃自語。

「這不是妳讓不讓的問題。」他嘲諷。

「錯誤答案。」她說，開始瞄準。

安東尼蹙眉，她在做什麼？

凱特用力打出這一球，目標不是正對安東尼的球，而是瞄準球的左側，使它向右飛去。由於角度問題，她無法像直接擊中那樣把球撞得很遠，但她確實設法把球送到了山坡上。

正好到了山坡頂端，直達頂端。

然後滾了下來。

凱特發出一聲歡呼，很像戰場上會發出的那種。

「妳會付出代價的。」安東尼說。

她開心到手舞足蹈，壓根沒注意到他。

「所以現在誰會贏？」潘妮洛普問。
「妳知道嗎？我不在乎。」安東尼平靜地說道。然後他走到綠球旁，進行瞄準。
「等等，還沒輪到你呢！」艾溫娜叫道。
「而且這也不是你的球。」潘妮洛普補充。
「是嗎？」他喃喃自語，然後猛力一揮，把他的木槌擊向凱特的球，讓它飛過草坪，沿著較淺的斜坡飛進了湖裡。
凱特迸出一聲憤怒的大喊：「你毫無運動精神！」
他給了她一個能把人逼瘋的笑容，「一切都很公平啊，老婆。」
「你得把它撈出來。」她反駁。
「妳才是需要去泡個澡的人。」
達芙妮冒出一陣笑聲，然後說：「應該輪到我了。我們可以繼續嗎？」
她轉身離開，賽門、艾溫娜和潘妮洛普跟在她後面。
「柯林！」達芙妮喊。
「哦，來啦。」他咕噥著，跟上前面的隊伍。
凱特抬頭看著她的丈夫，撇了撇嘴，又忍不住想笑，「好吧，我想對我們來講，比賽已經結束了。」她抓了抓耳朵上一個泥巴特別多的地方。
「沒錯。」
「你今年打得真好。」
「妳也是。」他回道，低頭對她淺淺一笑，「那個泥坑很有創意。」
「我也這麼認為。」她說，一點也不謙虛：「還有，嗯，關於泥漿……」
「**我不完全是故意的**。」他低聲道。

「我也會那麼做。」她承認。
「是的，我知道。」
「我髒死了。」她低頭看著自己。
「湖就在那裡。」他說。
「太冷了。」
「那就回去泡個澡吧？」
她嫣然一笑，「你要一起來嗎？」
「當然好。」
他伸出手臂，他們一起朝房子的方向慢慢走去。
「我們應該告訴他們一聲，我們不玩了嗎？」凱特問。
「不必。」
「柯林會想辦法偷走那支黑木槌，你知道的。」
他饒有興趣地看著她，「妳認為他會把它從奧布雷莊園拿走？」
「你不會嗎？」
「當然會。我們倆應該要聯手阻止。」他用了強調的語氣。
「嗯，確實如此。」
他們又走了一小段，然後凱特說：「但是，一旦我們把它奪回來……」
他驚恐地看著她，「到時候當然就各憑本事啦。妳不會以為……」
「沒有，絕對沒有。」她急忙說。
「那我們就達成共識了。」安東尼說，暗自鬆了一口氣。真的，如果他以後不能打敗凱特，還有什麼樂趣？

他們又走了一會兒，凱特說：「明年我一定會贏。」

「隨便妳怎麼想。」

「不，我會贏的。我有想法。還有策略。」

安東尼笑了，俯身親吻她，管她身上有多少泥巴。「我也有想法，」他笑著說：「還有很多、很多策略。」

她舔了舔嘴唇，「我們沒在談論槌球了，對嗎？」

他搖頭。

她伸出手臂摟著他，把他的頭壓下來。然後，在他的嘴占據她雙唇之前的那一刻，他聽見她輕輕嘆息……

「那就好。」

（完）

【作者後記】

安東尼與蜜蜂

在本書正文中，安東尼對父親早逝的強烈反應是非常常見的，尤其對男人來說（有少數女性對母親早逝也有類似的反應）。

父親早逝的男人，往往堅信他們也將遭受同樣的命運。這些人通常知道他們的恐懼不合常理，但在達到（並超越）父親死亡的年齡之前，幾乎無法克服這種恐懼。

由於我的讀者絕大多數是女性，而安東尼的問題基本上（用一個非常現代的說法）是「男人的事」，我擔心您可能無法對他的困擾產生共鳴。

作為一個羅曼史作家，我發現自己一直糾結於該讓我的男主角們天下無敵，還是要讓他們像個真實的人。對於安東尼，我希望自己找到了平衡點。我們很容易看不順眼某個書中的人物，並嫌棄說：「別再糾結了好嗎！」

但事實上，對大多數男人來說，要「克服」心愛父親的驟然離世，其實沒那麼容易。

眼尖的讀者會注意到，殺死艾德蒙．柏捷頓的蜂螫實際上是他一生所遇到的第二次。這是有醫學證明的；蜂螫過敏一般在第二次螫傷時才會表現出來。由於安東尼只被螫過一次，所以無法知道他是否也是過敏體質。然而，身為本書作者，我對筆下角色的健康狀況還是有一定的掌控，所以我決定讓安東尼沒有任何過敏的毛病，而且會活到九十二歲高齡。

茱莉亞．昆恩
Julia Quinn

Next Notice

LADY WHISTLEDOWN'S SOCIETY PAPERS

公爵與我

The Duke and I

是誰的故事？

達芙妮·柏捷頓與哈斯丁公爵。

發生了什麼事？

假鳳虛凰，一場基於現實需求的假裝求愛記。

在哪裡發生的？

當然是倫敦。還有哪裡能上演這麼精彩的好戲？

為什麼會發生？

他們原想各取所需，但卻沒料到會讓自己陷入情網……

LADY WHISTLEDOWN´S SOCIETY PAPERS

紳士的邀約

An Offer From a Gentleman

一八一五年社交季正在進行中，雖然人們會覺得這一季的話題主要都是與威靈頓公爵和滑鐵盧戰役有關，但事實上，今年的熱門話題與一八一四年也差不多，還是圍繞著社交界中永遠不變的主題——婚姻。一如往常，社交名媛們把對婚姻的期望集中在柏捷頓家族身上，尤其是未婚兄弟中最年長的那一位——班尼迪特。他或許沒有襲爵，但他英俊的臉孔、搶眼的身型和厚實的錢包似乎可以輕鬆彌補此一缺憾。

事實上，筆者已經在不同場合聽到過許多次，當某位野心勃勃的母親談起自家女兒時總是會說：「她會嫁給一位公爵……或者一位柏捷頓家的男人。」

對柏捷頓先生來說，他似乎對那些經常參加社交活動的年輕女士們興趣缺缺。每場派對幾乎都有他的身影，但他什麼也沒做，只是看著房門，大概是在等待某個特別的人。

也許……是他未來的新娘？

《威索頓夫人的韻事報》

12 July 1815

i小說 051

柏捷頓家族系列II

子爵之戀 The Viscount Who Loved Me

國家圖書館出版品預行編目（CIP）資料

子爵之戀 / 茱莉亞.昆恩(Julia Quinn)著；朱立雅譯.
-- 初版. -- 臺北市 : 愛呦文創有限公司, 2023.02
面； 公分. -- (i小說 ; 51)(柏捷頓家族系列 ; 2)
譯自 : The Viscount Who Loved Me
ISBN 978-626-96024-8-3(平裝)

874.57 111019720

愛呦文創

作　　者	茱莉亞・昆恩（Julia Quinn）
譯　　者	朱立雅
封面繪圖	Zorya
責任編輯	高章敏
特約編輯	真儀
文字校對	劉綺文
版　　權	Yuvia Hsiang
行銷企劃	羅婷婷
發 行 人	高章敏
出　　版	愛呦文創有限公司
地　　址	10691台北市忠孝東路四段59號10-2樓
電　　話	（886）2-25287229
郵電信箱	iyao.service@gmail.com
愛呦粉絲團	https://www.facebook.com/iyao.book
總 經 銷	聯合發行股份有限公司
電　　話	（886）2-29178022
地　　址	231新北市新店區寶橋路235巷6弄6號2樓
美術設計	廖婉禎
內頁排版	陳佩君
印　　刷	沐春行銷創意有限公司
初版一刷	2023年2月
定　　價	420元
I S B N	978-626-96024-8-3

愛吻文創